De erfpachters

Van dezelfde auteur

Advocaat van de duivel
Achter gesloten deuren
De cliënt
De jury
Het vonnis
De rainmaker
In het geding
De partner
De straatvechter
Het testament
De broederschap

John Grisham

De erfpachters

A.W. Bruna Uitgevers B.V., Utrecht

Oorspronkelijke titel
A Painted House

Vertaling
Hugo en Nienke Kuipers

Illustratie op titelpagina is vervaardigd door Louis Jones.

ISBN 90 229 8538 5
NUGI 331

Voor mijn ouders, Weez en Big John, voor wie ik veel liefde en bewondering voel.

1

De mensen uit de heuvels en de Mexicanen kwamen op dezelfde dag. Het was een woensdag in het begin van september 1952. De Cardinals lagen vijf wedstrijden achter op de Dodgers, met nog twee weken te gaan, en het seizoen leek hopeloos. Maar de katoen kwam bij mijn vader tot zijn middel en bij mij bijna boven mijn hoofd, en voor het eten kon je hem en mijn grootvader woorden horen fluisteren die we maar zelden te horen kregen. Het zou een 'goede oogst' kunnen worden.

Ze waren boeren, hardwerkende mannen die zich alleen door hun pessimisme lieten leiden als ze het over het weer en de oogst hadden. Er was te veel zon, of te veel regen, of de velden dreigden onder te lopen, of de prijzen van zaad en kunstmest stegen te veel, of de markt was te onzeker. Op perfecte dagen zei mijn moeder zachtjes tegen mij: 'Maak je geen zorgen. De mannen vinden wel iets om zich zorgen over te maken.'

Toen we op zoek gingen naar de mensen uit de heuvels, maakte Pappy, mijn grootvader, zich zorgen over de hoge lonen. De heuvelmensen werden betaald per honderd pond katoen die ze plukten. Het jaar daarvoor was dat volgens hem 1 dollar 50 per honderd pond geweest. Hij had al geruchten gehoord dat een boer in Lake City 1 dollar 60 bood.

Dat speelde door zijn hoofd toen we naar Black Oak reden, een dorp bij ons in de buurt. Hij praatte nooit onder het rijden, en volgens mijn moeder, die zelf ook niet goed kon rijden, kwam dat doordat hij bang voor auto's was. Zijn truck was een Ford uit 1939 en samen met onze oude John Deere-tractor en een aftandse wagen die door twee muilezels werd getrokken, was hij ons enige vervoermiddel. Dat was niet zo'n probleem, behalve als we naar de kerk reden en mijn moeder en grootmoeder in hun zondagse goed dicht tegen elkaar aan moesten zitten, terwijl mijn vader en ik achterin zaten, in wolken van stof. Moderne personenauto's waren in het landelijke Arkansas nog een zeldzaamheid.

Pappy reed negenenvijftig kilometer per uur. Zijn theorie was dat elke auto een snelheid had waarop hij het best liep, en met een niet helemaal duidelijke methode had hij vastgesteld dat zijn oude vrachtwagen negenenvijftig moest rijden. Mijn moeder zei (tegen mij) dat het belachelijk was. Ze zei ook dat Pappy en mijn vader een keer ruzie hadden gehad over de vraag of de vrachtwagen sneller zou moeten rijden. Maar mijn vader reed er bijna nooit in, en de keren dat ik met hem meereed, hield hij de snelheid op negenenvijftig, uit respect voor Pappy. Mijn moeder vermoedde dat hij veel harder reed als hij alleen was.

We reden Highway 18 op, en zoals altijd keek ik aandachtig hoe Pappy schakelde – langzaam met de koppeling, heel voorzichtig met de versnellingshendel op de stuurkolom – totdat hij de perfecte snelheid had bereikt. Ik boog me opzij om op de snelheidsmeter te kijken: negenenvijftig. Hij glimlachte naar me alsof we het er allebei over eens waren dat de truck die snelheid behoorde te hebben.

Highway 18 leidde recht door het vlakke boerenland van de Arkansasdelta. Zo ver als ik kon zien, waren de velden aan weerskanten wit van de katoen. Het was tijd voor de oogst, een geweldige tijd voor mij omdat ze de school dan een maand dichtdeden. Maar voor mijn grootvader was het een tijd van eindeloos veel zorgen.

Rechts van ons, op de boerderij van de Jordans, zagen we een groep Mexicanen in het veld bij de weg werken. Ze stonden vanuit hun middel voorovergebogen, met hun katoenzakken achter zich, en hun handen bewogen zich snel tussen de planten door en rukten de bolletjes af. Pappy bromde iets. Hij hield niet van de Jordans omdat ze methodisten waren en fans van de Cubs. Nu ze al arbeiders in hun velden hadden, had hij een extra reden om een hekel aan ze te hebben.

De afstand van onze boerderij naar Black Oak was amper twaalf kilometer, maar omdat we negenenvijftig kilometer per uur reden, nam de rit twintig minuten in beslag. Altijd twintig minuten, ook als het rustig op de weg was. Pappy geloofde niet in het inhalen van langzamere voertuigen die voor hem reden. Natuurlijk was hij meestal zelf het langzame voertuig. Niet ver van Black Oak kwamen we achter een wagen boordevol sneeuwachtige bergen pasgeplukte katoen te rijden. Over de voorste helft zat een dekkleed, en de tweelingbroers Montgomery, die van mijn leeftijd waren, buitelden door al die katoen, tot ze ons beneden hen op de weg zagen. Toen hielden ze op met buitelen en zwaaiden naar ons. Ik zwaaide terug, maar mijn grootvader deed dat niet. Als hij reed, zwaaide of knikte hij nooit naar mensen, en dat kwam, zei mijn moeder, doordat hij zijn handen niet van het stuur durfde te nemen. Ze zei dat mensen achter zijn rug om over hem praatten, dat ze hem onbeschoft en arrogant vonden. Zelf geloof ik niet dat het hem iets kon schelen wat ze vertelden.
We volgden de wagen van de Montgomery's tot hij bij de katoenfabriek afsloeg. Hij werd getrokken door hun oude Massey-Harris-tractor, en die tractor werd bestuurd door Frank, de oudste van de Montgomery-jongens, die in de vijfde klas van school was gegaan en waarmee het volgens alle kerkgangers helemaal de verkeerde kant op ging.
Highway 18 ging dwars door Black Oak, en op dat korte stukje heette hij Main Street. We kwamen langs de baptistenkerk van Black Oak, een van de weinige keren dat we daarlangs reden zonder een of andere dienst bij te wonen. Alle winkels, bedrijven, kerken en zelfs de school waren in Main Street, en op zaterdag reden de auto's daar bumper aan bumper, want de hele streek kwam dan de wekelijkse boodschappen doen. Maar het was nu woensdag, en we parkeerden voor de kruidenierszaak van Pop en Pearl Watson in Main Street.
Ik bleef op het trottoir staan wachten tot mijn grootvader in de richting van de winkel knikte. Dat was het teken dat ik naar binnen mocht gaan om een Tootsie Roll te kopen – op de pof. Hij kostte maar een cent, maar het was lang niet altijd zo dat ik er een kreeg wanneer we in het dorp waren. Soms knikte hij niet, maar dan ging ik toch de winkel binnen en hing ik bij de kassa rond totdat Pearl me er stiekem een toestopte, altijd met de strikte instructie niets tegen mijn grootvader te zeggen. Ze was bang voor hem. Eli Chandler was een arme man, maar hij was enorm trots. Hij zou nog liever verhongeren dan dat hij gratis voedsel aannam, en daar hoorde zo'n Tootsie Roll

volgens hem ook bij. Hij zou me met een stok hebben geslagen als hij had geweten dat ik snoep had aangenomen, en dus kostte het me geen enkele moeite om Pearl Watson geheimhouding te beloven.
Maar ditmaal knikte hij. Zoals altijd was Pearl de toonbank aan het afstoffen toen ik binnenkwam. Ik omhelsde haar onhandig en pakte toen een Tootsie Roll uit de pot naast de kassa. Ik tekende het bonnetje met veel flair en Pearl inspecteerde mijn schrijfkunst. 'Het wordt beter, Luke,' zei ze.
'Niet slecht voor een kind van zeven,' zei ik. Omdat mijn moeder het wilde, oefende ik al twee jaar om mijn naam schuin te schrijven. 'Waar is Pop?' vroeg ik. Het waren de enige twee volwassenen die ik kende die wilden dat ik ze bij hun voornaam noemde, maar dan alleen in de winkel en alleen als er niemand anders bij was. Als er een klant binnenkwam, was het meteen weer meneer en mevrouw Watson. Ik vertelde dit aan niemand behalve aan mijn moeder, en zij vertelde mij dat vast geen enkel ander kind dat voorrecht had.
'Die is achter, in het magazijn,' zei Pearl. 'Waar is je opa?'
Het was Pearls roeping in het leven om bij te houden wat iedereen deed. Daarom beantwoordde ze een vraag altijd met een wedervraag.
'De Tea Shoppe, bij de Mexicanen. Mag ik daar nu ook heen?' Ik was vastbesloten het met vragenstellen van haar te winnen.
'Nee, beter van niet. Jullie gebruiken ook mensen uit de heuvels?'
'Als we die kunnen vinden. Eli zegt dat er niet meer zoveel komen als vroeger. Hij denkt ook dat ze halfgek zijn. Waar is Champ?' Champ was de stokoude beagle van de winkel. Hij week nooit van Pops zijde.
Pearl grijnsde altijd als ik mijn grootvader bij zijn voornaam noemde. Ze wilde me net weer een vraag stellen toen het belletje klingelde doordat de deur open- en dichtging. Er kwam een echte Mexicaan binnen, alleen en timide, zoals ze in het begin allemaal waren. Pearl knikte de nieuwe klant beleefd toe.
'*Buenos días, señor!*' schreeuwde ik.
De Mexicaan grijnsde en zei schaapachtig: '*Buenos días*', waarna hij naar het achterste deel van de winkel verdween.
'Het zijn goede mensen,' zei Pearl heel zachtjes, alsof de Mexicaan de Engelse taal machtig was en zich beledigd zou voelen als ze iets aardigs zei. Ik beet in mijn Tootsie Roll en kauwde er langzaam op, terwijl ik de verpakking weer om de andere helft deed en hem in mijn zak stopte.
'Eli maakt zich zorgen. Hij is bang dat hij ze te veel moet betalen,' zei

ik. Nu er een klant in de winkel was, was Pearl weer druk aan het werk. Ze nam stof af en zette de dingen recht die naast de enige kassa stonden.
'Eli maakt zich overal zorgen over,' zei ze.
'Hij is boer.'
'Word jij ook boer?'
'Nee, mevrouw. Honkballer.'
'Bij de Cardinals?'
'Natuurlijk.'
Pearl neuriede nog een tijdje terwijl ik op de Mexicaan wachtte. Ik had nog meer Spaanse woorden die ik graag wilde uitproberen.
De oude houten planken stonden boordevol verse producten. Ik kwam graag in de oogsttijd in de winkel, want dan zette Pop hem helemaal vol, van vloer tot plafond. Als de oogst werd binnengehaald, ging er geld van hand tot hand.
Pappy zette de deur net wijd genoeg open om zijn hoofd naar binnen te steken. 'We gaan,' zei hij. En toen: '*Howdy*, Pearl.'
'Howdy, Eli,' zei ze. Ze gaf een klopje op mijn hoofd om me weg te sturen.
'Waar zijn de Mexicanen?' vroeg ik Pappy toen we buiten waren.
'Die zullen later vanmiddag wel komen.'
We stapten weer in de truck en vertrokken in de richting van Jonesboro, waar mijn grootvader altijd de mensen uit de heuvels vond.

We parkeerden in de berm van de weg, dicht bij de kruising met een grindweg. Volgens Pappy was dat de beste plek in de hele omgeving om de heuvelmensen te pakken te krijgen. Ik was daar niet zo zeker van. Hij was al een hele week bezig mensen in te huren, maar het wilde hem niet lukken. Een halfuur zaten we zwijgend in de felle zon op de achterklep naast elkaar. Toen stopte de eerste truck. Die was schoon en had goede banden. Als we het geluk hadden heuvelmensen te vinden, zouden ze minstens een maand bij ons wonen. We wilden mensen die netjes waren, en het feit dat deze truck er veel beter uitzag dan die van Pappy was een goed teken.
'Middag,' zei Pappy toen de motor was afgezet.
'Howdy,' zei de bestuurder.
'Waar komen jullie vandaan?' vroeg Pappy.
'Ten noorden van Hardy.'
Omdat er verder toch geen verkeer was, stond mijn grootvader mid-

den op de weg. Met een vriendelijk gezicht keek hij naar de truck en zijn passagiers. De bestuurder en zijn vrouw zaten in de cabine en hadden een klein meisje tussen zich in. Drie grote tienerjongens lagen achterin te slapen. Ze zagen er allemaal gezond en goed gekleed uit. Ik kon merken dat Pappy deze mensen wilde inhuren.

'Jullie zoeken werk?' vroeg hij.

'Ja. We zijn op zoek naar Lloyd Crenshaw, ergens ten westen van Black Oak.' Mijn grootvader wees ze de weg, en daar gingen ze. We keken ze na tot ze uit het zicht verdwenen waren.

Hij had ze meer kunnen bieden dan Crenshaw bood. Heuvelmensen stonden erom bekend dat ze zich aan de hoogste bieder verkochten. Het jaar daarvoor waren de Fulbrights uit Calico Rock op een zondagavond tijdens de eerste oogstronde van onze boerderij verdwenen om op een boerderij vijftien kilometer van ons vandaan te gaan werken.

Maar Pappy was niet oneerlijk en wilde ook niet tegen een ander gaan opbieden.

We gooiden wat met een honkbal langs de rand van een katoenveld en hielden daar steeds even mee op als er een truck aankwam.

Mijn handschoen was een Rawlings, die ik het jaar daarvoor van de kerstman had gekregen. Ik sliep er 's nachts mee en oliede hem elke week, en niets was mij zo dierbaar als die handschoen.

Mijn grootvader, die me had leren gooien, vangen en slaan, had geen handschoen nodig. Zijn grote, eeltige handen vingen mijn ballen op zonder dat het ook maar een beetje pijn deed.

Hoewel hij een rustige man was die nooit opschepte, was Eli Chandler een legendarische honkballer geweest. Op zeventienjarige leeftijd had hij een contract bij de Cardinals getekend om prof te worden. Maar de Eerste Wereldoorlog brak uit, en niet lang nadat hij was thuisgekomen, overleed zijn vader. Er had voor Pappy niets anders op gezeten dan boer te worden.

Pop Watson mocht me graag verhalen vertellen over de geweldige honkballer die Eli Chandler was geweest – hoe ver hij kon slaan, hoe hard hij kon gooien. 'Waarschijnlijk de grootste aller tijden in Arkansas,' meende Pop.

'Beter dan Dizzy Dean?' vroeg ik dan.

'Veel en veel beter,' zei Pop dan met een zucht.

Als ik die verhalen aan mijn moeder doorvertelde, glimlachte ze altijd en zei: 'Pas op. Pop vertelt sprookjes.'

Pappy, die de bal in zijn kolossale handen wreef, hield zijn hoofd schuin toen hij een wagen hoorde. Uit het westen kwam een truck met een aanhanger erachter. Op een halve kilometer afstand konden we al horen dat het heuvelmensen waren. We liepen naar de berm van de weg en wachtten, terwijl de bestuurder terugschakelde en de wagen knarsend en gierend tot stilstand kwam.

Ik telde zeven koppen, vijf in de truck, twee in de aanhanger.

'Howdy,' zei de bestuurder langzaam. Hij keek mijn grootvader taxerend aan, zoals wij ook naar hen keken.

'Goedemiddag,' zei Pappy. Hij ging een stap dichterbij staan maar bewaarde een zekere afstand.

Langs de onderlip van de bestuurder liep tabakssap. Dat was een slecht teken. Mijn moeder vond dat de meeste heuvelmensen slechte gewoonten hadden en het niet zo nauw met de hygiëne namen. Tabak en alcohol waren verboden in ons huis. We waren baptisten.

'De naam is Spruill,' zei hij.

'Eli Chandler. Aangenaam kennis te maken. Jullie zoeken werk?'

'Ja.'

'Waar komen jullie vandaan?'

'Eureka Springs.'

De truck was bijna net zo oud als die van Pappy, met gladde banden en een gebarsten voorruit, roestige spatborden en doffe blauwe lak onder een laag stof. Er was een plank boven de laadbak gemaakt, en die stond vol met kartonnen dozen en jutezakken vol levensmiddelen. Daaronder, op de bodem van de laadbak, lag een matras tegen de cabine aan gedrukt. Daarop kwamen nu twee grote jongens overeind en die keken me allebei met nietszeggende ogen aan. Op de laadklep zat, met ontbloot bovenlijf en blote voeten, een zwaargebouwde jongeman met kolossale schouders en een nek zo dik als een boomstam. Hij spuwde tabakssap tussen de truck en de aanhanger en had blijkbaar geen enkele belangstelling voor Pappy en mij. Hij liet zijn voeten bungelen en spuwde toen opnieuw, en al die tijd keek hij alleen maar naar het asfalt beneden hem.

'Ik zoek arbeiders,' zei Pappy.

'Hoeveel betaalt u?' vroeg meneer Spruill.

'Eén zestig per honderd,' zei Pappy.

Spruill fronste zijn wenkbrauwen en keek de vrouw naast hem aan. Ze mompelden iets.

In deze fase van het ritueel moesten er snelle beslissingen worden

genomen. Wij moesten beslissen of we wilden dat deze mensen bij ons kwamen wonen. En zij moesten onze prijs accepteren of verwerpen.
'Wat voor katoen?' vroeg meneer Spruill.
'Stoneville,' zei mijn grootvader. 'De bollen zijn rijp. Het is makkelijk plukken.' Spruill hoefde maar om zich heen te kijken om te zien dat de bollen al waren opengesprongen. De zon, de bodem en de regen hadden tot nu toe goed meegewerkt. Pappy had zich natuurlijk zorgen gemaakt over een voorspelling van zware regenval in de *Boerenalmanak*.
'We kregen vorig jaar één zestig,' zei meneer Spruill.
Omdat ik me niet voor gepraat over geld interesseerde, liep ik langs de middenstreep om de aanhanger te bekijken. De banden daarvan waren nog gladder dan die van de truck. Een van de banden was halfleeg door de zware lading. Het was maar goed dat hun reis er bijna op zat.
In een hoek van de aanhanger kwam een meisje overeind dat er leuk uitzag. Ze steunde met haar elleboog op de zijkant. Haar donkere haar was strak naar achter gebonden en ze had grote bruine ogen. Ze was jonger dan mijn moeder, maar in elk geval veel ouder dan ik, en toch staarde ik haar aan.
'Hoe heet je?' zei ze.
'Luke,' zei ik, en ik trapte tegen een steentje. Mijn wangen werden meteen warm. 'En jij?'
'Tally. Hoe oud ben je?'
'Zeven. Hoe oud ben jij?'
'Zeventien.'
'Hoelang zit je al in die aanhanger?'
'Anderhalve dag.'
Ze was op blote voeten, en haar jurk was vuil en erg strak – strak tot aan haar knieën. Voorzover ik me kan herinneren, was dit de eerste keer dat ik een meisje echt goed bekeek. Ze keek met een begrijpend glimlachje naar me terug. Naast haar zat een jongen met zijn rug naar me toe op een kist, en hij draaide zich nu langzaam om en keek naar me alsof ik er niet was. Hij had groene ogen en een hoog voorhoofd, dat met piekerig, zwart haar was bedekt. Zijn linkerarm hing zo te zien helemaal slap.
'Dit is Trot,' zei ze. 'Hij is niet goed.'
'Aangenaam kennis te maken, Trot,' zei ik, maar hij wendde zijn ogen af. Hij gedroeg zich alsof hij me niet had gehoord.
'Hoe oud is hij?' vroeg ik haar.
'Twaalf. Hij is invalide.'

Trot keek abrupt de andere kant op en zijn slechte arm maakte een slappe beweging. Mijn vriend Dewayne zei dat heuvelmensen met hun neef of nicht trouwden en dat er daarom zoveel gehandicapten in hun families waren.

Maar Tally leek me volmaakt. Ze keek peinzend over de katoenvelden uit, en ik keek weer bewonderend naar haar vuile jurk.

Ik wist dat mijn grootvader en meneer Spruill het eens waren geworden, want meneer Spruill startte zijn truck. Ik liep langs de aanhanger, langs de man op de laadklep, die even wakker was geworden maar nog steeds naar het wegdek keek, en kwam naast Pappy staan. 'Dertien kilometer die kant op, linksaf bij een uitgebrande schuur en dan nog eens tien kilometer naar de rivier de St. Francis. Wij zijn de eerste boerderij voorbij de rivier, aan jullie rechterkant.'

'Laagliggend land?' vroeg meneer Spruill, alsof hij een moeras in werd gestuurd.

'Voor een deel wel, maar het is goed land.'

Meneer Spruill keek zijn vrouw weer aan en richtte toen zijn blik op ons. 'Waar slaan we ons kamp op?'

'Er is achterin een plek met schaduw, naast de silo. Dat is de beste plek.'

We keken ze na toen ze wegreden, de versnellingsbak knarsend, de banden wiebelend. Kisten, dozen en potten sprongen op en neer.

'U mag ze niet, hè?' vroeg ik.

'Het zijn beste mensen. Ze zijn alleen anders.'

'Dus we mogen blij zijn dat we ze hebben?'

'Jazeker.'

Hoe meer arbeiders, hoe minder katoen ik hoefde te plukken. De maand daarop zou ik bij zonsopgang naar de velden gaan, een katoenen zak van drie meter lang over mijn schouder hangen en eerst nog even naar een eindeloze rij katoen kijken, de planten net zo hoog als ik, om me er vervolgens in te storten zodat niemand me nog kon zien. En dan zou ik katoen plukken. In een gestaag tempo zou ik de pluizige bollen van de stelen trekken en in de zware zak stoppen. Ik zou niet langs de rij durven kijken, want dan zou ik zien hoe eindeloos lang hij was, en ik zou ook niet durven vertragen, want dat zou iemand misschien zien. Mijn vingers zouden bloeden, mijn nek zou branden, mijn rug zou pijn doen.

Ja, ik wilde veel hulp in de velden. Veel heuvelmensen, veel Mexicanen.

2

Zolang de katoen wachtte, had mijn grootvader geen rust. Hoewel hij nog met precies dezelfde snelheid in de truck reed, was hij erg ongeduldig, want de andere velden langs de weg werden al geplukt, en die van ons niet. De Mexicanen hadden er al twee dagen moeten zijn. We parkeerden weer bij Pop en Pearl, en ik volgde hem naar de Tea Shoppe, waar hij ruziemaakte met de man die over de arbeidskrachten ging.

'Rustig maar, Eli,' zei de man. 'Ze kunnen er elk moment zijn.'

Pappy kon niet tot rust komen. We liepen naar de ontkorrelmachine van Black Oak, aan de rand van het dorp, een heel eind lopen – maar Pappy hield niet van benzineverspilling. Tussen zes en elf uur die ochtend had hij tweehonderd pond katoen geplukt, en toch liep hij nog zo hard dat ik op een drafje moest lopen om hem bij te houden.

Het terrein waar de ontkorrelinstallatie stond, een installatie die ruwe katoen van zijn zaden ontdoet, was gevuld met katoenwagens, sommige leeg, andere wachtend tot hun oogst werd ontkorreld. Ik zwaaide weer naar de tweelingbroers Montgomery, die net met een lege wagen naar huis gingen om de volgende lading op te halen.

Op het terrein bulderde het koor zware machinerieën. Ze maakten ongelooflijk veel lawaai en waren heel gevaarlijk. In iedere oogsttijd werd minstens één arbeider het slachtoffer van een gruwelijke verwonding door de ontkorrelmachines. Ik was doodsbang voor die machines, en toen Pappy zei dat ik buiten moest wachten, deed ik dat maar al te graag. Hij liep langs een groep landarbeiders die op hun wagens stonden te wachten en knikte ze niet eens toe. Hij had andere dingen aan zijn hoofd.

Ik vond een veilige plek bij het laadplatform waar ze de balen schone katoen naar buiten reden en op vrachtwagens laadden die ze naar North en South Carolina brachten. Aan het ene eind van de ontkorrelmachines werd de pasgeplukte katoen door een lange buis van dertig centimeter dik uit de wagens gezogen, waarna hij in het gebouw verdween, waar de machines hem verwerkten. Aan de andere kant kwam hij er in keurige rechthoekige balen uit, bedekt met jute en strak aangetrokken met stalen banden van drie centimeter breed. Een goede ontkorrelmachine leverde perfecte balen, die je als bakstenen op elkaar kon stapelen.

Een baal katoen was ongeveer honderdvijfenzeventig dollar waard, afhankelijk van de markt. Een goede oogst kon tweeënhalve baal per hectare opleveren. Wij pachtten veertig hectare. De meeste boerenkinderen konden het uitrekenen.

Eigenlijk was dat rekenwerk zo gemakkelijk dat je je afvroeg waarom iemand nog boer wilde worden. Mijn moeder zorgde ervoor dat ik de cijfers kende. Wij tweeën hadden in het geheim al met elkaar afgesproken dat ik nooit, onder geen beding, op de boerderij zou blijven. Ik zou alle twaalf klassen doorlopen en bij de Cardinals gaan spelen.

Hij en mijn vader hadden in maart veertienduizend dollar van de eigenaar van de ontkorrelmachines geleend. Dat was hun gewaslening, en het geld werd uitgegeven aan zaad, kunstmest, arbeiders en andere kostenposten. Tot nu toe hadden we geluk gehad – het weer was nagenoeg ideaal geweest en de katoen stond er goed bij. Als het ons ook bij het oogsten bleef meezitten, en als de velden hun tweeënhalve baal per hectare opleverden, zou de firma Chandler precies quitte spelen. En dat was ons doel.

Maar zoals de meeste boeren hadden Pappy en mijn vader nog schulden uit het jaar daarvoor. Ze waren de eigenaar van de ontkorrelmachines nog tweeduizend dollar schuldig uit 1951, toen we een matige oogst hadden gehad. Ze waren ook geld schuldig aan de John Deeredealer in Jonesboro voor onderdelen, aan Lance Brothers voor brandstof, aan de Co-op voor zaad en benodigdheden, en aan Pop en Pearl Watson voor levensmiddelen.

Het was niet de bedoeling dat ik iets van die leningen en schulden wist, maar 's zomers zaten mijn ouders vaak tot laat in de avond op de voorveranda te wachten tot het koel genoeg was om te kunnen slapen, en dan praatten ze. Mijn bed stond bij het raam aan de verandakant. Ze dachten dat ik sliep, maar ik hoorde meer dan de bedoeling was. Hoewel ik er niet zeker van was, had ik het sterke vermoeden dat Pappy meer geld moest lenen om de Mexicanen en de heuvelmensen te betalen. Ik wist niet of hij het geld had of niet. Hij keek somber toen we naar de ontkorrelmachines liepen, en hij keek somber toen we daar weggingen.

De heuvelmensen kwamen al tientallen jaren uit de Ozark Mountains om katoen te plukken. Velen van hen hadden hun eigen huis en land, en vaak hadden ze betere auto's dan de boeren die hen voor de oogst inhuurden. Ze werkten erg hard, spaarden hun geld op en leken net zo arm als wij.

Rond 1950 nam die seizoenarbeid af. De naoorlogse welvaart begon eindelijk ook tot Arkansas door te dringen, tenminste tot sommige delen van de staat, en de jongere heuvelmensen hadden het extra geld niet meer zo dringend nodig als hun ouders. Ze bleven gewoon thuis. Katoen plukken was niet iets wat iemand voor zijn plezier ging doen. De boeren kwamen plukkers tekort, en dat werd steeds erger, en toen ontdekte iemand de Mexicanen.

In 1951 arriveerde de eerste truckading in Black Oak. Wij kregen er zes, onder wie Juan, mijn vriend, die me mijn eerste tortilla gaf. Juan en veertig anderen hadden drie dagen achter in een lange aanhangwagen gezeten, dicht tegen elkaar aan gedrukt, met weinig voedsel en geen enkele beschutting tegen de zon of de regen. Toen ze in Main Street aankwamen, waren ze moe en gedesoriënteerd. Pappy zei dat die aanhangwagen erger stonk dan een veewagen. Degenen die het hadden gezien, vertelden het aan anderen, en algauw klaagden de dames van de baptisten- en methodistenkerk openlijk over de primitieve manier waarop de Mexicanen waren vervoerd.

Mijn moeder had zich daar ook nogal druk over gemaakt, in elk geval tegenover mijn vader. Ik hoorde ze er na de oogst, toen de Mexicanen weer terug waren gebracht, nog vaak over praten. Ze wilde dat mijn vader met de andere boeren ging praten. Ze moesten met de arbeidsbemiddelaar gaan praten en van hem eisen dat degenen die de Mexicanen wierf en naar ons toe stuurde ze beter zouden behandelen. Ze vond het onze plicht als boeren om de arbeiders te beschermen, en mijn vader was het tot op zekere hoogte wel met haar eens, al voelde hij er blijkbaar weinig voor om de leiding te nemen. Pappy kon het geen moer schelen. De Mexicanen trouwens ook niet; die wilden alleen maar werken.

Eindelijk, kort na vier uur, kwamen de Mexicanen aan. Er waren geruchten geweest dat ze met een bus zouden komen en ik hoopte dat het waar was. Ik had geen zin om mijn ouders weer een winter over dat onderwerp te horen kibbelen. En ik wilde ook niet dat de Mexicanen zo slecht werden behandeld.

Maar ze zaten weer in een aanhangwagen, een oude met planken als zijkanten en niets over ze heen om ze te beschermen. Het was waar dat vee het beter had.

Ze sprongen voorzichtig uit de wagen op de straat, drie of vier tegelijk, de ene golf na de andere. Dat deden ze voor de Co-op, en na een tijdje stonden ze in kleine, versufte groepjes op het trottoir bij elkaar. Ze rekten zich uit en strekten zich en keken om zich heen alsof ze op een andere planeet waren aanbeland. Ik telde er tweeënzestig. Tot mijn grote teleurstelling was Juan er niet bij.

Ze waren een flink stuk kleiner dan Pappy, erg mager, en ze hadden allemaal zwart haar en een bruine huid. Ieder van hen had een kleine zak met kleren en persoonlijke benodigdheden.

Pearl Watson stond voor haar winkel op het trottoir, haar handen op haar heupen, een woedende blik in haar ogen. Dit waren haar klanten en ze wilde niet dat ze slecht werden behandeld. Ik wist dat de dames hun stem weer zouden verheffen, nog voor de kerkdienst van zondag. En ik wist dat mijn moeder me zou ondervragen zodra we met onze ploeg naar huis waren gekomen.

Er werden harde woorden gewisseld tussen de arbeidsbemiddelaar en de chauffeur van de truck. Iemand in Texas had beloofd dat de Mexicanen met een bus vervoerd zouden worden. Dit was nu al de tweede lading die in een vuile aanhangwagen arriveerde. Pappy deinsde nooit terug voor een gevecht, en ik kon merken dat hij zin had om zich ermee te bemoeien en de chauffeur tot moes te slaan. Maar hij was ook kwaad op de arbeidsbemiddelaar, en waarschijnlijk leek het hem zinloos om ze allebei tegen de vlakte te slaan. We zaten op de laadklep van onze truck en wachtten tot de gemoederen tot bedaren waren gekomen.

Toen er een eind aan het schreeuwen kwam, begon het papierwerk. De Mexicanen stonden dicht opeen op het trottoir voor de Co-op.

Soms wierpen ze een blik op ons en op de andere boeren die zich in Main Street verzamelden. Het nieuws had zich verspreid: de Mexicanen waren er.

Pappy kreeg de eerste tien. Hun leider was Miguel. Hij leek de oudste, en zoals ik al eerder had gezien, was hij de enige met een linnen zak. Alle anderen hadden hun bezittingen in een papieren zak.

Miguel sprak redelijk goed Engels, maar lang niet zo goed als Juan. Ik praatte wat met hem terwijl Pappy de papieren in orde maakte. Miguel stelde me voor aan de groep. Er was een Rico, een Roberto, een José, een Luiz, een Pablo en namen die ik niet verstond. Ik herinnerde me van vorig jaar dat het een week zou duren voordat ik ze uit elkaar kon houden.

Hoewel ze duidelijk uitgeput waren, deden ze allemaal hun best om te glimlachen – behalve één, die alleen maar kwaad naar me terugkeek. Hij droeg een hoed in westernstijl en Miguel wees ernaar en zei: 'Hij denkt dat hij een cowboy is. Daarom noemen we hem ook zo.' Cowboy was erg jong, en hij was lang voor een Mexicaan. Zijn ogen waren klein en gemeen. Hij had een dun snorretje, waardoor hij er alleen nog maar onvriendelijker uitzag. Hij maakte me zo bang dat ik er even over dacht om het tegen Pappy te zeggen. Ik wilde niet dat die man de komende weken op onze boerderij zou wonen. Maar in plaats daarvan deinsde ik alleen maar terug.

Onze groep Mexicanen volgde Pappy over het trottoir naar Pop en Pearl. Ik liep mee en zorgde ervoor dat ik niet te dicht bij Cowboy kwam. In de winkel nam ik mijn positie bij de kassa in, waar Pearl stond te wachten op iemand tegen wie ze kon fluisteren.

'Ze behandelen ze als beesten,' zei ze.

'Eli zegt dat ze blij zijn dat ze hier zijn,' fluisterde ik terug. Mijn grootvader stond met zijn armen over elkaar bij de deur te wachten. Hij keek toe terwijl de Mexicanen de spullen bij elkaar zochten die ze nodig hadden. Miguel vuurde instructies op de anderen af.

Pearl zou niet gauw kritiek op Eli Chandler uitoefenen, maar ze wierp hem een vuile blik toe, al zag hij dat niet. Pappy had geen aandacht voor mij of Pearl. Hij was ongeduldig, want op dat moment werd er geen katoen geplukt.

'Het is gewoon afschuwelijk,' zei ze. Ik kon merken dat Pearl stond te wachten tot we allemaal weg waren, want dan kon ze haar vriendinnen van de kerk opzoeken en het vuurtje nog eens oprakelen. Pearl was methodist.

Terwijl de Mexicanen met hun artikelen in hun handen naar de kassa kwamen, gaf Miguel de naam van ieder van hen aan Pearl op, die op haar beurt een rekening voor iedereen opende. Ze telde het totaal op, schreef het bedrag achter de naam van de arbeider in een kasboek en liet de notitie aan Miguel en de klant zien. Krediet in Amerikaanse stijl.
Ze kochten meel en bakvet om tortilla's te maken, veel bonen, zowel in blik als in zakken, en rijst. Niets extra's – geen suiker of snoepgoed, geen groente. Ze aten zo weinig mogelijk, want eten kostte geld. Het was hun doel om zoveel mogelijk te sparen en mee naar huis te nemen.
Natuurlijk hadden die arme kerels geen idee waar ze heen gingen. Ze wisten niet dat mijn moeder gek op tuinieren was en meer tijd aan haar groenten besteedde dan aan de katoen. Ze hadden geluk, want mijn moeder was van mening dat niemand die binnen loopafstand van onze boerderij woonde ooit honger zou moeten leiden.
Cowboy was de laatste in de rij, en toen Pearl hem glimlachend aankeek, dacht ik dat hij in haar gezicht zou spuwen. Miguel bleef dichtbij. Hij had net drie dagen met die jongen in een wagen gezeten en wist waarschijnlijk precies wat voor vlees hij in de kuip had.
Ik nam voor de tweede keer die dag afscheid van Pearl, en dat was vreemd, want meestal zag ik haar maar één keer per week.
Pappy bracht de Mexicanen naar de truck. Ze klommen achterin en zaten schouder aan schouder, hun voeten en benen verstrengeld. Ze keken zwijgend voor zich uit, alsof ze geen idee hadden waar hun reis zou eindigen.
De oude truck had grote moeite met de lading maar kwam uiteindelijk op negenenvijftig kilometer per uur, en Pappy kon daar bijna om glimlachen. Het was laat in de middag en het was warm en droog, het ideale weer voor katoen plukken. Met de Spruills en de Mexicanen hadden we nu eindelijk genoeg plukkers. Ik greep in mijn zak en haalde de andere helft van mijn Tootsie Roll tevoorschijn.
Lang voordat we bij ons huis aankwamen, zagen we eerst rook en toen een tent. We woonden aan een zandweg en het was daar het grootste deel van het jaar erg stoffig, en Pappy reed langzaam om de Mexicanen niet in het stof te laten stikken.
'Wat is dat?' vroeg ik.
'Het lijkt me een tent of zo,' zei Pappy.
De tent stond bij de weg, aan het eind van onze voortuin, onder een moeraseik die honderd jaar oud was, erg dicht bij de plaats waar het

thuishonk was. We gingen nog langzamer rijden toen we onze brievenbus naderden. De Spruills hadden de helft van onze voortuin in beslag genomen. De grote tent was vuilwit, met een puntdak, en steunde op een allegaartje van stangen en met de hand bijgesneden stokken. De tent was aan twee kanten open, en ik kon dozen en dekens op de grond onder het dak zien liggen. Ik kon ook Tally zien, die binnen een dutje deed.

Hun truck stond ernaast geparkeerd en over de laadbak was ook een soort tentdoek gespannen. Dat was met touw aan de grond verankerd, zodat de truck niet kon rijden zonder dat het tentdoek eerst werd losgemaakt. Hun oude aanhangwagen was voor een deel uitgeladen. De dozen en jutezakken lagen verspreid over het gras, alsof er een wervelstorm had gewoed.

Mevrouw Spruill was een vuurtje aan het stoken, vandaar die rook. Om de een of andere reden had ze daarvoor een enigszins kale plek aan het eind aan de tuin gekozen. Het was precies de plaats waar Pappy of mijn vader bijna elke middag op zijn hurken ging zitten om mijn snelle ballen en mijn boogballen te vangen. Ik kon wel janken. Ik zou mevrouw Spruill dat nooit vergeven.

'Ik dacht dat u tegen ze had gezegd dat ze achter de silo moesten gaan staan,' zei ik.

'Dat heb ik ook gezegd,' antwoordde Pappy. Hij ging heel langzaam rijden tot hij bij ons huis was. De silo stond achteraan, bij de schuur, op voldoende afstand van ons huis. We hadden daar al vaker heuvelmensen in een tent gehad – nooit in de voortuin.

Hij parkeerde onder een andere moeraseik, die volgens mijn grootmoeder maar zeventig jaar oud was. Het was de kleinste van de drie die schaduw gaven aan ons huis en onze tuin. De truck stond nu in dezelfde sporen waar Pappy al tientallen jaren parkeerde. Mijn moeder en grootmoeder stonden op de trap van de keuken te wachten.

Ruth, mijn grootmoeder, vond het helemaal niet prettig dat de heuvelmensen onze voortuin in beslag hadden genomen. Pappy en ik wisten dat al voordat we uit de truck stapten. Ze stond met haar handen op haar heupen.

Mijn moeder wilde de Mexicanen graag bekijken en vroeg me naar hun reis. Terwijl ze naar me toe liep en in mijn schouder kneep, keek ze hoe ze uit de truck klommen.

'Het zijn er tien,' zei ze.

'Ja, moeder.'

Oma liep op Pappy af en zei zacht maar streng: 'Wat doen die mensen in onze voortuin?'
'Ik heb ze gevraagd hun tent bij de silo te zetten,' zei Pappy, die nooit terugdeinsde voor iemand, zelfs niet voor zijn vrouw. 'Ik weet niet waarom ze die plek hebben uitgekozen.'
'Kun je ze vragen daar weg te gaan?'
'Nee. Als ze hun spullen moeten inpakken, gaan ze weg. Je weet hoe heuvelmensen zijn.'
En daarmee kwam er een eind aan de vragen van mijn grootmoeder. Ze zouden geen ruziemaken waar ik en tien nieuwe Mexicanen bij waren. Ze liep weg, naar het huis, en schudde daarbij afkeurend met haar hoofd. Het kon Pappy echt niet schelen waar de heuvelmensen hun kamp opsloegen. Ze leken hem sterk en gezond en bereid tot werken, en de rest deed er voor hem niet toe.
Ik had het vermoeden dat mijn grootmoeder zich er ook niet zo druk om maakte. Het katoen plukken was zo belangrijk dat we desnoods een stel gevangenisboeven hadden aangenomen, als ze maar driehonderd pond per dag konden plukken.
De Mexicanen volgden Pappy naar de schuur, die honderdzes meter van de keuken vandaan stond. Langs het kippenhok, de waterpomp, de waslijn en het gereedschapsschuurtje, langs een esdoorn die in oktober knalrood werd. Op een dag in januari had mijn vader me geholpen de exacte afstand te meten. Het leek mij wel een kilometer. Van het thuishonk naar de linkerveldmuur in Sportsman's Park, waar de Cardinals speelden, was het honderdvijf meter, en telkens wanneer Stan Musial een homerun sloeg, zat ik de volgende dag op het trapje en verbaasde ik me over de afstand. Halverwege juli had hij in een wedstrijd tegen de Braves een bal honderddertig meter ver geslagen.
'Hij sloeg hem over de schuur, Luke,' had Pappy gezegd.
In de twee dagen daarna zat ik op de trap en droomde ervan dat ik een bal over die schuur zou slaan.
Toen ze het gereedschapsschuurtje voorbij waren, zei mijn moeder: 'Ze zien er erg moe uit.'
'Ze hebben in een aanhangwagen gezeten, met tweeënzestig man,' zei ik. Om de een of andere reden had ik wel zin om haar op te stoken.
'Daar was ik al bang voor.'
'Een oude wagen. Oud en vuil. Pearl maakte zich er al kwaad over.'
'Het zal niet nog een keer gebeuren,' zei ze, en ik wist dat mijn vader hier heel wat over te horen zou krijgen. 'Kom, ga je opa helpen.'

Het grootste deel van de afgelopen twee weken had ik met mijn moeder samen in de schuur doorgebracht, waar we de zolder hadden aangeveegd en schoongemaakt om hem enigszins bewoonbaar te maken voor de Mexicanen. De meeste boeren zetten ze in leegstaande huurhuizen of schuren. Er ging een gerucht dat Ned Shackleford, vijf kilometer ten zuiden van ons, ze bij zijn kippen onderbracht.
Dat gebeurde niet op de Chandler-boerderij. Bij gebrek aan een ander onderkomen zouden de Mexicanen op de zolder van onze schuur moeten wonen, maar daar zou nergens een vuiltje te vinden zijn. En het zou er prettig ruiken. Een jaar lang had mijn moeder oude dekens voor ze verzameld om onder te slapen.
Ik glipte de schuur in maar bleef beneden, naast Isabels stal. Ze was onze melkkoe. Pappy beweerde dat in de Eerste Wereldoorlog zijn leven was gered door een Frans meisje dat Isabel heette, en daarom had hij een Jersey-koe naar haar genoemd. Mijn grootmoeder geloofde geen snars van dat verhaal.
Ik kon ze boven horen stommelen terwijl ze zich aan het installeren waren. Pappy praatte met Miguel, die ervan onder de indruk was dat de zolder zo mooi schoon was. Pappy nam de complimenten in ontvangst alsof hij en hij alleen het boenwerk had gedaan.
In werkelijkheid hadden hij en grootmoeder het nogal overbodig gevonden dat mijn moeder haar best deed om de arbeiders een fatsoenlijke slaapplaats te bezorgen. Mijn moeder was grootgebracht op een kleine boerderij aan de rand van Black Oak en was dus bijna een stadsmeisje. Ze groeide op met kinderen die geen katoen hoefden te plukken. Ze liep nooit naar school – haar vader bracht haar met de auto. Voordat ze met mijn vader trouwde, was ze drie keer in Memphis geweest. Ze was opgegroeid in een geverfd huis.

3

Wij Chandlers pachtten ons land van meneer Vogel in Jonesboro, een man die ik nog nooit had gezien. Zijn naam werd bijna nooit genoemd, maar als hij ter sprake kwam, gebeurde dat met veel respect. Ik dacht dat meneer Vogel de rijkste man van de wereld was.

Pappy en oma huurden het land al sinds de Grote Depressie, die in het landelijke Arkansas vroeg was gekomen en lang was gebleven. Na dertig jaar van zwoegen en ploeteren hadden ze kans gezien het huis en de hectare eromheen van meneer Vogel te kopen. Ze waren ook eigenaar van de John Deere-tractor, twee schijfeggen, een zaaimachine, een katoenwagen, een platte wagen, twee muilezels, een gewone wagen en de truck. Mijn vader had een vage overeenkomst die hem een eigendomsbelang in sommige van die dingen gaf. De boerderij stond op naam van Eli en Ruth Chandler.

De enige boeren die geld verdienden, waren degenen die eigenaar van hun land waren. De pachters, zoals wij, probeerden quitte te spelen. De deelpachters, die een deel van hun oogst aan de eigenaar van de grond moesten afstaan, hadden het nog moeilijker en waren tot eeuwige armoede gedoemd.

Mijn vader had zich ten doel gesteld twintig hectare grond vrij van pacht of hypotheek te bezitten. De dromen van mijn moeder zaten diep weggestopt, en ze zou ze pas met me delen als ik ouder was. Maar toen wist ik al dat ze het boerenleven graag vaarwel zou zeggen en absoluut niet wilde dat ik boer werd. Tegen de tijd dat ik zeven was, had ze dat verlangen al op me overgedragen.

Toen ze ervan overtuigd was dat de Mexicanen goed gehuisvest waren, vroeg ze me mijn vader te zoeken. Het was laat, de zon zakte al achter de bomen langs de St. Francis, en het werd tijd dat hij zijn katoenzak voor de laatste keer woog en er voor die dag mee ophield.

Ik liep op blote voeten over een zandpad tussen twee velden, op zoek naar hem. De aarde was donker en vruchtbaar, goede rivierklei die genoeg produceerde om je aan zich te binden. Voor me uit zag ik de katoenwagen, en ik wist dat hij daar naartoe werkte.

Jesse Chandler was de oudste zoon van Pappy en oma. Zijn jongere broer Ricky was negentien en vocht ergens in Korea. Hij had ook twee zussen. Die waren de boerderij ontvlucht zodra ze van school afkwamen. Mijn vader was niet gevlucht. Hij was vastbesloten een boer te worden, net als zijn vader en grootvader, alleen zou hij de eerste Chandler zijn die eigenaar was van zijn land. Ik wist niet of hij ook van een leven buiten de velden droomde. Net als mijn grootvader was hij een erg goede honkballer geweest en hij zal op een gegeven moment vast wel van een profcarrière hebben gedroomd. Maar in het begin van 1944 kreeg hij in Anzio een Duitse kogel in zijn dij, en daarmee kwam een eind aan zijn honkbalcarrière.

Hij liep een klein beetje mank, maar dat gold voor de meeste mensen die in de katoen zwoegden.

Ik bleef bij de wagen staan, die bijna leeg was. De wagen stond op een smalle weg te wachten tot hij gevuld was. Ik klom erop. Om me heen, aan alle kanten, strekten keurige rijen groene en bruine katoenstruiken zich tot de bomen langs de grens van ons land uit. Boven in de struiken zaten opengesprongen katoenbollen. De katoen kwam met de minuut tot leven en toen ik achter op de wagen ging staan en over de velden uitkeek, zag ik een witte zee van katoen. Het was stil op de velden: geen stemmen, geen tractormotoren, geen auto's op de weg. Toen ik daar op die wagen stond, kon ik bijna begrijpen waarom mijn vader boer wilde zijn.

Ik kon zijn oude strohoed nog net zien. Heel in de verte bewoog hij zich tussen de rijen door. Ik sprong van de wagen en rende naar hem toe. In de vallende schemering waren de ruimten tussen de rijen struiken nog donkerder. Omdat de zon en regen goed hadden samengewerkt, waren de bladeren groot en dik en met elkaar vervlochten, zodat ze langs me streken toen ik vlug naar mijn vader liep.

'Ben jij dat, Luke?' vroeg hij. Hij wist heel goed dat niemand anders hem zou komen zoeken.
'Ja!' antwoordde ik, en ik liep door in de richting van de stem. 'Mam zegt dat het tijd is om op te houden!'
'O ja?'
'Ja.' Ik kwam net één rij naast hem terecht. Ik werkte me door de struiken heen en daar was hij, gebogen vanuit zijn middel. Zijn beide handen gingen snel door de bladeren, plukten de katoen en stopten die in de bijna volle zak die over zijn schouder hing. Hij was al sinds zonsopgang in het veld en had alleen pauze genomen voor zijn middageten.
'Hebben jullie hulp gevonden?' vroeg hij zonder naar me op te kijken.
'Ja,' zei ik trots. 'Mexicanen en heuvelmensen.'
'Hoeveel Mexicanen?'
'Tien,' zei ik, alsof ik ze persoonlijk in de wacht had gesleept.
'Dat is goed. Wie zijn de heuvelmensen?'
'De Spruills. Ik ben vergeten waar ze vandaan komen.'
'Hoeveel?' Hij was klaar met een struik en stapte naar voren. De zware zak sleepte achter hem aan.
'Een hele truck vol. Het is moeilijk te zeggen. Oma is kwaad omdat ze hun kamp in de voortuin hebben opgeslagen, en ze hebben zelfs een vuurtje gestookt op de plek van het thuishonk. Pappy had tegen ze gezegd dat ze bij de silo moesten gaan staan. Ik heb het hem horen zeggen. Ik geloof niet dat ze erg slim zijn.'
'Dat moet je niet zeggen.'
'Nee, pa. Hoe dan ook, oma is in een niet zo best humeur.'
'Ze draait wel bij. We hebben de heuvelmensen nodig.'
'Ja. Dat zei Pappy ook. Maar ik vind het rottig dat ze ons thuishonk hebben verpest.'
'Plukken is in deze tijd belangrijker dan honkballen.'
'Ja.' Misschien voor hem.
'Hoe is het met de Mexicanen?'
'Niet zo best. Ze hebben ze weer op een open wagen gezet, en mam is daar slecht over te spreken.'
Zijn handen hielden even op met werken. Hij voorzag weer een winter van ruzieachtige gesprekken. 'Ze zijn al blij dat ze hier zijn,' zei hij, en zijn handen kwamen weer in beweging.
Ik deed een paar stappen in de richting van de wagen in de verte en draaide me toen weer naar hem om. 'Zeg dat maar tegen mam.'
Hij keek me even aan en zei toen: 'Is Juan er ook bij?'

'Nee.'
'Dat is jammer.'
Ik had het hele jaar over Juan gepraat. Hij had me vorig najaar beloofd dat hij terug zou komen. 'Het geeft niet,' zei ik. 'De nieuwe leider is Miguel. Hij is erg aardig.'
Ik vertelde hem over het tochtje naar Black Oak, hoe we de Spruills hadden gevonden, over Tally en Trot en de grote jongeman op de laadklep, en toen weer over Black Oak, waar Pappy een woordenwisseling met de arbeidsbemiddelaar had gehad, en toen over de ontkorrelmachines, en toen over de Mexicanen. Ik was de hele tijd aan het woord, want ik had die dag meer gezien en meegemaakt dan hij.
Toen we bij de wagen waren aangekomen, bracht hij de riemen van zijn katoenzak omhoog en hing ze over de haak aan de onderkant van de weegschaal. De naald bleef hangen op achtenvijftig pond. Hij noteerde dat in een beduimeld, oud kasboekje dat met een touwtje aan de wagen was vastgemaakt.
'Hoeveel?' vroeg ik toen hij het boek had gesloten.
'Vierhonderdzeventig.'
'Drie honken,' zei ik.
Hij haalde zijn schouders op en zei: 'Niet slecht.'
Vijfhonderd pond stond gelijk aan een homerun, iets wat hem één keer in de twee dagen lukte. Hij hurkte neer en zei: 'Spring er maar op.'
Ik sprong op zijn rug en we gingen op weg naar het huis. Zijn overhemd en overall waren doorweekt van het zweet, en dat waren ze de hele dag al geweest, maar zijn armen waren als staal. Pop Watson had me verteld dat Jesse Chandler eens een honkbal had geslagen die midden op Main Street terechtkwam. Pop en Snake Wilcox, de kapper, maten het de volgende dag op en begonnen rond te vertellen dat die bal een afstand van honderddertig meter had afgelegd. Maar algauw deed een ander verhaal de ronde. Dat gebeurde vanuit de Tea Shoppe, waar Junior Earnhart met nogal luide stem beweerde dat de bal minstens één keer had gestuiterd voordat hij in Main Street terecht was gekomen.
Pop en Junior spraken wekenlang niet met elkaar. Mijn moeder beslechtte de ruzie maar niet de controverse over de homerun.
Ze stond bij de pomp op ons te wachten. Mijn vader ging op een bank zitten en trok zijn laarzen en sokken uit. Toen ontdeed hij zich van zijn overall en overhemd.
Bij zonsopgang was het een van mijn taken een wastobbe met water te

vullen. Dat water bleef de hele dag in de zon staan, zodat het warm was als mijn vader 's middags thuiskwam. Mijn moeder doopte een handdoek in het water en wreef daarmee zachtjes over zijn nek.
Ze was opgegroeid in een huis vol meisjes en voor een deel opgevoed door twee nuffige, oude tantes. Ik denk dat ze vaker in bad gingen dan boerenmensen, en mijn moeders reinheid was op mijn vader overgeslagen. Ik werd elke zaterdagmiddag helemaal schoongeboend, of ik nu vuil was of niet.
Toen hij zich had gewassen en afgedroogd, gaf ze hem een schoon overhemd. Het was tijd om onze gasten te verwelkomen. In een grote emmer had mijn moeder haar mooiste groenten verzameld, natuurlijk allemaal met de hand geplukt en in de afgelopen twee uur gewassen. Tomaten, uien, rode aardappelen, groene en rode paprika's, maïskolven. We brachten de emmer naar de achterkant van de schuur, waar de Mexicanen zaten te rusten en te praten en te wachten tot hun vuurtje goed genoeg brandde om er hun tortilla's op te kunnen maken. Ik stelde mijn vader aan Miguel voor, die op zijn beurt een aantal van de andere Mexicanen voorstelde.
Cowboy zat in zijn eentje met zijn rug naar de schuur en maakte geen aanstalten om ons te groeten. Ik kon hem onder de rand van zijn hoed naar mijn moeder zien kijken. Dat maakte me even bang, maar toen besefte ik dat Jesse Chandler hem levend zou villen als hij ook maar één misstap beging.
We hadden het jaar daarvoor veel over de Mexicanen geleerd. Ze aten geen wasbonen, sperziebonen, pompoen, aubergine of rapen, maar hadden liever tomaten, uien en maïs. En ze zouden nooit om voedsel uit onze tuin vragen. Het moest ze worden aangeboden.
Mijn moeder legde Miguel en de mannen uit dat onze tuin vol stond en dat ze hen elke dag groente zou brengen. Daar hoefden ze niet voor te betalen. Het hoorde bij het werk.
We brachten ook een mand naar de voorkant van het huis, waar kamp Spruill zich met het uur leek uit te breiden. Ze hadden een nog groter deel van de tuin ingepikt en er lagen nu nog meer kartonnen dozen en jutezakken. Ze hadden een tafel gemaakt door drie planken op een kist aan het ene en een vat aan het andere eind te leggen en zaten daaromheen te eten toen wij naar hen toe kwamen. Meneer Spruill stond op en schudde de hand van mijn vader.
'Leon Spruill,' zei hij met eten op zijn lip. 'Aangenaam kennis te maken.'

'We zijn blij dat jullie hier zijn,' zei mijn vader vriendelijk.
'Dank u,' zei meneer Spruill, terwijl hij zijn broek ophees. 'Dit hier is mijn vrouw Lucy.' Ze glimlachte en bleef langzaam kauwen.
'Dit is mijn dochter Tally,' zei hij, en hij wees haar aan. Toen ze me aankeek, voelde ik dat mijn wangen gloeiden.
'En dit zijn mijn neefjes Bo en Dale,' zei hij, knikkend naar de twee jongens die op het matras hadden gelegen toen ze op de weg waren gestopt. Het waren tieners; waarschijnlijk waren ze een jaar of vijftien. En naast hen zat de reus die ik half slapend op de laadklep had zien zitten.
'Dit is mijn zoon Hank,' zei meneer Spruill. Hank was minstens twintig, in elk geval oud genoeg om op te staan en mijn vader de hand te schudden, maar hij at gewoon door. Zijn beide wangen bolden op, blijkbaar van maïsbrood. 'Hij eet veel,' zei meneer Spruill, en we deden ons best om te lachen.
'En dit hier is Trot,' zei hij. Trot keek niet op. Zijn slappe linkerarm hing langs zijn zij. In zijn rechterhand hield hij een lepel vast. Het bleef onduidelijk in welk opzicht hij familie van de anderen was.
Mijn moeder bood de grote mand met groente aan, en nu hield Hank even op met kauwen om naar de nieuwe aanvoer te kijken, maar hij boog zich meteen daarna weer over zijn bonen. 'De tomaten en maïs zijn dit jaar erg goed,' zei mijn moeder. 'En er is genoeg. Laat u me maar weten wat u wilt hebben.'
Tally kauwde langzaam en keek naar mij. Ik keek aandachtig naar mijn voeten.
'Dat is erg aardig van u, mevrouw,' zei meneer Spruill, en mevrouw Spruill voegde daar vlug een woord van dank aan toe. Er bestond geen gevaar dat de Spruills het ooit zonder voedsel zouden moeten stellen, en ook niet dat ze een maaltijd moesten overslaan. Hank was stevig gebouwd, met een brede borst die naar boven toe nauwelijks smaller werd. Meneer en mevrouw Spruill waren allebei potig en zagen er sterk uit. Bo en Dale waren slank maar niet mager. Tally was natuurlijk perfect geproportioneerd. Alleen Trot was mager en had een ingevallen gezicht.
'Het spijt me dat we u bij het eten hebben gestoord,' zei mijn vader, en we trokken ons terug.
'Nogmaals bedankt,' zei meneer Spruill.
Ik wist uit ervaring dat we binnen korte tijd meer over de Spruills te weten zouden komen dan ons lief was. Ze zouden ons land, ons water,

ons privaat met ons delen. We zouden ze groente uit onze tuin brengen, melk van Isabel, eieren van de kippen. We zouden ze uitnodigen om op zaterdag mee te gaan naar Black Oak en op zondag naar de kerk. We zouden naast ze in de velden werken, van zonsopgang tot het bijna donker was, zes dagen per week. En als het katoen plukken voorbij was, zouden ze weggaan en naar de heuvels terugkeren. De bomen zouden hun bladeren verliezen, de winter zou komen en wij zouden op koude avonden bij de haard zitten en verhalen over de Spruills vertellen.

Het avondeten bestond uit aardappelen, in dunne plakjes gesneden en gebakken, gekookte okra, maïskolven en warm maïsbrood – maar geen vlees, want het was bijna herfst en we hadden de vorige dag vlees gehad. Oma braadde twee keer per week kip, maar nooit op woensdag. De tuin van mijn moeder leverde genoeg tomaten en uien op om heel Black Oak te voeden, en dus maakte ze voor iedere maaltijd een grote schotel groente klaar.

De keuken was klein en warm. Op de koelkast stond een ronde ventilator te ratelen om de lucht enigszins in beweging te houden wanneer mijn moeder en oma het eten klaarmaakten. Ze deden dat met langzame, rustige bewegingen. Ze waren moe en het was te warm om haast te maken.

Ze waren eigenlijk niet zo op elkaar gesteld, maar ze waren vastbesloten om in vrede samen te leven. Ik hoorde ze nooit ruziemaken, hoorde mijn moeder nooit iets slechts over haar schoonmoeder zeggen. Ze woonden in hetzelfde huis, maakten dezelfde maaltijden klaar, deden dezelfde was, plukten dezelfde katoen. Wie had tijd om ruzie te maken als er zoveel werk te doen was?

Maar oma was diep in katoenland geboren en getogen. Ze wist dat ze begraven zou worden in de aarde die ze bewerkte. Mijn moeder verlangde ernaar om te ontsnappen.

In de loop van de tijd hadden ze stilzwijgend een methode voor hun keukenwerk ontwikkeld. Oma stond bij het fornuis, hield het maïsbrood in de gaten, roerde in de aardappelen, de okra en de maïs. Mijn moeder bleef bij het aanrecht, waar ze tomaten pelde en de vuile borden opstapelde. Ik keek naar dit alles vanaf de keukentafel, waar ik iedere avond met een aardappelmesje komkommers schilde. Ze hielden allebei van muziek, en soms neuriede de een terwijl de ander zachtjes zong. Dat hield de spanning onder de oppervlakte.

Maar die avond niet. Ze maakten zich te druk over andere dingen om te zingen en neuriën. Mijn moeder was kwaad omdat de Mexicanen als vee in een wagen waren vervoerd. Mijn grootmoeder liep te mokken omdat de Spruills zich onze voortuin hadden toegeëigend.

Om precies zes uur deed oma haar schort af en ging ze tegenover me zitten. Een korte kant van de tafel stond tegen de muur en fungeerde als grote plank waar steeds meer dingen op kwamen te staan. In het midden stond een RCA-radio met een kast van notenhout. Ze draaide aan de knop en keek me glimlachend aan.

Het CBS-nieuws werd gepresenteerd door Edward R. Murrow, live uit New York. Al een week werd er hevig gevochten op het schiereiland Pyongyang-do, bij de Korea-baai, en op een oude kaart die oma op haar nachtkastje had liggen, hadden we gezien dat Ricky's infanteriedivisie daar in de buurt was. Zijn laatste brief was veertien dagen eerder gekomen. Het was een in de haast geschreven briefje, maar tussen de regels door was te lezen dat hij zich in de vuurlinie bevond.

Toen Murrow klaar was met zijn bericht over een ruzietje met de Russen, begon hij over Korea, en oma deed meteen haar ogen dicht. Ze vouwde haar handen samen, hield beide wijsvingers tegen haar lippen, en wachtte af.

Ik wist niet waarop ze wachtte. Edward R. Murrow zou heus niet aan de natie bekendmaken dat Ricky Chandler dood of levend was.

Mijn moeder luisterde ook. Ze stond met haar rug naar het aanrecht, veegde haar handen aan een handdoek af en staarde peinzend naar de tafel. Zo ging het in de zomer en herfst van 1952 bijna iedere avond.

Er waren pogingen gedaan om tot vredesonderhandelingen te komen, maar die waren op niets uitgelopen. De Chinezen trokken zich terug en gingen toen weer in de aanval. Door middel van Murrows berichten en Ricky's brieven beleefden wij de oorlog mee.

Pappy en mijn vader wilden niet naar het nieuws luisteren. Ze zorgden dat ze buiten iets te doen hadden, bij het schuurtje of bij de pomp. Ze deden karweitjes die hadden kunnen wachten, praatten over de oogst, zochten naar iets anders om zich zorgen over te maken dan Ricky. Ze hadden allebei in een oorlog gevochten. Ze hoefden niet van Edward R. Murrow in New York te horen wat een correspondent uit Korea had gemeld en wat er in die en die slag was gebeurd. Ze wisten het.

Er was die avond trouwens niet veel nieuws uit Korea, en dat werd in onze kleine boerderij als iets gunstigs beschouwd. Murrow ging algauw op andere dingen over, en toen glimlachte oma eindelijk naar me. 'Het komt goed met Ricky,' zei ze, wrijvend over mijn hand. 'Hij is thuis voor je er erg in hebt.'

Ze had het recht om dat te geloven. Ze had in de Eerste Wereldoorlog twee jaar op Pappy gewacht en ze had gebeden voor mijn vader toen die in de Tweede gewond raakte. Haar jongens kwamen altijd thuis, en Ricky zou ons niet teleurstellen.

Ze zette de radio uit. De aardappelen en okra hadden haar aandacht nodig. Zij en mijn moeder gingen weer met het eten aan de gang, en we wachtten tot Pappy door de hordeur aan de achterkant van het huis naar binnen kwam.

Ik denk dat Pappy het ergste van de oorlog verwachtte. De Chandlers hadden in deze eeuw tot nu toe geluk gehad. Hij luisterde niet naar het nieuws, maar hij wilde wel weten of het goed of slecht ging. Als hij hoorde dat de radio werd uitgezet, ging hij meestal van de achterveranda naar de keuken. Hij bleef bij de tafel staan en woelde met zijn hand door mijn haar. Oma keek hem aan. Ze glimlachte en zei: 'Geen slecht nieuws.'

Mijn moeder vertelde me dat oma en Pappy vaak nog geen twee uur sliepen of ze werden alweer wakker en maakten zich zorgen over hun jongste zoon. Oma was ervan overtuigd dat Ricky naar huis zou komen. Pappy was dat niet.

Om halfzeven zaten we aan tafel en zeiden we ons dankgebed voor al het eten en alle zegeningen. Pappy ging voor in het gebed, in elk geval voor het avondeten. Hij dankte God voor de Mexicanen en de Spruills en voor de goede oogst om ons heen. Ik bad in stilte, en alleen voor Ricky. Ik was dankbaar voor het eten, maar het leek me lang niet zo belangrijk als hij.

De volwassenen aten langzaam en praatten over niets anders dan katoen. Er werd niet van mij verwacht dat ik veel aan de conversatie bijdroeg. Vooral oma was van mening dat kinderen wel gezien maar niet gehoord moesten worden.

Ik wilde naar de schuur gaan om een kijkje bij de Mexicanen te nemen. En ik wilde ook naar de voorkant van het huis sluipen en misschien een glimp van Tally opvangen. Mijn moeder vermoedde iets, en toen we klaar waren met eten, zei ze dat ik met de afwas moest helpen. Ik zou liever een pak slaag hebben gehad, maar ik had geen keus.

's Avonds gingen we op de voorveranda zitten. Dat lijkt een heel simpel ritueel, maar dat was het niet. Eerst lieten we het eten zakken, en dan wijdden we ons aan de honkbalsport. We zetten de radio aan en Harry Caray van KMOX in St. Louis gaf een gedetailleerd verslag van wat onze dierbare Cardinals hadden gepresteerd. Mijn moeder en grootmoeder dopten erwten en bonen. Eventuele losse eindjes van roddels die aan tafel waren begonnen werden afgewerkt. Natuurlijk maakte iedereen zich zorgen over de oogst.

Maar die avond regende het in St. Louis, vijfhonderd kilometer van ons vandaan, en de wedstrijd werd afgelast. Ik zat op het trapje met mijn honkbalhandschoen, kneep in mijn honkbal, die in de handschoen zat, keek naar de schaduwen van de Spruills verderop en vroeg me af hoe iemand zo onnadenkend kon zijn om een vuurtje te stoken op een thuishonk.

Voordat de Mexicanen kwamen, hadden we een draagbare ventilator die we bij de hordeur zetten. Elke avond stond het apparaat daar zachtjes te zoemen en bracht het de drukkende lucht om ons heen genoeg in beweging om het iets draaglijker te maken. Maar dankzij mijn moeder stond die ventilator nu op de zolder van onze schuur. Dat had tot enige frictie geleid, al ging dat grotendeels buiten mij om.

En dus was het die avond erg stil: geen honkbal, geen ventilator – alleen het langzame praten van vermoeide boerenmensen die wachtten tot de temperatuur nog een paar graden daalde.

De regen in St. Louis was voor de mannen aanleiding om zich zorgen te maken over het weer. De St. Francis trad met frustrerende regelmaat buiten zijn oevers. Elke vier of vijf jaar stroomde hij over en spoelde onze oogst weg. Ik kon me geen overstroming herinneren, maar ik had er zoveel over gehoord dat het leek alsof ik er alles van af wist. Vaak baden we wekenlang om regen. Dan kwam er regen, en zodra de grond doorweekt was, keken Pappy en mijn vader naar de wolken en vertelden ze verhalen over overstromingen.

De Spruills gingen slapen. Hun stemmen stierven weg en ik zag hun silhouetten bij de tenten bewegen. Hun vuur flakkerde nog wat en ging toen uit.

Alles was stil op de Chandler-boerderij. We hadden heuvelmensen. We hadden Mexicanen. De katoen wachtte.

4

In de onmetelijke duisternis van de nacht werd Pappy, onze menselijke wekker, op een gegeven moment wakker. Hij trok zijn laarzen aan en begon in de keuken rond te stommelen om de eerste pot koffie te zetten. Het huis was niet groot – drie slaapkamers, een keuken, een huiskamer – en het was zo oud dat de planken vloeren hier en daar doorbogen. Als iemand de anderen wakker wilde maken, zou hem of haar dat vast en zeker lukken.

Ik mocht in bed blijven tot mijn vader me kwam halen. Maar het was moeilijk om te slapen, met al die mensen op de boerderij en al die katoen die geplukt moest worden. Ik was al wakker toen hij me heen en weer schudde en tegen me zei dat het tijd was om te gaan. Ik kleedde me vlug aan. Hij stond al op de achterveranda op me te wachten.

Toen we door de achtertuin liepen, waar de dauw onze laarzen nat maakte, was er nog niets van de opkomende zon te zien. We bleven bij het kippenhok staan, waar hij zich diep bukte en naar binnen glipte. Ik moest buiten blijven wachten, want toen ik vorige maand in het donker eieren aan het rapen was, trapte ik op een grote korenslang. Ik huilde twee dagen achtereen. Eerst had mijn vader weinig begrip getoond; korenslangen zijn onschuldig en horen gewoon bij het leven op de boerderij. Maar mijn moeder kwam woedend tussenbeide en de eerstvolgende tijd mocht ik niet in mijn eentje eieren gaan rapen.

Hij vulde een kommetje van stro met een dozijn eieren en gaf het aan mij. Toen gingen we naar de schuur, waar Isabel stond te wachten. Nu we de kippen wakker hadden gemaakt, begonnen de hanen te kraaien.

Het enige licht kwam van een gloeilamp die aan de hooizolder hing. De Mexicanen waren wakker. Ze hadden een vuurtje gemaakt en zaten daaromheen. Blijkbaar hadden ze het koud. Ik had het al warm gekregen van de vochtigheid in de lucht.

Ik kon de koe melken, en op de meeste ochtenden was dat mijn taak. Maar ik was nog steeds niet helemaal van die korenslang bekomen, en bovendien hadden we haast omdat we bij zonsopgang in het veld moesten zijn. Mijn vader melkte vlug acht liter; ik zou daar de halve ochtend over hebben gedaan. We brachten de melk en de eieren naar de keuken, waar de vrouwen de leiding hadden. De ham lag al in de koekenpan en verspreidde zijn heerlijke geur.

Het ontbijt bestond uit verse eieren, melk, gezouten ham en warme koeken, met gierstepap voor wie dat wilde. Terwijl de vrouwen het klaarmaakten, ging ik op mijn stoel zitten en streek met mijn vingers over het vochtige, geruite oliedoek, wachtend op mijn kop koffie. Dat was de enige zonde die mijn moeder me toestond.

Oma zette de kop en schotel voor me neer, en toen de suikerpot en de room. Ik deed van allebei een beetje in de koffie totdat die mierzoet was en nam er toen kleine slokjes van.

Onder het ontbijt bleef de conversatie in de keuken tot een minimum beperkt. Het was opwindend om in de oogsttijd zoveel vreemden op onze boerderij te hebben, maar ons enthousiasme werd getemperd door het feit dat we de komende twaalf uur onbeschut in de zon zouden werken, voorovergebogen, plukkend tot onze vingers ervan bloedden.

We aten vlug, terwijl de hanen veel herrie maakten in de tuin aan de zijkant van het huis. De koeken van mijn grootmoeder waren zwaar en volmaakt rond, en zo warm dat, toen ik zorgvuldig een beetje boter op het midden van een ervan deed, die boter meteen smolt. Ik keek naar de gele boter die in de koek wegzakte en nam toen een hap. Mijn moeder gaf toe dat Ruth Chandler de beste koeken bakte die ze ooit had geproefd. Ik had er graag twee of drie willen eten, net als mijn vader, maar zoveel kon ik er gewoon niet op. Mijn moeder at er een, en oma ook. Pappy nam er twee, mijn vader drie. Enkele uren later, in de loop van de ochtend, zouden we even in de schaduw van een boom of naast de katoenwagen gaan zitten om de overgebleven koeken op te eten.

In de winter duurde het ontbijt lang, omdat er weinig anders te doen was. Het tempo lag wat hoger in het voorjaar, als we aan het planten waren, en in de zomer, als we aan het hakken waren. Maar in het najaar, in de oogsttijd, aten we doelbewust door, want de zon kon ieder moment opkomen.

Er werd wat over het weer gepraat. De regen in St. Louis waardoor de wedstrijd van de Cardinals van de vorige avond was afgelast, zat Pappy dwars. St. Louis was zo ver weg dat niemand aan de tafel, behalve Pappy, er ooit geweest was, en toch was het weer in die stad nu van groot belang voor onze katoenoogst. Mijn moeder luisterde geduldig. Ik zei geen woord.

Mijn vader had in de *Almanak* gelezen dat het weer in de maand september goed zou meewerken. Oktober daarentegen beloofde niet veel goeds. Er was slecht weer op komst. Daarom moesten we de komende vier weken werken tot we erbij neervielen, zei hij. Hoe harder wij werkten, des te harder zouden de Mexicanen en de Spruills werken. Dat was mijn vaders versie van peptalk.

Het gesprek kwam op dagloners. Dat waren mensen uit onze eigen omgeving die van boerderij tot boerderij gingen, overal waar ze het meest konden verdienen. De meeste van die mensen kenden we. Vorig jaar had juf Sophie Turner, die de vijfde en zesde klas lesgaf, ons de grote eer bewezen in onze velden te komen plukken.

We hadden alle dagloners nodig die we konden krijgen, maar meestal plukten ze waar ze wilden.

Toen Pappy zijn laatste hap had doorgeslikt, bedankte hij zijn vrouw en mijn moeder voor het lekkere eten en liet hij het opruimen van de rommel aan hen over. Ik ging met de mannen naar de achterveranda.

Ons huis keek uit op het zuiden, met de schuur en de velden in het noorden en westen, en in het oosten zag ik het eerste vage oranje schijnsel over het vlakke boerenland van de Arkansas-delta gluren. De zon kwam op; die liet zich niet door wolken afschrikken. Mijn overhemd plakte al aan mijn rug.

Er werd een platte wagen aan de John Deere gekoppeld, en de Mexicanen waren al op. Mijn vader ging met Miguel praten. 'Goedemorgen. Goed geslapen? Klaar om aan het werk te gaan?' Pappy ging de Spruills halen.

Ik had een eigen plekje, een ruimte tussen het spatbord en de zitting van de John Deere. Ik had daar vaak urenlang gezeten en me vastgehouden aan de stang die de kap omhooghield. Met Pappy of mijn vader achter het stuur hadden we door de velden gereden om te ploegen of te planten of kunstmest te strooien. Ik ging nu ook op dat plekje zitten en keek omlaag naar de aanhanger vol mensen, Mexicanen aan de ene kant, Spruills aan de andere. Op dat moment voelde ik me bevoorrecht omdat ik op de tractor mocht zitten en de tractor van ons was. Maar aan mijn hooghartigheid zou gauw een eind komen, want tussen de katoenstruiken was iedereen gelijk.

Ik had me afgevraagd of die arme Trot ook mee zou gaan naar de velden. Om katoen te plukken heb je twee goede armen nodig, en voorzover ik had gezien, had Trot er maar één. Maar hij was er wel. Hij zat op de rand van de wagen, met zijn rug naar iedereen toe, met zijn voeten over de zijkant, in zijn eigen wereld. En daar was Tally, die me niet aankeek maar gewoon in de verte staarde.

Zonder een woord te zeggen liet Pappy de koppeling opkomen en kwam de tractor met aanhangwagen naar voren. Ik keek of er niemand uit de wagen viel. Door het keukenraam zag ik het gezicht van mijn moeder, die naar ons keek terwijl ze de afwas deed. Ze zou haar huishoudelijk werk afmaken, een uur in haar tuin werken en dan naar ons toe komen voor een zware dag in het veld. Dat gold ook voor oma. Als de katoen rijp was, had niemand rust.

We tuften met onze stampende dieselmotor en krakende wagen langs de schuur en zetten toen koers naar het westen, naar een stuk land bij de rivier. We plukten dat stuk altijd het eerst omdat de overstromingen daar zouden beginnen.

We hadden daar beneden twintig en achter ons huis ook nog eens twintig hectare. Veertig hectare was geen kleine boerderij.

Een paar minuten later kwamen we bij de katoenwagen aan en stopte Pappy de tractor. Voordat ik eraf sprong, keek ik naar het oosten en zag de lichten van ons huis op zo'n zeshonderd meter afstand. Daarachter kwam de hemel met strepen van oranje en geel tot leven. Er was geen wolkje te zien, en dat betekende dat er in de nabije toekomst geen overstroming zou komen. Het betekende ook dat we geen enkele bescherming tegen de schroeiend hete zon hadden.

'Goedemorgen, Luke,' zei Tally in het voorbijgaan.

Het lukte me haar groet te beantwoorden. Ze lachte me toe alsof ze een geheim had dat ze nooit zou vertellen.

Pappy gaf geen uitleg, en dat was ook niet nodig. Je koos een rij in een van beide richtingen en begon te plukken. Geen prietpraat, geen rek- en strekoefeningen, geen weersvoorspellingen. Zonder een woord te zeggen hingen de Mexicanen hun lange, katoenen zakken over hun schouder en liepen achter elkaar aan naar het zuiden. De mensen uit Arkansas gingen naar het noorden.

Een ogenblik stond ik daar in het halfduister van een al warme septemberochtend. Ik keek naar een erg lange, rechte rij katoen, een rij die op de een of andere manier aan mij was toegewezen. Ik kom nooit aan het eind, dacht ik, en plotseling was ik moe.

Ik had neven en nichten in Memphis, zoons en dochters van de twee zussen van mijn vader, en die hadden nog nooit katoen geplukt. Stadskinderen in buitenwijken, in mooie kleine huizen met stromend water. Ze kwamen alleen voor begrafenissen naar Arkansas terug. Terwijl ik naar mijn eindeloze rij katoen keek, dacht ik aan die neven en nichten.

Er waren twee dingen die me motiveerden. Ten eerste had ik mijn vader aan mijn ene en mijn grootvader aan mijn andere kant. Geen van beiden tolereerde luiheid. Ze hadden van jongs af aan in het veld gewerkt en verwachtten dat ook van mij. Ten tweede werd ik voor het plukken betaald. Ik kreeg net zoveel als de arbeiders: 1 dollar 60 per honderd pond. En ik had grote plannen met dat geld.

'Laten we gaan,' zei mijn vader nadrukkelijk in mijn richting. Pappy was al tussen de struiken, al drie meter ver. Ik kon zijn silhouet en zijn strohoed zien. Ik hoorde de Spruills een paar rijen verder tegen elkaar praten. Heuvelmensen zongen veel. Je hoorde ze vaak een laag, klaaglijk lied zingen terwijl ze aan het plukken waren. Tally lachte om iets. Haar melodieuze stem galmde over het veld.

Ze was maar tien jaar ouder dan ik.

Pappy's vader had in de Burgeroorlog gevochten. Hij heette Jeremiah Chandler, en volgens de familieverhalen had hij de slag bij Shiloh zo ongeveer in zijn eentje gewonnen. Toen Jeremiahs tweede vrouw stierf, nam hij een derde, een meisje uit het dorp, dertig jaar jonger dan hij. Een paar jaar later schonk ze het leven aan Pappy.

Dertig jaar verschil tussen Jeremiah en zijn bruid. Tien tussen Tally en mij. Het kon best.

Vastbesloten gooide ik mijn drie meter lange katoenen zak over mijn rug, met de riem over mijn rechterschouder, en ging de eerste bol katoen te lijf. Die was nog vochtig van de dauw, en dat was ook een van de redenen waarom we zo vroeg begonnen. In het eerste uur, voordat de zon te hoog stond en alles verzengde, voelde de katoen zacht aan. Later, als hij in de wagen was gegooid, zou hij opdrogen en

kon hij gemakkelijk worden ontkorreld. Katoen die nat van het regenwater was kon niet worden ontkorreld, iets wat iedere boer door schade en schande had geleerd.
Ik plukte zo snel mogelijk, met beide handen, en stopte de katoen in de zak. Maar ik moest voorzichtig zijn. In de loop van de ochtend zou mijn rij worden gecontroleerd door Pappy of mijn vader, of misschien door allebei. Als ik te veel katoen in de bollen liet zitten, zou ik een standje krijgen. Hoe erg ze me de les zouden lezen, hing ervan af hoe dichtbij mijn moeder op dat moment was.
Zo behendig als ik kon werkte ik me met mijn kleine handen door het labyrint van struiken heen. Ik pakte de bollen vast en vermeed de bolsters, want die waren scherp en konden je huid openhalen. Ik graaide, plukte en schuifelde voort en bleef steeds meer bij mijn vader en Pappy achter.
Onze katoen was zo dik dat de stengels van de afzonderlijke rijen met elkaar verstrengeld raakten. Ze veegden over mijn gezicht. Na het incident met de korenslang lette ik goed op bij elke stap die ik op onze boerderij zette, vooral in de velden, want bij de rivier waren slangen. Ik had ze vanaf de achterkant van de John Deere gezien als we aan het ploegen of planten waren.
Algauw was ik helemaal alleen, een kind dat was achtergelaten door grote mensen met vluggere handen en een sterkere rug. De zon was een knaloranje bol die snel omhoogkwam om het land weer te schroeien. Toen mijn vader en Pappy uit het zicht verdwenen waren, besloot ik mijn eerste pauze te nemen. Tally was het dichtstbij. Ze was vijf rijen van me vandaan, en zo'n vijftien meter voor me. Ik kon haar verbleekte denim kapje nog net boven het katoen zien uitsteken.
In de schaduw van de struiken strekte ik me op mijn katoenzak uit, die na een uur nog deprimerend plat was. Er waren een paar zachte bulten, maar die stelden niet veel voor. Het jaar daarvoor was van me verwacht dat ik vijftig pond per dag zou plukken, en ik was bang dat ze dat quotum zouden verhogen.
Terwijl ik daar op mijn rug lag, keek ik tussen de struiken door naar de volkomen heldere hemel. Ik hoopte op wolken en droomde van geld. In augustus kregen we altijd de nieuwste editie van de Sears and Roebuck-catalogus, en er waren weinig dingen die zo belangrijk waren, in elk geval in mijn leven. De catalogus van het postorderbedrijf kwam in een bruine verpakking, helemaal uit Chicago, en oma wilde dat hij aan het eind van de keukentafel werd bewaard, naast de

radio en de familiebijbel. De vrouwen bestudeerden de kleren en de meubelen. De mannen keken naar het gereedschap en de autoaccessoires. Maar ik keek in de belangrijke delen van de catalogus: speelgoed en sportartikelen. In gedachte maakte ik geheime verlanglijstjes voor Kerstmis. Al die dingen waarvan ik droomde, durfde ik niet op papier te zetten. Iemand zou zo'n lijstje kunnen vinden en denken dat ik óf hopeloos hebzuchtig óf gek was.

Op bladzijde 308 van de nieuwste editie stond een geweldige advertentie voor honkbaljasjes. Er was er een voor bijna ieder profteam. Wat die advertentie zo bijzonder maakte, was het feit dat de jonge man die het jasje showde een Cardinals-jasje droeg, en het was een kleurenfoto. Het rood van de Cardinals, in een of ander glanzend weefsel, met witte knopen op de voorkant. Er waren zoveel teams, maar iemand bij Sears and Roebuck met een griezelige wijsheid had juist het jasje van de Cardinals voor de advertentie gebruikt.

Het kostte 7 dollar 50 plus verzendkosten. En het was er in kindermaten, wat ook een probleem vormde, want ik zou natuurlijk groeien en ik wilde het jasje de rest van mijn leven dragen.

Tien dagen hard werken, en ik zou genoeg geld hebben om het jasje te kopen. Ik wist zeker dat zoiets nog nooit in Black Oak, Arkansas, te zien was geweest. Mijn moeder zei dat het een beetje opzichtig was, wat ze daar ook mee bedoelde. Mijn vader zei dat ik laarzen nodig had. Pappy vond het geldverspilling, maar ik kon merken dat hij er eigenlijk wel bewondering voor had.

Zodra het een beetje koel werd, zou ik het jasje iedere dag naar school dragen, en op zondag naar de kerk. Ik zou het dragen als we op zaterdag naar het dorp gingen, een knalrode bliksemschicht tussen de grauwe menigte op de trottoirs. Ik zou het overal dragen en alle kinderen in Black Oak (en ook veel volwassenen) zouden jaloers op me zijn. Zij zouden nooit de kans krijgen om voor de Cardinals te spelen. Ik daarentegen zou beroemd worden in St. Louis. Het was belangrijk dat ik me daar alvast op kleedde.

'Lucas!' galmde een strenge stem door de stilte van de velden. Dicht bij me knapten katoenstengels.

'Ja,' zei ik. Ik sprong overeind maar bleef gebukt, en stak vlug mijn handen uit naar de dichtstbijzijnde katoenbollen.

Mijn vader stond plotseling recht voor me. 'Wat doe je?' vroeg hij.

'Ik moest plassen,' zei ik, en al die tijd bleven mijn handen druk aan het werk.

'Daar deed je dan lang over,' zei hij, niet overtuigd.
'Ja. Het komt door al die koffie.' Ik keek naar hem op. Hij wist de waarheid.
'Probeer ons bij te houden,' zei hij. Hij draaide zich om en liep weg.
'Ja,' zei ik tegen zijn rug. Ik wist dat ik hem nooit zou kunnen bijhouden.

Een vier meter lange zak, zoals de volwassenen gebruikten, kon ongeveer zestig pond katoen bevatten, en om halfnegen of negen uur hadden de mannen een zak die gewogen kon worden. Pappy en mijn vader bedienden de weegschaal, die aan het eind van de katoenwagen hing. Iedere zak werd naar een van hen toe gebracht en de riem werd om de haak aan de onderkant van de weegschaal geslagen. De naald versprong als de wijzer van een grote klok. Iedereen kon zien hoeveel alle anderen hadden geplukt.
Pappy noteerde de cijfers in een boekje bij de weegschaal. Daarna werd de katoenzak omhoog geduwd en in de wagen leeggegooid. Er was geen tijd om te rusten. Je ving de lege zak op als hij naar beneden werd gegooid, je koos een andere rij en verdween voor de volgende twee uur.
Ik werkte in het midden van een eindeloze rij katoen. Ik zweette, verging van de hitte, boog mijn schouders, probeerde vlug te zijn met mijn handen en bleef soms staan om naar de bewegingen van Pappy en mijn vader te kijken, want misschien letten ze niet op en kon ik nog een dutje doen. Maar er kwam geen gelegenheid om mijn zak neer te leggen. In plaats daarvan zwoegde ik voort. Ik werkte uit alle macht, wachtte tot de zak zwaar werd en vroeg me voor het eerst af of ik dat Cardinals-jasje echt nodig had.
Na een eeuwigheid alleen in de velden hoorde ik de John Deere starten. Het was tijd voor het middageten. Hoewel ik mijn eerste rij nog niet klaar had, kon het me eigenlijk niet schelen dat ik niet opschoot. We kwamen allemaal naar de tractor en ik zag Trot opgerold op de platte wagen liggen. Mevrouw Spruill en Tally streelden hem. Eerst dacht ik dat hij dood was, maar toen bewoog hij een beetje. 'De hitte heeft hem te pakken gekregen,' fluisterde mijn vader tegen mij, terwijl hij mijn zak overnam en over zijn schouder slingerde alsof hij leeg was.
Ik volgde hem naar de weegschaal, waar Pappy de zak vlug woog. Al dat uitputtende werk voor eenendertig pond katoen.

Toen alle Mexicanen en Spruills er waren, gingen we naar huis. Het middageten werd om precies halftwaalf opgediend. Mijn moeder en oma waren een uur eerder van het veld gegaan om het klaar te maken. Vanaf mijn plekje op de John Deere hield ik met mijn geschramde en pijnlijke linkerhand de stang vast en keek naar de landarbeiders in de wagen. Meneer en mevrouw Spruill hielden Trot in hun armen, die er nog bleek en levenloos bij lag. Tally zat dichtbij, haar lange benen uitgestrekt op de bodem van de platte wagen. Bo, Dale en Hank trokken zich zo te zien niets van die arme Trot aan. Net als alle anderen hadden ze last van de warmte en waren ze moe. Ze waren blij dat ze even konden rusten.

Aan de andere kant van de wagen zaten de Mexicanen op een rij, schouder aan schouder. Hun voeten bungelden buiten de wagen en streken bijna over de grond. Een paar van hen droegen geen schoenen of laarzen.

Toen we bijna bij de schuur waren, zag ik iets wat ik eerst niet kon geloven. Cowboy, die helemaal aan het eind van de wagen zat, draaide zich vlug om en keek naar Tally. Blijkbaar had ze gewacht tot hij zou kijken, want ze keek hem met een van haar mooie glimlachjes aan, zo'n lachje zoals ik ook wel eens van haar kreeg. Hoewel hij de glimlach niet beantwoordde, was duidelijk dat hij blij was.

Het gebeurde in een oogwenk en ik was de enige die het zag.

5

Volgens oma en mijn moeder, die in dit soort dingen samenspanden, was een middagdutje van groot belang voor de groei van een kind. Ik geloofde dat alleen wanneer we katoen aan het plukken waren. De rest van het jaar was mijn verzet tegen dat dutje even fel als mijn verlangen om profhonkballer te worden.
Maar in de oogsttijd ging iedereen na het middageten even rusten. De Mexicanen aten vlug en gingen onder een esdoorn bij de schuur liggen. De Spruills aten restjes ham en koeken en zochten ook de schaduw op.
Omdat ik vuil van het veld was, mocht ik mijn bed niet gebruiken, en daarom sliep ik op de vloer in mijn slaapkamer. Ik was moe en stijf van het harde werken. Ik zag tegen de middag op, want die leek altijd langer en dan was het nog heter. Ik zakte meteen weg en toen ik een halfuur later wakker werd, was ik nog stijver.
Trot wekte de nodige bezorgdheid in de voortuin. Oma, die zichzelf als een soort natuurgeneeskundige beschouwde, was bij hem gaan kijken. Ze zal wel van plan zijn geweest een van haar walgelijke drankjes te brouwen en dat door zijn strot te gieten. Ze hadden hem op een oud matras onder een boom gelegd, met een natte lap op zijn voorhoofd. Het was duidelijk dat hij niet naar het veld terug kon gaan en meneer en mevrouw Spruill voelden er weinig voor om hem alleen te laten.
Natuurlijk moesten ze katoen plukken om geld te verdienen. Ik hoef-

de dat niet. Zonder dat ik erbij was, hadden ze een plan uitgedacht. Het hield in dat ik bij Trot zou blijven terwijl alle anderen de komende vijf uur in de hitte zouden werken. Als het op de een of andere manier slechter met Trot ging, moest ik naar het stuk land aan de rivier rennen en de dichtstbijzijnde Spruill erbij halen. Toen mijn moeder het me uitlegde, probeerde ik te doen alsof ik er geen zin in had.

'En mijn Cardinals-jasje dan?' vroeg ik haar zo bezorgd als ik kon.

'Er blijft nog genoeg katoen voor jou over,' zei ze. 'Je hoeft vanmiddag alleen maar bij hem te zitten. Morgen gaat het vast wel weer beter met hem.'

Natuurlijk was er veertig hectare katoen, en dat moest in de komende maand allemaal twee keer worden geplukt. Als ik mijn Cardinals-jasje niet kreeg, zou dat niet door Trot komen.

Ik keek de wagen weer na. Ditmaal zaten mijn moeder en oma bij de arbeiders. De wagen reed piepend en ratelend van het huis vandaan, langs de schuur, over de veldweg, om uiteindelijk tussen de rijen katoen uit het zicht te verdwijnen. Onwillekeurig vroeg ik me af of Tally en Cowboy elkaar weer aankeken. Als ik de moed vond, zou ik mijn moeder ernaar vragen.

Toen ik naar het matras liep, lag Trot roerloos met zijn ogen dicht. Het was net of hij niet ademhaalde.

'Trot,' zei ik met luide stem, plotseling bang dat hij was gestorven terwijl ik hem onder mijn hoede had.

Hij deed zijn ogen open, ging heel langzaam rechtop zitten en keek me aan. Toen keek hij om zich heen alsof hij er zeker van wilde zijn dat we alleen waren. Zijn slappe linkerarm was niet veel dikker dan een bezemsteel en hing aan zijn schouder zonder veel te bewegen. Zijn zwarte haar stond alle kanten op.

'Gaat het?' vroeg ik. Ik had hem nog niet horen spreken en vroeg me af of hij dat kon.

'Ja, het gaat wel,' kreunde hij, zijn stem klonk gesmoord en de woorden onduidelijk. Ik kon niet horen of hij een spraakgebrek had of dat hij alleen maar moe en versuft was. Hij bleef om zich heen kijken om er zeker van te zijn dat ze weg waren, en ik bedacht dat Trot zich misschien een beetje had aangesteld. Ik begon bewondering voor hem te krijgen.

'Houdt Tally van honkbal?' vroeg ik, een van de honderd vragen waarmee ik hem wilde bestoken. Het leek me een eenvoudige vraag, maar hij had er grote moeite mee en deed meteen zijn ogen dicht en rolde zich op zijn zij, waarna hij zijn knieën tot zijn borst optrok en weer aan een dutje begon.

Een lichte bries deed de top van de moeraseik ruisen. Ik vond een stukje gras in de schaduw, dicht bij zijn matras, en ging daar liggen. Terwijl ik naar de bladeren en takken hoog boven me keek, dacht ik na over het geluk dat me ten deel was gevallen. De anderen stonden te zweten in de zon, de hele eindeloze middag door. Een ogenblik probeerde ik me schuldig te voelen, maar dat lukte niet. Mijn geluk was maar tijdelijk, en dus besloot ik ervan te genieten.

Trot ook. Terwijl hij als een baby lag te slapen, keek ik naar de lucht. Maar algauw sloeg de verveling toe. Ik ging naar het huis om een bal en mijn honkbalhandschoen te halen. Ik gooide ballen naar mezelf bij de voorveranda, iets wat ik urenlang kon doen. Op een gegeven moment ving ik er zeventien achter elkaar.

Die hele middag bleef Trot op het matras. Hij sliep een tijdje, ging rechtop zitten, keek om zich heen en keek dan een tijdje naar mij. Als ik een gesprek probeerde te beginnen, rolde hij zich op zijn zij en ging verder met slapen. In elk geval ging hij niet dood.

De volgende die het op het katoenveld niet meer uithield, was Hank. Hij kwam laat op de dag aangeslenterd, langzaam lopend en klagend over de hitte. Hij zei dat hij bij Trot moest kijken.

'Ik heb driehonderd pond geplukt,' zei hij, alsof dat indruk op me zou maken. 'En toen kreeg de hitte me te pakken.' Zijn gezicht was rood van de zon. Hij had geen hoed of pet op, en dat zei veel over zijn intelligentie. In het katoenveld waren alle hoofden bedekt.

Hij keek even naar Trot en begon toen achter in de truck als een uitgehongerde beer in hun dozen en zakken te zoeken. Hij propte een koude koek in zijn mond en strekte zich toen onder een boom uit.

'Haal wat water voor me, jongen,' bromde hij abrupt in mijn richting. Ik was te verbaasd om in beweging te komen. Ik had nog nooit meegemaakt dat iemand uit de heuvels een van ons een bevel gaf. Ik wist niet wat ik moest doen. Maar hij was volwassen en ik was nog maar een kind.

'Sorry?' zei ik.

'Haal wat water voor me!' herhaalde hij met stemverheffing.

Ik wist dat ze ergens wat water tussen hun spullen hadden. Ik deed een aarzelende stap in de richting van hun truck. Dat ergerde hem.

'Koud water, jongen! Uit het huis. En schiet op. Ik heb de hele dag gewerkt. Jij niet.'

Ik liep vlug het huis in, naar de keuken, waar oma een kan met vier liter water in de koelkast had staan. Met bevende handen goot ik het water in een glas. Ik wist dat er moeilijkheden zouden komen als ik dit vertelde. Mijn vader zou ruzie krijgen met Leon Spruill.

Ik gaf Hank het glas. Hij dronk het vlug leeg, smakte met zijn lippen en zei: 'Breng me nog een glas.'

Trot zat naar ons te kijken. Ik rende het huis weer in en vulde het glas opnieuw. Toen Hank het tweede glas op had, spuwde hij dicht bij mijn voeten. 'Jij bent een goeie jongen,' zei hij, en hij gooide me het glas toe.

'Dank je.' Ik ving het op.

'En laat ons nu met rust,' zei hij, terwijl hij op het gras ging liggen. Ik trok me in het huis terug en wachtte op mijn moeder.

Je kon om vijf uur ophouden met plukken, als je dat wilde. Dan reed Pappy de wagen naar het huis terug. Je kon ook in het veld blijven tot het donker was, zoals de Mexicanen deden. Hun uithoudingsvermogen was verbazingwekkend. Ze plukten tot ze de bollen niet meer konden zien en liepen dan driekwart kilometer met hun zware zakken naar de schuur, waar ze een vuurtje maakten en tortilla's aten voordat ze gingen slapen.

De andere Spruills verzamelden zich rond Trot, die kans zag er nog zieker uit te zien in de minuut waarin ze hem onderzochten. Zodra was vastgesteld dat hij in leven was en nog enigszins reageerde, richtten ze vlug hun aandacht op het eten. Mevrouw Spruill maakte een vuurtje.

Toen ging mijn oma naar Trot. Zo te zien maakte ze zich grote zorgen, en ik denk dat de Spruills dat op prijs stelden. Maar ik wist dat ze alleen maar een van haar smerige middeltjes op die arme jongen wilde uitproberen. Omdat ik het kleinste slachtoffer was dat ze bij de hand had, was ik meestal het proefkonijn voor de nieuwe brouwsels die ze ontdekte. Ik wist uit ervaring dat ze zo'n sterk middel kon maken dat Trot van het matras zou springen en zou rondrennen als een hond die kokend water over zich heen heeft gekregen. Na een paar minuten kreeg Trot argwaan en begon hij haar nauwlettend op te nemen. Hij scheen zich nu meer bewust te zijn van de dingen om hem heen, en oma beschouwde dat als een teken dat hij geen medicijn nodig had, tenminste niet onmiddellijk. Maar ze zou hem wel in de gaten houden, en ze zou de volgende dag terugkomen.

Tot overmaat van ramp moest ik aan het eind van de middag in de tuin werken. Ik vond het wreed om mij, of willekeurig welk ander kind van zeven, te dwingen op te staan voordat de zon opkwam, de hele dag in het veld te werken, en dan voor het avondeten ook nog in de tuin te werken. Maar ik wist dat we blij mochten zijn dat we zo'n mooie tuin hadden.

Ooit, voordat ik geboren was, hadden de vrouwen de verschillende kleine territoria afgebakend, zowel binnen als buiten het huis, en voor zich opgeëist. Ik weet niet hoe mijn moeder de hele tuin in handen heeft gekregen, maar het leed geen enkele twijfel dat die van haar was. Oma kwam er nooit in de buurt.

Ik bevond me aan de oostkant van ons huis, de rustige kant, ver van de keukendeur en het erf en het kippenhok. Ver van Pappy's pickuptruck en het onverharde paadje waar onze weinige bezoekers hun auto parkeerden. De tuin had een draadgazen omheining van meer dan een meter hoog. Mijn vader had die in opdracht van mijn moeder gebouwd om herten en ongedierte weg te houden.

Langs die omheining was maïs geplant, zodat je, als je het gammele hekje met de leren sluiting achter je dicht had gedaan, in een geheime wereld kwam, onzichtbaar achter de maïsplanten.

Het was mijn taak om een mand van stro te pakken en achter mijn moeder aan te lopen terwijl ze alles verzamelde wat rijp was. Zij had ook een mand, en die vulde ze langzaam met tomaten, komkommers, pepers, uien en aubergines. Ze praatte zachtjes, niet noodzakelijkerwijs tegen mij, maar tegen de tuin in het algemeen.

'Moet je die maïs eens zien. Die eten we volgende week.'

'Ja, moeder.'

'De pompoenen zijn precies goed als het Halloween is.'

'Ja, moeder.'

Ze was de hele tijd op zoek naar onkruid, kleine indringers die zich in onze tuin niet lang staande konden houden. Ze bleef staan, wees en zei: 'Trek dat onkruid eruit, Luke, daar bij de watermeloenen.'

Ik zette de mand op het paadje en trok uit alle macht.

Het werk in de tuin was aan het eind van de zomer niet zo zwaar als in het voorjaar, wanneer de grond moest worden omgespit en het onkruid sneller groeide dan de groente.

Een lange, groene slang deed ons even verstijven en verdween toen tussen de planten. De tuin zat vol slangen, allemaal onschadelijk, maar het waren toch slangen. Mijn moeder was er niet heel bang voor, maar we liepen er toch met een boog omheen. Ik was altijd bang dat

ik mijn hand naar een komkommer zou uitsteken en ineens scherpe tandjes in de rug van mijn hand zou voelen.
Mijn moeder hield veel van dit stukje grond, omdat het van haar was; niemand anders wilde het hebben. Ze behandelde het als een heiligdom. Als het te druk werd in huis, kon ik haar altijd in de tuin vinden, waar ze tegen haar groente praatte. In onze familie vielen niet vaak harde woorden. Als dat toch gebeurde, wist ik dat moeder in haar toevluchtsoord was.
Toen ze klaar was met haar keuze, kon ik mijn mand nauwelijks dragen.

In St. Louis was het opgehouden met regenen. Om precies acht uur zette Pappy de radio aan, draaide aan de knoppen en de antenne, en daar was die kleurrijke Harry Caray weer, de schorre stem die bij de Cardinals hoorde. Het seizoen zou nog zo'n twintig wedstrijden tellen. De Dodgers stonden bovenaan en de Giants stonden op de tweede plaats. De Cardinals waren derde. Voor ons was dat verschrikkelijk. Cardinal-supporters hadden natuurlijk een hekel aan Yankees, en het was ondraaglijk voor ons dat onze club achterstond op twee teams uit New York.
Pappy was van mening dat de coach, Eddie Stanky, al maanden eerder ontslagen had moeten worden. Als de Cardinals wonnen, kwam dat door Stan Musial. Als ze verloren, met dezelfde spelers in het veld, was dat altijd de schuld van de coach.
Pappy en mijn vader zaten naast elkaar op de schommelbank, waarvan de roestige kettingen piepten als ze heen en weer bewogen. Oma en mijn moeder zaten aan de andere kant van de kleine veranda bonen en erwten te doppen. Ik zat op de bovenste tree van het trapje, binnen gehoorsafstand van de radio, en wachtte samen met de volwassenen tot de hitte eindelijk zou afnemen. Intussen keek ik naar het kampement van de Spruills, waar alles geleidelijk tot rust kwam. Ik miste het gestage gezoem van de oude ventilator, maar ik wist dat ik daar maar beter niet over kon beginnen.
De vrouwen spraken zachtjes over dingen van de kerk: de najaarsopwekking en de komende picknick. Een meisje uit Black Oak ging in Jonesboro trouwen, in een grote kerk, naar het scheen met een jongen met geld, en om de een of andere reden moest dat elke avond worden besproken. Ik kon me niet voorstellen waarom de vrouwen avond aan avond over datzelfde onderwerp begonnen.

De mannen hadden bijna niets te zeggen, in elk geval niets dat niet met honkballen te maken had. Pappy kon erg lang zwijgen en mijn vader ook. Ze maakten zich natuurlijk wel zorgen over het weer en de katoenprijzen, maar ze waren te moe om hardop te piekeren.
Ik luisterde alleen maar. Ik deed mijn ogen dicht en probeerde me Sportman's Park in St. Louis voor te stellen, een schitterend stadion waar dertigduizend mensen bij elkaar konden komen om naar Stan Musial en de Cardinals te kijken. Pappy was er eens geweest, en in het seizoen liet ik hem minstens één keer per week een beschrijving van dat stadion geven. Hij zei dat het veld groter leek te worden als je ernaar keek. Het gras was zo groen en glad dat je er knikkers overheen kon laten rollen. Het zand op het binnenveld werd zelfs geharkt, net zo lang tot het perfect was. Het scorebord in de linkerhoek was groter dan ons huis. En dan al die mensen, die ongelooflijke geluksvogels uit St. Louis die naar de Cardinals konden gaan kijken en geen katoen hoefden te plukken.
Dizzy Dean en Enos 'Country' Slaughter en Red Schoendienst, alle grote Cardinals, de hele fabelachtige Gashouse-gang, hadden daar gespeeld. En omdat mijn vader en grootvader en oom zulke goede honkballers waren geweest, twijfelde ik er geen moment aan dat ik op een dag in Sportman's Park zou triomferen. In het bijzijn van dertigduizend supporters zou ik over het perfecte gras van het buitenveld glijden en persoonlijk gehakt van de Yankees maken.
De grootste Cardinal aller tijden was Stan Musial, en toen hij in de tweede inning aan slag was, met iemand op het eerste honk, zag ik Hank Spruill door de duisternis lopen en in de schaduw gaan zitten, dichtbij genoeg om de radio te kunnen horen.
'Is Stan aan slag?' vroeg mijn moeder.
'Ja, moeder,' zei ik. Ze deed alsof ze belangstelling voor honkbal had, maar in werkelijkheid wist ze er niets van. En als ze deed alsof ze zich voor Stan Musial interesseerde, kon ze aan elk gesprek over dat onderwerp in Black Oak deelnemen.
Aan het zachte knappen en kraken van de bonen was een eind gekomen. De schommelbank hing stil. Ik kneep in mijn honkbalhandschoen. Mijn vader was van mening dat de stem van Harry Caray een bijzondere klank kreeg wanneer Musial aan slag was, maar Pappy was niet overtuigd.
De eerste worp van de Pirates-werper was een snelle bal, laag en naast. Het gebeurde niet vaak dat een werper het tegen Musial bij de eerste

worp met een snelle bal probeerde. Het jaar daarvoor had Musial met een slaggemiddelde van 0,355 de National League aangevoerd, en in 1952 was de strijd om de eerste plaats een nek-aan-nekrace tussen hem en Frankie Baumholtz van de Cubs. Hij had kracht en snelheid, kon geweldig goed vangen, en hij zette zich altijd helemaal in.
Ik had een honkbalkaartje van Stan Musial in een sigarendoos in mijn la, en als het huis ooit in brand zou vliegen, zou ik dat kaartje als eerste pakken.
De tweede worp was een te hoge boogbal, en nu er twee ballen waren gegooid, kon je bijna horen hoe de supporters overeind kwamen. Straks zou er een bal naar een verre uithoek van Sportman's Park vliegen. Geen enkele werper was tegen Stan Musial bestand. De derde worp was een snelle bal, en omdat Harry Caray even aarzelde, konden wij de klap van de slag horen. De menigte barstte los. Ik hield mijn adem in en wachtte in die fractie van een seconde tot die goeie ouwe Harry ons vertelde waar de bal heen ging. De bal stuiterde tegen de muur van het rechterveld, en de menigte brulde nog harder. De voorveranda raakte ook in staat van opwinding. Ik sprong overeind, alsof ik dan St. Louis zou kunnen zien. Pappy en mijn vader bogen zich op hun knieën naar voren en Harry Caray schreeuwde door de radio. Zelfs mijn moeder zag kans een kreet te slaken.
Musial streed met zijn teamgenoot Schoendienst om de eerste plaats in de National League wat tweehonkslagen betrof. Het jaar daarvoor had hij twaalf driehonkslagen gehad en stond hij daarmee bovenaan. Toen hij langs het tweede honk rende, kon ik Caray bijna niet boven de menigte uit horen. De loper van het eerste honk scoorde met groot gemak, en Stan gleed naar het derde honk. Ik kon hem daar in het zand zien zitten, zijn voeten op het honk, de ongelukkige derdehonkman die nu pas de bal opving en naar de werper teruggooide. Ik kon zien hoe Stan opstond en hoe de menigte helemaal gek werd. Toen sloeg hij met beide handen het zand van zijn witte sporttenue met rode bies.
De wedstrijd moest doorgaan, maar voor ons Chandlers, in elk geval voor de mannen, was de dag nu compleet. Musial had een fantastische bal geslagen, en omdat we nog weinig hoop hadden dat de Cardinals op de eerste plaats in de competitie zouden eindigen, genoten we van de overwinningen die ons nog ten deel vielen. De menigte kwam tot rust, Harry dempte zijn stem en ik liet me weer op de veranda zakken, al zag ik Stan nog steeds op het derde honk staan.
Als die verrekte Spruills er niet waren geweest, zou ik nu de duisternis

in zijn gelopen om mijn positie op de plaat in te nemen. Ik zou op de snelle bal hebben gewacht, hem net als mijn held hebben weggeslagen en dan langs de honken zijn gerend om majestueus naar het derde honk te glijden, daar in de schaduw, waar het monster Hank rondhing.

'Wie wint er?' vroeg meneer Spruill ergens uit de duisternis.

'De Cardinals. Eén-nul. Begin van de tweede. Musial heeft net een driehonkslag geslagen,' antwoordde Hank. Als ze zulke honkballiefhebbers waren, waarom hadden ze hun vuur dan op het thuishonk gemaakt en hun haveloze tenten op mijn binnenveld opgezet? Iedere idioot kon zien dat onze voortuin, ondanks die bomen, bestemd was voor honkbal.

Als Tally er niet was geweest, zou ik een hekel aan het hele stel hebben gehad. En Trot. Ik had met die arme jongen te doen.

Ik had besloten niets over Hank en het koude water te vertellen. Ik wist dat als ik het aan mijn vader vertelde, of aan Pappy, ze een hartig woordje met meneer Spruill zouden spreken. De Mexicanen kenden hun plaats, en dat werd ook van de heuvelmensen verwacht. Ze vroegen niet om dingen uit ons huis, en ze gaven geen bevelen aan mij of iemand anders.

Hanks nek was dikker dan alle nekken die ik ooit had gezien. Zijn armen en handen waren ook kolossaal, maar wat me bang maakte, waren zijn ogen. Het grootste deel van de tijd vond ik die ogen leeg en dom, maar net als toen hij tegen me blafte dat ik koud water voor hem moest halen, kneep hij ze enigszins dicht en gloeiden ze van gemeenheid.

Ik wilde niet dat Hank kwaad op me werd en ik wilde ook niet dat mijn vader ruzie met hem kreeg. Mijn vader kon iedereen tegen de grond slaan, behalve misschien Pappy, die weliswaar ouder was, maar, als het nodig was, ook veel gemener. Ik besloot het incident voorlopig maar te vergeten. Als het nog een keer gebeurde, zou ik het aan mijn moeder moeten vertellen.

De Pirates scoorden twee keer in de vierde inning, dat kwam, volgens Pappy, doordat Eddy Stanky niet van werper wisselde toen hij dat had moeten doen. Daarna scoorden ze drie keer in de vijfde inning, en Pappy werd zo kwaad dat hij naar bed ging.

In de zevende inning nam de hitte net genoeg af om ons het gevoel te geven dat we wat slaap zouden kunnen krijgen. De erwten en bonen waren gedopt. De Spruills waren allemaal onder zeil. We waren dood-

moe en met de Cardinals werd het toch niets meer. Het was niet moeilijk om de radio uit te zetten.
Nadat mijn moeder me had ingestopt en we onze gebeden hadden gezegd, trapte ik de lakens weg om vrijer te kunnen ademhalen. Ik luisterde naar het scherpe koor van de krekels die over de velden naar elkaar riepen. Iedere zomeravond hielden ze een serenade voor ons, behalve als het regende. Ik hoorde een stem in de verte – een Spruill die nog rondstommelde, waarschijnlijk Hank die op zoek ging naar een laatste koek.
In de huiskamer hadden we een boxventilator, zo'n grote die je in het raam zet. In theorie zou hij de hete lucht uit het huis moeten zuigen en naar buiten moeten blazen, het erf op. Hij werkte ongeveer de helft van de tijd. Eén deur die per ongeluk dicht was gegaan of dicht was gewaaid, en de luchtbeweging werd verstoord en je lag in je eigen zweet tot je in slaap viel. Wind van buiten kon de ventilator ook in de war brengen, en dan verzamelde de hete lucht zich in de huiskamer, om zich vervolgens door het hele huis te verspreiden en ons zowat te verstikken. De ventilator ging ook vaak kapot – maar hij was Pappy's grote trots en we wisten maar van twee andere boerenfamilies in de kerk die zo'n luxe bezaten.
Die nacht werkte hij.
Toen ik daar in Ricky's bed lag en naar de krekels luisterde, en van de vage luchtstroom genoot die over mijn lichaam trok terwijl de plakkerige zomerlucht naar de huiskamer werd gezogen, dwaalden mijn gedachten af naar Korea, een land dat ik nooit wilde zien. Mijn vader wilde me niets over de oorlog vertellen. Helemaal niets. Er waren een paar glorieuze avonturen van Pappy's vader en diens overwinningen in de Burgeroorlog, maar als het op de oorlogen van deze eeuw aankwam, had hij me weinig te vertellen. Ik wilde weten hoeveel mensen hij had doodgeschoten. Hoeveel veldslagen hij had gewonnen. Ik wilde zijn littekens zien. Er waren wel duizend vragen die ik hem wilde stellen.
'Niet over de oorlog praten,' had mijn moeder me vele malen gewaarschuwd. 'Dat is te afschuwelijk.'
En nu was Ricky in Korea. Het had gesneeuwd toen hij in februari wegging, drie dagen na zijn negentiende verjaardag. In Korea was het ook koud. Ik wist dat van een reportage op de radio. Ik lag veilig en warm in zijn bed, terwijl hij in een loopgraaf zat en op de vijand schoot en zelf beschoten werd.
Als hij nu eens niet meer thuiskwam?

Dat was een vraag waarmee ik mezelf iedere avond kwelde. Ik stelde me voor dat hij doodging, net zo lang tot ik huilde. Ik wilde zijn bed niet. Ik wilde zijn kamer niet. Ik wilde dat Ricky thuiskwam; dan konden we langs de honken in de voortuin rennen en honkballen tegen de schuur gooien en in de St. Francis vissen. Hij was echt meer een grote broer dan een oom.

Er gingen daar jongens dood, veel jongens. In de kerk baden we voor ze. Op school praatten we over de oorlog. Op dat moment was Ricky de enige jongen uit Black Oak in Korea, en dat leverde ons Chandlers een vreemd prestige op, maar daar maalde ik niet om.

'Hebben jullie iets van Ricky gehoord?' was de grote vraag die ons bij elk bezoek aan het dorp werd gesteld.

Ja of nee, het deed er niet toe. Onze buren wilden alleen maar beleefd zijn. Pappy negeerde die vraag. Mijn vader gaf beleefd antwoord. Oma en mijn moeder praatten zachtjes een paar minuten over zijn laatste brief.

Ik zei altijd: 'Ja. Hij komt gauw naar huis.'

6

Kort na het ontbijt volgde ik mijn grootmoeder naar buiten. We liepen door het midden van de voortuin. Ze was een vrouw met een missie: dokter oma deed haar ochtendronde, blij dat ze nu eens een echt ziek persoon in haar praktijk had.
De zon was nog maar nauwelijks op. De Spruills zaten over hun geïmproviseerde tafel gebogen en aten snel. De lome ogen van Trot kwamen tot leven toen oma 'Goedemorgen' zei en regelrecht naar hem toe ging.
'Hoe gaat het met Trot?' zei ze.
'Veel beter,' zei mevrouw Spruill.
'Hij mankeert niets meer,' zei meneer Spruill.
Oma raakte het voorhoofd van de jongen aan. 'Koorts?' vroeg ze. Trots schudde hevig met zijn hoofd. Hij had de vorige dag toch ook geen koorts gehad? Waarom zou hij die vanmorgen dan wel hebben?
'Voel je je licht in je hoofd?'
Trot wist niet wat dat betekende, en de andere Spruills wisten het ook niet. Ik had het idee dat de jongen continue licht in zijn hoofd was.
Meneer Spruill nam de leiding. Hij veegde met zijn onderarm een klodder gierstepap uit zijn mondhoek. 'We wilden hem meenemen naar de velden, dan kan hij daar onder de wagen zitten, uit de zon.'
'Als er bewolking komt, kan hij plukken,' voegde mevrouw Spruill

eraan toe. Het was duidelijk dat de Spruills al plannen voor Trot hadden gemaakt.

Verdomme, dacht ik.

Ricky had me een paar lelijke woorden geleerd. Ik oefende ze meestal in de bossen bij de rivier en bad om vergeving zodra ik ermee klaar was.

Ik had me verheugd op nog een luie dag onder de bomen in de voortuin: op Trot passen en intussen een beetje honkballen en wat luieren.

'Dan moet dat maar,' zei oma, en met haar duim en wijsvinger sperde ze een van zijn ogen wijd open. Trot keek angstig uit het andere oog.

'Ik zal in de buurt blijven,' zei oma, duidelijk teleurgesteld. Onder het ontbijt hoorde ik haar tegen mijn moeder zeggen dat volgens haar een sterke dosis van wonderolie, citroen en een duister kruid dat ze in een bloembak kweekte de juiste remedie zou zijn. Ik hield op met eten toen ik dat hoorde. Het was haar oude paardenmiddel en ze had het ook een paar keer op mij uitgeprobeerd. Het was krachtiger dan een chirurgische ingreep. Mijn kwalen waren terstond genezen wanneer dat spul van mijn tong tot mijn tenen brandde, en bleef branden.

Ze maakte eens een onfeilbaar middel voor Pappy, toen hij last had van constipatie. Hij zat twee dagen op het privaat, kon niet werken en smeekte om water, dat ik hem met melkkannen tegelijk bracht. Ik dacht dat ze hem had gedood. Toen hij weer tevoorschijn kwam – bleek, hologig, een beetje magerder –, liep hij vastbesloten naar het huis, woedender dan iedereen hem ooit had meegemaakt. Mijn ouders gooiden mij in de pick-up en we gingen een heel eind rijden.

Oma verzekerde Trot opnieuw dat ze hem de hele dag in het oog zou houden. Hij zei niets. Hij was opgehouden met eten en staarde over de tafel, ongeveer in de richting van Tally, die deed alsof ik niet bestond.

We gingen naar het huis terug. Ik ging op de voortrap zitten, wachtend tot ik een glimp van Tally zou opvangen, en vloekte in stilte op Trot omdat hij zo stom was. Misschien zou hij weer instorten. Als de zon hoog aan de hemel stond, zou hij vast wel weer instorten, en dan zouden ze mij nodig hebben om op hem te passen als hij op het matras lag.

We verzamelden ons bij de wagen. Ik groette Miguel toen zijn mensen uit de schuur kwamen en hun plaats aan de ene kant van de wagen innamen. De Spruills namen de andere kant. Mijn vader zat in het midden, tussen de twee groepen in. Pappy bestuurde de tractor, en ik zat op mijn favoriete plekje naast hem en keek naar hen. Die ochtend interesseerde ik me vooral voor eventuele activiteit tussen de walgelijke Cowboy en mijn dierbare Tally. Ik bespeurde niets. Iedereen was nog versuft, de ogen halfopen en terneergeslagen, in afwachting van weer een zware dag van zon en slopend werk.

Deinend en schommelend reden we naar de witte velden. Toen ik naar de katoenvelden keek, kon ik niet aan mijn glanzende, rode Cardinalsjasje denken. Ik deed mijn uiterste best om beelden van de grote Musial en zijn gespierde teamgenoten op te roepen, om voor me te zien hoe ze over het strakke, groene gras van Sportman's Park renden. Ik probeerde ze allemaal in hun rood-witte tenue voor me te zien, waarbij sommigen een honkbaljasje droegen als dat uit de catalogus van Sears and Roebuck. Ik probeerde me die scènes voor te stellen omdat ze me altijd weer inspireerden, maar de tractor stopte en het enige wat ik zag, was al die katoen die daar maar stond te wachten, rij na rij.

Het jaar daarvoor had Juan me met het heerlijke Mexicaanse voedsel laten kennismaken, vooral met tortilla's. Omdat de arbeiders ze drie keer per dag aten, nam ik aan dat ze goed smaakten. Ik had op een middag met Juan en zijn groep meegegeten, nadat ik eerst al een maaltijd in ons eigen huis had gehad. Hij maakte twee tortilla's voor me klaar, en ik verslond ze. Drie uur later zat ik op handen en knieën onder de katoenwagen, zo ziek als een hond. Ik werd uitgescholden door alle Chandlers die aanwezig waren, mijn moeder voorop.

'Je kunt hun voedsel niet eten!' zei ze smalend.

'Waarom niet?' vroeg ik.

'Omdat het niet schoon is.'

Het werd me uitdrukkelijk verboden om iets te eten wat door de Mexicanen was klaargemaakt. En daardoor smaakten de tortilla's natuurlijk nog beter. Ik werd weer betrapt toen Pappy een onverwacht bezoek aan de schuur bracht om bij Isabel te gaan kijken. Mijn vader nam me mee achter het gereedschapsschuurtje en sloeg me met zijn riem. Daarna at ik een hele tijd geen tortilla's meer.

Maar nu hadden we een nieuwe kok op ons erf, en ik wilde erg graag proeven of Miguels eten net zo goed smaakte als dat van Juan. Toen ik er na het middageten zeker van was dat iedereen sliep, sloop ik de keukendeur uit en liep ik nonchalant naar de schuur. Het was een gevaarlijke onderneming, want Pappy en oma sliepen niet erg vast, ook niet als ze doodmoe van het veld terugkwamen.

De Mexicanen lagen languit in de schaduw van het noordelijke eind van de schuur. De meesten sliepen op het gras. Miguel wist dat ik zou komen, want we hadden elkaar eerder op de ochtend even gesproken, toen we allebei onze katoen lieten wegen. Zijn zak had zeventig pond gewogen, de mijne vijftien.
Hij knielde bij de kooltjes van een klein vuur neer en warmde een tortilla op in een koekenpan. Hij draaide de tortilla om, en toen die aan één kant bruin was, voegde hij er een dun laagje salsa aan toe: fijngehakte tomaten, uien en pepers, allemaal uit onze tuin. Er zaten ook jalapeño's en gehakte, rode pepers in die nooit in de staat Arkansas waren gekweekt. De Mexicanen brachten die ingrediënten in hun kleine draagzakken mee van huis.
Een paar van de Mexicanen vonden het interessant dat ik een tortilla wilde. De anderen werkten hard aan hun siësta. Cowboy was nergens te bekennen. Ik at een tortilla terwijl ik bij de hoek van de schuur stond, een plaats vanwaar ik een goed zicht had op het huis en op eventuele Chandlers die kwamen kijken wat ik uitspookte. De tortilla was warm, kruidig en rommelig. Ik proefde geen verschil tussen die van Miguel en die van Juan. Ze waren allebei heerlijk. Miguel vroeg of ik er nog een wilde, en ik had er best nog een op gekund. Maar ik wilde hun eten niet aannemen. Ze waren allemaal klein, mager en straatarm, en toen ik het jaar daarvoor betrapt was, hadden de volwassenen me om beurten uitgescholden en me enorm te schande gemaakt. Oma was zo creatief geweest om een nieuwe zonde te bedenken, namelijk het aannemen van voedsel van minderbedeelden. Voor ons baptisten was er altijd wel een zonde te bedenken die ons dwarszat.
Ik bedankte hem en sloop terug naar de voorveranda van het huis zonder ook maar één Spruill wakker te maken. Ik maakte me zo klein mogelijk op de schommelbank, alsof ik de hele tijd had geslapen. Niemand bewoog, maar ik kon niet slapen. Er stak een lichte bries op en ik dagdroomde van een luie middag op de veranda, geen katoen te plukken, niets te doen behalve misschien vissen in de St. Francis en vangoefeningen doen in de voortuin.
De meeste van mijn vrienden wilden boer worden, net als hun vader en grootvader. Ik had geen idee waarom. Misschien kwam het doordat hun moeders boerendochters waren. Ze wisten niet beter.

Die middag bezweek ik bijna aan het werk. Laat op de dag strompelde ik naar de katoenwagen, mijn oogst achter me aan zeulend, verhit en dorstig, drijfnat van het zweet, mijn vingers gezwollen van de kleine, ondiepe prikjes van de bolsters. Ik had die dag al eenenveertig pond geplukt. Mijn quotum was vijftig, en ik was er zeker van dat ik minstens tien pond in de zak had. Ik hoopte dat mijn moeder ergens in de buurt van de weegschaal zou zijn, want ze zou absoluut willen dat ik ophield met werken en naar huis ging. Pappy en mijn vader zouden me terugsturen om nog meer katoen te plukken, quotum of niet.

Alleen die twee mannen mochten de katoen wegen, en als ze ergens diep in de velden waren, kon je even uitrusten tot ze zich weer naar de wagen toe hadden gewerkt. Ik zag ze geen van beiden en ik kwam meteen op het idee om een dutje te doen.

De Spruills hadden zich aan de oostkant van de wagen verzameld, in de schaduw. Ze zaten op hun dikke katoenzakken uit te rusten en naar Trot te kijken, die voorzover ik wist de hele dag niet meer dan drie meter had afgelegd, alleen om naar zijn middageten te gaan.

Ik bevrijdde me van de schouderriem van mijn katoenzak en liep naar het eind van de wagen. 'Howdy,' zei een van de Spruills.

'Hoe gaat het met Trot?' vroeg ik.

'Het komt wel goed met hem,' zei meneer Spruill. Ze aten crackers en droge worst, een favoriete energieverstrekker in de katoenvelden. Naast Trot zat Tally, die me volkomen negeerde.

'Heb je iets te eten, jongen?' vroeg Hank plotseling, en hij keek me met zijn vochtige ogen fel aan. Een ogenblik was ik te verbaasd om iets te zeggen. Mevrouw Spruill schudde haar hoofd en keek naar de grond.

'Nou?' vroeg hij. Hij draaide zich enigszins opzij om me recht aan te kijken.

'Eh, nee,' kon ik uitbrengen.

'Je bedoelt, "nee meneer", nietwaar, jongen?' zei hij kwaad.

'Kom nou, Hank,' zei Tally. De rest van de familie scheen zich terug te trekken. Ze bogen allemaal hun hoofd.

'Nee, meneer,' zei ik.

'Nee, meneer, wat?' Zijn stem werd scherper. Het was duidelijk dat Hank graag ruzie zocht. Ze hadden dit waarschijnlijk al vaak meegemaakt.

'Nee, meneer,' zei ik opnieuw.

'Jullie boeren zijn een verwaand stelletje, weet je dat? Jullie denken dat jullie beter dan wij heuvelmensen zijn, omdat jullie dit land hebben en omdat jullie ons betalen om erop te werken. Heb ik gelijk of niet, jongen?'

'Zo is het genoeg, Hank,' zei meneer Spruill, maar het klonk niet erg overtuigend. Ik hoopte plotseling dat Pappy of mijn vader zou komen. Zo langzamerhand wilde ik dat deze mensen onze boerderij verlieten.
Mijn keel werd dichtgeknepen en mijn onderlip begon te trillen. Ik was gekwetst en schaamde me, en wist niet wat ik moest zeggen.
Hank liet zich niet zo gemakkelijk tot zwijgen brengen. Hij steunde op een elleboog en zei met een gemeen lachje: 'Wij staan maar een klein stukje boven de Mexicanen, hè jongen? Gewoon ingehuurde arbeiders. Gewoon een stelletje hillbillies dat illegale jajem drinkt en met hun eigen zus trouwt. Heb ik gelijk of niet, jongen?'
Hij zweeg een fractie van een seconde, alsof hij echt wilde dat ik antwoord gaf. Ik kwam in de verleiding om weg te rennen, maar staarde alleen maar naar de punten van mijn laarzen. Misschien hadden de andere Spruills medelijden met me, maar ze kwamen me niet te hulp.
'Ons huis is mooier dan dat van jullie, jongen. Geloof je dat? Veel mooier.'
'Rustig nou, Hank,' zei mevrouw Spruill.
'Het is groter, het heeft een lange veranda, een metalen dak zonder teervlekken, en weet je wat het nog meer heeft? Je zult het niet geloven, jongen, maar ons huis heeft verf. Witte verf. Heb jij ooit verf gezien, jongen?'
Nu begonnen Bo en Dale, de twee tieners die zich bijna nooit lieten horen, in zichzelf te grinniken, alsof ze Hank zoet wilden houden zonder mevrouw Spruill te beledigen.
'Laat hem ophouden, mama,' zei Tally, en mijn vernedering werd onderbroken, al was het maar even.
Ik keek naar Trot, en tot mijn verbazing steunde hij op zijn ellebogen en had hij zijn ogen wijder open dan ik ooit had meegemaakt. Hij keek aandachtig naar de eenzijdige confrontatie. Zo te zien genoot hij ervan.
Hank keek Bo en Dale met een scheve grijns aan, en ze begonnen nog harder te lachen. Meneer Spruill keek nu ook geamuseerd. Misschien was hij net een keer te vaak een hillbilly genoemd.
'Waarom verven jullie heikneuters jullie huizen niet?' bulderde Hank in mijn richting.
Het woord 'heikneuters' werkte pas goed op hun lachspieren. Bo en Dale schudden van het lachen. Hank gierde het uit om zijn eigen grap. Het hele stel scheen op het punt te staan zich op de dijen te klet-

sen van pret, maar toen zei Trot met zoveel stemgeluid als hij kon voortbrengen: 'Hou op, Hank!'
Zijn woorden klonken een beetje onduidelijk, zodat 'Hank' eruit kwam als 'Hane', maar natuurlijk verstonden ze hem wel. Ze schrokken, en er kwam abrupt een eind aan hun plezier. Ze keken allemaal naar Trot, die woedend en met diepe walging naar Hank keek.
Ik stond op het punt om in tranen uit te barsten, en draaide me om en rende langs de wagen en over de veldweg, tot ik veilig uit hun zicht was. Toen dook ik het katoenveld in en wachtte tot ik stemmen zou horen van mensen die me welgezind waren. Ik ging op de warme grond zitten, omringd door katoenstruiken van meer dan een meter hoog, en ik huilde, iets wat ik verschrikkelijk vond.

De katoenwagens van de betere boerderijen hadden dekkleden om de katoen op de wagen te houden en te voorkomen dat hij wegwaaide onderweg naar de ontkorrelmachines. Ons oude dekkleed was stevig vastgebonden om het resultaat van ons harde werken in bedwang te houden. Tussen de katoen op de wagen zat ook de zeventig pond die ik in de afgelopen twee dagen had geplukt. Geen enkele Chandler had ooit een lading naar de ontkorrelmachines gebracht terwijl de katoenpluizen als sneeuw in het rond vlogen en op de weg neerdaalden. Veel andere mensen deden dat wel, en het hoorde bij het oogstseizoen dat je het onkruid en de greppels langs Highway 18 langzaam wit zag worden.
Omdat de zwaarbeladen katoenwagen veel groter was dan onze pick-up, reed Pop met een snelheid van amper dertig kilometer per uur naar het dorp. En hij zei niets. We waren allebei ons eten aan het verteren. Ik dacht aan Hank en vroeg me af wat ik moest doen. Pappy maakte zich ongetwijfeld zorgen over het weer.
Ik wist precies wat er zou gebeuren als ik hem over Hank vertelde. Hij zou me over de voortuin naar Spruill-stad dirigeren en dan zou het tot een vervelende confrontatie komen. Omdat Hank jonger en groter was, zou Pappy een of andere stok in zijn hand hebben, en die zou hij met alle plezier gebruiken. Hij zou eisen dat Hank zich verontschuldigde, en als hij weigerde, zou Pappy hem bedreigen en beledigen. Hank zou zijn tegenstander verkeerd inschatten, en algauw zou de stok zijn werk doen. Hank zou geen schijn van kans maken. Mijn vader zou zich gedwongen zien de Chandler-flanken met zijn jachtgeweer te dekken. De vrouwen zouden veilig op de veranda blijven,

maar mijn moeder zou zich weer vernederd voelen door Pappy's gewelddadige neigingen.
De Spruills zouden hun wonden likken en hun haveloze bezittingen oppakken. Ze zouden naar een andere boerderij gaan, waar de boer ze graag zou willen hebben, en wij zouden met te weinig mensen zitten. Dan zou van mij worden verwacht dat ik nog meer katoen plukte.
En dus zei ik geen woord.
We reden langzaam over Highway 18 en brachten de katoen in de rechterberm van de weg in beweging. Intussen keken we naar de velden, waar hier en daar nog een ploeg Mexicanen aan het werk was, in een race tegen de duisternis.
Ik besloot Hank en de rest van de Spruills gewoon uit de weg te gaan tot de oogst voorbij was en ze naar de heuvels teruggingen, terug naar hun prachtig geverfde huis, hun illegale jajem en hun bruiloften tussen broer en zus. En op een avond tegen het eind van de winter, als we in de huiskamer rond het vuur zaten en verhalen over de oogst vertelden, zou ik eindelijk verslag doen van Hanks wandaden. Ik zou tijd genoeg hebben om mijn verhalen uit te werken, en ik zou ze verfraaien waar ik dat nodig vond. Dat was een Chandler-traditie.
Maar ik moest wel voorzichtig zijn als ik over dat geverfde huis vertelde.
Toen we Black Oak naderden, kwamen we langs de boerderij van de familie Clench, het huis van Foy en Laverl Clench en hun acht kinderen, die allemaal vast en zeker nog in het veld waren. Niemand, zelfs de Mexicanen niet, werkte harder dan de Clenches. De ouders waren beruchte slavendrijvers, maar de kinderen schenen het prachtig te vinden om katoen te plukken en zelfs de eenvoudigste karweitjes op de boerderij te doen. De heggen langs de voortuin waren perfect gesnoeid. Hun schuttingen waren recht en hadden nergens achterstallig onderhoud. Hun tuin was enorm en had een legendarische opbrengst. Zelfs hun oude truck was schoon. Een van de kinderen waste hem elke zaterdag.
En hun huis was geverfd, het eerste geverfde huis op de weg naar het dorp. De kleur van het huis was wit, met grijze randen en hoeken. De veranda en voortrap waren donkergroen.
Algauw waren alle huizen geverfd.
Ons huis was voor de Eerste Wereldoorlog gebouwd, in een tijd waarin niemand van waterleiding en elektriciteit had gehoord. De buitenkant bestond uit eiken planken van achttien centimeter breed en drie

centimeter dik, waarschijnlijk afkomstig van de bomen op het land dat we nu bebouwden. In de loop van de jaren waren de planken lichtbruin geworden, ongeveer dezelfde kleur die de andere boerderijen rond Black Oak ook hadden. Verf was onnodig. De planken werden schoongemaakt en onderhouden, en trouwens, verf kostte geld.

Maar kort nadat mijn ouders getrouwd waren, besloot mijn moeder dat het huis aan een opknapbeurt toe was. Ze begon mijn vader te bewerken, die zijn jonge vrouw graag een plezier wilde doen. Maar zijn ouders vonden het niet nodig. Pappy en oma weigerden ronduit, met alle koppigheid die bij ons uit de bodem komt, om zelfs maar te overwegen het huis te verven. De kosten, die op vijftig dollar werden geschat, vormden de officiële reden. Dat gaf mijn vader aan mijn moeder door. Het leidde niet tot ruzie, niet tot woorden, alleen tot een gespannen tijd in een winter waarin vier volwassenen in een klein, ongeverfd huis woonden en hartelijk met elkaar probeerden om te gaan.

Mijn moeder nam zich heilig voor dat ze haar kinderen nooit op een boerderij zou grootbrengen. Op een dag zou ze een huis in een stad hebben, een huis met waterleiding en struiken bij de veranda, en met verf op de planken, misschien zelfs bakstenen.

'Verf' was op de Chandler-boerderij een beladen woord.

Toen we bij de ontkorrelmachines aankwamen, telde ik elf wagens voor ons. Een stuk of twintig andere waren leeg en stonden langs de kant geparkeerd. Die waren van boeren met genoeg geld om twee wagens te hebben. Ze konden er een achterlaten om de katoen 's nachts te laten ontkorrelen, terwijl de andere wagen in het veld bleef. Mijn vader verlangde vurig naar een tweede wagen.

Pappy parkeerde de wagen en liep naar een groep boeren die naast een wagen bij elkaar stonden. Aan de manier waarop ze daar stonden, kon ik zien dat ze zich ergens zorgen over maakten.

Negen maanden per jaar gebeurde er helemaal niets in de ontkorrelinstallatie. Het was een hoog, lang, blokkendoosachtig gebouw, het grootste gebouw in de wijde omgeving. Als begin september de oogst begon, kwam het tot leven. Op het hoogtepunt van de katoenpluktijd draaide de installatie dag en nacht en stopte hij alleen op zaterdagavond en zondagmorgen. De ontkorrelaars en baalmachines bulderden met een luidruchtige precisie die in heel Black Oak te horen was.

Ik zag de Montgomery-tweeling stenen gooien in het onkruid naast de ontkorrelinstallatie, en ik ging naar ze toe. We vertelden verhalen over onze Mexicanen en logen over de hoeveelheden katoen die we zelf hadden geplukt. Het was donker, en de rij wagens bewoog langzaam.

'Mijn vader zegt dat de katoenprijzen gaan dalen,' zei Dan Montgomery terwijl hij een steen de duisternis in gooide. 'Hij zegt dat de katoenhandelaren in Memphis de prijzen drukken omdat er zoveel katoen is.'

'Het is een grote oogst,' zei ik. De broertjes Montgomery wilden boer worden als ze groot waren. Ik had bijna medelijden met hen.

Als de regens de velden blank zetten en de oogst wegspoelden, gingen de prijzen omhoog, omdat de handelaren in Memphis niet genoeg katoen konden krijgen. Maar dan hadden de boeren natuurlijk niets te verkopen. En als de regens goed meewerkten en de oogsten kolossaal waren, gingen de prijzen omlaag omdat de handelaren in Memphis te veel katoen hadden. De arme mensen die in de velden werkten, verdienden dan niet genoeg om hun leningen af te betalen.

Goede oogst of slechte oogst, het maakte eigenlijk geen verschil.

We praatten een tijdje over honkbal. Omdat de Montgomery's geen radio hadden, wisten ze niet veel van de Cardinals. Opnieuw had ik medelijden met ze.

Toen we de ontkorrelinstallatie verlieten, had Pappy niets te zeggen. De rimpels in zijn voorhoofd waren weer dicht bij elkaar gekomen en zijn kin stak een beetje naar voren, dus ik wist dat hij slecht nieuws had gehoord. Ik nam aan dat het iets met de prijs van katoen te maken had.

Toen we Black Oak uit reden, zei ik niets. Zodra we de lichten achter ons hadden gelaten, legde ik mijn hoofd in de opening van het raam, zodat de wind me in mijn gezicht kon waaien. De lucht was heet en windstil, en ik wilde dat Pappy harder reed, dan konden we een beetje afkoelen.

De komende paar dagen zou ik wat aandachtiger luisteren. Ik zou de volwassenen de tijd geven om onder elkaar te fluisteren, en dan zou ik mijn moeder vragen wat er aan de hand was.

Als het slecht nieuws over de boerderij was, zou ze het me uiteindelijk vertellen.

7

Zaterdagmorgen. Bij zonsopgang gingen we weer met de wagen naar het veld, de Mexicanen aan de ene kant en de Spruills aan de andere. Ik bleef dicht bij mijn vader, bang dat ik het monster Hank weer achter me aan zou krijgen. Ik haatte die ochtend alle Spruills, misschien met uitzondering van Trot, de enige die voor me was opgekomen. Ze negeerden mij. Ik hoopte dat ze zich schaamden.

Terwijl we tussen de velden door reden, deed ik mijn best om niet aan de Spruills te denken. Het was zaterdag. Een bijzondere dag voor alle arme stumpers die op het land zwoegden. Op de Chandler-boerderij zouden we een halve dag werken en dan naar het dorp gaan, net als alle anderen boeren en hun gezinnen, die er levensmiddelen en andere spullen gingen kopen, een praatje met elkaar maakten in Main Street, de nieuwste roddels uitwisselden, en zo een paar uur aan het zwoegen in de katoenvelden ontsnapten. De Mexicanen en heuvelmensen gingen ook. De mannen vormden groepjes voor de Tea Shoppe en de Co-op en praatten over hun oogst of vertelden verhalen over overstromingen. De vrouwen gingen allemaal naar Pop en Pearl, en deden een eeuwigheid over de aankoop van een paar levensmiddelen. De kinderen mochten over de trottoirs van Main Street zwerven, tot vier uur, dat magische tijdstip waarop de middagvoorstelling in de Dixie begon.

Toen de wagen stopte, sprongen we eruit en vonden onze katoenzakken. Ik sliep nog half en had nergens aandacht voor, maar toen zei opeens een allerliefste stem: 'Goedemorgen, Luke.' Het was Tally. Ze stond naar me te glimlachen. Het was haar manier om te zeggen dat het haar speet wat er de vorige dag gebeurd was.

Ik, een Chandler, kon enorm koppig zijn. Ik keerde haar mijn rug toe en liep weg. Ik zei tegen mezelf dat ik alle Spruills haatte. Ik ging de eerste rij katoen te lijf alsof ik voor het middageten nog even twintig hectare ging afwerken. Maar na een paar minuten was ik moe. Ik stond daar ergens tussen de katoen, in het donker, en nog steeds hoorde ik haar stem en zag ik haar glimlach.

Ze was maar tien jaar ouder dan ik.

Het zaterdagse bad was een ritueel waaraan ik een nog grotere hekel had dan aan alle andere rituelen. Het vond plaats na het middageten, en wel onder streng toezicht van mijn moeder. Het bad, dat voor mij al amper groot genoeg was, werd later op de dag door alle leden van de familie gebruikt. Het stond in een verre hoek van de achterveranda, aan het zicht onttrokken door een oud laken.

Eerst moest ik water van de pomp naar de achterveranda sjouwen. Ik maakte het bad voor eenderde vol, en daarvoor moest ik acht keer met een emmer heen en weer, zodat ik doodmoe was voordat ik erin ging. Toen trok ik het laken zo strak mogelijk en trok ik met grote snelheid al mijn kleren uit. Het water was erg koud.

Met een stuk zeep uit de winkel en een washandje ging ik verwoed aan het werk om vuil weg te boenen en zeepbellen te maken, en het water in elk geval zo troebel te maken dat mijn moeder mijn geslachtsdelen niet kon zien als ze leiding aan de gang van zaken kwam geven. Ze kwam eerst mijn vuile kleren halen en me vervolgens schone brengen. Daarna ging ze regelrecht op mijn oren en hals af. In haar handen werd het washandje een wapen. Ze boende over mijn gevoelige huid alsof de aarde die ik werkend in de velden had verzameld haar een gruwel was. Al die tijd bleef ze zich erover verbazen hoe vuil ik kon worden.

Als mijn hals rauw geboend was, ging ze mijn haar te lijf alsof het vol luizen zat. Ze goot koud water uit de emmer over mijn hoofd om de zeep weg te spoelen. Mijn vernedering was compleet toen ze klaar was met het afboenen van mijn armen en voeten – gelukkig liet ze het middengedeelte aan mij over.

Het water was modderig toen ik eruit sprong – een week van vuil, verzameld in de delta van Arkansas. Hierna droogde ik me af en stapte ik in mijn schone overall. Ik voelde me fris en schoon en drie kilo lichter, en ik was er klaar voor om naar het dorp te gaan.

Pappy wilde maar één keer met de truck naar Black Oak rijden. Dat betekende dat oma en mijn moeder bij hem voorin zouden plaatsnemen en dat mijn vader en ik met alle tien Mexicanen achterin zouden zitten. De Mexicanen vonden het helemaal niet erg om dicht opeengepakt te zitten, maar ik zat daar niet lekker.

Toen we wegreden, keek ik naar de Spruills, die palen wegtrokken en touwen losmaakten – kortom, druk in de weer waren om hun oude truck van alle aanhangsels te bevrijden, zodat ze naar het dorp konden gaan. Iedereen was druk bezig, behalve Hank, die in de schaduw iets zat te eten.

Om te voorkomen dat het stof over de spatborden wolkte en ons achterin verstikte, reed Pappy met een snelheid van nog geen tien kilometer per uur over onze weg. Hoewel dat attent van hem was, hielp het ons niet erg. We hadden het heet en benauwd. Het zaterdagse bad was op het platteland van Arkansas een ritueel. In Mexico was het dat blijkbaar niet.

Op zaterdag kwamen sommige boerenfamilies om twaalf uur in het dorp aan. Omdat Pappy het zonde vond om te veel tijd aan de vrije zaterdag te besteden, gingen wij wat later. 's Winters dreigde hij zelfs helemaal niet naar het dorp te gaan, behalve naar de kerk op zondag. Mijn moeder zei dat hij eens een maand lang niet van de boerderij weg was geweest, en dat was dan inclusief een boycot van de kerk omdat de dominee hem op de een of andere manier had beledigd. Er was niet veel voor nodig om Pappy te beledigen. Maar we hadden geluk. Veel deelpachters kwamen nooit van hun boerderij. Ze hadden geen geld voor boodschappen en geen auto om naar het dorp te gaan. En er waren ook pachters als wij, en boeren met eigen land, die zelden naar het dorp gingen. Clovis Beckly van Carraway was volgens oma in geen veertien jaar naar het dorp geweest. En hij kwam al lang voor de Eerste Wereldoorlog niet meer in de kerk. Ik had mensen op opwekkingsbijeenkomsten openlijk voor hem horen bidden.

Ik hield van het verkeer en de drukke trottoirs en het feit dat je nooit wist wie je zou tegenkomen. Ik hield van de groepen Mexicanen die onder bomen zaten en ijs aten en in rad Spaans hun landgenoten die bij andere boerderijen werkten begroetten. Ik hield van de massa's vreemden, heuvelmensen die binnenkort weg zouden gaan. Pappy vertelde me een keer dat, toen hij voor de Eerste Wereldoorlog in St. Louis was, daar driekwart miljoen mensen waren en dat hij een keer verdwaalde toen hij gewoon over straat liep.

Dat zou mij nooit overkomen. Als ik door de straten van St. Louis liep, zou iedereen me kennen.

Ik volgde mijn moeder en oma naar de winkel van Pop en Pearl Watson. De mannen gingen naar de Co-op omdat alle boeren daar op zaterdagmiddag naartoe gingen. Het werd me nooit precies duidelijk wat ze daar deden, behalve over de katoenprijzen klagen en zich zorgen maken over het weer.

Pearl was druk bezig bij de kassa. 'Dag mevrouw Watson,' zei ik toen ik dichtbij genoeg kon komen. De winkel was stampvol vrouwen en Mexicanen.

'Hé, hallo, Luke,' zei ze met een knipoog. 'Hoe gaat het met de katoen?' vroeg ze. Diezelfde vraag hoorde je overal.

'Hard aan het plukken,' zei ik, alsof ik al duizend pond had binnengehaald.

Mijn grootmoeder en moeder deden er een uur over om vijf pond bloem, twee pond suiker, twee pond koffie, een fles azijn, een pond tafelzout en twee stukken zeep te kopen. De gangpaden stonden vol vrouwen die drukker bezig waren elkaar gedag te zeggen dan voedsel te kopen. Ze praatten over hun tuin en het weer en de kerkdienst van de volgende dag, en over de vraag wie er zeker een baby kreeg en wie misschien. Ze babbelden over een begrafenis hier, een opwekkingsbijeenkomst daar, een ophanden zijnde bruiloft.

Geen woord over de Cardinals.

Het enige karweitje dat ik in het dorp had, was dat ik de boodschappen naar de truck moest sjouwen. Toen dat gebeurd was, had ik de volledige vrijheid om door Main Street te wandelen zonder dat iemand toezicht op me hield. Ik liep met de langzame stroom voetgangers mee naar het oostelijk eind van Black Oak, langs de Co-op, de drugstore, de ijzerwinkel en de Tea Shoppe. Op het trottoir stonden overal mensen te praten zonder dat ze van plan waren door te lopen. Niet veel mensen hadden telefoon, en er waren in het hele district maar twee televisietoestellen. Wie het laatste nieuws wilde horen, was dus op de zaterdag aangewezen.

Ik kwam mijn vriend Dewayne Pinter tegen, die zijn moeder probeerde over te halen hem alleen te laten rondlopen. Dewayne was een jaar ouder dan ik maar zat nog in de tweede klas. Zijn vader liet hem op hun tractor rond de boerderij rijden, en dat gaf hem extra status onder alle tweedeklassers van de school in Black Oak. De Pinters waren baptisten en Cardinals-supporters, maar om een of andere duistere reden moest Pappy niet veel van ze hebben.

'Goedemiddag, Luke,' zei mevrouw Pinter tegen me.

'Dag, mevrouw Pinter.'

'Waar is je moeder?' Ze keek achter me.

'Nog in de drugstore, denk ik. Ik weet het niet precies.'

Na die woorden van mij kon Dewayne zich losrukken. Als ik in mijn eentje over straat mocht lopen, mocht hij dat ook. Terwijl we wegliepen, blafte mevrouw Pinter hem nog instructies na. We gingen naar de Dixie, waar de oudere kinderen rondhingen en wachtten tot het vier uur was. In mijn zak had ik een paar munten: vijf cent voor de matinee, vijf cent voor een cola, drie cent voor popcorn. Mijn moeder had me dat geld gegeven als voorschot op wat ik met katoen plukken zou verdienen. Het was de bedoeling dat ik het op een dag zou terugbetalen, maar zij en ik wisten allebei dat ik dat nooit zou hoeven doen. Als Pappy het probeerde te innen, zou hij met mijn moeder te maken krijgen.

Blijkbaar had Dewayne een betere week in de katoen gehad dan ik. Hij had een zak vol dubbeltjes en liep daar erg mee te koop. Zijn familie pachtte ook land, en ze hadden acht hectare in eigendom, veel meer dan de Chandlers.

Een sproetig meisje dat Brenda heette, kwam naar ons toe en probeerde een gesprek met Dewayne te beginnen. Ze had tegen al haar vriendinnen gezegd dat ze met hem wilde trouwen. Ze maakte zijn leven ondraaglijk door hem in de kerk achterna te lopen, hem iedere zaterdag door Main Street te schaduwen en hem altijd te vragen of hij in de bioscoop naast haar wilde komen zitten.

Dewayne minachtte haar. Toen er een groep Mexicanen voorbijliep, knepen we er in het gewoel tussenuit.

Er brak een vechtpartij uit achter de Co-op, een plaats waar de oudere jongens vaak bij elkaar kwamen en aan het knokken sloegen. Dat gebeurde elke zaterdag en niets kon Black Oak zo goed tot leven wekken als een stevig gevecht. De mensen verdrongen zich in de brede steeg naast de Co-op, en in de drukte hoorde ik iemand zeggen: 'Ik wed dat het een Sisco is.'

Mijn moeder had me gewaarschuwd dat ik niet naar de vechtpartijen achter de Co-op moest gaan kijken, maar het was geen strikt verbod, want ik wist dat ze daar niet zou zijn. Geen enkele vrouw durfde zich daar te vertonen. Dewayne en ik baanden ons een weg door de menigte, opgewonden bij het vooruitzicht van het geweld dat we te zien zouden krijgen.

De Sisco's waren straatarme deelpachters die ruim een kilometer van het dorp vandaan woonden. Ze waren er op zaterdag altijd. Niemand wist precies hoeveel kinderen er in dat gezin waren, maar vechten konden ze allemaal. Hun vader was een dronkaard die ze sloeg, en hun moeder had eens een gewapende hulpsheriff die haar man probeerde te arresteren tegen de vlakte geslagen. Hij had zijn arm en zijn neus gebroken. De hulpsheriff ging met schande beladen uit het dorp weg. De oudste Sisco zat in de gevangenis omdat hij in Jonesboro iemand had vermoord.

Omdat de Sisco-kinderen niet naar school of naar de kerk gingen, kon ik ze goed vermijden. En inderdaad: toen we dichtbij kwamen en tussen de toeschouwers door gluurden, zagen we Jerry Sisco een vreemde op z'n gezicht slaan.

'Wie is dat?' vroeg ik Dewayne. De menigte schreeuwde tegen beide vechtersbazen dat ze elkaar verrot moesten slaan.

'Weet ik niet,' zei Dewayne. 'Zal wel een hillbilly zijn.'

Dat zou inderdaad heel goed kunnen. Het wemelde in deze tijd van de heuvelmensen die katoen plukten, en het zou ook wel logisch zijn dat de Sisco's een vechtpartij uitlokten met iemand die hen niet kende. De jongens uit de buurt wisten wel beter. De vreemde had een gezwollen gezicht en er liep bloed uit zijn neus. Jerry Sisco liet een harde rechtse tegen zijn tanden dreunen en sloeg hem daarmee tegen de grond.

In een hoek stond een hele bende Sisco's en hun maats, lachend en waarschijnlijk ook drinkend. Ze waren haveloos en vuil en droegen kapotte kleren; de meesten hadden niet eens schoenen aan. Ze waren bikkelhard. Ze waren mager en hongerig, en vochten met alle smerige trucjes die er waren. Het jaar daarvoor had Billy Sisco in een gevecht achter de ontkorrelinstallatie bijna een Mexicaan gedood.

Aan de andere kant van de geïmproviseerde arena stond een groepje heuvelmensen. Ze schreeuwden allemaal tegen hun man, die Doyle bleek te heten, dat hij moest opstaan en iets terug moest doen. Doyle sprong overeind, wreef over zijn kin en ging in de aanval. Het lukte hem zijn hoofd in Jerry Sisco's buik te pompen, zodat ze allebei tegen

de grond smakten. Dat leverde hem gejuich van de heuvelmensen op. Wij zouden ook wel willen juichen, maar we wilden de Sisco's niet tegen ons in het harnas jagen. Dit was hun terrein, en ze zouden het iedereen betaald zetten.
De twee vechtenden graaiden, klauwden en rolden als wilde dieren door het zand, en de omstanders schreeuwden steeds harder. Plotseling kreeg Doyle zijn rechterhand vrij en gaf hij Jerry Sisco een perfecte vuistslag midden in zijn gezicht. Het bloed spoot alle kanten op. Jerry bleef een fractie van een seconde stil liggen, en we hoopten allemaal stiekem dat eindelijk een Sisco zijn meerdere had gevonden. Doyle stond al op het punt om nog eens uit te halen, toen Billy Sisco zich plotseling uit de troep toeschouwers losmaakte en Doyle een harde schop in zijn rug verkocht. Doyle krijste als een gewonde hond en rolde op de grond, waar beide Sisco's zich meteen op hem stortten om hem met hun voeten en vuisten te bewerken.
Doyle stond op het punt om te worden afgeslacht. Het was helemaal niet eerlijk, maar zo'n risico liep je gewoon als je tegen een Sisco vocht. De heuvelmensen zwegen en mensen uit de omgeving keken toe zonder een vinger uit te steken.
Toen trokken de twee Sisco's Doyle overeind, en met het geduld van een beul schopte Jerry hem in zijn kruis. Doyle gaf een schreeuw en viel op de grond. De Sisco's bulderden van het lachen.
De Sisco's wilden hem weer overeind trekken, toen Hank Spruill uit de menigte naar voren kwam en Jerry een harde stomp gaf, zodat hij op de grond viel. Vlug als een kat haalde Billy Sisco uit met een linkse die Hank op zijn kaak trof, maar toen gebeurde er iets vreemds: die stomp deed Hank Spruill niets. Hij draaide zich om, greep Billy bij zijn haar vast, draaide hem zonder enige moeite om en gooide hem in de groep Sisco's. Uit die groep kwam een nieuwe Sisco naar voren, Bobby, niet ouder dan zestien maar al even gemeen als zijn broers.
Drie Sisco's tegen Hank Spruill.
Terwijl Jerry overeind krabbelde, schopte Hank hem met ongelooflijke snelheid zo hard in zijn ribben dat we ze hoorden kraken. Toen draaide Hank zich om en sloeg Bobby met de rug van zijn hand tegen de vlakte, waarna hij hem tegen zijn tanden schopte. Inmiddels deed Billy weer een uitval, en als de sterke man in een circus tilde Hank de magere jongen de lucht in en gooide hem tegen de zijkant van de Co-op, waar hij met een harde klap tegenaan kwam, zo hard dat de planken en ruiten ervan rammelden, waarna hij met zijn hoofd op de

straatstenen viel. Ik had niet met minder gemak een honkbal kunnen gooien. De hillbillies stonden inmiddels te juichen.

Toen Billy op de grond viel, greep Hank hem bij zijn keel vast en sleurde hem naar het midden van de arena terug, waar Bobby op handen en knieën zat en overeind probeerde te komen. Jerry lag een eindje verderop te krimpen van de pijn, met zijn handen tegen zijn ribbenkast.

Hank schopte Bobby tussen zijn benen. Toen de jongen het uitschreeuwde, liet Hank een afschuwelijke lach horen.

Toen greep hij Billy bij zijn keel en begon met de rug van zijn rechterhand tegen zijn gezicht te slaan. Het bloed spoot alle kanten op; het bedekte Billy's gezicht en stroomde over zijn borst.

Ten slotte liet Hank hem los en wendde hij zich tot de rest van de Sisco's. 'Wil iemand nog meer?' schreeuwde hij. 'Kom maar op! Jullie kunnen het krijgen!'

De andere Sisco's doken ineen, terwijl hun drie helden in het stof bleven liggen.

Het gevecht had nu afgelopen kunnen zijn, maar Hank had andere plannen. Weloverwogen, en met veel plezier, schopte hij hen alle drie tegen hun gezicht en hoofd, tot ze ophielden met bewegen en kreunen. De menigte begon zich te verspreiden.

'Laten we gaan,' zei een man achter ons. 'Jullie kinderen hoeven dit niet te zien.' Maar ik kon geen voet verzetten.

Toen vond Hank een afgebroken stuk van een oude lat. Een ogenblik bleef de vertrekkende menigte staan om met morbide nieuwsgierigheid toe te kijken.

Toen Hank met de lat op Jerry's neus sloeg, zei iemand in de menigte: 'O, mijn god.'

Een andere stem zei iets over de sheriff halen.

'Laten we hier weggaan,' zei een oude boer, en de menigte maakte weer aanstalten te vertrekken, ditmaal een beetje vlugger.

Hank was nog niet klaar. Zijn gezicht was rood van woede en zijn ogen flitsten als die van een duivel. Hij bleef op de Sisco's inbeuken tot de oude lat uit elkaar begon te vallen.

Ik zag geen van de andere Spruills in de menigte staan. Toen de vechtpartij in een slachtpartij ontaardde, ging iedereen ervandoor. Niemand in Black Oak wilde ruzie met de Sisco's. En nu wilde niemand naar die krankzinnige uit de heuvels kijken.

Toen we weer op het trottoir waren, zwegen degenen die het gevecht

hadden gezien. Het was nog steeds aan de gang. Ik vroeg me af of Hank ze zou slaan tot ze dood waren.
Dewayne en ik zeiden geen woord. We baanden ons vlug een weg door de menigte en renden naar de bioscoop.

De zaterdagmiddagfilm was voor ons boerenkinderen iets bijzonders. We hadden geen televisie, en vermaak werd als iets zondigs beschouwd. Twee uur lang lieten we het harde leven in katoenland achter ons en leefden we in een fantasieland waar de goeden altijd van de slechten wonnen. Van die films leerden we hoe misdadigers te werk gingen, hoe de politie ze te pakken kreeg, hoe oorlogen werden uitgevochten en gewonnen, hoe in het Wilde Westen geschiedenis was geschreven. Ik leerde zelfs van een film de trieste waarheid dat het Zuiden de Burgeroorlog níét had gewonnen, in tegenstelling tot wat me thuis en op school was verteld.
Maar deze zaterdag kon de Gene Autrey-western Dewayne en mij niet boeien. Telkens wanneer er op het scherm een vuistgevecht te zien was, dacht ik aan Hank Spruill en zag ik hem weer achter de Co-op op de Sisco's inbeuken. Autreys vechtpartijen waren nogal tam in vergelijking met het echte bloedbad dat we zojuist hadden gezien. De film was al bijna voorbij toen ik de moed vond om het Dewayne te vertellen.
'Die grote hillbilly die we de Sisco's in elkaar zagen slaan,' fluisterde ik, 'die werkt op onze boerderij.'
'Je ként hem?' fluisterde hij ongelovig terug.
'Ja. Ik ken hem goed.'
Dewayne was onder de indruk en wilde nog meer vragen stellen, maar de bioscoop zat stampvol en meneer Starners, de manager, mocht graag met zijn zaklantaarn door de gangpaden patrouilleren, op zoek naar moeilijkheden. Een kind dat op praten werd betrapt, werd aan zijn oor uit de rij getrokken en naar buiten gegooid. Daar kwam nog bij dat sproetige Brenda kans had gezien om de stoel recht achter Dewayne te bemachtigen, en dat gaf ons een onbehaaglijk gevoel.
Hier en daar in het publiek zaten een paar volwassenen, maar dat waren voor het merendeel mensen uit Black Oak. Meneer Starners liet de Mexicanen op het balkon zitten, maar dat schenen ze niet erg te vinden. Het waren er toch maar weinig die geld aan een film besteedden.
We renden naar buiten toen de aftiteling nog aan de gang was, en bin-

nen enkele minuten waren we weer achter de Co-op, waar we half verwachtten de bloederige lijken van de Sisco-jongens te zien liggen. Maar er was daar niemand. Er waren geen sporen van een gevecht te zien – geen bloed, geen losse ledematen, geen kapotgeslagen lat.
Pappy was van mening dat mensen met enig zelfrespect op zaterdag het dorp moesten verlaten voordat het donker werd. Ik had geruchten gehoord over slechte dingen die op zaterdagavond gebeurden. Maar afgezien van de vechtpartijen had ik nooit echte slechtigheid gezien. Ik had gehoord dat er achter de ontkorrelinstallatie werd gedronken en gedobbeld, en dat er dan nog meer werd gevochten, maar dat bleef allemaal uit het zicht en er namen maar erg weinig mensen aan deel. Evengoed was Pappy bang dat we op de een of andere manier besmet zouden worden.
Ricky was de herrieschopper van de familie Chandler. Mijn moeder vertelde me dat hij de reputatie had om op zaterdag te lang in het dorp te blijven. Ergens in de recente familiegeschiedenis was er iemand gearresteerd, maar ik kon nooit achter de details komen. Ze zei dat Pappy en Ricky jarenlang ruzie hadden gehad over het tijdstip waarop ze naar huis zouden gaan. Ik kon me herinneren dat we een paar keer zonder hem waren vertrokken. Ik had toen gehuild, omdat ik er zeker van was dat ik hem nooit meer zou zien, maar op zondagmorgen zat hij gewoon in de keuken koffie te drinken alsof er niets gebeurd was. Ricky kwam altijd thuis.
We ontmoetten elkaar bij de truck, die nu omringd werd door tientallen andere voertuigen die lukraak om de baptistenkerk heen stonden, want er kwamen nog steeds boeren naar het dorp. De menigte langs Main Street was groter geworden en concentreerde zich vooral bij de school, waar violisten en banjospelers soms in country-sessies uitbarstten. Ik wilde nog niet weg en volgens mij hoefden we ook nog niet naar huis.
Oma en mijn moeder hadden op het laatst nog iets te regelen in de kerk, waar de meeste vrouwen op de dag voor de sabbat iets te doen hadden. Aan de andere kant van de truck hoorde ik mijn vader en Pappy over een gevecht praten. Toen hoorde ik de naam Sisco en werd ik erg stil. Ik kon niet veel verstaan, want op dat moment kwamen Miguel en een paar Mexicanen aanlopen, druk pratend in het Spaans. Een paar minuten later stak Stick Powers, de enige hulpsheriff van Black Oak, de straat over om Pappy en mijn vader te begroeten. Stick beweerde dat hij krijgsgevangene was geweest in de oorlog, en hij liep

mank, volgens hem omdat hij in een Duits kamp was mishandeld. Pappy zei dat hij nooit uit Arkansas weg was geweest en nooit een soldaat had horen schieten.
'Een van die Sisco-jongens is zowat dood,' hoorde ik hem zeggen toen ik dichterbij kwam staan. Het was nu donker, en niemand lette op mij.
'Dat is niet zo erg,' zei Pappy.
'Ze zeggen dat die hillbilly bij jullie op de boerderij werkt.'
'Ik heb die vechtpartij niet gezien, Stick,' zei Pappy, die zich al begon op te winden. 'Heb je een naam?'
'Hank en nog wat.'
'We hebben heel wat en-nog-wats.'
'Mag ik morgen bij jullie komen rondkijken?' vroeg Stick.
'Ik kan je niet tegenhouden.'
'Nee, dat kun je niet.' Stick draaide zich op zijn goede been om en bekeek de Mexicanen alsof ze de zwaarste misdrijven hadden begaan. Ik liep naar de andere kant van de truck en zei: 'Waar ging dat over?' Ze negeerden me, zoals altijd als ik iets niet mocht weten of horen.
We reden in het donker naar huis. De lichten van Black Oak verdwenen achter ons en de koele wind die de auto veroorzaakte blies door ons haar. Eerst wilde ik mijn vader over de vechtpartij vertellen, maar dat kon ik niet doen waar de Mexicanen bij waren. Toen besloot ik geen getuige te zijn. Ik zou niemand iets vertellen, want daar kon nooit iets goeds uit voortkomen. Als je iets met de Sisco's te maken had, wat dan ook, was je leven in gevaar, en ik wilde niet dat de Spruills kwaad werden en weggingen. Het plukken was nog maar net begonnen en ik had er al meer dan genoeg van. En wat nog het belangrijkst was: ik wilde niet dat Hank Spruill kwaad op mij, mijn vader of Pappy zou worden.
Toen we thuiskwamen, stond hun oude truck niet in onze voortuin. Ze waren nog in het dorp. Waarschijnlijk waren ze op bezoek bij andere heuvelmensen. De Cardinals speelden in Philadelphia, in het licht van schijnwerpers. Wij namen onze plaatsen op de veranda in en Pappy draaide aan zijn radio. Musial kwam tegen het eind van de tweede inning aan slag, en ik begon te dromen.

8

Die zondag werden we in alle vroegte wakker van een bliksemflits en een donderslag. Er kwam een onweersbui opzetten uit het zuidwesten. Door die bui liet het daglicht langer op zich wachten, en terwijl ik in de duisternis van Ricky's kamer lag, stelde ik weer de grote vraag waarom het altijd op zondag regende. Waarom niet door de week, zodat ik geen katoen hoefde te plukken? De zondag was al een rustdag.
Mijn grootmoeder kwam me halen en zei tegen me dat ik op de veranda moest gaan zitten, dan konden we samen naar de regen kijken. Ze zette koffie voor me en deed er genoeg melk en suiker in, en we zaten samen op de schommelbank terwijl de wind om het huis joelde. De Spruills waren druk in de weer. Ze gooiden dingen in dozen en probeerden beschutting te vinden buiten hun lekkende tenten. De meesten verdrongen zich in de cabine van hun truck.
De regen kwam met bakken naar beneden, alsof de twee weken van droog weer moesten worden goedgemaakt. De waterdamp sliertte om de veranda en boven ons zong het metalen dak in de stortvloed.
Oma koos haar momenten om me iets te zeggen altijd zorgvuldig uit. Meestal was dat eens per week, als ze een eindje met me ging wandelen of met me op de veranda ging zitten, alleen wij tweeën. Omdat ze al vijfendertig jaar met Pappy getrouwd was, had ze de kunst van het zwijgen geleerd. Ze kon een hele tijd wandelen of schommelen zonder iets te zeggen.

'Hoe is de koffie?' vroeg ze, nauwelijks hoorbaar in de onweersbui.
'Goed, oma,' zei ik.
'Wat wil je voor je ontbijt?'
'Koeken.'
'Dan zal ik koeken voor ons maken.'
Op zondag ging het bij ons thuis er tamelijk ontspannen aan toe. Meestal sliepen we uit, hoewel we vandaag vroeg wakker waren geworden van de regen. En bij het ontbijt aten we geen eieren en ham, zoals anders, maar slaagden we erin om op koeken met stroop te overleven. Het keukenwerk was een beetje lichter. Per slot van rekening was het een rustdag.
De schommel ging langzaam heen en weer, nergens naartoe, terwijl de roestige kettingen zacht piepten. Aan de overkant van de weg flitste de bliksem, ergens boven het land van de Jeters.
'Ik heb vannacht over Ricky gedroomd,' zei ze.
'Een goede droom?'
'Ja, erg goed. Ik droomde dat er plotseling een eind aan de oorlog was gekomen maar dat ze vergeten waren het ons te vertellen. En op een avond zaten we hier op de veranda naar de radio te luisteren en zagen we daar op de weg een man naar ons toe rennen. Het was Ricky. Hij droeg zijn legeruniform en hij begon te roepen dat de oorlog voorbij was.'
'Ik zou ook wel zo'n droom willen,' zei ik.
'Ik denk dat de Heer ons iets wil zeggen.'
'Komt Ricky thuis?'
'Ja. Misschien nog niet meteen, maar de oorlog zal gauw voorbij zijn. Op een dag kijken we op en zien we hem daar door de tuin lopen.'
Ik keek naar de tuin. Er begonnen zich plassen en stroompjes te vormen, en het water liep allemaal in de richting van de Spruills. Het gras was al bijna weg en de wind blies de eerste dode bladeren uit onze eiken.
'Ik bid iedere avond voor Ricky, oma,' zei ik, nogal trots.
'Ik bid ieder uur voor hem,' zei ze met een troebele blik in haar ogen.
We schommelden heen en weer en keken naar de regen. Als ik aan Ricky dacht, zag ik bijna nooit een soldaat in uniform voor me, met een geweer, onder vuur, rennend van de ene veilige plaats naar de andere. Ik herinnerde me hem eerder als mijn beste vriend, mijn oom die meer als een broer was, een grote vriend met een vishengel of een honkbalhandschoen. Hij was nog maar negentien, een leeftijd die mij tegelijk oud en jong leek.

Algauw kwam mijn moeder naar de deur. Het zaterdagse bad werd gevolgd door het zondagse boenen, een snel maar hardhandig ritueel waarbij mijn hals en oren door een bezeten vrouw werden mishandeld. 'We moeten ons klaarmaken,' zei ze. Ik voelde de pijn al.
Ik volgde oma naar de keuken om nog wat koffie te halen. Pappy zat aan de keukentafel in de bijbel te lezen en zijn zondagsschoolles voor te bereiden. Mijn vader was op de achterveranda. Hij keek naar het onweer en tuurde naar de rivier in de verte, en begon zich ongetwijfeld zorgen te maken over mogelijke overstromingen.

Lang voordat we naar de kerk vertrokken, hield het op met regenen. De wegen waren modderig en Pappy reed nog langzamer dan anders. We pruttelden voort en slipten soms in de sporen en plassen van de oude zandweg. Mijn vader en ik zaten achterin en hielden ons stevig aan de zijkanten van de laadbak vast, en mijn moeder en oma zaten voorin. We droegen allemaal ons zondagse goed. De lucht was opgeklaard en de zon was al bezig de natte grond te verwarmen, zodat je de vochtigheid loom boven de katoenstruiken uit zag stijgen.
'Het wordt een warme dag,' zei mijn vader, de voorspelling die hij elke dag deed, van mei tot en met september.
Toen we op de grote weg kwamen, gingen we staan en leunden op de cabine, omdat we de wind dan in onze rug hadden. Dat was veel koeler. Er was nergens iemand in de velden; zelfs de Mexicanen mochten op de sabbat niet werken. In ieder oogstseizoen gingen er geruchten over heidense boeren die stiekem katoen plukten op zondag, maar zelf had ik zulk zondig gedrag nog nooit gezien.
Op het platteland van Arkansas waren de meeste dingen zondig, vooral wanneer je baptist was. En het was een belangrijk deel van ons zondagsritueel dat we naar de preek gingen luisteren van dominee Akers, een luidruchtige en woedende man die veel bezig was met het bedenken van nieuwe zonden. Natuurlijk gaf ik niets om die preek – de meeste kinderen gaven er niets om –, maar men ging op zondag om meer redenen dan alleen de eredienst naar de kerk. Het was een gelegenheid om anderen te ontmoeten, om nieuws en roddelverhalen te verspreiden. Het was een feestelijke bijeenkomst, en de mensen waren in een goed humeur – nou ja, ze deden tenminste alsof. Alle problemen van de wereld – de dreigende overstromingen, de oorlog in Korea, de schommelende katoenprijs – werden opzij gezet als je naar de kerk ging.

De Heer wilde niet dat Zijn mensen zich zorgen maakten, zei oma altijd, vooral niet wanneer we in Zijn huis waren. Dat vond ik altijd erg vreemd, want zij maakte zich bijna net zoveel zorgen als Pappy.

Afgezien van de familie en de boerderij was niets zo belangrijk voor ons als de baptistenkerk van Black Oak. Ik kende iedereen in onze kerk, en natuurlijk kenden ze mij ook. We waren een familie, in goede en in slechte tijden. We hielden allemaal van elkaar, of zeiden dat tenminste, en als een van onze leden ook maar een beetje ziek was, liepen we over van gebeden en christelijke naastenliefde. Een begrafenis was een bijna heilige gebeurtenis die een week duurde. De opwekkingsbijeenkomsten in het voor- en najaar werden maandenlang voorbereid; iedereen keek ernaar uit. Minstens eens per maand hadden we een picknick onder de bomen van de kerk. Iedereen moest dan iets te eten meebrengen en het duurde vaak tot laat in de middag, als het tijd werd om de kerk weer binnen te gaan voor de zondagavonddienst. Huwelijken waren belangrijk, vooral voor de vrouwen, maar begrafenissen waren dramatischer.

Het parkeerterrein van de kerk was al bijna vol toen we daar aankwamen. De meeste auto's waren oude boerentrucks als de onze, allemaal bedekt met een laag verse modder. Er waren een paar personenauto's, van mensen uit het dorp of boeren die landeigenaar waren. Verderop, bij de methodistenkerk, stonden minder trucks en meer auto's. In het algemeen kon je zeggen dat daar de winkeliers en schoolmeesters heen gingen. De methodisten keken een beetje op ons neer, maar wij baptisten wisten dat we de kortste weg naar God hadden.

Ik sprong van de truck en ging op zoek naar mijn vrienden. Drie van de oudere jongens waren achter de kerk, bij het kerkhof, met een honkbal aan het gooien, en ik ging die kant op.

'Luke,' fluisterde iemand. Het was Dewayne. Hij stond in de schaduw van een olm verscholen en keek nogal bang. 'Kom eens.'

Ik liep naar de boom toe.

'Heb je het al gehoord?' vroeg hij. 'Jerry Sisco is vanmorgen vroeg gestorven.'

Ik voelde me alsof ik iets verkeerds had gedaan en kon geen woord uitbrengen. Dewayne keek me alleen maar aan. Ten slotte kon ik uitbrengen: 'Nou en?'

'Nou, ze proberen mensen te vinden die hebben gezien wat er gebeurd is.'

'Een hoop mensen hebben het gezien.'

'Ja, maar niemand wil iets zeggen. Iedereen is bang voor de Sisco's, en iedereen is bang voor jouw hillbilly.'

'Het is niet mijn hillbilly,' zei ik.

'Nou, ik ben evengoed bang voor hem. Jij niet?'

'Ja.'

'Wat gaan we doen?'

'Niets. We zeggen geen woord, in elk geval niet nu.'

We spraken af dat we niets zouden doen. Als ons ernaar werd gevraagd, zouden we liegen. En als we logen, zouden we een extra gebed zeggen.

De gebeden waren die zondagmorgen lang en wijdlopig. Dat kon ook gezegd worden van de geruchten en verhalen over wat er met Jerry Sisco was gebeurd. Het nieuws verspreidde zich snel voordat de zondagsschool begon. Telkens wanneer Dewayne en ik dingen over de vechtpartij hoorden, stonden we met onze oren te klapperen. 'Handen zo groot als hammen,' zei iemand. 'Schouders als van een prijsstier,' zei iemand anders. 'Hij moet wel honderdvijftig kilo wegen.'

De mannen en oudere jongens verzamelden zich bij de voorkant van de kerk, en Dewayne en ik liepen tussen hen door en luisterden. Ik hoorde mensen over moord spreken, en over doodslag, en ik wist niet precies wat het verschil was, totdat ik Snake Wilcox hoorde zeggen: 'Het is geen moord. Goede mensen worden vermoord. Schorem als de Sisco's wordt gedood.'

De gewelddadige dood was de eerste in Black Oak sinds 1947, toen er ten oosten van het dorp een familieoorlog tussen een stel dronken deelpachters was uitgebroken. Een tienerjongen werd door een kogel getroffen, maar niemand werd in staat van beschuldiging gesteld. Ze vluchtten in de nacht en er werd nooit meer iets van ze vernomen. Niemand kon zich de laatste 'echte' moord herinneren.

Ik luisterde gefascineerd naar de gesprekken. We zaten op de voortrap van de kerk en keken over het trottoir naar Main Street, en hoorden mannen redetwisten over wat er nu wel of niet moest gebeuren.

Verderop zag ik de voorkant van de Co-op, en even meende ik Jerry Sisco weer te zien, zijn gezicht een ravage, terwijl Hank Spruill hem doodsloeg.

Ik had iemand een man zien doodslaan. Plotseling voelde ik de aandrang om de kerk weer in te sluipen en te gaan bidden. Ik wíst dat ik schuldig aan iets was.

We gingen de kerk in, waar de meisjes en vrouwen ook bij elkaar stonden en elkaar hun versie van de tragedie toefluisterden. Onder hen groeide Jerry's status. Brenda, het sproetenmeisje dat verliefd was op Dewayne, woonde maar zo'n vierhonderd meter van de Sisco's vandaan, en omdat ze bijna buren waren, kreeg ze meer dan haar portie aandacht. De vrouwen hadden duidelijk meer medelijden met het slachtoffer dan de mannen.

Dewayne en ik vonden de koekjes in de gemeenschapsruimte en gingen toen naar onze eigen klaslokalen, en al die tijd luisterden we.

Onze zondagsschooljuffrouw, Beverly Dill Cooley, die lesgaf op de middelbare school in Monette, begon met een langdurige en erg edelmoedige herdenkingsrede voor Jerry Sisco, een arme jongen uit een arm gezin, een jongeman die nooit een kans had gekregen. Toen liet ze ons elkaars hand vasthouden en onze ogen dichtdoen, terwijl ze haar stem tot de hemel richtte en God vroeg die arme Jerry in Zijn warme en eeuwige omhelzing op te nemen. Als je haar zo hoorde, was Jerry een christen, en nog een onschuldig slachtoffer ook.

Ik keek even naar Dewayne, die met één oog naar mij keek.

Er was hier iets vreemds aan de hand. Als baptisten hadden we altijd geleerd dat je alleen in de hemel kon komen door in Jezus te geloven en te proberen Zijn voorbeeld te volgen, dus door een zuiver en moreel christenleven te leiden. Dat was een eenvoudige boodschap die elke zondagmorgen en zondagavond vanaf de kansel werd gepreekt, en elke opwekkingsprediker die Black Oak aandeed herhaalde die boodschap luid en duidelijk. We hoorden dat op de zondagsschool, op de gebedsdienst van woensdagavond en op de bijbelschool in de vakantie. Het zat in onze muziek, in onze godsdienstoefeningen, in onze literatuur. Het was iets absoluuts, iets waaraan je niet twijfelde, iets zonder slagen om de arm, zonder ruimte voor compromissen. En iedereen die Jezus niet aanvaardde en geen christenleven leidde, ging gewoon naar de hel. Daar was Jerry Sisco nu; dat wisten we allemaal.

Maar juffrouw Cooley ging door met bidden. Ze bad voor alle Sisco's in deze tijd van verlies en verdriet, en ze bad voor ons dorp, dat zich zou inzetten om dat gezin te helpen.

9

Op zondag aten we 's middags altijd gebraden kip en koeken met jus, en hoewel de vrouwen dat zo snel mogelijk klaarmaakten, hadden ze er toch een uur voor nodig. Tegen de tijd dat we aan tafel gingen, waren we uitgehongerd. Ik dacht vaak, bij mezelf natuurlijk, dat als dominee Akers wat minder lang van stof was, we lang niet zo'n honger zouden hebben.

Mijn vader zei het dankgebed. Het eten werd opgeschept en we waren nog maar net begonnen toen er dicht bij het huis een autoportier werd dichtgegooid. We hielden op met eten en keken elkaar aan. Pappy stond zwijgend op en liep naar het keukenraam. 'Het is Stick Powers,' zei hij terwijl hij naar buiten keek, en ik had meteen geen trek meer. De politie was gearriveerd, en daar zou niets goeds uit voortkomen.

Pappy sprak op de achterveranda met hem. We konden ieder woord horen.

'Goedemiddag, Eli.'

'Stick. Wat kan ik voor je doen?'

'Je zult wel hebben gehoord dat die jongen van Sisco dood is.'

'Dat heb ik gehoord,' zei Pappy zonder de minste droefheid.

'Ik moet met een van je arbeiders praten.'

'Het was maar een vechtpartij, Stick. Het normale gedoe op zaterdagmiddag. De Sisco's doen dat al jaren. Je hebt ze nooit tegengehouden.

En gisteren heeft een van hen te veel hooi op zijn vork genomen.'
'En toch moet ik het onderzoeken.'
'Dan zul je tot na het eten moeten wachten. We zijn net aan tafel gegaan. Sommige mensen gaan naar de kerk.'
Mijn moeder kromp ineen toen Pappy dat zei. Oma schudde langzaam haar hoofd.
'Ik had dienst,' zei Stick.
De mensen zeiden dat Stick een keer in de vier jaar de Heer zag, namelijk als het verkiezingstijd was. Daarna had hij er drieënhalf jaar geen behoefte aan om de eredienst te bezoeken. Als je in Black Oak niet naar de kerk ging, wisten de mensen het. We moesten iets hebben om op opwekkingsbijeenkomsten voor te bidden.
'Je kunt gerust op de veranda gaan zitten,' zei Pappy, en toen keerde hij naar de keukentafel terug. Toen hij ging zitten, begonnen de anderen weer te eten. Ik had een brok zo groot als een honkbal in mijn keel, en de kip wilde er gewoon niet meer doorheen.
'Heeft hij middageten gehad?' fluisterde oma over de tafel.
Pappy haalde zijn schouders op alsof het hem volstrekt koud liet. Het was bijna halfdrie. Waarom zou hij zich er druk om maken of Stick al ergens iets te eten had gehad?
Maar het liet oma niet koud. Ze stond op en pakte een bord uit de kast. We zagen dat ze daar aardappelen en jus op deed, en plakjes tomaat en komkommer, twee koeken die ze zorgvuldig met boter besmeerde, en een kippenpoot en een borststuk. Toen schonk ze ijsthee in een groot glas en ging daarmee naar de achterveranda. Opnieuw konden we ieder woord horen.
'Hier, Stick,' zei ze. 'Niemand slaat hier een maaltijd over.'
'Dank u, mevrouw Chandler, maar ik heb al gegeten.'
'Eet dan nog een keer.'
'Dat zou ik echt niet moeten doen.'
We wisten dat Sticks vlezige neus inmiddels al een zweem van de kip en de koeken had opgevangen.
'Dank u, mevrouw Chandler. Dat is erg aardig van u.'
Het verbaasde ons niet dat ze met lege handen terugkwam. Pappy was kwaad maar kon zich bedwingen. Stick was naar ons toe gekomen om moeilijkheden te veroorzaken, om zich met onze arbeiders te bemoeien, en dat betekende dat hij een bedreiging voor onze katoenpluk vormde. Waarom zou hij hem dan te eten geven?
We aten in stilte, en daardoor had ik even de tijd om mijn gedachten

op een rijtje te zetten. Omdat ik me niet verdacht wilde gedragen, dwong ik mezelf het eten in mijn mond te stoppen. Ik kauwde zo langzaam mogelijk.

Ik wist niet wat de waarheid was en het lukte me ook niet om goed en kwaad van elkaar te onderscheiden. De Sisco's waren die arme hillbilly met z'n allen te lijf gegaan toen Hank hem te hulp was gekomen. Er waren drie Sisco's, en Hank was alleen. Hij had ze vlug tegengehouden en toen had de vechtpartij voorbij moeten zijn. Waarom had hij dat stuk hout opgepakt? Het lag voor de hand om te denken dat de Sisco's altijd fout waren, maar toen Hank ze met dat stuk hout begon te bewerken, had hij de vechtpartij al gewonnen.

Ik dacht aan Dewayne en ons geheime pact. Stilzwijgen en doen alsof ik van niets wist waren nog steeds de beste strategieën, dacht ik.

Omdat we niet wilden dat Stick ons hoorde, zwegen we de hele maaltijd. Pappy at langzamer dan gewoonlijk, want hij wilde Stick in zijn sop laten gaarkoken. Misschien werd de man kwaad en ging hij weg. Ik geloofde niet dat Stick het erg vond om te zitten wachten. Ik kon hem bijna zijn bord horen aflikken.

Mijn vader keek onder het eten naar de tafel. Blijkbaar was hij in gedachten aan de andere kant van de wereld, waarschijnlijk in Korea. Mijn moeder en oma keken erg bedroefd, en dat was ik op zondag wel gewend, want dominee Akers gaf ons er altijd flink van langs. Dat was ook een reden waarom ik onder zijn preken altijd probeerde te slapen.

De vrouwen hadden veel meer medelijden met Jerry Sisco. Naarmate de uren verstreken, werd zijn dood droeviger. Zijn gemeenheid en andere ongewenste eigenschappen werden geleidelijk vergeten. Per slot van rekening was hij iemand uit onze streek, iemand die we kenden, al was het maar vaag, en hij was op een vreselijke manier aan zijn eind gekomen.

En zijn moordenaar sliep in onze voortuin.

We hoorden geluiden. De Spruills waren van de rivier teruggekomen.

De ondervraging vond plaats onder de hoogste moeraseik, ongeveer halverwege tussen de voorveranda en kamp Spruill. Eerst kwamen de mannen daar bij elkaar. Pappy en mijn vader rekten zich uit en wreven over hun buik, en Stick maakte een weldoorvoede indruk. Hij had een aanzienlijke buik, die de knopen van zijn bruine overhemd onder druk zette, en het was duidelijk te zien dat Stick zijn dagen niet in de katoenvelden doorbracht. Pappy zei dat hij zo lui als een varken

was en het grootste deel van de tijd in zijn patrouillewagen zat te slapen, onder een boom bij de hotdogkraam van Gurdy Stone aan de rand van het dorp.
Van de andere kant van de tuin kwamen de Spruills, de hele familie, met meneer Spruill voorop en Trot helemaal achteraan, schuifelend en strompelend zoals we inmiddels van hem gewend waren. Ik liep achter oma en mijn moeder, gluurde tussen hen door en probeerde op een afstand te blijven. Alleen de Mexicanen ontbraken.
We stonden in een groep om Stick heen, de Spruills min of meer aan de ene kant, de Chandlers aan de andere kant, alsof we uiteindelijk aan dezelfde kant stonden. Ik vond het helemaal geen prettig idee om tot hetzelfde kamp als Hank Spruill te behoren, maar de katoen ging boven alles.
Pappy stelde Stick aan meneer Spruill voor, die Stick stuntelig een hand gaf en toen een paar stappen terug deed. Zo te zien verwachtten de Spruills het ergste, en ik probeerde me te herinneren of een van hen getuige was geweest van de vechtpartij. Er had een grote menigte gestaan en het was allemaal zo snel gegaan. Dewayne en ik hadden gefascineerd naar het bloedbad gekeken. Ik kon me de gezichten van de andere toeschouwers niet herinneren.
Stick kauwde op een grashalm die uit zijn mondhoek stak en keek, met zijn duimen in zijn broekzakken, naar onze heuvelmensen. Hank leunde tegen de moeraseik en keek uitdagend naar een ieder die een blik in zijn richting durfde te werpen.
'Er was gisteren een grote vechtpartij achter de Co-op,' zei Stick in de richting van de Spruills. Meneer Spruill knikte, maar zei niets. 'Jongens uit het dorp kregen het aan de stok met een jongen uit de heuvels. Een van hen, Jerry Sisco, is vanmorgen in het ziekenhuis in Jonesboro overleden. Een schedelfractuur.'
Alle Spruills stonden nerveus te schuifelen, behalve Hank, die zich niet verroerde. Blijkbaar hadden ze het laatste nieuws over Jerry Sisco nog niet gehoord.
Stick spuwde en verplaatste zijn gewicht op zijn andere been. Blijkbaar genoot hij er wel van om in het middelpunt van de belangstelling te staan, om de man van het gezag te zijn, met een insigne en een pistool. 'En dus ben ik wat aan het rondkijken. Ik stel hier en daar vragen en probeer uit te zoeken wie erbij betrokken waren.'
'Niemand van ons,' zei meneer Spruill. 'Wij zijn vreedzame mensen.'
'O ja?'

'Ja.'
'Zijn jullie gisteren naar het dorp geweest?'
'Ja.'
Nu het liegen was begonnen, gluurde ik nog eens tussen de vrouwen door om de Spruills wat beter te bekijken. Het was duidelijk dat ze bang waren. Bo en Dale stonden dicht bij elkaar en keken schichtig om zich heen. Tally keek naar het zand bij haar blote voeten en wilde ons niet aankijken. Meneer en mevrouw Spruill waren blijkbaar op zoek naar vriendelijke gezichten. Natuurlijk was Trot in een andere wereld.
'Jullie hebben een zoon die Hank heet?' vroeg Stick.
'Misschien,' zei meneer Spruill.
'Speel geen spelletjes met me,' gromde Stick, plotseling kwaad. 'Als ik een vraag stel, wil ik een duidelijk antwoord. We hebben in Jonesboro een gevangenis met veel ruimte. Ik kan de hele familie voor ondervraging oppakken. Begrepen?'
'Ik ben Hank Spruill,' zei een daverende stem. Hank liep tussen het groepje door en posteerde zich tegenover Stick, die veel kleiner was, maar kans zag zijn autoritaire houding te handhaven.
Stick keek hem even aan en vroeg toen: 'Ben je gisteren naar het dorp geweest?'
'Ja.'
'Was je betrokken bij een vechtpartij achter de Co-op?'
'Nee. Ik heb een eind aan een vechtpartij gemaakt.'
'Heb je de Sisco-jongens in elkaar geslagen?'
'Ik weet hun namen niet. Twee kerels waren een vent uit de heuvels in elkaar aan het slaan. Ik heb daar een eind aan gemaakt.'
Hank keek zelfvoldaan. Hij toonde geen angst en ik had onwillekeurig bewondering voor de manier waarop hij de politie tegemoet trad. De hulpsheriff keek naar de omstanders en zijn blik bleef op Pappy rusten. Stick zat op het goede spoor en was trots op zichzelf. Met zijn tong bewoog hij de grasstengel voorzichtig naar zijn andere mondhoek, en toen keek hij weer op naar Hank.
'Heb je een eind hout gebruikt?'
'Dat hoefde niet.'
'Geef antwoord op de vraag. Heb je een eind hout gebruikt?'
Zonder te aarzelen zei Hank: 'Nee. Zij hadden een lat.'
Dat was natuurlijk in strijd met wat iemand anders Stick had verteld.
'Ik denk dat ik je moet arresteren,' zei Stick, maar hij maakte geen

aanstalten om de handboeien te pakken die aan zijn riem hingen.
Meneer Spruill deed een stap naar voren en zei tegen Pappy: 'Als hij vertrekt, vertrekken wij ook. Nu meteen.'
Pappy was daarop voorbereid. Heuvelmensen stonden erom bekend dat ze in een ommezien hun biezen konden pakken, en we wisten allemaal dat meneer Spruill meende wat hij zei. Ze zouden binnen een uur vertrokken zijn, terug naar Eureka Springs, terug naar hun heuvels en hun illegale jajem. Met alleen de Mexicanen zou het ons nooit lukken veertig hectare katoen te plukken. Elk pond katoen was van groot belang. We konden niemand missen.
'Rustig maar, Stick,' zei Pappy. 'Laten we hierover praten. Jij en ik weten allebei dat de Sisco's uitschot zijn. Ze vechten vaak, en ze vechten gemeen. Blijkbaar hebben ze daar gisteren de verkeerde voor gekozen.'
'Ik zit met een lijk, Eli. Begrijp je dat?'
'Twee tegen één, dat lijkt me zelfverdediging. Dat is niet eerlijk, twee tegen één.'
'Maar kijk eens hoe groot hij is.'
'Zoals ik al zei: de Sisco's hebben gewoon de verkeerde uitgekozen. Jij weet net zo goed als ik dat zoiets eraan zat te komen. Laat de jongen zijn verhaal vertellen.'
'Ik ben geen jongen!' snauwde Hank.
'Vertel wat er gebeurd is,' zei Pappy om tijd te winnen. Als hij het een beetje wist te rekken, zou Stick misschien een reden vinden om weg te gaan en over een paar dagen terug te komen.
'Ga je gang,' zei Stick. 'Laat ons jouw verhaal horen. Er is niemand anders die wil praten.'
Hank haalde zijn schouders op en zei: 'Ik kwam bij die vechtpartij kijken en zag dat die twee kleine heikneuters bezig waren Doyle in elkaar te slaan, en toen heb ik ze uit elkaar gehaald.'
'Wie is Doyle?' vroeg Stick.
'Een jongen uit Hardy.'
'Je kent hem?'
'Nee.'
'Hoe weet je dan waar hij vandaan komt?'
'Dat weet ik gewoon.'
'Verdomme!' zei Stick, en hij spuwde vlak langs Hank heen. 'Niemand weet iets. Niemand heeft iets gezien. Het halve dorp stond achter de Co-op, maar niemand weet er wat van.'

'Zo te horen was het twee tegen één,' zei Pappy weer. 'En let op je woorden. Je bent op mijn erf, en er zijn dames bij.'
'Sorry,' zei Stick. Hij tikte tegen zijn hoed en knikte in de richting van moeder en oma.
'Hij haalde alleen maar wat vechtersbazen uit elkaar,' zei mijn vader – zijn eerste woorden.
'Dat is niet alles, Jesse. Ik heb gehoord dat hij na afloop van de vechtpartij een stuk hout heeft gepakt en die jongens in elkaar heeft geslagen. Ik denk dat die jongen toen die schedelfractuur heeft opgelopen. Twee tegen één is niet eerlijk, en ik weet dat het de Sisco's waren, maar dat lijkt me nog geen reden om iemand dood te slaan.'
'Ik heb niemand doodgeslagen,' zei Hank. 'Ik heb een eind gemaakt aan een vechtpartij. En ze waren met z'n drieën, niet met z'n tweeën.'
Het werd tijd dat Hank dat rechtzette. Ik vond het vreemd dat Stick niet wist dat er drie Sisco's in elkaar geslagen waren. Hij hoefde alleen maar de gehavende gezichten te tellen. Maar waarschijnlijk waren ze door hun familie weggehaald en thuis ergens verstopt.
'Drie?' herhaalde Stick ongelovig. Het leek wel of iedereen verstijfde.
Pappy maakte van de gelegenheid gebruik. 'Drie tegen één, je kunt hem echt niet oppakken voor moord. Er is geen jury die hem ooit schuldig verklaart als het drie tegen één was.'
Een ogenblik leek het erop dat Stick zou toegeven, maar hij deed het niet. 'Ja, als hij de waarheid spreekt. Maar dan moet hij wel getuigen hebben, en op dit moment zijn die dun gezaaid.' Stick keek Hank weer aan en zei: 'Wie waren die drie?'
'Ik heb ze niet gevraagd hoe ze heetten,' zei Hank met perfect sarcasme. 'We kregen geen kans om mekaar te begroeten. Drie tegen één, dat kost veel tijd, vooral als jij die ene bent.'
Als we zouden lachen, zou Stick zich ergeren, en dat risico wilden we niet lopen. Daarom bogen we alleen ons hoofd en grijnsden.
'Niet brutaal worden, jongen!' zei Stick, die probeerde zijn gezag weer te laten gelden. 'Je hebt zelf zeker geen getuigen, hè?'
De humor verdween en het was een hele tijd stil. Ik hoopte dat Bo of Dale naar voren zou komen en zou zeggen dat hij getuige was geweest. Omdat de Spruills zojuist hadden bewezen dat ze zonodig zouden liegen, leek het me verstandig dat een van hen vlug Hanks versie zou bevestigen. Maar niemand kwam in beweging; niemand zei iets. Ik schoof een paar centimeter op en stond nu recht achter mijn moeder.
Toen hoorde ik woorden die mijn leven zouden veranderen. Terwijl er

verder geen enkel geluid te horen was, zei Hank: 'De kleine Chandler heeft het gezien.'
De kleine Chandler plaste bijna in zijn broek.
Toen ik mijn ogen opendeed, keek iedereen natuurlijk naar mij. Vooral oma en mijn moeder keken erg geschrokken. Ik voelde me schuldig en keek ook schuldig, en ik wist meteen dat alle aanwezigen Hank geloofden. Ik was een getuige! Ik had de vechtpartij gezien.
'Kom hier, Luke,' zei Pappy, en ik liep zo langzaam als menselijkerwijs mogelijk was naar het midden. Ik keek op naar Hank, en zijn ogen schitterden. Hij had zijn gebruikelijke grijns op zijn gezicht. Hij wist dat ik klem zat; dat was aan zijn gezicht te zien. De aanwezigen schuifelden wat heen en weer alsof ze me wilden omsingelen.
'Heb je de vechtpartij gezien?' vroeg Pappy.
Vanaf de dag dat ik naar de zondagsschool ging, had ik geleerd dat je met liegen regelrecht naar de hel ging. Je kreeg geen tweede kans. Je ging regelrecht naar het hellevuur, waar Satan op je wachtte, samen met figuren als Hitler en Judas Iskariot en generaal Grant. Gij zult geen valse getuigenis afleggen. Dat was natuurlijk geen strikt verbod om te liegen, maar zo interpreteerden de baptisten het wel. En ik had al een paar keer een pak slaag gehad omdat ik had gejokt. 'Gewoon de waarheid vertellen, dan is het achter de rug' was een van oma's favoriete uitspraken.
'Ja,' zei ik.
'Wat deed je daar?'
'Ik hoorde dat er werd gevochten, dus ik ging kijken.' Ik wilde Dewayne er niet bij halen, tenminste niet als het niet hoefde.
Stick liet zich op een knie zakken om zijn gezicht op gelijke hoogte met het mijne te brengen. 'Vertel me wat je hebt gezien,' zei hij. 'En spreek de waarheid.'
Ik keek even naar mijn vader, die achter me stond. En ik keek naar Pappy, die vreemd genoeg blijkbaar helemaal niet kwaad op me was.
Ik zoog zoveel mogelijk lucht in mijn longen en keek toen Tally aan, die erg aandachtig naar me keek. Toen keek ik naar Sticks stompe neus en zijn donkere, gezwollen ogen en zei: 'Jerry Sisco vocht met een man uit de heuvels. Toen sprong Billy Sisco ook op die man. Ze sloegen hem in elkaar, en toen kwam meneer Hank de man uit de heuvels helpen.'
'Nou, was het twee tegen één, of twee tegen twee?'
'Twee tegen één.'
'Wat gebeurde er met die eerste jongen uit de heuvels?'

'Weet ik niet. Hij ging gewoon weg. Ik denk dat hij erg gewond was.'
'Goed. Ga verder. En spreek de waarheid.'
'Hij spreekt de waarheid!' snauwde Pappy.
'Ga verder.'
Ik keek nog eens om me heen om er zeker van te zijn dat Tally naar me keek. Ze had niet alleen alle aandacht voor me, maar ik zag nu ook een leuk glimlachje op haar gezicht. 'Toen kwam Bobby Sisco plotseling uit de menigte en viel meneer Hank aan. Het was drie tegen één, precies zoals meneer Hank zei.'
Hanks gezicht ontspande niet. Hij keek me juist nog gemener aan. Hij dacht vooruit en hij was nog niet met me klaar.
'Daarmee is het geregeld, denk ik,' zei Pappy. 'Ik ben geen advocaat, maar als het drie tegen één was, zou ik een jury wel aan mijn kant krijgen.'
Stick negeerde hem en boog zich nog dichter naar me toe. 'Wie had die lat?' vroeg hij. Hij kneep zijn ogen half dicht, alsof dit de allerbelangrijkste vraag was.
Plotseling schreeuwde Hank: 'Vertel hem de waarheid, jongen! Een van die Sisco's pakte dat stuk hout op, nietwaar?'
Ik voelde de blikken van oma en mijn moeder achter me. En ik wist dat Pappy zin had om zijn hand naar me uit te steken en me aan mijn nek heen en weer te schudden om de juiste woorden eruit te krijgen.
Tegenover me, en niet ver weg, smeekte Tally me met haar ogen. Bo en Dale, en zelfs Trot, keken naar me.
'Dat is toch zo, jongen?' blafte Hank weer.
Ik keek Stick aan en begon te knikken, eerst langzaam, een timide en geluidloos leugentje. En ik bleef knikken, en ik bleef liegen, en daarmee deed ik meer voor onze katoenpluk dan zes maanden goed weer hadden kunnen doen.
Ik stond op de rand van het hellevuur. Satan wachtte, en ik voelde de hitte. Zodra ik kon, zou ik het bos in rennen en om vergeving bidden. Ik zou God vragen niet te streng voor me te zijn. Hij had ons de katoen gegeven. We moesten die beschermen en de oogst binnenhalen.
Stick stond langzaam op, maar hij bleef me strak aankijken, want we wisten allebei dat ik loog. Stick wilde Hank Spruill niet arresteren, in elk geval niet op dat moment. Ten eerste zou hij hem handboeien moeten omdoen, en dat zou problemen kunnen geven. Ten tweede zou hij alle boeren tegen zich in het harnas jagen.

Mijn vader pakte me bij mijn schouder vast en duwde me naar de vrouwen terug. 'Je hebt hem doodsbang gemaakt, Stick,' zei hij met een nerveus lachje. Hij probeerde de spanning te doorbreken en me daar weg te krijgen voordat ik iets verkeerds zei.

'Is hij een eerlijke jongen?' vroeg Stick.

'Hij spreekt de waarheid,' zei mijn vader.

'Natuurlijk spreekt hij de waarheid,' zei Pappy behoorlijk nijdig.

De waarheid was zojuist herschreven.

'Ik ben nog niet klaar met mijn onderzoek,' zei Stick, en hij liep naar zijn auto. 'Misschien kom ik later terug.'

Hij trok het portier van zijn oude, zwarte Plymouth dicht en reed van ons erf af. We keken hem na tot hij uit het zicht verdwenen was.

10

Omdat we op zondag niet werkten, was het huis nogal vol. Mijn ouders en grootouders waren bezig met de weinige lichte karweitjes die waren toegestaan. We probeerden een dutje te doen, maar dat lukte niet omdat het te warm was. Soms, als de sfeer gespannen was, zetten mijn ouders me achter in de pick-up en gingen we een heel eind rijden. Er was niets te zien – al het land was vlak en met katoen bedekt. Het uitzicht was overal hetzelfde als vanaf onze voorveranda. Maar het was belangrijk dat we van huis weg waren.

Niet lang nadat Stick was vertrokken, werd ik naar de tuin gedirigeerd met de opdracht voedsel te versjouwen. We zouden een tochtje gaan maken. Twee kartonnen dozen werden met groente gevuld. Die dozen waren zo zwaar dat mijn vader eraan te pas moest komen om ze achter in de truck te zetten. Toen we wegreden, zaten en lagen de Spruills verspreid in de voortuin. Ik wilde niet naar ze kijken.

Ik zat achterin tussen de dozen met groente en zag het stof achter de wagen wervelen en grijze wolken vormen die snel opstegen en in de drukkende lucht over de weg bleven hangen, waarna ze langzaam in de windstille lucht oplosten. De regen en de modder van vroeg in de ochtend waren allang vergeten. Alles was weer warm: de houten planken van de laadbak, het roestige, ongeverfde frame, zelfs de maïs en aardappelen en tomaten die mijn moeder zojuist had gewassen. In ons deel van Arkansas sneeuwde het twee keer per jaar, en ik verlangde naar een

dikke, koude, witte deken over lege, katoenloze wintervelden.
Bij de rivier kwam er een eind aan het stof. We reden voorzichtig over de brug. Ik stond op om het water beneden te zien, de troebele bruine stroom die nauwelijks bewoog. Er lagen twee vishengels achter in de truck, en mijn vader had beloofd dat we na het rondbrengen van de groente een tijdje gingen vissen.
De Latchers waren deelpachters die niet meer dan zo'n anderhalve kilometer van ons vandaan woonden, maar het leek wel of we in een heel ander district waren. Hun vervallen huis stond in een bocht van de rivier, met olmen en wilgen die het dak raakten en katoen die bijna tot de voorveranda groeide. Er was geen gras om het huis heen, alleen een kring van zand waar een horde kleine Latchers speelde. Eigenlijk was ik wel blij dat ze aan de andere kant van de rivier woonden. Anders zou van me worden verwacht dat ik met ze speelde.
Ze bebouwden twaalf hectare en deelden de oogst met de eigenaar van het land. De helft van weinig was niets, en de Latchers waren dan ook straatarm. Ze hadden geen elektriciteit, geen auto of truck. Soms liep meneer Latcher naar ons huis en vroeg hij Pappy of ze mochten meerijden als hij weer naar Black Oak ging.
Het karrenspoor naar hun huis was amper breed genoeg voor onze truck, en toen we tot stilstand kwamen, had de veranda zich al met vuile, kleine gezichtjes gevuld. Ik had ooit zeven Latcher-kinderen geteld, maar het was moeilijk om het aantal precies vast te stellen. Het was ook moeilijk om de jongens van de meisjes te onderscheiden. Ze hadden allemaal wild haar, smalle gezichtjes met dezelfde grijze ogen, en ze droegen allemaal haveloze kleren.
Mevrouw Latcher kwam van de vervallen veranda en veegde haar handen aan haar schort af. Het lukte haar om naar mijn moeder te glimlachen. 'Dag, mevrouw Chandler,' zei ze met een zachte stem. Ze was op blote voeten, en haar benen waren zo mager als takjes.
'Blij je te zien, Darla,' zei mijn moeder. Mijn vader was achter in de wagen bezig. Om de tijd te doden terwijl de vrouwen met elkaar babbelden, was hij met de dozen aan het schuiven. We verwachtten niet dat we meneer Latcher te zien kregen. Zijn trots weerhield hem ervan om naar voren te komen en voedsel aan te nemen. Dat moesten de vrouwen maar afhandelen.
Terwijl ze over de oogst en de warmte praatten, liep ik weg bij de truck. Al die kinderen hielden me in het oog. Ik liep naar de zijkant van het huis, waar de grootste jongen in de schaduw rondhing en zijn

best deed om ons te negeren. Hij heette Percy en hij beweerde dat hij twaalf was, al had ik mijn twijfels. Hij leek niet groot genoeg om twaalf te zijn, maar omdat de Latchers niet naar school gingen, was het moeilijk om hem met jongens van een bepaalde leeftijd te vergelijken. Hij droeg geen shirt of overhemd en was op blote voeten, en zijn huid was donkerbruin van vele uren in de zon.

'Hallo, Percy,' zei ik, maar hij reageerde niet. In dat opzicht waren deelpachters vaak nogal vreemd. Soms wilden ze praten, maar soms wilden ze dat je ze met rust liet en keken ze je alleen maar aan.

Ik keek naar hun huis, een hoekig, klein bouwsel, en vroeg me weer eens af hoe al die mensen in zo'n klein huisje pasten. Ons gereedschapsschuurtje was bijna net zo groot. De ramen stonden open en de gescheurde gordijnen hingen stil. Er waren geen horren om de vliegen en muggen buiten te houden, en er waren in elk geval geen ventilatoren om de lucht in beweging te brengen.

Ik had veel medelijden met hen. Oma mocht graag uit de Schrift citeren: 'Gezegend zijn de armen van geest, want hunner is het koninkrijk.' En: 'De armen zullen altijd bij u zijn.' Maar ik vond het wreed dat mensen in zulke omstandigheden moesten leven. Ze hadden geen schoenen. Hun kleren waren zo oud en versleten dat ze zich schaamden om naar het dorp te gaan. En omdat ze geen elektriciteit hadden, konden ze niet naar de Cardinals luisteren.

Percy had nooit een bal of een handschoen of een honkbalknuppel gehad, had nooit vangballen geoefend met zijn vader, had er nooit van gedroomd de Yankees te verslaan. Waarschijnlijk had hij er zelfs nooit van gedroomd om uit de katoenstreek weg te gaan. Dat was bijna onvoorstelbaar.

Mijn vader haalde de eerste doos met groente tevoorschijn en mijn moeder somde de inhoud op. De Latcher-kinderen gingen op het verandatrapje staan en keken gretig toe, maar bleven op een afstand. Percy bewoog niet. Hij keek naar iets in de velden, iets wat hij noch ik kon zien.

Er was een meisje in het huis. Ze heette Libby en ze was vijftien jaar oud, de oudste van het stel, en volgens de nieuwste geruchten in Black Oak was ze zwanger. De vader moest nog worden gevonden. Volgens de roddelverhalen weigerde ze iedereen, ook haar ouders, te vertellen welke jongen haar zwanger had gemaakt.

Zulke roddelverhalen waren voor de bewoners van Black Oak onweerstaanbaar. Oorlogsnieuws, een knokpartij, een nieuw geval van kanker, een auto-ongeluk, een nieuwe baby op komst bij twee mensen die voor de wet met elkaar getrouwd waren – al die gebeurtenissen hielden de gesprekken op gang. Over een sterfgeval, gevolgd door een goede begrafenis, werd nog dagen gepraat. Een arrestatie, zelfs van de armzaligste burger, hield de tongen wekenlang in beweging. Maar een vijftienjarig meisje, al was het de dochter van een deelpachter, die een onwettig kind kreeg – dat was zo buitengewoon dat het hele dorp buiten zichzelf was. Er was wel het probleem dat over de zwangerschap geen zekerheid bestond. Het was maar een gerucht. Omdat de Latchers hun boerderij nooit verlieten, was het erg moeilijk om bevestiging te krijgen. En omdat wij het dichtst bij hen woonden, was mijn moeder blijkbaar de taak ten deel gevallen om op onderzoek uit te gaan.

Ze had mijn hulp ingeroepen. Ze had een deel van de roddelverhalen aan me doorverteld, en omdat ik mijn hele leven had gezien dat dieren op de boerderij zich voortplantten, wist ik hoe het zat. Toch wilde ik me er liever niet mee bemoeien. Het was me trouwens ook niet helemaal duidelijk waarom wij moesten nagaan of dat arme meisje zwanger was. Er was al zoveel over gepraat dat het hele dorp er inmiddels van overtuigd was. Het grote mysterie was de identiteit van de vader. 'Ze laten mij er niet voor opdraaien,' had ik Pappy in de Co-op horen zeggen, en alle oude mannen hadden gebulderd van het lachen.

'Hoe gaat het met de katoen?' vroeg ik Percy, gewoon van boer tot boer.

'Die is er nog,' zei hij, knikkend naar de velden, die een meter of zo verderop al begonnen. Ik draaide me om en keek naar hun katoen, die er hetzelfde uitzag als de onze. Ik kreeg 1 dollar 60 voor elke honderd pond die ik plukte. Kinderen van deelpachters kregen niets.

Toen keek ik weer naar het huis, naar de ramen, de gordijnen en de ingezakte planken, en ik keek naar de achtertuin, waar hun was aan de lijn hing. Ik keek naar het zandpad dat langs hun privaat naar de rivier leidde, en Libby Latcher was nergens te bekennen. Waarschijnlijk hadden ze haar in een kamer opgesloten en bewaakte meneer Latcher de deur met een jachtgeweer. Op een dag zou ze de baby krijgen, en dan zou niemand het weten. Gewoon weer een Latcher erbij die naakt rondliep.

'Mijn zus is er niet,' zei hij, terwijl hij in de verte bleef staren. 'Je zoekt haar.'

Mijn mond viel open en mijn wangen voelden erg warm aan. Het enige wat ik kon uitbrengen was: 'Wat?'

'Ze is er niet. En ga nu terug naar je truck.'

Mijn vader zette de rest van de groente op de veranda en ik liep van Percy vandaan.

'Heb je haar gezien?' fluisterde mijn moeder toen we weggingen. Ik schudde mijn hoofd.

Toen we wegreden, stortten de Latchers zich op de twee dozen alsof ze een week niets te eten hadden gehad.

Over een paar dagen zouden we met een nieuwe lading groente terugkomen, een tweede poging om bevestiging voor de geruchten te vinden. Zolang ze Libby verborgen hielden, zouden de Latchers goed te eten hebben.

De rivier de St. Francis was volgens mijn vader vijftien meter diep, en bij de brugpijler zaten katvissen van wel zestig pond, die alles aten wat kwam aandrijven. Het waren grote, vuile vissen – aaseters die alleen in beweging kwamen als er voedsel dichtbij was. Sommige werden wel twintig jaar oud. Volgens de familielegende ving Ricky een van die monsters toen hij dertien was. De vis woog vierenveertig pond, en toen hij de buik opensneed, vielen er allerlei dingen in de laadbak van Pappy's truck: een bougie, een knikker, veel halfopgegeten witvissen en kleine visjes, twee centen en een verdacht goedje waarvan uiteindelijk werd vastgesteld dat het menselijk afval was.

Oma bakte nooit meer een katvis. Pappy hoefde helemaal geen riviervis meer.

Met rode wormen als aas viste ik in de ondiepe wateren bij een zandbank op brasem en baars, twee kleine soorten die veel voorkwamen en gemakkelijk te vangen waren. Ik liep op mijn blote voeten door het warme, snelstromende water en hoorde van tijd tot tijd mijn moeder roepen: 'Dat is ver genoeg, Luke!' Op de oever stonden eiken en wilgen, en de zon scheen daarachter. Mijn ouders zaten in de schaduw op een van de vele quilts die de dames van de kerk in de afgelopen winter hadden gemaakt en deelden een wratmeloen uit onze tuin.

Ze praatten zacht, bijna fluisterend, en ik probeerde niet te luisteren, want dit was in het katoenplukseizoen een van de weinige gelegenheden voor hen om alleen te zijn. 's Avonds, na een dag in het veld, sloeg de slaap snel toe, en ik hoorde ze bijna nooit in bed praten. Soms zaten ze in het donker op de veranda te wachten tot de ergste hitte voorbij was, maar dan waren ze niet echt alleen.

De rivier maakte me bang genoeg om me op veilige diepte te houden.

Ik had nog niet leren zwemmen – ik wachtte tot Ricky thuiskwam. Hij had beloofd het me de volgende zomer te leren, als ik acht was. Ik bleef dicht bij de oever, waar het water nauwelijks over mijn voeten heen spoelde.

Het gebeurde nogal eens dat er iemand verdronk, en ik had mijn hele leven kleurrijke verhalen gehoord over volwassen mannen die in verschuivende zandbanken terechtkwamen en werden meegevoerd terwijl hun hele gezin verschrikt toekeek. Kalme wateren konden op de een of andere manier plotseling gevaarlijk worden, al had ik dat zelf nooit meegemaakt. De ergste van alle verdrinkingen zou hebben plaatsgevonden in de St. Francis, al verschilde de exacte locatie per verteller. Een kleine jongen zat in alle onschuld op een zandbank toen die plotseling in beweging kwam. Het kind was omringd door water en zonk snel. Een ouder broertje zag het gebeuren en rende het kolkende water in, waarna hij zelf in een krachtige stroming terechtkwam en ook werd meegevoerd. Vervolgens hoorde een ouder zusje de kreten van de twee, en rende de rivier in en stond daar al tot haar middel in toen ze zich herinnerde dat ze niet kon zwemmen. Onbevreesd ploegde ze door het water, schreeuwend tegen haar jongere broertjes dat ze moesten volhouden en dat ze wel bij hen zou komen. Maar de zandbank zakte helemaal in, door een soort aardbeving, en nieuwe stromingen gingen in alle richtingen.

De drie kinderen dreven verder en verder van de oever vandaan. De moeder, volgens sommige vertellers zwanger en volgens andere niet, was onder een boom het middageten aan het klaarmaken toen ze haar kinderen hoorde schreeuwen. Ze stortte zich in de rivier, waar zij ook algauw in moeilijkheden kwam.

De vader stond op een brug te vissen toen hij het tumult hoorde, en in plaats van tijd te verspillen door naar de oever te rennen en daar het water in te gaan, sprong hij gewoon halsoverkop de St. Francis in en brak zijn nek.

Het hele gezin kwam om. Enkele van hun lichamen werden gevonden. Andere niet. Sommige lichamen werden opgegeten door de katvissen, en de andere werden meegevoerd naar zee, waar die zee ook mocht zijn. Er was geen gebrek aan theorieën over wat er uiteindelijk met de lichamen was gebeurd. Vreemd genoeg was dat gezin in de loop van de decennia naamloos gebleven.

Dit verhaal werd steeds weer verteld, opdat kinderen als ik zich bewust waren van de gevaren van de rivier. Ricky mocht me er graag

bang mee maken maar haalde vaak verschillende versies door elkaar. Mijn moeder zei dat het allemaal verzonnen was.
Zelfs dominee Akers zag kans het verhaal in een preek te gebruiken om aan te geven dat Satan altijd aan het werk was om verdriet en ellende over de wereld uit te zaaien. Ik was wakker en luisterde aandachtig, en toen hij bij de gebroken nek was aanbeland, dacht ik ook dat hij overdreef.
Maar ik was vastbesloten om niet te verdrinken. De vissen beten, kleine brasems die ik aan de haak sloeg en teruggooide. Ik vond een zitplaats op een boomstronk bij een uitloper van de rivier en ving de ene vis na de andere. Het was bijna net zo leuk als honkballen. De middag ging langzaam voorbij en ik was blij met de eenzaamheid. Op onze boerderij wemelde het van de vreemden. Het zware werk op de katoenvelden lag op me te wachten. Ik had een man doodgeslagen zien worden en op de een of andere manier was ik daar zelf ook bij betrokken geraakt.
Het zachte geluid van stromend, ondiep water was geruststellend. Waarom kon ik niet gewoon de hele dag vissen? In de schaduw bij de rivier zitten? Alles was beter dan katoen plukken. Ik werd toch geen boer. Ik hoefde daar niet voor te oefenen.
'Luke,' riep mijn vader vanaf de oever. Ik haalde de haak met worm op en liep naar mijn ouders toe.
'Ja?' zei ik.
'Ga zitten,' zei hij. 'We moeten praten.'
Ik ging helemaal op de rand van de quilt zitten, zo ver mogelijk van hen vandaan. Zo te zien waren ze niet kwaad. Mijn moeder keek zelfs erg vriendelijk.
Maar mijn vader klonk zo streng dat ik me grote zorgen maakte.
'Waarom heb je ons niet over die vechtpartij verteld?' vroeg hij.
Die vechtpartij die niet weg wilde gaan.
Eigenlijk verbaasde die vraag me niet. 'Ik was bang, denk ik.'
'Bang waarvoor?'
'Bang omdat ik achter de Co-op naar een vechtpartij had gekeken.'
'Omdat ik had gezegd dat je dat niet moest doen?' vroeg mijn moeder.
'Ja. En het spijt me.'
Dat ik naar een vechtpartij ging kijken, was niet zo'n heel erge ongehoorzaamheid. Dat wisten we alle drie. Wat moesten jongens anders op een zaterdagmiddag doen als het hele dorp vol mensen was en overal grote drukte heerste? Ze glimlachte omdat ik zei dat het me

speet. Ik probeerde zo meelijwekkend mogelijk te kijken.
'Ik vind het niet zo erg dat je naar een vechtpartij gaat kijken,' zei mijn vader. 'Maar met geheimen kun je in moeilijkheden komen. Je had me moeten vertellen wat je had gezien.'
'Ik zag een vechtpartij. Ik wist niet dat Jerry Sisco dood zou gaan.'
De logica van mijn woorden bracht hem even tot zwijgen. Toen zei hij: 'Heb je Stick Powers de waarheid verteld?'
'Ja.'
'Heeft een van de Sisco's dat stuk hout eerst opgepakt? Of was het Hank Spruill?'
Als ik de waarheid vertelde, zou ik toegeven dat ik eerder had gelogen. De waarheid spreken of een leugen vertellen, dat was de vraag waar het om draaide. Ik besloot de dingen een beetje waziger te maken. 'Nou pa, eerlijk gezegd, ging het allemaal erg snel. Overal smakten mensen tegen de grond. Hank gooide die jongens van zich af alsof ze speelgoed waren. En de mensen die eromheen stonden, maakten veel kabaal. En toen zag ik een stuk hout.'
Tot mijn verbazing nam hij daar genoegen mee. Per slot van rekening was ik nog maar zeven, en ik was in een menigte toeschouwers verzeild geraakt die allemaal naar een afschuwelijke ruzie achter de Co-op keken. Wie kon het mij kwalijk nemen dat ik niet precies meer wist wat er gebeurd was?
'Wil je hier met niemand over praten? Met niemand.'
'Nee.'
'Kleine jongens die geheimen voor hun ouders hebben, komen in grote moeilijkheden,' zei mijn moeder. 'Je kunt ons altijd alles vertellen.'
'Ja, moeder.'
'En ga nu maar weer vissen,' zei mijn vader, en ik rende naar mijn plekje terug.

11

De week begon in het halfduister van maandagmorgen. We kwamen allemaal naar de wagen voor de rit naar de velden, een rit die elke dag korter werd omdat het plukken verder van de rivier af plaatsvond en dus dichter bij het huis.

Er werd geen woord gesproken. Er stonden ons vijf lange dagen van zwaar werken in de hitte te wachten, gevolgd door de zaterdag, die op maandag net zo ver weg leek als Kerstmis.

Ik keek vanaf mijn plekje op de tractor omlaag en bad dat de Spruills binnenkort onze boerderij zouden verlaten. Ze zaten dicht bij elkaar, net zo versuft en slaperig als ik. Trot was niet bij hen en zou ook niet met ons meegaan naar het veld. Op zondag had meneer Spruill aan Pappy gevraagd of het goed zou zijn als Trot de hele dag in de voortuin bleef. 'Die jongen kan niet tegen de hitte,' had meneer Spruill gezegd. Het kon Pappy niet schelen wat er met Trot gebeurde. Die was in het veld toch geen stuiver waard.

Toen de tractor stopte, namen we onze zakken en verdwenen tussen de rijen katoen. Niemand sprak een woord. Een uur later brandde de zon op ons hoofd. Ik dacht aan Trot, die de hele dag lekker onder een boom kon zitten en een dutje kon doen wanneer hij daar maar zin in had, ongetwijfeld blij dat hij dat zware werk niet hoefde te doen. Misschien had hij ze niet allemaal op een rijtje, maar op dat moment was hij de slimste van alle Spruills.

Als we katoen plukten, stond de tijd stil. De dagen sleepten zich voort. Elke dag ging tergend langzaam over in de volgende.

Op donderdag zei Pappy onder het eten: 'We gaan zaterdag niet naar het dorp.'
Ik kon wel huilen. Het was al erg genoeg om de hele week in het veld te zwoegen, maar het was ronduit wreed als je geen beloning van popcorn en een film in het vooruitzicht had. Hoe zat het met mijn wekelijkse cola?
Er volgde een lange stilte. Mijn moeder keek aandachtig naar mij. Ze was blijkbaar niet verbaasd, en ik kreeg de indruk dat de volwassenen dit al hadden besproken. Ze stelden het nu alleen nog aan de orde om het mij te laten weten.
Wat heb ik te verliezen? dacht ik. Ik zette mijn tanden op elkaar en zei: 'Waarom niet?'
'Omdat ik het zeg,' snauwde Pappy terug, en ik wist dat ik me op gevaarlijk terrein had begeven.
Ik keek mijn moeder aan. Die had een vreemde grijns op haar gezicht.
'Jullie zijn toch niet bang voor de Sisco's?' vroeg ik, en ik verwachtte nu min of meer dat een van de mannen me zou vastgrijpen.
Er volgde een moment van doodse stilte. Mijn vader schraapte zijn keel en zei: 'Het is beter als de Spruills een tijdje uit het dorp vandaan blijven. We hebben er met meneer Spruill over gepraat en we hebben afgesproken dat we deze zaterdag allemaal thuisblijven. Zelfs de Mexicanen.'
'Ik ben voor niemand bang,' gromde Pappy over de tafel. Ik weigerde hem aan te kijken. 'En niet brutaal tegen me zijn,' voegde hij er voor de goede orde aan toe.
Mijn moeder had die grijns nog steeds op haar gezicht, en haar ogen twinkelden. Ze was trots op me.
'Ik heb een paar dingen uit de winkel nodig,' zei oma. 'Wat meel en suiker.'
'Ik ga wel,' zei Pappy. 'De Mexicanen hebben vast ook wel wat nodig.'
Later gingen ze op de voorveranda zitten, zoals ze altijd deden, maar ik voelde me te gekwetst om dat ook te doen. Ik lag op de vloer van Ricky's kamer, in het donker, luisterde door het open raam naar de Cardinals en probeerde het zachte, langzame gepraat van de volwassenen te negeren. Ik probeerde nieuwe manieren te vinden om de Spruills te haten, maar algauw wist ik me geen raad meer met alle ver-

schrikkelijke dingen die ze deden. Op een gegeven moment, nog in het begin van de avond, viel ik op de vloer in slaap.

Normaal gesproken was het middageten op zaterdag een plezierige aangelegenheid. De werkweek was voorbij. We gingen naar het dorp. Als ik de zaterdagse wasbeurt op de achterveranda overleefde, was het leven geweldig, in elk geval een paar uur lang.

Maar op deze zaterdag was er geen opwinding. 'We werken tot vier uur door,' zei Pappy, alsof hij ons een grote dienst bewees. Nou, nou, we zouden een uur eerder ophouden. Ik wilde hem vragen of we ook op zondag gingen werken, maar ik had op donderdagavond al genoeg gezegd. Hij negeerde me en ik negeerde hem. Zoiets konden we dagenlang volhouden.

En dus gingen we niet naar Black Oak, maar terug naar de velden. Zelfs de Mexicanen leken zich te ergeren. Toen de wagen stopte, namen we onze zakken en verdwenen we langzaam tussen de katoen. Ik plukte een beetje en lummelde een heleboel, en zodra de kust veilig was, vond ik een plekje om een dutje te doen. Ze konden me uit het dorp verbannen, ze konden me de velden in sturen, maar ze konden me niet dwingen om hard te werken. Ik denk dat er die zaterdagmiddag veel dutjes werden gedaan.

Mijn moeder vond me en we liepen samen naar huis terug. Ze voelde zich niet goed en ze wist ook dat het onrechtvaardig was wat mij werd aangedaan. We verzamelden wat groente in de tuin, maar niet veel. Ik onderging en overleefde de gevreesde wasbeurt. En toen ik schoon was, ging ik naar de voortuin, waar Trot alle dagen de wacht hield over kamp Spruill. We hadden geen idee wat hij de hele dag deed; het kon ook niemand iets schelen. We waren te moe om ons druk te maken om Trot. Toen ik in de voortuin kwam, zat hij achter het stuur van hun truck. Hij deed alsof hij reed en maakte vreemde geluiden met zijn lippen. Hij keek mij even aan en ging toen verder met rijden en sputteren.

Toen ik de tractor hoorde aankomen, ging ik het huis in, waar mijn moeder op haar bed lag, iets wat ze anders overdag nooit deed. Er waren stemmen te horen, vermoeide stemmen voor het huis, waar de Spruills aan het uitrusten waren, en achter het huis, waar de Mexicanen zich naar de schuur sleepten. Ik verstopte me een tijdje in Ricky's kamer, een honkbal in de ene hand, een handschoen aan de andere, en ik dacht aan Dewayne en de Montgomery-tweeling en de rest van mijn vrienden, die nu allemaal in de Dixie zaten en met een zak popcorn in hun hand naar de zaterdagfilm keken.

De deur ging open en Pappy verscheen. 'Ik ga naar Pop en Pearl om een paar dingen te kopen. Heb je zin om mee te gaan?'

Ik schudde van nee, zonder hem aan te kijken.

'Ik trakteer je op een cola,' zei hij.

'Nee, bedankt,' zei ik, mijn blik nog op de vloer gericht.

Eli Chandler zou zelfs voor een vuurpeloton nog niet om genade smeken, dus zeker niet voor een kind van zeven. De deur ging dicht en even later startte de motor van de truck.

Omdat ik liever niet in de voortuin kwam, ging ik naar de achtertuin. Bij de silo, waar de Spruills hun kamp hadden moeten opslaan, was een stukje gras waar je kon honkballen. Het was niet zo lang en breed als mijn veld aan de voorkant, maar het was open genoeg en liep tot de rand van de katoen. Ik gooide ballen zo hoog als ik kon en hield daar pas mee op toen ik er tien achter elkaar had opgevangen.

Miguel dook op uit het niets. Hij keek een minuut of wat naar me, en omdat ik nu publiek had, liet ik de ballen een voor een vallen. Ik gooide hem de bal toe – zachtjes, want hij had geen handschoen. Hij ving hem moeiteloos en gooide hem naar me terug. Ik verknalde het, liet de bal vallen, schopte ertegen, ving hem toen op en gooide hem naar Miguel terug, ditmaal een beetje harder.

Ik had het jaar daarvoor ontdekt dat veel Mexicanen honkballen, en het bleek algauw dat Miguel het spel goed kende. Zijn handen waren snel en zacht, en zijn worpen waren beter dan de mijne. We gooiden de bal een paar minuten heen en weer, en toen deden Rico en Pepe en Luiz met ons mee.

'Heb je een knuppel?' vroeg Miguel.

'Ja,' zei ik, en ik rende naar het huis om hem te halen.

Toen ik terugkwam, hadden Roberto en Pablo zich bij de anderen aangesloten en gooide de groep mijn honkbal in alle richtingen. 'Jij bent aan slag,' zei Miguel, en hij nam de leiding. Hij legde een stuk van een oude plank op de grond, drie meter voor de silo, en zei: 'Plaat.' De anderen verspreidden zich over het binnenveld. Pablo stond aan de rand van het katoenveld. Rico hurkte achter me neer en ik nam mijn positie aan de rechterkant van de plaat in. Miguel deed alsof hij met grote kracht zou uithalen, maakte me even erg bang en gooide toen een zachte bal waar ik met een grote zwaai naar uithaalde. Ik sloeg mis.

Ik miste ook de volgende drie ballen, maar sloeg toen twee keer raak. De Mexicanen juichten en lachten als ik de bal raakte, maar zeiden niets als ik mis sloeg. Toen ik een paar minuten had geoefend, gaf ik de knuppel aan Miguel en ruilden we van plaats. Ik gooide snelle ballen naar hem, maar daar liet hij zich niet door intimideren. Hij sloeg lijnballen en keiharde grondballen, en sommige werden goed door de Mexicanen opgevangen, terwijl andere werden opgehaald. De meeste Mexicanen hadden al vaker gespeeld, maar een paar van hen hadden nog nooit met een honkbal gegooid.

De andere vier in de schuur hoorden het tumult en kwamen kijken. Cowboy had geen shirt aan en zijn broek was tot zijn knieën opgerold. Hij leek wel een kop groter dan de rest.

Luiz was nu aan slag. Hij was niet zo ervaren als Miguel en het kostte me geen moeite hem met schijnbewegingen in de war te brengen. Tot mijn grote vreugde zag ik Tally en Trot onder een olm zitten. Ze keken naar ons.

Hoe langer we speelden, des te levendiger de Mexicanen werden. Ze juichten en lachten om elkaars misslagen. God alleen wist wat ze over mijn werptechniek zeiden.

Toen kwam mijn vader naar ons toe.

'Laten we een wedstrijd spelen,' zei mijn vader. Bo en Dale kwamen aanlopen, ook zonder shirt en schoenen. Er werd met Miguel overlegd, en na een paar minuten werd besloten dat de Mexicanen tegen de Arkansassers zouden spelen. Rico zou voor beide teams vangen, en ik werd weer naar het huis gestuurd, ditmaal om de oude achtervangershandschoen van mijn vader te halen.

Toen ik voor de tweede keer terugkwam, was Hank verschenen en stond hij klaar om te spelen. Ik vond het niet prettig dat ik in hetzelfde team zou spelen als hij, maar ik zou er niets van zeggen. Het was trouwens ook maar de vraag wat we aan Trot zouden hebben. En Tally was een meisje. Wat een schande: een meisje in je team. Evengoed waren de Mexicanen nog in de meerderheid.

Er werd weer even overlegd, en dat leidde er op de een of andere manier toe dat wij als eersten aan slag zouden zijn. 'Jullie hebben kleintjes,' zei Miguel met een glimlach. Er werden nog meer planken neergelegd, die als honken zouden fungeren. Mijn vader en Miguel spraken de spelregels af, die tamelijk creatief waren, want het veld was vreemd gevormd. De Mexicanen verspreidden zich over de honken en we waren klaar om te spelen.

Tot mijn verbazing liep Cowboy naar de werpheuvel en begon zijn spieren los te maken. Hij was mager maar sterk, en toen hij de bal gooide, bolden en plooiden de spieren in zijn borst en schouders. Het zweet liet zijn donkere huid glimmen. 'Hij is goed,' zei mijn vader zachtjes. Zijn worp was soepel en goed gemikt, al liet hij wat nonchalant los, de bal schoot uit zijn vingers en kwam in Rico's handschoen terecht. Hij gooide harder en harder. 'Hij is erg goed,' zei mijn vader hoofdschuddend. 'Die jongen heeft veel honkbal gespeeld.'

'Meisjes gaan voor,' zei iemand. Tally pakte de knuppel en liep naar de plaat. Ze droeg geen schoenen en had haar strakke broek tot aan haar knieën opgestroopt. Haar shirt hing uit haar broek, met de slippen in een knoop. Je kon haar buik zien. Eerst keek ze Cowboy niet aan, maar hij keek wel naar haar. Hij deed een paar stappen richting de plaat en gooide de eerste bal onderhands. Ze haalde uit en miste, maar het was een indrukwekkende uithaal, zeker voor een meisje.

Toen keken ze elkaar even in de ogen. Cowboy wreef over de bal, Tally zwaaide met de knuppel en de Mexicanen kwetterden als spreeuwen.

De tweede bal was nog langzamer, en Tally raakte hem. De bal rolde langs Pepe bij het derde honk, en we hadden onze eerste honkloper. 'Jij bent aan slag, Luke,' zei mijn vader. Ik liep met het zelfvertrouwen van Stan Musial naar het thuishonk en hoopte dat Cowboy niet zo'n harde bal zou gooien. Hij had Tally die bal laten raken en zou mij ook wel helpen. Ik stond klaar en hoorde hoe duizenden fervente Cardinals-supporters mijn naam scandeerden. Een volle bak, riep Harry Caray in de microfoon, en toen keek ik naar Cowboy, die tien meter van me vandaan stond, en mijn hart bleef stilstaan. Hij glimlachte niet, bij lange na niet. Hij hield de bal met beide handen vast en keek naar me alsof hij met een snelle bal mijn hoofd van mijn romp zou kunnen kegelen.

Wat zou Musial nu doen? Met die verrekte knuppel zwaaien!

De eerste worp was ook onderhands, dus ik begon weer adem te halen. De bal was te hoog, en ik haalde er niet naar uit, en het Mexicaanse koor had daar veel over op te merken. De tweede worp ging door het midden, en ik haalde uit om hem naar het hek te slaan, naar de muur van het linkerveld, meer dan honderd meter van me vandaan. Ik deed mijn ogen dicht en haalde uit voor de dertigduizend gelukkigen in Sportman's Park. Ik deed het ook voor Tally.

'Slag één,' riep mijn vader, een beetje te hard, vond ik. 'Je probeert hem te doden, Luke,' zei hij.

Natuurlijk probeerde ik dat. Ik probeerde de derde worp ook te doden, en toen Rico de bal teruggooide, verkeerde ik in de afschuwelijke positie dat ik twee slagen had gemist. Het was ondenkbaar dat ik met drie slag uit ging. Tally had de bal mooi geraakt. Ze stond op het eerste honk te popelen tot ik de bal in het spel bracht, want dan kon ze verdergaan. We speelden op mijn veld, met mijn bal en knuppel. Al die mensen keken.

Ik stapte bij de plaat vandaan en was bijna verlamd van angst dat ik uit zou gaan. De knuppel voelde plotseling zwaarder aan. Mijn hart bonsde, mijn mond was droog. Ik keek mijn vader smekend aan, en hij zei: 'Vooruit, Luke. Raak die bal.' Ik keek Cowboy aan en zijn gemene glimlach werd nog gemener. Ik wist niet of ik klaar was voor wat hij zou gooien.

Ik strompelde naar de plaat terug, klemde mijn tanden op elkaar en probeerde aan Musial te denken, maar het enige waaraan ik kon denken was een nederlaag, en ik haalde uit naar een erg lage bal. Toen ik voor de derde keer missloeg, heerste er totale stilte. Ik liet de knuppel vallen, pakte hem op en hoorde helemaal niets toen ik naar mijn team terugliep. Mijn lip trilde, maar ik vertikte het om te huilen. Ik kon Tally niet aankijken, en mijn vader helemaal niet. Hij zei niets, maar ik hoorde hem denken.

Ik had zin om het huis in te rennen en de deuren op slot te doen.

Trot was de volgende, en hij hield de knuppel in zijn rechterhand, net onder het etiket. Zijn linkerarm hing slap, zoals altijd, en we schaamden ons een beetje toen we zagen hoe die arme jongen met de knuppel probeerde te zwaaien. Maar hij lachte en was blij dat hij mocht meedoen, en dat was op dat moment belangrijker dan al het andere. Hij sloeg mis naar de eerste twee ballen en ik begon het gevoel te krijgen dat de Mexicanen ons met twintig punten verschil zouden inmaken. Maar op de een of andere manier sloeg hij de derde keer raak, een zacht boogballetje dat achter het tweede honk terechtkwam, waar minstens vier Mexicanen kans zagen mis te grijpen. Tally vloog langs het tweede honk en bereikte het derde, terwijl Trot naar het eerste honk sjokte.

Mijn vernedering, die toch al enorm was, werd nog groter. Trot op het eerste, Tally op het derde, en één uit.

Bo was de volgende, en omdat hij een volgroeide jongen zonder zichtbare handicap was, deed Cowboy een stap terug en haalde hij helemaal uit. Zijn eerste worp was niet te snel, maar die arme Bo beefde al toen de bal over de plaat vloog. Hij zwaaide met de knuppel nadat Rico de bal al had gevangen, en Hank bulderde van het lachen. Bo zei dat hij zijn bek moest houden. Hank zei iets terug, en ik dacht dat we in de eerste inning al hooglopende ruzie in de familie Spruill zouden krijgen.

De tweede bal was een beetje sneller. Bo zwaaide een beetje langzamer. 'Laat hem onderhands gooien!' riep Bo naar ons om het met een grapje af te doen.

'Wat een slappeling,' zei Hank. Meneer en mevrouw Spruill waren ook komen kijken, en Bo keek even naar hen.

Ik verwachtte dat de derde bal nog sneller zou zijn, en Bo verwachtte dat ook. In plaats daarvan gooide Cowboy een langzaam balletje, en Bo zwaaide al lang voordat de bal er was.

'Hij is erg goed,' zei mijn vader over Cowboy.

'Ik ben nu aan slag,' zei Hank. Hij ging voor Dale staan, die hem niet tegensprak. 'Ik zal jullie laten zien hoe het moet.'

Toen Hank een paar oefenzwaaien met de knuppel maakte, was het net of hij een tandenstoker in zijn handen had. Misschien zou hij de bal over de rivier slaan. Cowboys eerste worp was een snelle bal die naast ging, en Hank sloeg er niet naar. De bal kwam in Rico's handschoen terecht, en de Mexicanen begonnen weer in het Spaans te joelen.

'Gooi de bal over de plaat!' riep Hank terwijl hij ons aankeek alsof hij onze instemming verwachtte. Ik hoopte dat Cowboy een snelle bal in zijn oor zou rammen.

De tweede bal was veel harder. Hank zwaaide en miste. Cowboy ving de bal van Rico op en keek naar het derde honk, waar Tally stond te wachten en te kijken.

Toen gooide Cowboy een boogballetje dat recht over Hanks hoofd ging, maar toen hij wegdook en de knuppel liet vallen, veranderde de bal van richting en viel hij op wonderbaarlijke wijze door de slagzone. De Mexicanen bulderden van het lachen. 'Slag!' riep Miguel bij het tweede honk.

'Dat was geen slag!' schreeuwde Hank met een rood gezicht.

'Geen scheidsrechters,' zei mijn vader. 'Het is geen slag als hij er niet naar zwaait.'

Dat vond Cowboy best. Hij had nog een boogbal in zijn arsenaal. In het begin leek die tamelijk onschuldig, een langzaam balletje dat recht op het midden van het honk af ging. Hank haalde uit voor een harde klap. Maar de bal veranderde weer van richting en stuiterde voordat Rico hem opving. Hank raakte alleen maar lucht. Hij verloor zijn evenwicht en viel over de plaat, en toen het Mexicaanse koor weer in lachen uitbarstte, dacht ik dat hij ze allemaal te lijf zou gaan. Hij stond op, keek Cowboy vuil aan en mompelde iets, waarna hij zijn positie naast de plaat weer innam.

Twee uit, twee slag, twee op de honken. Cowboy maakte hem af met een snelle bal. Toen Hank weer vruchteloos door de lucht had gemaaid, gooide hij de knuppel op de grond.

'Niet met de knuppel gooien!' schreeuwde mijn vader. 'Als je niet sportief kunt zijn, moet je niet spelen.' We liepen het veld op; de Mexicanen waren nu aan slag.

Hank keek mijn vader vol walging aan, maar hij zei niets. Om de een of andere reden was besloten dat ik zou werpen. 'Jij werpt de eerste inning, Luke,' zei mijn vader. Ik wilde niet. Ik was geen partij voor Cowboy. Straks zouden we in ons eigen spel te schande worden gezet. Hank stond bij het eerste honk, Bo bij het tweede, Dale bij het derde. Tally stond linksmidden, haar handen op haar heupen, en Trot was in het rechterveld op zoek naar klavertjes vier. Wat een verdediging! Zoals ik wierp, moesten we alle veldspelers zo ver mogelijk van de plaat vandaan zetten.

Miguel liet Roberto als eerste slaan, en ik wist zeker dat hij dat opzettelijk deed, omdat die arme kerel nog nooit een honkbalknuppel in zijn handen had gehad. Hij sloeg een zacht balletje, dat mijn vader, die korte stop was, ving. Pepe sloeg een hoge bal, die mijn vader achter het tweede honk ving. Twee spelers uit; dat ging goed, maar mijn geluk zou niet voortduren. De goede spelers kwamen nu aan de beurt, de een na de ander. Ze sloegen de bal over het hele erf van de boerderij. Ik probeerde het met snelle ballen, boogballen, onderhandse ballen. Het maakte niet uit. Ze scoorden aan één stuk door en amuseerden zich enorm. Ik voelde me beroerd omdat ik niet tegen ze op kon, maar het was ook grappig om de Mexicanen te zien dansen en juichen terwijl ze het ene na het andere punt scoorden.

Mijn moeder en oma zaten onder een boom en keken samen met meneer en mevrouw Spruill naar het spektakel. Iedereen was er, behalve Pappy, die nog in het dorp was.

Toen ze ongeveer tien punten hadden gescoord, vroeg mijn vader om een time-out en liep naar de werpheuvel. 'Heb je er genoeg van?' vroeg hij.

Wat een belachelijke vraag. 'Ja,' zei ik.
'Neem dan even pauze,' zei hij.
'Ik kan werpen,' riep Hank, die nog bij het eerste honk stond. Mijn vader aarzelde even en gooide hem toen de bal toe. Ik wilde naar het rechterveld gaan, bij Trot, omdat daar niet veel gebeurde, maar mijn coach zei: 'Ga naar het eerste honk.'
Ik wist uit ervaring dat Hank Spruill erg snel was. Hij had de drie Sisco's binnen enkele seconden buiten gevecht gesteld. Daarom verbaasde het me niet dat hij de bal gooide alsof hij al jaren niets anders deed. Zelfverzekerd nam hij zijn werppositie in en ving de bal van Rico op. Hij gooide drie mooie snelle ballen langs Louis, en zo kwam er een eind aan het bloedbad van de eerste inning. Miguel vertelde mijn vader dat ze elf punten hadden gescoord. Het leken er wel vijftig.
Cowboy ging naar de werpheuvel terug en ging verder waar hij was gebleven. Dale ging uit en mijn vader was aan slag. Hij verwachtte een snelle bal, kreeg er een en sloeg hem hard weg, een lange, hoge bal die afzwaaide en diep in het katoenveld terechtkwam. Pablo ging ernaar op zoek terwijl wij de andere bal gebruikten. Onder geen beding zouden we het spel verlaten zolang beide ballen niet terecht waren.
De tweede worp was een harde boogbal, en mijn vaders knieën knikten voordat hij hem wegsloeg. 'Dat was een slag,' zei hij, en hij schudde verwonderd zijn hoofd. 'Het was ook een boogbal van topklasse,' zei hij, net hard genoeg om verstaanbaar te zijn, al zei hij het tegen niemand in het bijzonder.
Hij sloeg de bal iets voor het midden, waar Miguel hem met beide handen opving. Het team uit Arkansas dreigde weer te worden uitgeschakeld. Tally was nu aan slag. Cowboy keek opeens weer vriendelijk en kwam dichterbij. Hij gooide een paar onderhandse ballen, probeerde de knuppel te raken, en ten slotte sloeg ze een langzaam balletje naar het tweede honk, waar twee Mexicanen er net zo lang om vochten tot de loper in veiligheid was.
Ik was de volgende. 'Hou je knuppel wat hoger vast,' zei mijn vader, en dat deed ik. Ik zou alles hebben gedaan. Cowboy gooide nog langzamer, een loom boogballetje dat ik naar het middenveld mepte. De Mexicanen werden helemaal wild. Iedereen juichte. Ik schaamde me een beetje voor al die drukte, maar het was in elk geval beter dan drie keer misslaan en daardoor uit gaan. Ik stond niet meer zo erg onder druk: mijn toekomst als Cardinal lag weer helemaal open.
Trot sloeg naar de eerste drie ballen en miste ze allemaal royaal. 'Vier

slagen,' zei Miguel, en de regels werden weer veranderd. Als je in de tweede inning met elf punten voor staat, kun je het je veroorloven om edelmoedig te zijn. Trot sloeg naar de bal, en die rolde naar Cowboy terug, die hem voor de grap naar het derde honk gooide in een vergeefse poging Tally te pakken te krijgen. Ze was veilig; alle honken waren bezet. De Mexicanen probeerden ons punten te geven. Bo liep naar de plaat, maar Cowboy trok zich niet terug naar de werpheuvel. Hij gaf een onderhandse lob, en Bo sloeg een keiharde grondbal naar de korte stop, waar Pablo een sprong maakte om hem te vermijden. Tally scoorde en ik ging naar het derde honk.

Hank pakte de knuppel op en maakte een paar oefenzwaaien. Nu alle honken bezet waren, dacht hij maar aan één ding: een *grand slam*, dus iedereen naar het thuishonk. Cowboy had andere plannen. Hij deed een stap terug en hield op met glimlachen. Hank stond ineengedoken naast de plaat. Hij keek strak naar de werper, tartte hem om een bal te gooien die hij kon raken.

Het lawaai op het binnenveld stierf even weg. De Mexicanen slopen op hun tenen naar voren, want ze wilden hier niets van missen. De eerste worp was een loeiharde bal die een fractie van een seconde nadat Cowboy hem had losgelaten over de plaat vloog. Hank dacht er niet eens over om te slaan; hij kreeg de kans niet. Hij deinsde van de plaat terug en scheen toe te geven dat hij overtroefd was. Ik keek mijn vader aan, die zijn hoofd schudde. Hoe hard kon Cowboy gooien?

Toen gooide hij een boogbal, die er verleidelijk uitzag maar toch buiten de slagzone kwam. Hank haalde ernaar uit, maar kwam niet in de buurt. Toen een harde bal die recht op zijn hoofd af ging en op het laatste moment omlaagdook. Hanks gezicht was vuurrood.

Nog een snelle bal waar Hank naar sloeg. Twee slag, honken bezet, twee uit. Zonder zelfs maar een zweem van een glimlach besloot Cowboy een spelletje te spelen. Hij wierp een lage boogbal, die uit ging, en toen een hardere, waarvoor Hank ineenkromp. Toen weer een langzame, waar hij bijna naar sloeg. Ik kreeg de indruk dat Cowboy een bal om Hanks hoofd kon wikkelen, als hij dat wilde. De verdediging was weer luidruchtig aan het praten.

Slag drie was een bal die rustig kwam aanzetten en zo langzaam leek dat ik hem zou kunnen raken. Maar hij veranderde van richting. Hank haalde uit, miste ruimschoots en smakte zelf weer in het zand. Hij schreeuwde een lelijk woord en gooide de knuppel dicht bij mijn vader neer.

'Let op je woorden,' zei mijn vader, terwijl hij de knuppel oppakte. Hank mompelde nog iets anders en klopte het stof van zich af. Onze slagbeurt was voorbij.
Miguel was aan slag. Hanks eerste worp ging recht op zijn hoofd af en raakte het bijna. De bal stuiterde tegen de silo en kwam uiteindelijk bij het derde honk tot stilstand. De tweede worp was nog harder, en een halve meter binnen. Opnieuw sloeg Miguel in het zand, en zijn teamgenoten begonnen te mompelen.
'Hou op met dat idiote gedoe!' zei mijn vader met luide stem vanaf zijn positie. 'Gewoon ballen gooien.'
Hank keek hem met zijn gebruikelijke spottende gezicht aan. Hij gooide de bal over de plaat en Miguel sloeg hem naar het rechterveld, waar Trot met zijn rug naar het thuishonk de bomenrij bij de St. Francis in de verte stond te bestuderen. Tally rende achter de bal aan en bleef staan toen ze bij de rand van de katoen was aangekomen. Volgens de afgesproken regels was het een driehonkslag.
De volgende worp was de laatste van de wedstrijd. Cowboy was aan slag. Hank verzamelde al zijn kracht en gooide een keiharde bal recht op Cowboy af. Die dook weg maar was niet snel genoeg, en de bal trof hem recht in zijn ribben, met het misselijkmakende geluid van een meloen die op bakstenen smakt. Cowboy stootte een snelle kreet uit, maar even snel gooide hij mijn knuppel als een tomahawk van zich af, met alle kracht die hij kon opbrengen. De knuppel kwam niet terecht waar Cowboy hem wilde hebben: tussen Hanks ogen; in plaats daarvan stuiterde hij bij Hanks voeten op en sloeg tegen zijn schenen. Hank schreeuwde iets obsceens en ging meteen als een dolle stier in de aanval. Anderen begonnen ook te rennen. Mijn vader vanaf zijn positie als korte stop. Meneer Spruill vanaf zijn plaats naast de silo. Sommige Mexicanen kwamen ook aanrennen. Zelf kwam ik niet in beweging. Ik bleef bij het eerste honk staan, te bang om een stap te kunnen zetten. Het leek wel of iedereen schreeuwend op het thuishonk af rende. Cowboy trok zich geen stap terug. Hij bleef een ogenblik roerloos staan, zijn bruine huid nat, zijn lange armen strak, zijn tanden blinkend. Toen de stier een meter of wat van hem vandaan was, bracht Cowboy vlug zijn handen naar zijn zakken en had hij opeens een mes. Hij maakte er een snelle beweging mee en er sprong een erg lang lemmet uit – glanzend, glinsterend staal, ongetwijfeld erg scherp. Het maakte een kort geluid toen het opensprong, een scherpe klik die ik nog jaren zou horen.

Hij hield het mes voor iedereen omhoog, en Hank kwam slippend tot stilstand.
'Doe dat weg!' schreeuwde hij op anderhalve meter afstand.
Cowboy maakte een lichte, wenkende beweging met zijn linkerhand, alsof hij wilde zeggen: kom maar op, jongen, kom maar op.
Iedereen was van het mes geschrokken, en gedurende enkele seconden was het helemaal stil. Niemand bewoog. Het enige geluid was dat van snelle ademhaling. Hank keek naar het mes, dat steeds groter leek te worden. Niemand twijfelde eraan dat Cowboy het al eens eerder had gebruikt, dat hij er goed gebruik van kon maken en dat hij Hank graag zou onthoofden als die nog een stap dichterbij kwam.
Toen ging mijn vader met de honkbalknuppel tussen hen tweeën in staan, en Miguel verscheen naast Cowboy.
'Doe dat weg,' zei Hank opnieuw. 'Vecht als een man.'
'Stil!' zei mijn vader, en hij zwaaide met de knuppel naar hen beiden. 'We gaan niet vechten.'
Meneer Spruill greep Hanks arm vast en zei: 'Laten we gaan, Hank.'
Mijn vader keek Miguel aan en zei: 'Breng hem terug naar de schuur.'
Langzaam gingen de andere Mexicanen om Cowboy heen staan en duwden hem min of meer weg. Ten slotte draaide hij zich om en liep weg, de stiletto nog duidelijk zichtbaar.
Hank wilde natuurlijk geen stap verzetten. Hij bleef staan en keek de Mexicanen na, alsof hij daarmee de overwinning voor zich opeiste.
'Ik ga die jongen vermoorden,' zei hij.
'Je hebt al genoeg gemoord,' zei mijn vader. 'En ga nu weg. En blijf bij de schuur vandaan.'
'Laten we gaan,' zei meneer Spruill weer, en de anderen – Trot, Tally, Bo en Dale – liepen naar de voortuin. Toen de Mexicanen uit het zicht verdwenen waren, liep Hank ook weg. 'Ik ga hem vermoorden,' mompelde hij, nog net zo hard dat mijn vader het kon horen.
Ik pakte de ballen, de handschoenen en de knuppel bij elkaar en liep vlug achter mijn ouders en oma aan.

12

Later die middag vond Tally me in de achtertuin. Het was de eerste keer dat ik haar bij de boerderij zag rondlopen, hoewel de Spruills met het verstrijken van de dagen steeds meer op verkenning uitgingen.

Ze had een kleine tas bij zich. Ze was op blote voeten, maar had de strakke jurk aangetrokken die ze ook had gedragen toen ik haar voor het eerst zag.

'Wil je iets voor me doen, Luke?' vroeg ze poeslief. Mijn wangen werden rood. Ik had geen idee wat ze van me wilde, maar het leed geen enkele twijfel dat ik het voor haar zou doen.

'Wat?' vroeg ik, om moeilijk te doen.

'Je oma zei tegen mijn moeder dat er een kreek in de buurt is waar we een bad kunnen nemen. Weet je waar dat is?'

'Ja, Siler's Creek. Een kleine kilometer die kant op,' zei ik, wijzend naar het noorden.

'Zijn daar slangen?'

Ik lachte, alsof ik het raar vond dat iemand zich druk maakte om slangen. 'Misschien een paar kleine waterslangen. Geen watermocassinslangen.'

'En het water is helder, niet modderig?'

'Het moet helder zijn. Het heeft de hele week niet geregend.'

Ze keek om zich heen om er zeker van te zijn dat niemand luisterde, en zei toen: 'Wil je met me meegaan?'

Mijn hart stond stil en ik had plotseling een droge mond. 'Waarom?' kon ik uitbrengen.
Ze grijnsde weer en rolde met haar ogen.
'Ik weet het niet,' koerde ze. 'Om ervoor te zorgen dat niemand me ziet.'
Ze had kunnen zeggen: 'Omdat ik niet weet waar die kreek is', of: 'Om ervoor te zorgen dat er geen slangen zijn.' Of iets anders.
Maar dat zei ze niet.
'Ben je bang?' vroeg ik.
'Misschien een beetje.'
We namen de veldweg totdat het huis en de schuur niet meer te zien waren en sloegen toen een smal pad in dat we in het voorjaar gebruikten, als we aan het planten waren. Zodra we alleen waren, begon ze te praten. Ik had geen idee wat ik moest zeggen en ik was blij dat zij de situatie blijkbaar wel aankon.
'Het spijt me echt van Hank,' zei ze. 'Hij zorgt altijd voor moeilijkheden.'
'Heb jij het gevecht gezien?' vroeg ik.
'Welk gevecht?'
'Dat in het dorp.'
'Nee. Was het erg?'
'Ja, heel erg. Hij sloeg die jongens verschrikkelijk. Hij sloeg ze nog toen het gevecht allang voorbij was.'
Ze bleef staan, en toen bleef ik ook staan. Ze kwam dicht bij me en we haalden allebei diep adem. 'Vertel me de waarheid, Luke. Heeft hij die stok als eerste opgepakt?'
Toen ik in haar mooie, bruine ogen keek, zei ik bijna: 'Ja.' Maar op dat moment schoot me iets te binnen. Ik kon maar beter op safe spelen. Per slot van rekening was hij haar broer, en in een van de vele ruzies die de Spruills onder elkaar hadden zou ze hem misschien alles voor de voeten gooien wat ik had gezegd. Het bloed kruipt waar het niet gaan kan, zei Ricky altijd. Ik wilde Hank niet achter me aan krijgen.
'Het ging erg snel,' zei ik, en ik liep door. Ze haalde me meteen in en zweeg een paar minuten.
'Denk je dat ze hem gaan arresteren?' vroeg ze.
'Weet ik niet.'
'Wat denkt je opa?'
'Ik zou het om de dooie dood niet weten.' Ik dacht dat ik indruk op haar zou maken door woorden van Ricky te gebruiken.

'Luke, je taal!' zei ze, helemaal niet onder de indruk.
'Sorry.' We liepen door. 'Heeft hij eerder iemand gedood?' vroeg ik.
'Niet dat ik weet,' zei ze.
'Hij is een keer naar het noorden geweest,' ging ze verder toen we de kreek naderden. 'En daar waren wat moeilijkheden. Maar we hebben nooit geweten wat er gebeurd is.'
Volgens mij kwamen er overal moeilijkheden waar Hank kwam.
Siler's Creek liep langs de noordelijke begrenzing van onze boerderij en zocht zich kronkelend een weg naar de St. Francis, waar ze zich samenvoegden op een punt dat je vanaf de brug bijna kon zien. Aan weerskanten stonden grote bomen, zodat het in de zomer meestal een koele plek was om te zwemmen en te baden. Maar de kreek droogde soms ook snel op. Vaak stond er niet veel water.
Ik leidde haar de oever af naar een grindbank, waar het water het diepst was. 'Dit is de beste plaats,' zei ik.
'Hoe diep is het?' Ze keek om zich heen.
Het water was helder. 'Ongeveer tot hier.' Ik raakte een plaats niet ver onder mijn kin aan.
'Er is hier toch niemand?' Ze maakte een enigszins nerveuze indruk.
'Nee. Iedereen is op de boerderij.'
'Wil jij het pad weer op gaan en voor me op de uitkijk staan?'
'Goed,' zei ik zonder in beweging te komen.
'Toe dan, Luke,' zei ze. Ze zette haar tas op de oever.
'Goed,' zei ik, en ik liep weg.
'En Luke... Niet gluren!'
Ik voelde me betrapt. Ik maakte een gebaar alsof die gedachte helemaal niet bij me opgekomen was. 'Natuurlijk niet,' zei ik.
Ik kroop de oever op en vond een plek een meter of wat boven de grond, op een tak van een olm. Toen ik daar zat, kon ik bijna het dak van onze schuur zien.
'Luke!' riep ze.
'Ja!'
'Is alles veilig?'
'Ja!'
Ik hoorde water spatten, maar bleef naar het zuiden kijken. Na een minuut of twee draaide ik me langzaam om en keek ik naar de kreek. Ik kon haar niet zien, en dat was best een opluchting. De grindbank lag net voorbij een flauwe bocht, en de bomen en takken waren dik.
Er ging weer een poosje voorbij en ik begon me nutteloos te voelen.

Niemand wist dat we daar waren, dus niemand zou proberen haar te besluipen. Hoe vaak zou ik de gelegenheid krijgen om een mooi meisje te zien baden? Ik kon me geen specifiek verbod van de Kerk of de Schrift herinneren, al wist ik dat het verkeerd was. Maar misschien was het niet zo heel erg zondig.

Omdat het iets ondeugends was, dacht ik aan Ricky. Wat zou hij in zo'n situatie doen?

Ik klom uit de olm en sloop door gras en kreupelhout tot ik boven de grindbank was, en daar kroop ik langzaam door de struiken.

Haar jurk en ondergoed hingen over een tak. Tally was diep in het water. Haar hoofd was met wit schuim bedekt, want ze was voorzichtig haar haar aan het wassen. Ik zweette, maar ik haalde geen adem. Zoals ik daar op mijn buik in het gras lag, glurend tussen twee grote boomtakken door, was ik voor haar niet te zien. De bomen bewogen meer dan ik.

Ze neuriede, gewoon een mooi meisje dat een bad nam in een kreek en van het koele water genoot. Ze keek niet angstig om zich heen; ze vertrouwde me.

Ze ging met haar hoofd onder water om de shampoo weg te spoelen, en het schuim ging met de lichte stroming mee. Toen stond ze op en pakte een stuk zeep. Ze stond met haar rug naar me toe en ik zag haar achterkant, helemaal. Ze had niets aan, en dat was precies wat ik ook aanhad als ik mijn wekelijkse bad nam. Het was ook wat ik had verwacht, maar nu ik het bevestigd zag, ging er een huivering door me heen. Instinctief bracht ik mijn hoofd omhoog, ik denk om beter te kijken, maar toen kwam ik weer bij zinnen en dook ik weer weg.

Als ze me betrapte, zou ze het haar vader vertellen, en die zou het mijn vader vertellen, en die zou me slaan tot ik niet meer lopen kon. Mijn moeder zou een week kwaad op me zijn. Oma zou niet tegen me spreken, zo diepgekwetst zou ze zijn. Pappy zou me de huid volschelden, maar alleen met het oog op de anderen. Ik zou verloren zijn.

Terwijl ze tot haar middel in het water stond, waste ze haar armen en romp, die ik van opzij kon zien. Ik had nooit eerder vrouwenborsten gezien en ik betwijfelde of andere zevenjarige jongens in het district Craighead dat wel hadden. Misschien had een jongen eens bij toeval de borsten van zijn moeder gezien, maar ik was er zeker van dat niemand van mijn leeftijd ooit zoiets als dit te zien had gekregen.

Om de een of andere reden dacht ik weer aan Ricky, en toen kwam er uit het niets een erg verdorven idee bij me op. Nu ik het grootste deel van haar lichaam had gezien, wilde ik alles zien. Als ik heel hard 'Slang!' riep, zou ze een schreeuw van schrik geven. Ze zou de zeep en het washandje en haar naaktheid vergeten en vlug naar de wal rennen. Ze zou haar kleren pakken, maar enkele glorieuze ogenblikken lang zou ik alles te zien krijgen.

Ik slikte en probeerde mijn keel te schrapen, maar besefte weer dat ik een droge mond had. Terwijl mijn hart bonkte, aarzelde ik, en zo leerde ik een waardevolle les in geduld.

Om haar benen te wassen ging Tally dichter naar de oever toe. Ze verhief zich uit de kreek tot het water alleen nog haar voeten bedekte. Langzaam boog en strekte ze zich met de zeep en het washandje. Ze streek over haar benen, billen en buik. Mijn hart hamerde.

Ze spoelde zich af door water over haar lichaam te plenzen. En toen ze klaar was en nog tot aan haar enkels in het water stond, spiernaakt, draaide ze zich om en keek recht naar de plaats waar ik verscholen lag. Ik liet mijn hoofd zakken en begroef me nog dieper in het gras. Ik wachtte tot ze iets zou roepen, maar dat deed ze niet. Deze zonde was onvergeeflijk; daar was ik nu zeker van.

Ik schoof achteruit, erg langzaam, zonder geluid te maken, totdat ik bij de rand van de katoen was. Vervolgens kroop ik langs de bomen en nam ik mijn positie bij het pad weer in, alsof er niets gebeurd was. Toen ik haar hoorde aankomen, deed ik mijn best om verveeld te kijken.

Haar haar was nat; ze had een andere jurk aangetrokken. 'Dank je, Luke,' zei ze.

'O, geen dank,' kon ik uitbrengen.

'Ik voel me nu een stuk beter.'

Ik ook, dacht ik.

We liepen langzaam terug naar het huis. Eerst zeiden we niets, maar toen we halverwege waren, vroeg ze: 'Je hebt me gezien, hè Luke?' Haar stem klonk licht en plagend, en ik wilde niet liegen.

'Ja,' zei ik.

'Dat geeft niet. Ik ben niet kwaad.'

'Nee?'

'Nee. Volgens mij is het alleen maar natuurlijk, weet je, dat jongens naar meisjes kijken.'

Het leek mij zeker natuurlijk. Ik wist niet wat ik moest zeggen.

Ze ging verder: 'Als je de volgende keer met me naar de kreek gaat en voor me op de uitkijk staat, mag je het opnieuw doen.'

'Wat opnieuw doen?'
'Naar me kijken.'
'Goed,' zei ik, een beetje te vlug.
'Maar je mag het niemand vertellen.'
'Dat zal ik niet doen.'

Onder het avondeten had ik niet veel trek. Ik probeerde me te gedragen alsof er niets was gebeurd. Maar het is moeilijk om te eten als je maag zich steeds laat voelen. Ik zag Tally duidelijk voor me, alsof we nog bij de kreek waren.
Ik had iets verschrikkelijks gedaan. En ik kon niet wachten om het nog een keer te doen.
'Waar denk je aan, Luke?' vroeg oma.
'Niets.' Ik keerde met een schok in de realiteit terug.
'Kom op,' zei Pappy. 'Er zit je iets dwars.'
De leugen kwam snel. 'Die stiletto ...,' zei ik.
Alle vier schudden ze afkeurend hun hoofd.
'Denk aan iets anders, iets leuks,' zei oma.
Dat doe ik al, dacht ik bij mezelf. Geen enkel probleem.

13

De tweede zondag achtereen beheerste de dood onze eredienst. Mevrouw Letha Haley Dockery was een grote, luidruchtige vrouw wier man haar vele jaren geleden had verlaten om naar Californië te vluchten. Natuurlijk deden er geruchten de ronde over wat hij deed toen hij daar was aangekomen, en het favoriete gerucht, dat ik al een paar keer had gehoord, was dat hij het had aangelegd met een jongere vrouw van een ander ras – misschien een Chinese, maar zoals gold voor veel geruchten in Black Oak was er geen bevestiging voor te vinden. Want wie was ooit in Californië geweest?

Mevrouw Dockery had twee zoons grootgebracht, die niet veel talenten hadden meegekregen maar wel zo verstandig waren om de katoenstreek te verlaten. De een zat in Memphis, de ander ergens in het westen, waar dat ook mocht zijn.

Ze had nog meer familie, die verspreid over het noordoosten van Arkansas woonde, en bovendien had ze een verre neef in Paragould, zo'n vijftig kilometer van ons vandaan. Een erg verre neef, volgens Pappy, die een hekel aan mevrouw Dockery had. Die neef in Paragould had een zoon die in Korea vocht.

Wanneer we in de kerk in onze gebeden Ricky noemden, een onaangename gebeurtenis die zich steeds herhaalde, kwam mevrouw Dockery altijd meteen naar voren om de gemeente eraan te herinneren dat zij ook familie aan het front had. Ze drong zich aan oma op en fluisterde haar dan toe hoe erg het was om op nieuws van het front te moeten wachten. Pappy praatte met niemand over de oorlog, en toen mevrouw Dockery in het begin had geprobeerd met hem over hun wederzijdse zorgen te spreken, had hij haar de les gelezen. Als familie probeerden we gewoon te negeren wat er in Korea gebeurde, in elk geval in ons contact met anderen.

Maanden eerder had iemand, toen ze weer eens aanspraak op ieders medelijden had gemaakt, haar gevraagd of ze een foto van die zoon van die neef had. Als kerk hadden we zoveel voor hem gebeden dat iemand hem nu wilde zien. Ze had zich vernederd gevoeld omdat ze geen foto had.

Toen hij pas naar Korea was gestuurd, had hij Jimmy Nance geheten en was hij een zoon van haar achter-achterneef – haar 'erg dierbare neef'. Naarmate de oorlog vorderde, werd hij Timmy Nance, en toen was hij ook niet zomaar een zoon van een neef, maar zelfs een volle neef, of misschien een achterneef, daar kregen we niet precies hoogte van. Hoewel ze de voorkeur aan de naam Timmy gaf, dook Jimmy ook nog wel eens in haar conversatie op.

Wat zijn echte naam ook was, hij was gesneuveld. We hoorden het nieuws die zondag al voordat we uit de truck konden stappen.

Ze stond in de gemeenschapsruimte, omringd door dames van haar zondagsschoolklas, allemaal klagend en jammerend. Ik keek vanuit de verte toe, terwijl oma en mijn moeder in de rij stonden om haar te troosten, en ik had echt medelijden met mevrouw Dockery. Of het nu een verre of niet zo'n verre neef was, de vrouw had veel verdriet.

De mensen fluisterden elkaar de bijzonderheden toe: hij had de jeep van zijn commandant bestuurd en ze waren op een landmijn gereden. Het lichaam zou pas over twee maanden naar huis worden gebracht, of misschien wel nooit. Hij was twintig en had thuis in Kennett, Missouri, een jonge vrouw.

Terwijl al deze gesprekken aan de gang waren, kwam dominee Akers de kamer binnen en ging naast mevrouw Dockery zitten. Hij hield haar hand vast en ze baden lang, intens en zwijgend. De hele kerk keek naar haar. Iedereen wilde haar zijn deelneming betuigen.

Na een paar minuten zag ik Pappy de deur uit glippen.

Dus zo zal het gaan, dacht ik, als onze ergste angsten werkelijkheid worden: van de andere kant van de wereld sturen ze bericht dat hij dood is. En dan verzamelen zich vrienden om ons heen en zal iedereen huilen.

Mijn keel deed plotseling pijn en mijn ogen werden vochtig. Ik zei tegen mezelf: dit zal ons niet overkomen. Ricky rijdt daar niet in een jeep, en als hij dat doet, is hij wel zo verstandig om niet over een landmijn te rijden. Hij komt gewoon weer thuis.

Omdat ik niet wilde dat iemand me zag huilen, sloop ik de kerk uit, nog net op tijd om Pappy in zijn truck te zien stappen. Ik deed dat zelf ook. We bleven daar een hele tijd door de voorruit zitten kijken, en toen startte hij zonder een woord te zeggen de motor en reden we weg.

We reden langs de ontkorrelinstallatie. Hoewel die op zondagochtend niet werkte, wilde iedere boer stiekem dat de machines op volle kracht draaiden. De ontkorrelinstallatie werkte maar drie maanden per jaar.

We reden het dorp uit zonder dat we een bepaalde bestemming hadden, tenminste niet voorzover ik wist. We bleven op achterweggetjes, wegen van steenslag die stoffig waren van de rijen katoen die amper een meter van de berm vandaan begonnen.

Zijn eerste woorden waren: 'Daar wonen de Sisco's.' Hij knikte naar links, want hij wilde zijn hand niet van het stuur halen. In de verte, nog net zichtbaar boven de hectaren katoen, verhief zich een typisch deelpachtershuis. Het roestige metalen dak boog door, de veranda was ingezakt, het erf was vuil en de katoen groeide bijna tot de waslijn. Ik zag niemand rondlopen, en dat was een opluchting. Ik kende Pappy. Hij zou plotseling in de verleiding kunnen komen om bij dat huis te stoppen en ruzie te gaan maken.

We bleven langzaam tussen de eindeloze, vlakke katoenvelden door rijden. Ik sloeg de zondagsschool over, een bijna ongelooflijke meevaller. Mijn moeder zou het niet prettig vinden, maar ze zou geen ruziemaken met Pappy. Ze had me verteld dat als hij en oma zich de meeste zorgen om Ricky maakten, ze mij graag bij zich hadden.

Hij zag iets en reed zo langzaam dat we bijna stilstonden. 'Dat is de boerderij van de Embry's,' zei hij, weer knikkend. 'Zie je die Mexicanen?' Ik rekte me uit en tuurde en zag ze ten slotte: vier of vijf strohoeden diep in de witte zee, voorovergebogen alsof ze ons hadden gehoord en zich nu schuilhielden.

'Zijn ze op zondag aan het plukken?' zei ik.

'Ja.'

We gingen sneller rijden en ten slotte waren ze uit het zicht verdwenen. 'Wat gaat u doen?' vroeg ik, alsof de wet was overtreden.

'Niets. Dat zijn de zaken van de Embry's.'

Meneer Embry was lid van onze kerk. Ik kon me niet voorstellen dat hij goedvond dat er op de sabbat in zijn velden werd gewerkt. 'Denkt u dat hij ervan weet?' vroeg ik.

'Misschien niet. Het zou voor de Mexicanen niet moeilijk zijn om naar de velden te sluipen als hij naar de kerk is.' Pappy zei het zonder veel overtuiging.

'Maar ze kunnen hun eigen katoen niet wegen,' zei ik, en Pappy glimlachte nu.

'Nee, dat kunnen ze niet,' zei hij. Daarmee stelden we vast dat meneer Embry het goedvond dat zijn Mexicanen op zondag plukten. Dat soort geruchten deed elk najaar de ronde, maar ik kon me niet voorstellen dat zo'n vrome kerkganger als meneer Embry zo'n verdorven zonde beging. Ik was geschokt; Pappy niet.

Die arme Mexicanen. Ze werden als vee getransporteerd en als honden afgebeuld, en hun ene rustdag werd hun afgepakt, terwijl de eigenaar zich in de kerk verstopte.

'Laten we hierover zwijgen,' zei Pappy. Het deed hem goed dat hij een gerucht bevestigd had gezien.

Nog meer geheimen.

Toen we naar de kerk liepen, hoorden we de gemeente al zingen. Ik was nog nooit buiten geweest als ik geacht werd binnen te zijn. 'Tien minuten te laat,' mompelde Pappy in zichzelf toen hij de deur opendeed. Ze stonden rechtop te zingen en we konden naar onze plaatsen schuifelen zonder veel commotie te veroorzaken. Ik keek even naar mijn ouders, maar die negeerden me. Toen het zingen voorbij was, gingen we zitten. Ik zat veilig tussen mijn grootouders in. Ricky mocht dan in gevaar verkeren, ik werd in elk geval beschermd.

Dominee Akers wist wel beter dan dat hij over oorlog en dood begon te preken. Eerst maakte hij het trieste nieuws over Timmy Nance bekend, nieuws dat iedereen al had gehoord. Mevrouw Dockery was naar huis gebracht om ervan bij te komen. Haar zondagsschoolklas was maaltijden aan het voorbereiden. Het werd tijd, zei hij, dat wij als kerk de rijen sloten en een van de onzen troost boden.

Het waren hoogtijdagen voor mevrouw Dockery. Dat wisten we allemaal.

Als hij over de oorlog zou preken, zou hij na afloop van de dienst met Pappy te maken krijgen, en daarom hield hij zich aan zijn voorbereide tekst. Wij baptisten waren er trots op dat we zendelingen over de hele wereld stuurden, en het hele kerkgenootschap werkte aan een grote campagne om geld voor hen in te zamelen. Daar sprak dominee Akers over: meer geld geven, opdat we meer van onze mensen naar plaatsen als India, Korea, Afrika en China konden sturen. Jezus leerde ons dat we van alle mensen moesten houden, ongeacht hun verschillen. Het was aan ons baptisten om de rest van de wereld te bekeren.

Ik besloot geen dubbeltje extra te geven.

Ik had geleerd eentiende van mijn inkomsten aan de kerk af te staan, al deed ik dat met tegenzin. Het stond in de Schrift, en daar viel niets tegen in te brengen. Maar dominee Akers vroeg om iets wat daar nog bovenop kwam, iets extra's, en wat mij betrof kon hij daarnaar fluiten. Er ging geen geld van mij naar Korea. Ik weet zeker dat de andere Chandlers er ook zo over dachten. Waarschijnlijk de hele kerk.

Hij hield zich die ochtend in. Hij preekte over liefde en naastenliefde, niet over zonde en dood, en volgens mij raakte hij niet echt op dreef. Omdat het allemaal zo tam was, sukkelde ik in slaap.

Na de dienst hadden we geen zin om een praatje met anderen te maken. De volwassenen gingen regelrecht naar de truck, en we gingen haastig weg. Toen we het dorp bijna uit waren, vroeg mijn vader: 'Waar zijn jij en Pappy geweest?'

'We hebben gewoon wat rondgereden,' zei ik.

'Waarheen?'

Ik wees naar het oosten en zei: 'Daarheen. Eigenlijk nergens heen. Ik denk dat hij gewoon van de kerk weg wilde zijn.'

Mijn vader knikte, alsof hij wilde dat hij met ons mee was gegaan.

Toen we bijna klaar waren met het zondagavondeten, werd er zacht op de achterdeur geklopt. Mijn vader zat er het dichtstbij en stapte dus de achterveranda op en trof daar Miguel en Cowboy aan.

'Moeder, je bent nodig,' zei hij, en oma liep vlug de keuken uit. De rest van ons volgde.

Cowboy had zijn overhemd uit. De linkerkant van zijn borst was opgezwollen en zag er afschuwelijk uit. Hij kon zijn linkerarm nauwelijks omhoogbrengen, en toen oma hem dat liet doen, trok hij een grimas. Ik had medelijden met hem. Hij had een kleine vleeswond op de plaats waar de bal hem had getroffen. 'Ik kan de naden van de bal zien,' zei oma.

Mijn moeder bracht een pan water en een doek. Na een paar minuten kregen Pappy en mijn vader er genoeg van en gingen ze weg. Die vroe-

gen zich natuurlijk af in hoeverre de verwonding van de Mexicaan ten koste ging van de katoenpluk.
Oma was het gelukkigst als ze voor dokter mocht spelen, en Cowboy kreeg de complete behandeling. Nadat ze de wond had verbonden, moest hij op de achterveranda gaan liggen, zijn hoofd op een kussen van onze bank.
'Hij moet stil blijven liggen,' zei ze tegen Miguel.
'Hoeveel pijn heb je?' vroeg ze.
'Niet veel,' zei Cowboy, en hij schudde zijn hoofd. Het verbaasde ons dat hij zo goed Engels sprak.
'Ik vraag me af of ik hem een pijnstiller moet geven,' zei ze in de richting van mijn moeder.
Oma's pijnstillers waren erger dan een gebroken neus. Ik keek Cowboy verschrikt aan. Hij begreep wat ik bedoelde en zei: 'Nee, nee, geen medicijn.' Ze deed ijs uit de keuken in een kleine jutezak en legde die voorzichtig op zijn gezwollen ribbenkast. 'Hou hem daar,' zei ze, en ze legde zijn linkerarm over de zak. Toen het ijs hem raakte, verstijfde zijn hele lichaam, maar hij ontspande toen de verdoving begon. Binnen enkele seconden liep het water over zijn huid en op de veranda. Hij deed zijn ogen dicht en haalde diep adem.
'Dank u,' zei Miguel.
'*Gracias*,' zei ik, en Miguel glimlachte naar me.
We lieten ze daar achter en gingen op de voorveranda zitten om een glas ijsthee te drinken.
'Zijn ribben zijn gebroken,' zei oma tegen Pappy, die op de schommelbank zat om zijn eten te laten zakken. Hij wilde eigenlijk niets zeggen, maar na een korte stilte bromde hij iets en zei: 'Dat is jammer.'
'Hij moet naar een dokter.'
'Wat kan een dokter doen?'
'Misschien heeft hij een inwendige bloeding.'
'Misschien niet.'
'Het zou gevaarlijk kunnen zijn.'
'Als hij vanbinnen bloedde, zou hij toch al wel dood zijn?'
'Ja,' voegde mijn vader daaraan toe.
Er speelden twee dingen. Ten eerste waren de mannen erg bang dat ze de dokter zouden moeten betalen. Ten tweede – en dat was bijna net zo belangrijk – hadden ze allebei in de loopgraven gevochten. Ze hadden losse lichaamsdelen gezien, verminkte lijken, mannen die een

arm of een been misten, en ze maakten zich dan ook niet druk om kleinigheden. Het hoorde bij het dagelijks leven dat je een schram of een breuk opliep. Daar kwam je vanzelf wel overheen.

Oma wist dat ze het niet voor elkaar zou krijgen. 'Als hij doodgaat, is het jouw schuld.'

'Hij gaat niet dood, Ruth,' zei Pappy. 'En als hij doodgaat, is het niet onze schuld. Hank is degene die zijn ribben heeft gebroken.'

Mijn moeder ging naar binnen. Ze voelde zich weer niet goed en ik begon me zorgen om haar te maken. Het gesprek kwam op de katoen, en ik ging van de veranda vandaan.

Ik sloop naar de achterveranda, waar Miguel bij Cowboy in de buurt was. Zo te zien sliepen ze allebei. Ik glipte het huis in en keek bij mijn moeder. Ze lag met haar ogen open op het bed. 'Gaat het wel, mam?' vroeg ik.

'Ja, natuurlijk, Luke. Maak je om mij geen zorgen.'

Dat zou ze altijd zeggen, hoe slecht ze zich ook voelde. Ik leunde even op de rand van haar bed, en toen ik weer weg wilde gaan, zei ik: 'Weet je zeker dat het goed met je gaat?'

Ze gaf een klopje op mijn arm en zei: 'Het gaat goed, Luke.'

Ik ging naar Ricky's kamer om mijn handschoen en honkbal te halen. Toen ik zachtjes de keuken uit kwam, was Miguel weg. Cowboy zat op de rand van de veranda en liet zijn voeten omlaagbungelen. Zijn linkerarm drukte het ijs tegen zijn wonden. Ik was nog steeds bang voor hem, maar zoals hij er nu aan toe was, zou hij me niet veel kwaad kunnen doen.

Ik slikte even en hield hem toen mijn honkbal voor, dezelfde bal waarmee zijn ribben waren gebroken. 'Hoe gooi je die boogbal?' vroeg ik hem. Zijn norse gezicht ontspande; hij glimlachte bijna. 'Hier,' zei hij, en hij wees naar het gras naast de veranda. Ik sprong omlaag en ging naast zijn knieën staan.

Cowboy pakte de bal met duim en wijsvinger op de naden vast. 'Zo,' zei hij. Het was de manier waarop Pappy het me ook had geleerd.

'En dan een snelle beweging,' zei hij. Hij verdraaide zijn pols zo dat zijn vingers onder de bal waren toen hij die losliet. Het was niets nieuws. Ik nam de bal en deed precies wat hij zei.

Hij keek naar me zonder een woord te zeggen. Die vage glimlach was weg en ik kreeg de indruk dat hij veel pijn leed.

'Dank je,' zei ik. Hij knikte nauwelijks.

Toen zag ik de punt van zijn stiletto uit een gat in de rechterzak van zijn werkbroek steken. Ik moest er wel naar blijven kijken. Ik keek hem aan en toen keken we allebei naar het wapen. Langzaam haalde hij het tevoorschijn. Het heft was donkergroen en glad, met kerfjes erop. Hij hield het voor me omhoog, drukte toen op het knopje, en het lemmet sprong naar buiten. Ik schrok ervan.

'Hoe kom je daaraan?' vroeg ik. Een domme vraag, waarop hij geen antwoord gaf.

'Doe het nog eens,' zei ik.

Met een flitsende beweging hield hij het lemmet tegen zijn been, vouwde het in het heft terug en zwaaide ermee naar mijn gezicht terwijl hij het lemmet weer tevoorschijn liet springen.

'Mag ik het doen?' vroeg ik.

Nee. Hij schudde resoluut zijn hoofd.

'Heb je er ooit iemand mee gestoken?'

Hij bracht het mes dichter naar zich toe en keek me vuil aan. 'Veel mannen,' zei hij.

Ik had genoeg gezien. Ik deinsde terug en rende naar de achterkant van de silo, waar ik alleen kon zijn. Een uur lang gooide ik ballen naar mezelf, en intussen hoopte ik vurig dat Tally weer naar de kreek ging en nu toevallig voorbij kwam lopen.

14

Maandagmorgen in alle vroegte verzamelden we ons zwijgend bij de tractor. Het liefst zou ik weer naar binnen sluipen en in Ricky's bed kruipen en dagenlang slapen. Geen katoen, geen Hank Spruill, niets dat het leven onaangenaam maakte. 'In de winter kunnen we rusten,' zei oma altijd, en dat was waar. Als de katoen eenmaal geplukt was en de velden geploegd waren, braken de koude maanden aan en hield onze kleine boerderij een winterslaap.

Maar half september was het koude weer nog een toekomstdroom. Pappy, meneer Spruill en Miguel stonden bij de tractor en praatten ernstig met elkaar, terwijl de rest van ons probeerde te luisteren. De Mexicanen stonden niet ver van ons vandaan in een groepje te wachten. Afgesproken werd dat zij met de katoen bij de schuur zouden beginnen, zodat ze gewoon naar de velden konden lopen. Wij zouden een eindje verderop werken, en de katoenwagen zou als scheidslijn tussen de twee groepen fungeren. Er moest een zekere afstand worden gecreëerd tussen Hank en Cowboy, anders zou er weer een dode vallen. 'Ik wil niet nog meer moeilijkheden,' hoorde ik Pappy zeggen. Iedereen wist dat de stiletto in Cowboys zak zou zitten, en we betwijfelden of Hank, hoe dom hij ook was, zo dom zou zijn om hem nog eens aan te vallen. Onder het ontbijt van die ochtend had Pappy de veronderstelling uitgesproken dat Cowboy niet de enige gewapende Mexicaan was. Eén roekeloze daad van Hank en er zouden overal stiletto's flikkeren. Dat moest aan meneer Spruill worden voorgelegd, en die had Pappy verzekerd dat er geen moeilijkheden meer zouden komen. Maar inmiddels geloofde niemand meer dat meneer Spruill, of wie dan ook, Hank onder controle had.

Er waren geen sporen meer van de zware regenval van de vorige dag te zien; de katoen was droog en de bodem was bijna stoffig. Maar Pappy en mijn vader beschouwden de regen als een onheilspellende waarschuwing voor de onvermijdelijke overstromingen, en er ging van die twee mannen een spanning uit die op de anderen oversloeg.

Onze oogst was bijna perfect en we hadden nog maar een paar weken om de katoen te plukken voordat de hemel zich zou openen. Toen de tractor bij de katoenwagen stopte, pakten we vlug onze zakken en verdwenen tussen de katoen. Er werd niet gelachen of gezongen door de Spruills, en er kwam ook geen geluid van de Mexicanen in de verte. En ik deed geen dutje. Ik plukte zo snel als ik kon.

De zon kwam snel op en liet de dauw op de katoenbollen verdampen. De benauwende lucht plakte aan mijn huid en doorweekte mijn overall, en het zweet droop van mijn kin. Dat ik zo klein was, had één voordeel: veel katoenstruiken waren hoger dan ik en ik stond dan ook voor een groot deel in de schaduw.

Twee dagen van moeizaam plukken, en de katoenwagen was vol. Pappy bracht hem naar het dorp; altijd Pappy, nooit mijn vader. Zoals mijn moeder over de tuin ging, zo was dit ook een van de karweitjes die al lang voor mijn geboorte aan mijn grootvader was toegevallen. Het werd van mij verwacht dat ik met hem meereed, en dat deed ik altijd graag, want het betekende dat ik in het dorp kwam, al was het maar bij de ontkorrelinstallatie.

Na een snelle maaltijd brachten we de truck naar het veld en maakten we de katoenwagen eraan vast. Toen klommen we langs de randen en zetten we het dekkleed vast, opdat er geen bollen wegwaaiden. We vonden het een misdaad om ook maar honderd gram te verspillen van iets wat we met zoveel moeite hadden verzameld.

Toen we naar huis terugreden, zag ik de Mexicanen achter de schuur. Ze zaten in groepjes hun tortilla's te eten. Mijn vader was bij de gereedschapsschuur en plakte een binnenband van de John Deere. De vrouwen waren met de afwas bezig. Pappy stopte abrupt. 'Blijf hier,' zei hij tegen me. 'Ik ben zo terug.' Hij was iets vergeten.

Toen hij uit het huis terugkwam, had hij zijn jachtgeweer bij zich.

Zonder een woord te zeggen schoof hij het onder de zitting.
'Gaan we jagen?' vroeg ik, al wist ik heel goed dat ik geen antwoord zou krijgen.
De Sisco-affaire was onder het eten of op de veranda niet besproken. De volwassenen hadden waarschijnlijk afgesproken er niet meer over te praten, in elk geval niet waar ik bij was. Maar het geweer wees op een heleboel mogelijkheden.
Ik dacht meteen aan een vuurgevecht bij de ontkorrelinstallatie, zoals ik in de wildwestfilms met Gene Autrey had gezien. Aan de ene kant de goeden, de boeren natuurlijk, druk aan het schieten terwijl ze achter en tussen hun katoenwagens zaten; aan de andere kant de schurken, de Sisco's en hun vrienden, die de schoten beantwoordden. De wagens kregen de ene treffer na de andere en de net geplukte katoen vloog door de lucht. Ramen sprongen aan scherven. Trucks explodeerden. Toen we de rivier overstaken, lagen de doden en gewonden overal op het terrein van de ontkorrelinstallatie.
'Gaat u op iemand schieten?' vroeg ik in een poging Pappy te dwingen iets te zeggen.
'Bemoei je met je eigen zaken,' zei hij nors, en hij schakelde naar een lagere versnelling.
Misschien had hij een rekening met iemand te vereffenen. Dat deed me denken aan een van de favoriete Chandler-verhalen. Toen Pappy nog veel jonger was, werkte hij, zoals alle boeren in die tijd, met muilezels in de velden. Dat was lang voordat de tractors kwamen. Al het boerenwerk werd toen nog door mens en dier gedaan. Een lastige streekgenoot, een zekere Woolbright, zag Pappy op een dag in het veld, en blijkbaar had Pappy het die dag moeilijk met de muilezels. Volgens Woolbright sloeg Pappy de arme beesten met een grote stok op hun kop. Woolbright vertelde dat later in de Tea Shoppe en zei ook: 'Als ik een natte jutezak had gehad, had ik die Eli Chandler een paar lesjes kunnen leren.' Dat kwam Pappy ter ore. Een paar dagen later, na een lange, warme dag in het veld, nam Pappy een jutezak en deed hem in een emmer water. Hij sloeg het avondeten over en liep de vijf kilometer naar het huis van Woolbright. Of tien of vijftien kilometer, dat hing ervan af wie het verhaal vertelde.
Eenmaal daar aangekomen, riep hij naar Woolbright dat hij naar buiten moest komen om het uit te praten. Woolbright had net zijn avondeten op en had wel of niet een huis vol kinderen. Hoe dan ook, Woolbright liep naar de hordeur, keek zijn voortuin in en kwam tot

de conclusie dat het binnen veiliger was.
Pappy schreeuwde een paar keer dat hij naar buiten moest komen. 'Hier is je jutezak, Woolbright!' schreeuwde hij. 'En kom nu naar buiten en maak het karwei af.'
Woolbright trok zich dieper in zijn huis terug, en toen duidelijk werd dat hij niet naar buiten kwam, gooide Pappy de natte jutezak door de hordeur. Daarna liep hij de vijf of tien of vijftien kilometer terug naar huis en ging naar bed, zonder te eten.
Ik had dat verhaal vaak genoeg gehoord om te geloven dat het waar was. Zelfs mijn moeder geloofde het. Eli Chandler was in zijn jonge jaren een heethoofd geweest, en nu hij zestig was, kon hij nog steeds erg driftig worden.
Maar hij zou niemand doden, tenzij het uit zelfverdediging was. En hij gebruikte liever zijn vuisten of minder dreigende wapens, zoals jutezakken. Het geweer ging voor alle zekerheid met ons mee. De Sisco's waren woestelingen.
De ontkorrelmachines bulderden toen we daar aankwamen. Een lange rij wagens stond voor ons te wachten en ik wist dat we daar nog uren zouden zijn. Het was al donker toen Pappy de motor afzette en met zijn vingers op het stuur begon te trommelen. De Cardinals speelden en ik wilde erg graag naar huis.
Voordat Pappy uit de truck stapte, keek hij naar de wagens, trucks en tractors, en hij keek ook naar de boerenknechten en arbeiders die hun werk in de installatie deden. Hij keek of hij ergens moeilijkheden zag, en toen hij die niet zag, zei hij ten slotte: 'Ik ga me inschrijven. Jij wacht hier.'
Ik zag hem over het terrein schuifelen. Hij stopte bij een groepje mannen voor het kantoor en bleef daar een tijdje staan praten en luisteren. Er stond ook een groepje bij een wagen die ergens voor ons in de rij stond, jonge mannen die rookten, praatten en wachtten. Hoewel de ontkorrelinstallatie het middelpunt van alle activiteit was, ging alles maar langzaam.
Toen zag ik iemand van ergens achter onze truck opduiken. 'Howdy, Luke,' zei de stem, en ik schrok ervan. Toen ik me met een ruk omdraaide, zag ik het vriendelijke gezicht van Jackie Moon, een oudere jongen die ten noorden van het dorp woonde.
'Hallo, Jackie,' zei ik opgelucht. Een fractie van een seconde had ik gedacht dat de Sisco's in een hinderlaag hadden gelegen. Hij leunde tegen het voorspatbord, met zijn rug naar de ontkorrelmachines, en

haalde een sigaret tevoorschijn die hij van tevoren had gedraaid. 'Hebben jullie nog iets van Ricky gehoord?' vroeg hij.
Ik keek naar de sigaret. 'De laatste tijd niet,' zei ik. 'Een paar weken geleden hebben we een brief gekregen.'
'Hoe gaat het met hem?'
'Goed, denk ik.'
Hij streek met een lucifer over de zijkant van onze truck en stak de sigaret aan. Hij was lang en mager, en was al heel wat jaren een erg goede basketballer op de Monette High School. Hij en Ricky hadden samen gespeeld, totdat Ricky werd betrapt op roken achter de school. De coach, een veteraan die in de oorlog een been had verloren, schopte Ricky uit het team. Pappy had een week lang kwaad om de Chandler-boerderij heen gelopen en gedreigd zijn jongste zoon te vermoorden. Ricky vertrouwde me toe dat hij toch al genoeg van basketbal had. Hij wilde football spelen, maar vanwege de katoenpluk had Monette geen football-team.
'Misschien ga ik daar ook heen,' zei Jackie.
'Korea?'
'Ja.'
Ik wilde vragen waarom hij dacht dat ze hem in Korea nodig hadden. Hoe erg ik het ook vond om katoen te plukken, dat deed ik altijd nog liever dan dat er op me werd geschoten. 'En basketbal dan?' vroeg ik. Er gingen geruchten dat Arkansas State belangstelling voor Jackie had.
'Ik ga van school,' zei hij, en hij blies een rookwolk de lucht in.
'Waarom?'
'Ik heb er genoeg van. Ik ga nu al twaalf jaar naar school, af en aan. Dat is langer dan iedereen in mijn familie. Ik vind dat ik genoeg heb geleerd.'
Bij ons in de buurt gingen er geregeld tieners van school af. Ricky probeerde het een paar keer en op een gegeven moment mocht hij er van Pappy mee ophouden. Oma daarentegen had voet bij stuk gehouden en uiteindelijk had hij zijn diploma gehaald.
'Er worden daar veel jongens doodgeschoten,' zei Jackie, terwijl hij in de verte staarde.
Dat was niet iets wat ik wilde horen, en dus zei ik niets. Hij drukte zijn sigaret uit en stak zijn handen diep in zijn zakken. 'Ze zeggen dat jij die vechtpartij van zaterdag hebt gezien,' zei hij, opnieuw zonder me aan te kijken.

Ik had wel gedacht dat die vechtpartij ter sprake zou komen als we deze keer naar het dorp gingen. Mijn vader had me nadrukkelijk gewaarschuwd er met niemand over te spreken. Maar ik kon Jackie vertrouwen. Hij en Ricky waren samen opgegroeid.

'Er stonden een hoop mensen naar te kijken,' zei ik.

'Ja, maar niemand wil erover praten. De hillbillies praten niet omdat het een van hun eigen mensen is. Onze eigen mensen praten niet omdat Eli tegen iedereen heeft gezegd dat ze hun mond moesten houden. Tenminste, dat zeggen ze.'

Ik geloofde hem. Ik twijfelde er geen moment aan dat Pappy de baptistengemeente had gebruikt om zich achter te verschansen, in elk geval totdat de katoen binnen was.

'En de Sisco's?' vroeg ik.

'Niemand heeft ze gezien. Ze houden zich gedeisd. Vorige week vrijdag hadden ze de begrafenis. De Sisco's hebben het graf zelf gegraven. Het ging vanuit de Bethel-kerk. Stick houdt ze goed in de gaten.'

Er volgde weer een lange stilte. Al die tijd bulderden de machines achter ons. Hij draaide weer een sigaret, stak hem aan en zei ten slotte: 'Ik heb je daar gezien, bij die vechtpartij.'

Ik voelde me alsof ik op een misdrijf was betrapt. Het enige wat ik kon zeggen, was: 'O?'

'Ik zag je met die jongen van Pinter. En toen die hillbilly dat stuk hout oppakte, keek ik naar jullie tweeën en dacht ik bij mezelf: die kleine jongens kunnen dit beter niet zien. En ik had gelijk.'

'Ik wilde dat ik het niet had gezien.'

'Ik had het ook liever niet gezien,' zei hij, en hij blies een keurige rookkring uit.

Ik keek naar de ontkorrelinstallatie om er zeker van te zijn dat Pappy niet in de buurt was. Hij was nog ergens binnen, in het kantoortje waar de eigenaar zijn papieren afwerkte. Er waren nog meer wagens gekomen en die stonden nu achter ons in de rij. 'Heb je met Stick gepraat?' vroeg ik.

'Nee. Dat ben ik ook niet van plan. Jij?'

'Ja, hij kwam naar ons huis.'

'Heeft hij met de hillbilly gepraat?'

'Ja.'

'Dus Stick weet zijn naam?'

'Ja.'

'Waarom heeft hij hem niet gearresteerd?'

'Dat weet ik niet precies. Ik heb hem gezegd dat het drie tegen één was.'
Hij bromde iets en spuwde op de grond. 'Ja, het was drie tegen één, maar er had geen dode hoeven te vallen. Ik heb de pest aan de Sisco's, dat heeft iedereen, maar hij had ze niet op die manier hoeven te slaan.'
Ik zei niets. Hij nam een trek van de sigaret en begon te praten terwijl de rook uit zijn mond en neus kwam.
'Toen jullie weg waren, sloeg hij ze tot het hout versplinterde, en daarna gaf hij ze ook nog een paar harde schoppen, en al die tijd gromde hij als een beest dat helemaal wild geworden was. Hij had een knalrooie kop en zijn ogen gloeiden, en plotseling hield hij op en keek hij alleen maar op ze neer, alsof een geest hem had vastgegrepen en hem had laten ophouden. Toen deinsde hij terug en richtte zich op, en hij keek weer naar ze alsof iemand anders het had gedaan. Toen liep hij terug naar Main Street, en alle andere Sisco's en hun vrienden kwamen aanrennen en pakten de jongens vast. Ze leenden de pick-uptruck van Roe Duncan om ze naar huis te brengen. Jerry is niet meer bij kennis geweest. Roe heeft Jerry zelfs midden in de nacht naar het ziekenhuis gebracht, maar hij zei dat hij toen al dood was. Een schedelfractuur. Die andere twee mochten blij zijn dat ze niet dood waren. Hij sloeg ze net zo hard als Jerry. Ik heb nog nooit zoiets meegemaakt.'
'Ik ook niet.'
'Als ik jou was, zou ik maar een tijdje niet bij vechtpartijen gaan kijken. Daar ben je te klein voor.'
'Maak je geen zorgen.' Ik keek naar de ontkorrelinstallatie en zag Pappy. 'Daar heb je Pappy,' zei ik.
Hij liet de sigaret vallen en trapte erop. 'Tegen niemand zeggen wat ik heb gezegd, hè?'
'Goed.'
'Ik wil niets met die hillbillies te maken hebben.'
'Ik zeg geen woord.'
'Doe Ricky de groeten van me. Schrijf hem dat hij ze op een afstand moet houden tot ik er ben.'
'Doe ik, Jackie.' Hij verdween even stilletjes als hij gekomen was.
Nog meer geheimen te bewaren.
Pappy maakte de wagen los en ging achter het stuur zitten. 'We gaan geen drie uur wachten,' mompelde hij, en hij startte de motor. Hij reed van de ontkorrelinstallatie vandaan en verliet het dorp. Op een gegeven moment, laat op de avond, zou een arbeider van de installatie

onze wagen aan een kleine tractor koppelen en hem naar voren trekken. De katoen zou in de ontkorrelmachine worden gezogen en een uur later zouden er twee perfecte balen uit komen. Die zouden worden gewogen, en er zouden monsters van beide balen worden genomen, zodat de katoenkoper later de kwaliteit kon beoordelen. Na het ontbijt zou Pappy naar de installatie teruggaan om onze wagen op te halen. Hij zou de balen en de monsters bekijken, en hij zou iets anders vinden om zich zorgen over te maken.

De volgende dag kwam er een brief van Ricky. Oma had hem op de keukentafel gelegd toen we met sloffende voeten en pijn in de rug door de achterdeur binnenkwamen. Ik had die dag achtenzeventig pond katoen geplukt, een absoluut record voor een kind van zeven, al waren records onmogelijk bij te houden omdat er zoveel werd gelogen. Vooral onder kinderen. Pappy en mijn vader plukten elke dag vijfhonderd pond.

Omdat oma neuriede en glimlachte, wisten we dat de brief goed nieuws bevatte. Ze pakte hem vlug op en las hem aan ons voor.

Beste mama, papa, Jesse, Kathleen en Luke,

Ik hoop dat thuis alles goed is. Ik heb nooit gedacht dat ik het katoen plukken nog eens zou missen, maar ik wilde echt dat ik nu thuis was. Ik mis alles: de boerderij, de gebraden kip, de Cardinals. Het is toch niet te geloven dat de Dodgers kampioen zijn geworden? Ik word er beroerd van.

Hoe dan ook, het gaat hier goed met me. Het is rustig. We zijn niet meer aan het front. Mijn eenheid heeft zich zo'n tien kilometer teruggetrokken en we kunnen wat slaap inhalen. We hebben het warm en krijgen genoeg rust en goed te eten, en op dit moment schiet er niemand op ons en schieten wij ook op niemand.

Ik hoop echt dat ik gauw thuiskom. Het schijnt dat het een beetje rustiger wordt. We horen geruchten over vredesbesprekingen en zo, en daar duimen we voor.

Ik heb jullie laatste partij brieven gekregen, en die betekenen erg veel voor me. Dus blijf schrijven. Luke, je brief was aan de korte kant, dus schrijf me een langere. Ik moet opschieten.

Veel liefs voor jullie allemaal, Ricky

We gaven de brief aan elkaar door en lazen hem keer op keer, en toen legde oma hem in een sigarenkistje naast de radio. Al Ricky's brieven lagen daar, en als je 's avonds de keuken in kwam, zag je Pappy of oma er vaak in lezen.

De nieuwe brief deed ons onze stijve spieren en verbrande huid vergeten, en we aten allemaal vlug door, zodat we rond de tafel konden gaan zitten om Ricky terug te schrijven.

Ik gebruikte mijn Big Chief-schrijfblok en een potlood en vertelde hem alles over Jerry Sisco en Hank Spruill. Ik bespaarde hem geen enkel detail. Bloed, versplinterd hout, Stick Powers, alles. Veel woorden kon ik niet goed spellen en daar deed ik dan maar een gooi naar. Als iemand me mijn spelfouten zou vergeven, was het Ricky wel. Omdat ik de anderen niet wilde laten weten dat ik roddelverhalen tot in Korea verspreidde, schermde ik mijn papier zo goed mogelijk af.

Er werden vijf brieven tegelijk geschreven, en ongetwijfeld kreeg Ricky vijf versies van dezelfde gebeurtenissen te lezen. Terwijl we daar zaten te schrijven, maakten de volwassenen grapjes. Het was een mooi moment in het midden van de oogsttijd. Pappy zette de radio aan en terwijl de brieven langer en langer werden, luisterden we naar de Cardinals.

Zoals we daar aan de keukentafel zaten te lachen, te schrijven en naar de wedstrijd te luisteren, twijfelde niemand van ons eraan dat Ricky gauw thuis zou komen.

Dat schreef hij toch zelf?

15

Op donderdagmiddag vond mijn moeder me in de velden en zei ze dat ze me in de tuin nodig had. Ik maakte blij mijn plukzak los en liet de andere zwoegers in de katoen achter. We liepen naar het huis, allebei opgelucht omdat het werk van die dag erop zat.

'We moeten op bezoek bij de Latchers,' zei ze onderweg. 'Ik maak me zorgen om ze. Ze zouden honger kunnen lijden, weet je.'

De Latchers hadden een tuin, al stelde die niet veel voor. Ik geloofde niet dat ze echt honger leden. Zeker, ze hadden geen kruimel te veel, maar echte hongersnood kwam in het district Craighead niet voor. Zelfs de armste deelpachters zagen nog kans een paar tomaten en komkommers te verbouwen. Ieder boerengezin had een paar kippen die eieren legden.

Maar mijn moeder wilde Libby zien, want dan kon ze de geruchten bevestigen of ontkennen.

Toen we onze tuin binnengingen, besefte ik wat mijn moeder aan het doen was. Als we opschoten, kwamen we bij de Latchers voordat het tijd was om met plukken op te houden, en dan zouden de ouders en al die kinderen in de velden zijn. Libby zou, als ze echt zwanger was, thuis zijn, waarschijnlijk in haar eentje. Er zou niets anders voor haar op zitten dan naar buiten te komen om onze groente in ontvangst te nemen. We konden haar overvallen, haar met christelijke goedheid bestoken terwijl haar beschermers weg waren. Het was een briljant plan.

Onder strikt toezicht van mijn moeder begon ik tomaten, komkommers, erwten, bonen en maïs te plukken – bijna alle soorten groenten die we hadden. 'Neem die kleine, rode tomaat daar, Luke, rechts van je,' zei ze. 'Nee, nee, die erwten kunnen wachten.' En: 'Nee, die komkommer is nog niet rijp.'
Hoewel ze de groente vaak zelf verzamelde, gaf ze er nu de voorkeur aan om toezicht te houden. Het evenwicht in de tuin bleef het best bewaard als ze zelf op een afstand bleef, het hele perceel overzag en met het oog van een kunstenaar leiding gaf aan wat ik, of mijn vader, deed om het voedsel te verzamelen.
Ik had de pest aan de tuin, maar op dat moment had ik nog meer de pest aan de katoenvelden. Alles was beter dan katoen plukken.
Toen ik een maïskolf wilde plukken, zag ik iets tussen de maïs dat me meteen deed verstijven. Voorbij de tuin lag een klein, overschaduwd strookje gras, te smal om vangoefeningen te doen en dus nergens goed voor. Daarnaast verhief zich de oostkant van ons huis, de kant die van de weg was afgewend. Aan de westkant hadden we de keukendeur, de parkeerplaats voor onze truck, de voetpaden die naar de schuur leidden, het privaat en andere gebouwtjes, en de velden. Alles gebeurde aan de westkant; niets aan de oostkant.
Bij de hoek, tegenover de tuin en uit het zicht van iedereen, had iemand een deel van de onderste plank geverfd – wit geverfd. De rest van het huis had nog dezelfde vaalbruine kleur als vanouds, ruwe eikenhouten planken.
'Wat is er, Luke?' vroeg mijn moeder. In de tuin had ze nooit haast, want de tuin was haar heiligdom, maar vandaag wilde ze een hinderlaag leggen en tijd was van cruciaal belang.
'Ik weet het niet,' zei ik, nog steeds verstijfd.
Ze kwam naast me staan en keek tussen de maïs door die de afscherming van haar tuin vormde, en toen ze de geverfde plank zag, verstijfde zij ook.
De verf was dik bij de hoek, maar werd naar de achterkant van het huis toe steeds dunner. Blijkbaar was het werk nog aan de gang. Iemand was ons huis aan het verven.
'Het is Trot,' zei ze zachtjes. Er speelde een glimlach om haar mondhoeken.
Ik had niet aan hem gedacht, had nog geen tijd gehad om me af te vragen wie het had gedaan, maar het was meteen duidelijk dat hij de schilder was. Wie anders zou het kunnen zijn? Wie anders hing de

hele dag in de voortuin rond zonder iets te doen, terwijl de rest van ons in de velden zwoegde? Wie anders zou in zo'n erbarmelijk laag tempo werken? Wie anders zou dom genoeg zijn om het huis van iemand anders zonder diens toestemming te verven?

En Trot had tegen Hank geschreeuwd dat hij me niet met ons kleine ongeverfde heikneutershuis moest pesten. Trot was me te hulp gekomen.

Maar waar haalde Trot het geld vandaan om verf te kopen? En waarom deed hij het eigenlijk? O, er waren tientallen vragen.

Ze deed een stap terug en liep de tuin uit. Ik volgde haar naar de hoek van het huis, waar we de verf bekeken. We konden hem daar ruiken, en hij was nog plakkerig. Ze keek in de voortuin. Trot was nergens te bekennen.

'Wat gaan we doen?' vroeg ik.

'Niets, in elk geval voorlopig niet.'

'Ga je het iemand vertellen?'

'Ik zal er met je vader over praten. Laten we het intussen geheimhouden.'

'Je zei dat geheimen slecht waren voor kleine jongens.'

'Het is slecht om geheimen voor je ouders te hebben.'

We vulden twee manden met groente en laadden ze op de truck. Mijn moeder reed ongeveer één keer per maand. Ze kon Pappy's truck wel aan, maar ze voelde zich achter het stuur nooit op haar gemak. Ze omklemde het, pompte even op de koppeling en de remmen en draaide toen het sleuteltje om. We gingen met een ruk achteruit en lachten zelfs toen de oude truck langzaam draaide. Toen we wegreden, zag ik Trot onder de truck van de Spruills liggen. Hij keek langs een achterband naar ons.

Aan onze pret kwam een paar minuten later een eind toen we bij de rivier kwamen. 'Hou je vast, Luke,' zei ze terwijl ze terugschakelde en zich over het stuur boog, haar ogen verwilderd van angst. Waar moest ik me aan vasthouden? Het was een smalle brug zonder vangrails. Als ze eraf reed, zouden we allebei verdrinken.

'Je kunt het, mam,' zei ik zonder veel overtuiging.

'Natuurlijk kan ik het,' zei ze. Ik was die brug al vaker met haar overgestoken, en het was altijd een avontuur. We kropen eroverheen en durfden geen van beiden naar beneden te kijken. Pas toen we op het zandpad aan de andere kant waren, haalden we weer adem.

'Goed werk, mam,' zei ik.

'Niets bijzonders,' zei ze, eindelijk haar adem uitblazend.

Eerst zag ik geen Latchers in de velden, maar toen we het huis naderden, zag ik een groepje strohoeden diep in de katoen, helemaal aan het eind van hun veld. Ik kon niet zien of ze ons hadden gehoord, maar ze hielden niet op met plukken. We parkeerden dicht bij de voorveranda en het stof daalde neer rond de truck. Voordat we konden uitstappen, kwam mevrouw Latcher de voortrap af. Ze veegde nerveus haar handen af aan een of andere lap, praatte blijkbaar in zichzelf en maakte een erg zorgelijke indruk.

'Dag, mevrouw Chandler,' zei ze zonder mijn moeder aan te kijken. Ik heb nooit geweten waarom ze mijn moeder niet bij de voornaam noemde. Ze was ouder en had minstens zes kinderen meer dan mijn moeder.

'Hallo, Darla. We komen wat groente brengen.'

De twee vrouwen keken elkaar aan. 'Ik ben zo blij dat u er bent,' zei mevrouw Latcher met een erg gespannen stem.

'Wat is er?'

Mevrouw Latcher keek mij aan, heel even maar. 'Ik heb uw hulp nodig. Het is Libby. Ik denk dat ze haar baby gaat krijgen.'

'Een baby?' zei mijn moeder, alsof ze geen flauw idee had.

'Ja. Ik geloof dat ze weeën heeft.'

'Laten we dan de dokter halen.'

'O, nee. Dat kunnen we niet doen. Niemand mag hiervan weten. Niemand. Het moet stilgehouden worden.'

Ik was naar de achterkant van de truck gelopen en hurkte een beetje neer, zodat mevrouw Latcher me niet zou zien. Ik dacht dat ze dan meer zou vertellen. Er stond iets groots te gebeuren en ik wilde daar niets van missen.

'We schamen ons zo,' zei ze met overslaande stem. 'Ze wil ons niet vertellen wie de vader is, en op dit moment kan het me ook niet schelen. Ik wil alleen dat de baby komt.'

'Maar jullie hebben een dokter nodig.'

'Nee, mevrouw. Niemand mag hiervan weten. Als de dokter komt, komt de hele omgeving het te weten. U moet dit stilhouden, mevrouw Chandler. Wilt u me dat beloven?'

Die arme vrouw huilde bijna. Ze wilde absoluut iets geheimhouden wat in Black Oak al maanden het gesprek van de dag was.

'Laat me haar zien,' zei mijn moeder zonder de vraag te beantwoorden, en de vrouwen liepen naar het huis. 'Luke, jij blijft hier bij de truck,' zei ze over haar schouder.

Zodra ze naar binnen waren gegaan, liep ik om het huis heen en gluurde ik naar binnen door het eerste raam dat ik zag. Het was een erg kleine huiskamer met oude, vuile matrassen op de vloer. Bij het volgende raam hoorde ik hun stemmen. Ik bleef roerloos staan luisteren. De velden waren achter me.

'Libby, dit is mevrouw Chandler,' zei mevrouw Latcher. 'Ze komt je helpen.'

Libby fluisterde iets wat ik niet kon verstaan. Zo te horen leed ze veel pijn. Toen hoorde ik haar zeggen: 'Het spijt me zo.'

'Het komt wel goed,' zei mijn moeder. 'Wanneer zijn de weeën begonnen?'

'Ongeveer een uur geleden,' antwoordde mevrouw Latcher.

'Ik ben zo bang, mama,' zei Libby, veel luider. Haar stem was pure angst. De beide vrouwen probeerden haar tot rust te brengen.

Nu ik al enige kennis van de vrouwelijke anatomie had verworven, wilde ik ook erg graag een blik op een zwanger meisje werpen. Maar zo te horen was ze dicht bij het raam, en als ze me op gluren betrapten, zou mijn vader me een week lang slaan. Een ongeoorloofde blik op een vrouw in barensnood was ongetwijfeld een zonde van de ergste orde. Misschien zou ik zelfs ter plekke blind worden.

Maar ik kon me niet bedwingen. Ik hurkte neer en kroop onder de vensterbank. Ik zette mijn strohoed af en wilde net voorzichtig mijn hoofd omhoogbrengen, toen er een halve meter van mijn hoofd vandaan een kluit aarde terechtkwam. De kluit sloeg met een klap tegen de zijkant van het huis en liet de gammele planken rammelen. De vrouwen schrokken er zo van dat ze een schreeuw gaven. De kluit aarde sprong uit elkaar en er kwamen stukjes tegen de zijkant van mijn gezicht. Ik liet me op de grond vallen en rolde van het raam vandaan. Vervolgens krabbelde ik overeind en keek naar de velden.

Percy Latcher was dichtbij. Hij stond tussen twee rijen katoen, hield een andere kluit aarde in zijn ene hand en wees met de andere naar mij.

'Het is je zoon,' zei een stem.

Ik keek naar het raam en ving een glimp van mevrouw Latchers hoofd op. Na nog één blik op Percy rende ik naar de pick-up terug als een hond die zich gebrand heeft. Ik sprong op de voorbank, draaide het raampje dicht en wachtte op mijn moeder.

Percy verdween in de velden. Het zou straks tijd zijn om met plukken op te houden en ik wilde hier weg zijn voordat de andere Latchers naar huis kwamen.

Er verschenen twee peuters op de veranda, allebei naakt, een jongen en een meisje, en ik vroeg me af wat ze ervan dachten dat hun grote zus ook een baby kreeg. Ze staarden me alleen maar aan.
Mijn moeder kwam haastig naar buiten, op de voet gevolgd door mevrouw Latcher. Snel pratend liepen ze naar de auto.
'Ik ga Ruth halen,' zei mijn moeder. Ze bedoelde oma.
'Alstublieft, en vlug,' zei mevrouw Latcher.
'Ruth heeft het al vaak gedaan.'
'Alstublieft, haalt u haar. En alstublieft, zegt u het tegen niemand. Kunnen we u vertrouwen, mevrouw Chandler?'
Mijn moeder maakte de deur open en stapte in. 'Natuurlijk.'
'We schamen ons zo,' zei mevrouw Latcher met tranen in de ogen. 'Alstublieft, vertelt u het niemand.'
'Het komt wel goed, Darla,' zei mijn moeder, en ze draaide het sleuteltje om. 'Ik ben over een halfuur terug.'
We reden met een ruk achteruit, en na een paar schokken waren we gekeerd en reden we van het huis van de Latchers vandaan. Mijn moeder reed nu veel sneller en had daar bijna al haar aandacht bij nodig.
'Heb je Libby Latcher gezien?' vroeg ze ten slotte.
'Nee, moeder,' zei ik vlug en zonder aarzeling. Ik had geweten dat die vraag zou komen en ik had mijn antwoord klaar.
'Weet je dat zeker?'
'Ja, moeder.'
'Wat deed je naast het huis?'
'Ik liep wat rond toen Percy met een kluit aarde naar me gooide. Die kwam tegen het huis. Het was Percy's schuld, niet de mijne.' Ik sprak snel en met overtuiging, en ik wist dat ze me graag wilde geloven. Ze had op dat moment belangrijker dingen aan haar hoofd.
We stopten bij de brug. Ze schakelde naar de eerste versnelling, hield haar adem in en zei weer: 'Hou je vast, Luke.'

Oma was in de achtertuin. Het was tijd om aan het avondeten te beginnen en ze stond bij de pomp haar gezicht en handen af te drogen. Ik moest rennen om mijn moeder bij te houden.
'We moeten naar de Latchers,' zei mijn moeder. 'Dat meisje heeft weeën en haar moeder wil dat jij de bevalling doet.'
'Lieve help,' zei oma. Haar vermoeide ogen fonkelden plotseling van opwinding. 'Dus ze is echt zwanger.'
'Ja, ze heeft al meer dan een uur weeën.'

Ik luisterde aandachtig en genoot ervan dat ik bij dit alles betrokken was, maar toen draaiden beide vrouwen zich plotseling, en zonder duidelijke reden, naar me om. 'Luke, ga naar het huis,' zei mijn moeder nogal streng, en ze begon te wijzen, alsof ik niet wist waar het huis was.

'Wat heb ik gedaan?' vroeg ik beledigd.

'Ga nou maar,' zei ze, en ik liep weg. Met tegenstribbelen zou ik niets opschieten. Ze gingen op gedempte toon verder met hun gesprek, en toen mijn moeder naar me riep, was ik op de achterveranda.

'Luke, ren naar de velden en haal je vader op! We hebben hem nodig!'

'En schiet op!' zei oma. Ze vond het prachtig dat ze een echte patiënte zou krijgen.

Ik wilde de velden niet weer in, en ik zou hebben tegengesputterd als Libby niet op het punt had gestaan een baby te krijgen. 'Ja, moeder,' zei ik, en ik rende hen voorbij.

Mijn vader en Pappy waren bij de katoenwagen. Voor het laatst die dag wogen ze katoen. Het was bijna vijf uur en de Spruills waren met hun zware zakken naar de wagen gekomen. De Mexicanen waren nergens te bekennen.

Ik slaagde erin mijn vader apart te nemen en hem de situatie uit te leggen. Hij zei iets tegen Pappy en we liepen op een drafje terug naar het huis. Oma was bezig spullen te verzamelen: medicinale alcohol, handdoeken, pijnstillers, flesjes met smerige troep die Libby zouden doen vergeten dat ze een kind kreeg. Ze legde haar hele arsenaal op de keukentafel. Ik had haar nog nooit zo snel zien bewegen.

'Ga je opknappen,' zei ze op scherpe toon tegen mijn vader. 'Jij brengt ons daarheen. Het kan wel even duren.' Ik kon merken dat hij het niet zo geweldig vond om hierbij betrokken te raken, maar hij zou zijn moeder niet tegenspreken, niet op een moment als dit.

'Ik ga me ook opknappen,' zei ik.

'Jij gaat nergens heen,' zei mijn moeder tegen mij. Ze stond bij de gootsteen een tomaat in schijfjes te snijden. Pappy en ik zouden restjes als avondeten krijgen, naast de gebruikelijke schaal met komkommers en tomaten.

Ze gingen gehaast weg, mijn vader achter het stuur, mijn moeder tussen hem en oma ingeklemd – drie mensen op weg om Libby te redden. Ik stond op de voorveranda en zag ze wegscheuren. Een stofwolk kolkte achter de truck aan tot ze bij de rivier waren. Ik had erg graag mee gewild.

Het avondeten zou uit bonen en koude koeken bestaan. Pappy had een hekel aan restjes. Hij vond dat de vrouwen het eten hadden moeten klaarmaken voordat ze naar de Latchers gingen; maar ja, hij was er toch al op tegen dat ze voedsel naar die mensen brachten.
'Ik weet niet waarom ze allebei moesten gaan,' mompelde hij toen hij ging zitten. 'Ze zijn zo nieuwsgierig als een stel katten, wat jij, Luke? Ze popelen om daarheen te gaan en dat zwangere meisje te zien.'
'Ja,' zei ik.
Hij zegende het voedsel met een kort gebed, en we aten in stilte.
'Tegen wie spelen de Cardinals?' vroeg hij.
'De Reds.'
'Wil je ernaar luisteren?'
'Ja.' We luisterden elke avond naar de wedstrijd. Wat konden we anders doen?
We ruimden de tafel af en zetten onze vuile borden in de gootsteen. Pappy zou nooit op het idee komen de afwas te doen; dat was werk voor de vrouwen. Toen het donker was, gingen we zoals altijd op de veranda zitten en wachtten we op Harry Caray en de Cardinals. Het was benauwd en nog verschrikkelijk heet.
'Hoelang duurt het om een baby te krijgen?' vroeg ik.
'Dat hangt ervan af,' zei Pappy vanaf zijn schommelbank. Meer zei hij niet, en toen ik lang genoeg had gewacht, vroeg ik: 'Waar hangt het van af?'
'O, van een heleboel dingen. Sommige baby's komen er vanzelf uit en andere doen er dagen over.'
'Hoelang deed ik erover?'
Hij dacht even na. 'Ik geloof niet dat ik me dat nog herinner. Eerste baby's doen er meestal langer over.'
'Was u in het ziekenhuis?'
'Nee. Ik zat op een tractor.' De komst van baby's was niet een onderwerp waarover Pappy graag sprak, en het gesprek verzandde.
Ik zag Tally uit de voortuin weglopen en in de duisternis verdwijnen. De Spruills stonden op het punt naar bed te gaan; hun kookvuur was bijna uit.
De Reds scoorden vier punten in het begin van de eerste inning. Pappy vond dat zo erg dat hij ook naar bed ging. Ik zette de radio uit en ging op de veranda zitten wachten tot Tally terugkwam. Algauw hoorde ik Pappy snurken.

16

Ik had me voorgenomen om op het trapje te blijven zitten wachten tot mijn ouders en oma van de Latchers terugkwamen. Ik kon me bijna voorstellen hoe het er daar aan toeging: de vrouwen in de achterkamer bij Libby, de mannen die buiten zaten met al die kinderen, zo ver mogelijk van de bevalling vandaan. Hun huis was net aan de andere kant van de rivier, helemaal niet ver weg, en ik liep alles mis.

De vermoeidheid sloeg toe en ik viel bijna in slaap. In kamp Spruill was alles stil en donker, maar ik had Tally nog niet zien terugkomen.

Ik liep op mijn tenen door het huis, hoorde dat Pappy in diepe slaap verzonken was en ging naar de achterveranda. Daar ging ik op de rand zitten en liet ik mijn benen omlaagbungelen. De velden voorbij de schuur en de silo kregen een zachtgrijze kleur als de maan door de verspreide wolken heen brak. De rest van de tijd waren ze in duisternis gehuld. Toen het maanlicht weer even op het land scheen, zag ik haar in haar eentje over de grote veldweg lopen. Ze had geen haast. Toen werd alles weer zwart. Er was een hele tijd geen geluid te horen, totdat ze bij het huis op een takje trapte.

'Tally,' fluisterde ik zo luid als ik kon.

Na een lange stilte antwoordde ze: 'Ben jij dat, Luke?'

'Hier,' zei ik. 'Op de veranda.'

Ze was op blote voeten en maakte geen geluid als ze liep. 'Wat doe je hier buiten, Luke?' Ze ging tegenover me staan.

'Waar ben je geweest?' vroeg ik.
'Gewoon een eindje wandelen.'
'Waarom ga je een eindje wandelen?'
'Weet ik niet. Soms wil ik van mijn familie vandaan zijn.'
Daar kon ik in komen. Ze kwam naast me op de veranda zitten, trok haar rok over haar knieën en liet haar benen zwaaien. 'Soms wil ik gewoon van ze weglopen,' zei ze heel zachtjes. 'Wil jij nooit weglopen, Luke?'
'Eigenlijk niet. Ik ben nog maar zeven. Maar ik blijf hier niet de rest van mijn leven.'
'Waar wil je dan heen?'
'St. Louis.'
'Waarom St. Louis?'
'Daar spelen de Cardinals.'
'Word jij een Cardinal?'
'Reken maar.'
'Jij bent een slimme jongen, Luke. Alleen een stomkop zou de rest van zijn leven katoen willen plukken. Ikzelf wil ook naar het noorden, waar het niet zo warm is en waar er veel sneeuw ligt.'
'Waar?'
'Dat weet ik nog niet. Misschien Montréal.'
'Waar is dat?'
'In Canada.'
'Hebben ze daar honkbal?'
'Ik denk van niet.'
'Vergeet het dan maar.'
'Nee, het is daar mooi. We hebben er op school over geleerd, met geschiedenis. Het is gesticht door de Fransen, en die taal spreken ze daar allemaal.'
'Spreek jij Frans?'
'Nee, maar ik kan het leren.'
'Het is gemakkelijk. Ik kan al Spaans. Dat heeft Juan me vorig jaar geleerd.'
'O ja?'
'*Sí.*'
'Zeg eens iets anders.'
'*Buenos días. Por favor. Adios. Gracías. Señor. Cómo esta.*'
'Wauw.'
'Zie je wel, ik zei toch dat het gemakkelijk was? Hoe ver weg is Montréal?'

'Dat weet ik niet precies. Een heel eind, denk ik. Dat is een van de redenen waarom ik erheen wil.'
Er ging plotseling licht aan in Pappy's slaapkamer. Het viel over het achterste eind van de veranda en maakte ons aan het schrikken. 'Stil,' fluisterde ik.
'Wie is dat?' fluisterde ze terug. Ze dook weg.
'Dat is Pappy die wat water gaat drinken. Hij is altijd 's nachts in de weer.' Pappy ging naar de keuken en deed de koelkast open. Ik keek door de hordeur naar hem. Hij dronk twee glazen water, strompelde toen terug naar zijn slaapkamer en deed het licht uit. Toen alles weer donker en stil was, zei ze: 'Waarom is hij de hele nacht in de weer?'
'Hij maakt zich veel zorgen. Ricky is soldaat in Korea.'
'Wie is Ricky?'
'Mijn oom. Hij is negentien.'
Ze dacht daar even over na en zei toen: 'Ziet hij er leuk uit?'
'Dat weet ik niet. Daar heb ik nooit over nagedacht. Hij is mijn beste vriend en ik wilde dat hij thuiskwam.'
We dachten even over Ricky na, terwijl onze voeten van de veranda omlaagbungelden en de minuten van de avond verstreken.
'Zeg Luke, de pick-up is voor het eten vertrokken. Waar ging hij heen?'
'Naar de Latchers.'
'Wie zijn dat?'
'Deelpachters, net aan de overkant van de rivier.'
'Waarom gingen je ouders en oma daarheen?'
'Dat mag ik je niet vertellen.'
'Waarom niet?'
'Omdat het een geheim is.'
'Wat voor geheim?'
'Een groot geheim.'
'Kom op, Luke. Wij hebben toch al geheimen?'
'Tja.'
'Ik heb toch niemand verteld dat jij bij de kreek naar me hebt gekeken?'
'Nee.'
'En als ik dat deed, zou je toch in grote moeilijkheden komen?'
'Ik denk van wel.'
'Zie je wel? Ik kan een geheim bewaren en jij kunt een geheim bewaren. Nou, wat is er bij die Latchers aan de hand?'

'Beloof je dat je het niet doorvertelt?'
'Dat beloof ik.'
Het hele dorp wist toch al dat Libby zwanger was. Waarom zou ik dan nog doen alsof het een geheim was? 'Nou, er is een meisje, Libby Latcher, en die krijgt een baby. Op dit moment.'
'Hoe oud is ze?'
'Vijftien.'
'Goh.'
'En ze proberen het stil te houden. Ze wilden er geen echte dokter bij halen, omdat iedereen het dan te weten zou komen. Daarom hebben ze oma gevraagd om te helpen.'
'Waarom houden ze het stil?'
'Omdat ze niet getrouwd is.'
'O nee? Wie is de vader?'
'Dat wil ze niet zeggen.'
'Niemand weet het?'
'Niemand behalve Libby.'
'Ken jij haar?'
'Ik heb haar wel eens gezien, maar er zijn een heleboel Latchers. Ik ken haar broer Percy. Hij zegt dat hij twaalf is, maar dat weet ik nog zo net niet. Het is moeilijk te zeggen, want ze gaan niet naar school.'
'Weet jij hoe meisjes zwanger worden?'
'Niet precies.'
'Dan zal ik het je maar niet vertellen.'
Dat vond ik best. Ricky had een keer geprobeerd over meisjes te praten, maar dat vond ik walgelijk.
Ze liet haar voeten sneller zwaaien terwijl ze dit geweldige roddelverhaal op zich in liet werken. 'De rivier is niet ver,' zei ze.
'Anderhalve kilometer.'
'Hoe ver wonen ze aan de andere kant?'
'Een klein eindje over een zandpad.'
'Heb jij ooit een baby geboren zien worden, Luke?'
'Nee. Wel koeien en honden, maar geen echte baby.'
'Ik ook niet.'
Ze liet zich op haar voeten zakken, pakte mijn hand vast en trok me van de veranda. Ze was verrassend sterk. 'Laten we gaan, Luke. Wie weet kunnen we wat zien.' Ze trok me mee voordat ik een antwoord kon bedenken.
'Je bent gek, Tally,' protesteerde ik. Ik probeerde haar tegen te houden.

'Nee, Luke,' fluisterde ze. 'Het is een avontuur, net als laatst bij de kreek. Dat vond je toch ook mooi?'
'Ja.'
'Vertrouw me dan.'
'En als we worden betrapt?'
'Hoe kunnen we nou worden betrapt? Hier slaapt iedereen. Je Pappy is net wakker geweest en heeft er niet eens aan gedacht om bij jou te gaan kijken. Kom, doe niet zo schijterig.'
Het drong plotseling tot me door dat ik Tally overal zou volgen.
We slopen achter de bomen, door het karrenspoor waar de truck had moeten staan, over het korte pad naar de weg, en bleven zo ver mogelijk bij de Spruills vandaan. We hoorden gesnurk en de zware ademhaling van vermoeide mensen die eindelijk sliepen. Zonder geluid te maken bereikten we de weg. Tally was snel en lenig, en ze sneed als het ware door de duisternis. We zetten koers naar de rivier en de maan maakte zich uit de wolken los en verlichtte ons pad. Het smalle weggetje was amper breed genoeg om twee trucks elkaar te laten passeren, en de katoen groeide tot dicht langs de randen. Als de maan er niet was, moesten we goed kijken waar we liepen, maar als hij scheen, konden we voor ons uit kijken. We liepen allebei op blote voeten. Er lag net genoeg grind op de weg om onze stappen kort en snel te houden, maar de zolen van onze voeten waren als het leer van mijn honkbalhandschoen.
Ik was erg bang maar wilde dat niet laten blijken. Tally was blijkbaar helemaal niet bang, niet dat ze betrapt zou worden, niet voor het donker, niet om een huis te besluipen waar een baby werd geboren. Soms deed Tally uit de hoogte, en dan was ze bijna humeurig en nors en leek ze net zo oud als mijn moeder. En soms was ze net een kind en lachte ze als ze aan het honkballen was, vond ze het leuk om bekeken te worden als ze een bad nam, maakte ze lange wandelingen in het donker, en, wat nog het belangrijkst was, was ze graag in het gezelschap van een zevenjarige.
We bleven midden op de brug staan en keken voorzichtig over de rand naar het water beneden. Ik vertelde haar over de katvissen die daar zwommen, hoe groot ze waren en wat voor troep ze aten, en over de vis van vierenveertig pond die Ricky had gevangen. Ze hield mijn hand vast toen we naar de andere kant liepen, kneep er zachtjes in, uit genegenheid, niet om me te beschermen.
Het pad naar het huis van de Latchers was een stuk donkerder. We gingen veel langzamer lopen omdat we het huis probeerden te ontwa-

ren terwijl we op het pad bleven. Omdat de Latchers geen elektriciteit hadden, brandde er geen licht. In hun bocht van de rivier was niets dan duisternis.

Tally hoorde iets en bleef abrupt staan. Stemmen, heel in de verte. We liepen naar de rand van hun katoen en wachtten geduldig op de maan. Ik wees hier en daar en probeerde zo goed mogelijk aan te geven waar het huis ongeveer stond. Het waren de stemmen van kinderen, ongetwijfeld het Latcher-gebroed.

De maan werkte eindelijk mee. We konden onze omgeving zien. De donkere schaduw van het huis stond even ver van ons vandaan als onze schuur van onze achterveranda, ruim honderd meter, even ver als de afstand tussen de plaat en de buitenveldmuur in Sportman's Park. De meeste grote afstanden in mijn leven werden aan die muur afgemeten. Pappy's truck stond voor het huis.

'We kunnen beter daarlangs gaan,' zei ze rustig, alsof ze al veel van zulke expedities had geleid. We verdwenen in de katoen en volgden een rij, en toen een andere rij. Geluidloos bewogen we ons in een grote halve cirkel door het veld. Op de meeste plaatsen stond hun katoen bijna net zo hoog als ik. Toen we op een plek kwamen waar de struiken dun waren, bleven we staan om het terrein te bestuderen. Er brandde een zwak licht in de achterkamer van hun huis, de kamer waar Libby was. Toen we pal ten oosten van die kamer waren, liepen we door de rijen katoen heen geruisloos op het huis af.

De kans dat iemand ons zag, was klein. We werden natuurlijk niet verwacht en ze hadden wel andere dingen aan hun hoofd. En de katoen stond dicht opeen; een kind kon op handen en voeten tussen de struiken door kruipen zonder ooit gezien te worden.

Mijn deelgenote in de misdaad bewoog zich net zo behendig als de soldaten die ik in films had gezien. Ze hield haar blik op het huis gericht en duwde de struiken voorzichtig opzij om een pad voor me vrij te maken. We spraken geen woord. We namen de tijd en gingen langzaam naar de zijkant van het huis. De katoen groeide tot dicht bij de smalle achtertuin, en toen we tien rijen van de rand verwijderd waren, hielden we halt om de situatie in ogenschouw te nemen.

De Latcher-kinderen stonden bij onze pick-up, die zo ver mogelijk van de voorveranda vandaan geparkeerd stond. Mijn vader en meneer Latcher zaten op de laadklep en praatten zachtjes met elkaar. Iedereen leek te wachten, en na een paar minuten had ik de indruk dat ze al een hele tijd wachtten.

We hadden het raam tegenover ons, en op onze schuilplaats waren we dichter bij de actie dan de rest van de Latchers en mijn vader. En we zaten enorm goed verscholen; zelfs een zoeklicht op het dak van het huis had ons niet kunnen vinden.

Er stond een kaars op een tafel of zoiets, net binnen het raam. De vrouwen liepen heen en weer, en op grond van de schaduwen die opkwamen en wegzakten veronderstelde ik dat er meer kaarsen in de kamer brandden. Het licht was schemerig en de schaduwen waren lang.

'Laten we naar voren gaan,' fluisterde Tally. Inmiddels zaten we daar al vijf minuten, en hoewel ik erg bang was, geloofde ik niet dat iemand ons zou betrappen.

We gingen drie meter naar voren en bleven toen op een andere veilige plaats zitten.

'Dit is dichtbij genoeg,' zei ik.

'Misschien.'

Het licht uit de kamer viel op de grond buiten. De kamer had geen zonwering, geen gordijnen. Terwijl we daar wachtten, ging mijn hart langzamer kloppen en werd mijn ademhaling weer normaal. Mijn ogen richtten zich op de omgeving en ik hoorde nu de geluiden van de nacht: het koor van de krekels, de brulkikkers bij de rivier, het gemompel van de diepe mannenstemmen in de verte.

Mijn moeder en oma en mevrouw Latcher praatten ook met gedempte stemmen. We konden ze horen, maar niet verstaan.

Toen alles stil was, gaf Libby opeens een schreeuw van pijn, en ik maakte bijna een sprongetje van schrik. Haar kreet galmde over de velden en ik was er zeker van dat ze was doodgegaan. Een diepe stilte daalde over de pick-uptruck neer. Zelfs de krekels leken zich even in te houden.

'Wat is er gebeurd?' vroeg ik.

'Een perswee,' zei Tally zonder haar blik van het raam weg te nemen.

'Wat is dat?'

Ze haalde haar schouders op. 'Dat hoort er gewoon bij. Het wordt nog erger.'

'Dat arme meisje.'

'Ze heeft er zelf om gevraagd.'

'Wat bedoel je?' vroeg ik.

'Laat maar,' zei ze.

Het bleef een paar minuten stil en toen hoorden we Libby huilen.

Haar moeder en oma probeerden haar te troosten. 'Ik heb zo'n spijt,' zei Libby keer op keer.
'Het komt wel goed,' zei haar moeder.
'Niemand zal ervan weten,' zei oma. Dat was natuurlijk gelogen, maar misschien kon het Libby enigszins troosten.
'Je krijgt een prachtige baby,' zei mijn moeder.
Een van de Latcher-kinderen kwam aangelopen, een van de middelsten. Het kind sloop naar het raam, zoals ik een paar uur eerder ook had gedaan, totdat ik me bijna lam was geschrokken van die aardkluit die Percy gooide. Hij of zij – ik kon het verschil niet zien – gluurde naar binnen en kreeg heel wat te zien, maar toen blafte een oudere broer of zus aan het eind van het huis: 'Lloyd, ga weg bij dat raam.'
Lloyd trok zich meteen terug en rende de duisternis in. Zijn vergrijp werd meteen aan meneer Latcher gemeld, en er volgde een flink pak slaag ergens bij ons in de buurt. Meneer Latcher gebruikte een soort stok. Hij zei steeds weer: 'De volgende keer neem ik een grotere stok!' Lloyd vond deze stok vast wel groot genoeg. Zijn kreten waren waarschijnlijk tot bij de brug te horen.
Toen het pak slaag voorbij was, bulderde meneer Latcher: 'Ik zei dat jullie hier moesten blijven, en dat jullie niet bij het huis mochten komen!'
Wij konden dat alles niet zien, en dat hoefden we ook niet om te begrijpen wat er gebeurde.
Maar ik was hevig geschrokken bij de gedachte aan het pak slaag dat ík zou krijgen als mijn vader wist waar ik op dat moment was. Ik wilde daar plotseling weg.
'Hoelang duurt het om een baby te krijgen?' fluisterde ik tegen Tally.
Als ze moe was, liet ze daar niets van blijken. Ze zat roerloos op haar knieën en keek onafgebroken naar het raam.
'Hangt ervan af. De eerste duurt altijd langer.'
'Hoelang duurt de zevende?'
'Weet ik niet. Dan vallen ze er zo uit, denk ik. Wie heeft er zeven gehad?'
'Libby's moeder. Zeven of acht. Ik geloof dat ze er elk jaar een uit laat vallen.'
Ik was bijna in slaap gevallen toen de volgende perswee kwam. Opnieuw schalde de kreet door het huis en huilde het meisje en spraken de vrouwen haar troostend toe. Toen kwam alles weer enigszins tot rust, en ik besefte dat dit nog een hele tijd zo door kon gaan.

Toen ik mijn ogen niet meer open kon houden, ging ik op de warme grond tussen de twee rijen katoen liggen. 'Zouden we niet weg moeten gaan?' fluisterde ik.
'Nee,' zei Tally zonder te bewegen.
'Maak me wakker als er iets gebeurt,' zei ik.
Tally ging verzitten. Ze zat nu op haar achterste, met haar benen over elkaar, en legde voorzichtig mijn hoofd op haar schoot. Ze wreef over mijn schouder en mijn hoofd. Ik wilde niet in slaap vallen, maar ik kon het gewoon niet helpen.

Toen ik wakker werd, wist ik eerst niet waar ik was. Ik lag in volslagen duisternis in een veld. Ik bewoog niet. De grond om me heen was niet warm meer en ik had koude voeten. Ik deed mijn ogen open en keek omhoog, doodsbang tot ik besefte dat er katoen om me heen stond. Ik hoorde opgewonden stemmen in de buurt. Iemand zei: 'Libby', en ik keerde met een schok in de realiteit terug. Ik stak mijn hand uit naar Tally, maar ze was weg.
Ik richtte me op en tuurde tussen de katoen door. Er was niets veranderd. Het raam was nog open, de kaarsen brandden nog, maar mijn moeder, oma en mevrouw Latcher waren erg druk bezig.
'Tally!' fluisterde ik met klem, te hard, dacht ik, maar ik was banger dan ooit.
'Ssst!' was het antwoord. 'Kom hier.'
Ik kon nauwelijks haar achterhoofd zien, twee rijen voor me en iets naar rechts. Ze was natuurlijk ergens anders gaan zitten om een beter zicht te hebben. Ik sloop tussen de katoen door en was algauw naast haar.
De plaat is achttien meter van de werpheuvel vandaan. Wij waren nu nog veel dichter bij het raam. Er stonden nog maar twee rijen katoen tussen ons en de rand van hun tuintje. Door diep voorover te buigen en tussen de katoen door naar boven te kijken kon ik ten slotte de schimmige, bezwete gezichten van mijn moeder, oma en mevrouw Latcher zien. Ze keken omlaag, natuurlijk naar Libby, maar wij konden haar niet zien. Ik wist ook niet of ik dat op dat moment wilde, maar mijn vriendin wilde dat wel.
De vrouwen waren druk in de weer en drongen er bij Libby op aan om te persen en te zuchten en te persen en te zuchten, en al die tijd verzekerden ze haar dat het goed ging. Het klonk anders niet zo goed. Het arme meisje huilde en kreunde en gilde soms – een hoge, sner-

pende gil die nauwelijks gedempt werd door de wanden van de kamer. Haar kreet van pijn reikte tot diep in de windstille duisternis, en ik vroeg me af wat haar kleine broertjes en zusjes ervan dachten.

Als Libby niet kreunde en huilde, zei ze: 'Het spijt me. Het spijt me zo.' Dat ging maar door, steeds opnieuw, een eindeloze jammerklacht van een lijdend meisje.

'Het is al goed, liefje,' antwoordde haar moeder wel duizend keer.

'Kunnen ze niets voor haar doen?' fluisterde ik.

'Nee, helemaal niets. De baby komt als hij wil komen.'

Ik wilde Tally vragen hoe ze zoveel over bevallingen wist, maar ik hield mijn mond. Het waren mijn zaken niet, en dat zou ze waarschijnlijk ook tegen me zeggen.

Plotseling werd het stil in de kamer. De Chandler-vrouwen deden een stap terug en mevrouw Latcher boog zich met een glas water omlaag. Libby gaf geen geluid.

'Wat is er?' vroeg ik.

'Niets.'

Die onderbreking van de gang van zaken gaf me de kans aan andere dingen te denken, namelijk dat ik betrapt zou kunnen worden. Ik had genoeg gezien. Dit avontuur was nu mooi geweest. Tally had het met ons tochtje naar Siler's Creek vergeleken, maar in vergelijking met die kleine escapade stelde het niet veel voor. We waren al uren weg. Als Pappy nu eens naar Ricky's kamer ging om bij me te kijken? Als een van de Spruills nu eens wakker werd en op zoek ging naar Tally? Als mijn vader nu eens genoeg van dit alles kreeg en naar huis ging?

Het pak slaag dat ik zou krijgen, zou dagenlang pijn blijven doen, als ik het al overleefde. Ik begon al in paniek te raken toen Libby opeens weer hard begon te snikken. De vrouwen smeekten haar om te zuchten en te persen.

'Daar is het!' zei mijn moeder, en de vrouwen bogen zich over hun patiënte.

'Blijven persen!' zei oma met harde stem.

Libby kreunde nog meer. Ze was uitgeput, maar nu was het einde tenminste in zicht.

'Niet opgeven, liefje,' zei haar moeder. 'Niet opgeven.'

Tally en ik zaten doodstil, gefascineerd door de dramatische gebeurtenis. Ze pakte mijn hand vast en kneep erin. Haar kaken waren op elkaar geklemd en haar ogen waren groot van verwondering.

'Het komt!' zei mijn moeder, en even werd het weer stil. Toen hoor-

den we de kreet van een pasgeborene, een kort gorgelend protest, en er was een nieuwe Latcher op de wereld.
'Het is een jongen,' zei oma, en ze tilde de kleine baby op.
'Het is een jongen,' herhaalde mevrouw Latcher.
Er kwam geen reactie van Libby.
Ik had meer gezien dan me lief was. 'Laten we gaan,' zei ik. Ik probeerde me los te trekken, maar Tally kwam niet mee.
Oma en mijn moeder bleven met Libby bezig, terwijl mevrouw Latcher de baby schoonmaakte, die zich erg kwaad om iets maakte en aan één stuk door krijste. Ik moest er onwillekeurig aan denken hoe triest het was om een Latcher te worden, om geboren te worden in dat kleine, vuile huis met een hele troep andere kinderen.
Na een poosje verscheen Percy voor het raam. 'Mogen we de baby zien?' vroeg hij. Hij durfde bijna niet naar binnen te kijken.
'Straks,' antwoordde mevrouw Latcher.
Ze verzamelden zich bij het raam, het hele stel Latchers, inclusief de vader, die nu een opa was, en wachtten tot ze de baby te zien kregen. Ze stonden recht voor ons, halverwege de plaat en de werpheuvel zou je kunnen zeggen, en ik hield mijn adem in uit angst dat ze ons zouden horen. Maar ze dachten niet aan indringers. Ze keken naar het open raam en waren allemaal stil van verwondering.
Mevrouw Latcher bracht de baby naar het raam en boog zich omlaag zodat de pasgeborene zijn familie kon ontmoeten. Hij was kleiner dan mijn honkbalhandschoen, bijna net zo donker, en verpakt in een handdoek. Hij was even stil. Blijkbaar was hij niet onder de indruk van het troepje dat naar hem stond te kijken.
'Hoe is het met Libby?' vroeg een van hen.
'Goed,' zei mevrouw Latcher.
'Mogen we haar zien?'
'Nee, nu even niet. Ze is erg moe. Ga nu naar bed.' Ze liet de baby zakken en de andere Latchers liepen langzaam weer naar de voorkant van het huis. Ik kon mijn vader niet zien, maar ik wist dat hij zich ergens bij zijn truck schuilhield. Voor geen goud zou hij bereid zijn een onwettige baby te gaan bekijken.
Een poosje leek het of de vrouwen net zo druk bezig waren als voor de geboorte, maar toen maakten ze langzaam hun werk af.
Ik kwam uit mijn trance en besefte dat we een heel eind van huis waren. 'We moeten gaan, Tally!' fluisterde ik met klem. Ze was er klaar voor en ik volgde haar toen we tussen de katoen terugliepen. We

bleven even staan om ons te oriënteren. Het licht van het raam was niet te zien. De maan was verdwenen. Er waren geen schaduwen of silhouetten bij het huis van de Latchers te zien. Totale duisternis.

We gingen naar het westen, dwars door de rijen katoen heen. We duwden de katoen opzij om hem niet in ons gezicht te krijgen. Er kwam een eind aan de rijen en we vonden het pad dat naar de weg leidde. Mijn voeten deden pijn, en mijn benen ook, maar we mochten geen tijd verspillen. We renden naar de brug. Tally wilde naar het kolkende water kijken, maar ik dwong haar om door te lopen.

'Laten we gewoon lopen,' zei ze aan onze kant van de brug, en een ogenblik hielden we op met hardlopen. We liepen in stilte en probeerden allebei onze adem in te houden. De vermoeidheid begon ons parten te spelen. Het avontuur was de moeite waard geweest, maar we betaalden er nu de prijs voor. We kwamen al in de buurt van onze boerderij toen we gerommel achter ons hoorden. Koplampen! Op de brug! Van schrik zetten we het op een lopen. Tally kon veel harder rennen dan ik, en dat zou vernederend zijn geweest, maar ik had geen tijd om me te schamen en zij hield zich in om me niet kwijt te raken. Ik wist dat mijn vader niet hard zou rijden, niet in het donker op onze zandweg, met oma en mijn moeder bij zich, maar toch liepen de koplampen op ons in. Toen we dicht bij ons huis waren, sprongen we in een ondiepe greppel en renden verder langs de rand van een veld. Het motorgeronk werd luider.

'Ik wacht hier, Luke,' zei ze. Ze bleef aan de rand van ons erf staan. De truck was bijna bij ons aangekomen. 'Ren jij naar de achterveranda en glip naar binnen. Ik wacht tot ze naar binnen gaan. Vlug.'

Ik rende door en vloog naar de achterkant van het huis, net op het moment dat de truck het erf op kwam rijden. Zonder een geluid te maken sloop ik de keuken in, en toen naar Ricky's kamer, waar ik een kussen pakte en me op de vloer oprolde, naast het raam, want ik was te vuil en te nat om in bed te gaan liggen. Ik hoopte dat ze te moe zouden zijn om bij me te komen kijken.

Ze maakten weinig geluid toen ze de keuken binnenkwamen. Ze fluisterden toen ze hun schoenen en laarzen uittrokken. Een lichtstraal viel schuin mijn kamer in. Hun schaduwen bewogen daardoorheen, maar niemand ging bij kleine Luke kijken. Binnen enkele minuten lagen ze in bed en was het stil in huis. Ik was van plan nog even te wachten en dan naar de keuken te gaan om mijn gezicht en handen te wassen met een doek. Daarna zou ik in bed kruipen en een

eeuwigheid slapen. Als ze me hoorden, zou ik gewoon zeggen dat ik wakker was geworden toen zij thuis waren gekomen.
Dat plan was het laatste waaraan ik dacht voordat ik in een diepe slaap viel.

17

Ik weet niet hoelang ik had geslapen, maar het leek niet meer dan een paar minuten. Pappy knielde bij me neer en vroeg me waarom ik op de vloer lag. Ik probeerde antwoord te geven, maar dat lukte niet. Ik was verlamd van vermoeidheid.

'Jij en ik zijn de enigen,' zei hij. 'De rest slaapt nog.' Zijn stem droop van minachting.

Nog steeds niet in staat om te denken of te spreken volgde ik hem naar de keuken, waar de koffie klaar was. Zwijgend aten we koude koeken en gierstepap. Natuurlijk ergerde Pappy zich, want hij verwachtte een volledig ontbijt. En hij was woedend omdat oma en mijn ouders lagen te slapen in plaats van zich op de velden voor te bereiden.

'Dat meisje van Latcher heeft vannacht een baby gekregen,' zei hij, terwijl hij zijn mond afveegde. Dat meisje van Latcher en haar baby verstoorden onze katoenpluk en ons ontbijt, en Pappy kon zich bijna niet inhouden.

'O ja?' Ik probeerde verrast te klinken.

'Ja, maar ze hebben de vader nog niet gevonden.'

'O nee?'

'Nee. Ze willen het stilhouden, dus zeg er maar niets over.'

'Goed.'

'Schiet op. We moeten gaan.'

'Hoe laat zijn ze thuisgekomen?'
'Om een uur of drie.'
Hij ging naar buiten en startte de tractor. Ik zette de borden in de gootsteen en ging bij mijn ouders kijken. Ze lagen doodstil; het enige geluid kwam van hun diepe ademhaling. Ik wilde mijn laarzen uittrappen, bij hen in bed kruipen en een week lang slapen. In plaats daarvan sleepte ik me naar buiten. De zon kwam net boven de bomen in het oosten. In de verte zag ik de silhouetten van de Mexicanen die naar de velden liepen.
De Spruills kwamen uit de voortuin aangesjokt. Tally was nergens te bekennen. Ik vroeg Bo ernaar en hij zei dat ze zich niet goed voelde. Misschien was haar maag van streek. Toen Pappy dat hoorde, werd zijn ergernis meteen weer een graadje erger. Nog een plukker in bed in plaats van in de velden.
Ik kon maar één ding denken: waarom had ik niet aan buikpijn gedacht?
We reden een paar honderd meter naar de plaats waar de halfvolle katoenwagen stond. Hij verhief zich als een monument in de vlakke velden en riep ons voor weer een dag van ellende naar zich toe. We pakten langzaam onze zakken en begonnen te plukken. Ik wachtte tot Pappy zijn rij in was gegaan en liep toen ver van hem vandaan, en ook ver van de Spruills.
Ongeveer een uur werkte ik hard door. De katoen was nat en voelde zacht aan, en de zon stond nog erg laag. Ik werd niet gemotiveerd door geld of angst, maar ik wilde een zacht plekje om te slapen. Toen ik zo diep in de velden was dat niemand me kon vinden, en toen er genoeg katoen in mijn zak zat om een comfortabel matras te vormen, ging ik liggen.
Mijn vader arriveerde in de loop van de ochtend en koos op veertig hectare katoen toevallig de rij naast de mijne. 'Luke!' zei hij woedend toen hij me vond. Hij was te zeer geschrokken om me uit te schelden, en toen ik bij mijn positieven kwam, klaagde ik dat mijn maag van streek was. Voor de goede orde voegde ik er ook nog aan toe dat ik de afgelopen nacht niet veel had geslapen.
'Waarom niet?' Hij boog zich over me heen.
'Ik wachtte tot jullie thuiskwamen.' Daar zat een kern van waarheid in.
'En waarom wachtte je op ons?'
'Ik wilde weten hoe het met Libby ging.'

'Nou, ze heeft een baby gekregen. Wat wil je nog meer weten?'
'Pappy heeft het me al verteld.' Ik kwam langzaam overeind en probeerde zo ziek mogelijk te lijken.
'Ga naar huis,' zei hij, en ik ging weg zonder nog een woord te zeggen.

De Chinese en Noord-Koreaanse legers legden bij het schiereiland Paengnyong-do een hinderlaag voor een Amerikaans konvooi en doodden minstens tachtig militairen en maakten veel krijgsgevangenen. Edward R. Murrow begon zijn avondnieuws met dat bericht, en oma begon te bidden. Zoals altijd zat ze tegenover me aan de keukentafel. Mijn moeder leunde op het aanrecht en zij onderbrak ook alles waar ze mee bezig was en sloot haar ogen. Ik hoorde Pappy hoesten op de achterveranda. Hij luisterde ook.
De vredesbesprekingen waren weer stopgezet en de Chinezen brachten meer troepen naar Korea. Murrow zei dat een wapenstilstand, die zo dichtbij was geweest, nu onmogelijk leek. Zijn woorden klonken die avond een beetje zwaarmoediger, of misschien waren we gewoon vermoeider dan anders. Hij maakte plaats voor een reclamespotje en kwam toen terug met een verhaal over een aardbeving.
Oma en mijn moeder liepen langzaam door de keuken, toen Pappy binnenkwam. Hij streek door mijn haar alsof er geen vuiltje aan de lucht was. 'Wat eten we vanavond?' vroeg hij.
'Karbonade,' antwoordde mijn moeder.
Toen kwam mijn vader binnen en gingen we aan tafel. Nadat Pappy het voedsel had gezegend, baden we allemaal voor Ricky. We praatten bijna niet. Iedereen dacht aan Korea, maar niemand wilde er iets over zeggen.
Mijn moeder had het even over een project dat haar zondagsschoolklas misschien wilde uitvoeren, en toen hoorde ik de hordeur op de achterveranda zacht piepen. Ik was de enige die het hoorde. Er stond geen wind. Er was niets dat die deur in beweging zou kunnen brengen. Ik hield op met eten.
'Wat is er, Luke?' vroeg oma.
'Ik dacht dat ik iets hoorde,' zei ik.
Ze keken allemaal naar de deur. Niets. Ze gingen verder met eten.
Toen kwam Percy Latcher de keuken in, en we verstijfden meteen. Hij deed twee stappen en bleef staan, alsof hij zich niet goed raad wist. Hij was op blote voeten en was van top tot teen met vuil overdekt, en zijn ogen waren rood alsof hij urenlang had gehuild. Hij keek naar ons;

wij keken naar hem. Pappy kwam overeind. Ik zei: 'Dat is Percy Latcher.'

Pappy ging weer zitten, met een mes in zijn rechterhand. Percy's ogen waren glazig, en toen hij ademhaalde, maakte hij een diep kreunend geluid, alsof hij zijn woede probeerde in te houden. Ofwel hij was gewond, ofwel er was iemand aan de overkant van de rivier gewond en hij was naar ons huis gerend om hulp te halen.

'Wat is er, jongen?' blafte Pappy hem toe. 'Beleefde mensen kloppen aan voordat ze ergens naar binnengaan.'

Percy richtte zijn blik strak op Pappy en zei: 'Ricky heeft het gedaan.'

'Wat heeft Ricky gedaan?' vroeg Pappy. Zijn stem klonk opeens zachter. Hij ging al in de verdediging.

'Ricky heeft het gedaan.'

'Wát heeft hij gedaan?' herhaalde Pappy.

'Die baby is van hem,' zei Percy. 'Hij is van Ricky.'

'Hou je mond, jongen!' snauwde Pappy hem toe. Hij greep de rand van de tafel vast alsof hij op het punt stond naar de deur te rennen en de jongen af te ranselen.

'Ze wilde het niet doen, maar hij haalde haar over,' zei Percy, en hij keek mij nu aan in plaats van Pappy. 'Toen ging hij naar de oorlog.'

'Zegt ze dat?' vroeg Pappy woedend.

'Niet schreeuwen, Eli,' zei oma. 'Hij is maar een kind.' Oma haalde diep adem. Blijkbaar dacht zij als eerste aan de mogelijkheid dat ze haar eigen kleinkind ter wereld had geholpen.

'Dat zegt ze,' zei Percy. 'En het is waar.'

'Luke, ga naar je kamer en doe de deur dicht,' zei mijn vader, die opeens bij zijn positieven kwam.

'Nee,' zei mijn moeder voordat ik in beweging kon komen. 'Dit gaat ons allemaal aan. Hij mag blijven.'

'Hij zou dit niet moeten horen.'

'Hij heeft het al gehoord.'

'Hij moet blijven,' zei oma, die dus de kant van mijn moeder koos en daarmee de zaak beslechtte. Ze gingen ervan uit dat ik wilde blijven. Wat ik op dat moment echt wilde, was hard naar buiten rennen, Tally vinden en een heel eind gaan wandelen – weg van haar gekke familie, weg van Ricky en Korea, weg van Percy Latcher. Maar ik kwam niet in beweging.

'Hebben je ouders je hierheen gestuurd?' vroeg mijn moeder.

'Nee, mevrouw. Ze weten niet waar ik ben. De baby heeft de hele dag

gehuild. Libby wordt gek, ze zegt dat ze van de brug wil springen, dat ze zich van kant wil maken, dat soort dingen, en ze heeft mij verteld wat Ricky haar heeft aangedaan.'
'Heeft ze het haar ouders verteld?'
'Ja, mevrouw. Iedereen weet het nu.'
'Je bedoelt, iedereen bij jullie thuis.'
'Ja, mevrouw. We hebben het niemand anders verteld.'
'Doe dat ook niet,' bromde Pappy. Hij maakte geen aanstalten meer om op te staan. Zijn schouders zakten, een teken van verslagenheid. Als Libby Latcher beweerde dat Ricky de vader was, zou iedereen haar geloven. Ricky was niet thuis en kon zich niet verdedigen. En gezien Ricky's reputatie zouden de meeste mensen Libby geloven.
'Heb je al gegeten, jongen?' vroeg oma.
'Nee, mevrouw.'
'Heb je trek?'
'Ja, mevrouw.'
De tafel stond vol met voedsel dat niet zou worden aangeraakt. Wij Chandlers hadden opeens helemaal geen trek meer. Pappy schoof zijn stoel achteruit en zei: 'Hij mag mijn portie hebben.' Hij sprong overeind, verliet de keuken en ging naar de voorveranda. Mijn vader volgde hem zonder een woord te zeggen.
'Ga hier zitten, jongen,' zei oma. Ze wees naar Pappy's stoel.
Ze gaf hem een bord met eten en een glas zoete thee. Hij ging zitten en at langzaam. Oma ging naar de voorveranda, zodat mijn moeder en ik bij Percy achterbleven. Hij zei alleen iets als hem iets werd gevraagd.

Na langdurig beraad op de voorveranda, een gesprek dat Percy en ik niet konden volgen omdat we naar de achterveranda waren verbannen, brachten Pappy en mijn vader de jongen met de truck naar huis. Ik zat met oma op de schommelbank toen ze wegreden. Inmiddels begon het donker te worden. Mijn moeder was bonen aan het doppen.
'Gaat Pappy met meneer Latcher praten?' vroeg ik.
'Dat denk ik wel,' zei mijn moeder.
'Waar gaan ze over praten?' Ik zat vol vragen, want ik nam aan dat ik nu het recht had om alles te weten.
'O, ze zullen vast wel over de baby praten,' zei oma. 'En over Ricky en Libby.'

'Hebben ze ruzie?'
'Nee. Ze zullen het wel eens worden.'
'Waarover?'
'Ze zullen met z'n allen afspreken niet over de baby te praten en Ricky's naam erbuiten te houden.'
'Dat geldt ook voor jou, Luke,' zei mijn moeder. 'Dit is een duister geheim.'
'Ik vertel het niemand,' zei ik met overtuiging. Ik vond het een verschrikkelijk idee dat de mensen zouden weten dat de Chandlers en de Latchers op de een of andere manier familie van elkaar waren.
'Heeft Ricky het echt gedaan?' vroeg ik.
'Natuurlijk niet,' zei oma. 'De Latchers zijn geen betrouwbare mensen. Het zijn geen goede christenen. Daarom is dat meisje zwanger geworden. Het zal ze waarschijnlijk om geld te doen zijn.'
'Geld?'
'We weten niet wat ze willen,' zei mijn moeder.
'Denk jij dat hij het heeft gedaan, mam?'
Ze aarzelde even en zei toen zachtjes: 'Nee.'
'Ik denk het ook niet,' zei ik om me bij hen aan te sluiten. Ik zou Ricky altijd verdedigen, en als iemand over de Latcher-baby begon, zou ik desnoods gaan vechten.
Maar we wisten allemaal dat Ricky de meest waarschijnlijke verdachte was. De Latchers verlieten hun boerderij bijna nooit. Zo'n drie kilometer van hen vandaan woonde een Jeter-jongen, maar ik had hem nooit in de buurt van de rivier gezien. Niemand woonde dicht bij de Latchers, behalve wij. Ricky was de dichtstbijzijnde kater geweest.
Kerkzaken werden plotseling erg belangrijk, en de vrouwen praatten er de hele tijd over. Ik had nog veel meer vragen over de Latcher-baby, maar ik kon er geen woord tussen krijgen. Ten slotte gaf ik het op en ging ik naar de keuken om naar de wedstrijd van de Cardinals te luisteren.
Ik zou erg graag achter in onze pick-up bij de Latchers zitten en luisteren naar alles wat de mannen daar te bespreken hadden.

Lang nadat ik naar bed was gestuurd, lag ik nog wakker. Ik vocht tegen de slaap omdat er overal stemmen te horen waren. Als mijn grootouders in bed praatten, hoorde ik hun zachte, diepe geluiden door het gangetje komen. Ik kon er geen woord van verstaan en ze deden hun best om te zorgen dat niemand hen kon horen. Maar soms, als ze zich zorgen maakten of als ze aan Ricky dachten, praatten ze tot diep in de nacht. Als ik in mijn bed lag en hun gedempte stemmen hoorde, wist ik dat er moeilijkheden waren.

Mijn ouders hadden zich teruggetrokken op de voorveranda, waar ze op de trap zaten te wachten tot er een avondbries kwam, een onderbreking van de meedogenloze hitte. Eerst fluisterden ze, maar hun last was te zwaar en ze konden hun stemmen niet meer dempen. Omdat ze er zeker van waren dat ik sliep, praatten ze harder dan ze anders zouden hebben gedaan.

Ik glipte uit bed en schoof als een slang over de vloer. Bij het raam aangekomen, keek ik naar buiten en zag hen op hun vertrouwde plek, met hun rug naar me toe, een meter of zo van me vandaan.

Ik nam elk geluid in me op. Het was niet goed gegaan bij de Latchers. Libby was ergens achter in het huis, met de baby, die aan een stuk door huilde. Alle Latchers waren blijkbaar doodmoe en prikkelbaar van het huilen. Meneer Latcher was kwaad op Percy omdat die naar ons huis was gegaan, maar hij werd nog kwader als hij over Libby sprak. Ze zei dat ze niet met Ricky had willen rotzooien, maar dat hij het haar toch had laten doen. Pappy ontkende dat, maar die ontkenning was op niets gebaseerd. Hij ontkende alles. Hij betwijfelde zelfs of Ricky en Libby elkaar ooit hadden ontmoet.

Maar ze hadden getuigen. Meneer Latcher zelf zei dat Ricky twee keer, kort na Kerstmis, met Pappy's pick-up naar hun huis was gekomen om een eindje met Libby te gaan rijden. Ze reden naar Monette, waar Ricky haar op frisdrank trakteerde.

Mijn vader speculeerde dat als dat echt was gebeurd, Ricky voor Monette had gekozen omdat daar minder mensen waren die hem kenden. Hij zou nooit in Black Oak met de dochter van een deelpachter gezien willen worden.

'Ze is een mooi meisje,' zei mijn moeder.

De volgende getuige was een jongen van niet ouder dan tien. Meneer Latcher riep hem uit het groepje dat op de verandatrap zat. Zijn getuigenverklaring hield in dat hij Pappy's truck aan het eind van een katoenveld had zien staan, dicht bij een bosje. Hij was naar de truck toe geslopen en was dichtbij genoeg gekomen om Ricky en Libby te zien kussen. Hij had het stilgehouden omdat hij bang was, en hij was pas een paar uur geleden met het verhaal gekomen.

De Chandlers hadden natuurlijk geen getuigen. Aan onze kant van de rivier had niemand iets van een ontluikende romance gemerkt. Ricky

zou het nooit aan iemand hebben verteld. Pappy zou hem hebben geslagen.
Meneer Latcher zei dat hij de hele tijd al had vermoed dat Ricky de vader was, maar dat Libby het had ontkend. En het moest gezegd worden dat nog een paar andere jongens belangstelling voor haar hadden gehad. Maar nu vertelde ze alles – dat Ricky zich aan haar had opgedrongen en dat ze de baby niet wilde.
'Wil ze dat wij hem opnemen?' vroeg mijn moeder.
Ik kreunde bijna van ellende.
'Nee, dat denk ik niet,' zei mijn vader. 'Wat maakt één baby meer of minder daar nou uit?'
Mijn moeder vond dat de baby een goed thuis verdiende. Mijn vader zei dat er geen sprake van kon zijn totdat Ricky bevestigde dat het zijn kind was. Ricky kennende was dat erg onwaarschijnlijk.
'Heb je de baby gezien?' vroeg mijn moeder aan haar man.
'Nee.'
'Het is precies Ricky,' zei ze.
Ik kon me van de nieuwste Latcher alleen herinneren dat hij erg klein was en me aan mijn honkbalhandschoen had doen denken. Hij leek me nauwelijks menselijk. Maar mijn moeder en oma waren altijd uren bezig de gezichten van mensen te analyseren om vast te stellen wie op wie leek, en wiens ogen iemand had, en de neus en het haar. Ze keken naar baby's in de kerk en zeiden: 'O, dat is typisch een Chisenhall', of: 'Moet je die ogen zien, die heeft hij van zijn oma.'
Ik vond het allemaal kleine poppen.
'Dus je denkt dat hij een Chandler is?' zei mijn vader.
'Geen twijfel mogelijk.'

18

Het was weer zaterdag, maar een zaterdag zonder de gebruikelijke opwinding bij het vooruitzicht dat we naar het dorp zouden gaan. Ik wist dat we zouden gaan, want we hadden nog nooit twee zaterdagen achter elkaar overgeslagen. Oma had boodschappen nodig, vooral meel en koffie, en mijn moeder moest naar de drugstore. Mijn vader was in geen twee weken naar de Co-op geweest. Ik had niets in te brengen, maar mijn moeder wist hoe belangrijk de zaterdagmatinee voor de ontwikkeling van een kind was, vooral voor een boerenkind dat weinig contact met de rest van de wereld had. Ja, we gingen naar het dorp, maar zonder het gebruikelijke enthousiasme.

Er had ons een nieuwe ramp getroffen, iets wat nog veel angstaanjagender was dan die kwestie met Hank Spruill. Als iemand nu eens hoorde wat de Latchers vertelden? Eén iemand was genoeg, één gerucht ergens in Main Street, en de roddelverhalen zouden als een lopend vuurtje door het hele dorp gaan. De dames bij Pop en Pearl zouden hun manden laten vallen en hun hand voor hun mond slaan van verbazing. De oude boeren die bij de Co-op rondhingen, zouden grijnzend zeggen: 'Dat verbaast me niets.' De oudere kinderen uit de kerk zouden naar mij wijzen, alsof ik de schuldige was. Het dorp zou het gerucht aangrijpen alsof het de absolute waarheid was. Het Chandler-bloed zou voorgoed besmet zijn.

Daarom wilde ik niet naar het dorp. Ik wilde thuisblijven en honkbal-

len en misschien een eindje gaan wandelen met Tally.
Onder het ontbijt werd weinig gezegd. We waren nog erg onder de indruk, waarschijnlijk vooral omdat we allemaal de waarheid wisten. Ricky had een klein souvenir achtergelaten. Ik vroeg me af of hij van Libby en de baby wist, maar dat zou ik niet ter sprake brengen. Ik zou het later aan mijn moeder vragen.
'Het is kermis in het dorp,' zei Pappy. Plotseling was de dag veel beter. Mijn vork bleef in de lucht hangen.
'Hoe laat gaan we?' vroeg ik.
'Net als altijd. Na het middageten,' zei Pappy.
'Hoelang kunnen we blijven?'
'We zullen wel zien,' zei hij.
De kermis bestond uit een zwervende troep zigeuners met rare accenten. 's Winters woonden ze in Florida en in het najaar, als de oogst in volle gang was en mensen geld in hun zak hadden, gingen ze de boerendorpen af. Meestal waren ze er opeens op een donderdag en installeerden ze zich zonder toestemming op het honkbalveld, waarna ze het hele weekend bleven. Niets kon Black Oak in zo'n staat van opwinding brengen als de kermis.
Er kwam elk jaar een andere kermis naar het dorp. Er was er een met een olifant en een kolossale schildpad. Er was er een zonder dieren maar wel met vreemde mensen: dwergen die acrobatenstreken uithaalden, het meisje met de zes vingers, de man met het extra been. Maar alle kermissen hadden een reuzenrad, draaimolens en twee of drie andere attracties die piepten en ratelden en alle moeders doodsbang maakten. De Slinger was zo'n attractie geweest, een cirkel van schommels aan kettingen die sneller en sneller gingen, totdat de inzittenden evenwijdig met de grond vlogen en gilden en krijsten dat het genoeg was. Een paar jaar eerder was er in Monette een ketting geknapt en was een klein meisje over het middenterrein geslingerd en tegen de zijkant van een wagen gesmakt. De week daarop stond de Slinger met nieuwe kettingen in Black Oak en stonden de mensen ervoor in de rij.
Er waren kramen waar je ringen of pijltjes kon gooien en met hagelpistolen kon schieten om prijzen te winnen. Sommige kermissen hadden waarzegsters, andere hadden fotohokjes, weer andere hadden goochelaars. Ze waren allemaal luidruchtig, kleurrijk en sensationeel. Het nieuws verspreidde zich snel door de omgeving en mensen kwamen in grote zwermen van heinde en ver naar het dorp. Binnen enke-

le uren was Black Oak stampvol. Ik wilde er erg graag heen.
Misschien, dacht ik, zou de opwinding van de kermis de nieuwsgierigheid naar Libby Latcher een beetje temperen. Ik werkte mijn koeken vlug naar binnen en rende naar buiten.
'De kermis is in het dorp,' fluisterde ik tegen Tally, toen we elkaar voor de rit naar de velden bij de tractor ontmoetten.
'Gaan jullie?' vroeg ze.
'Natuurlijk. Niemand slaat de kermis over.'
'Ik weet een geheim,' fluisterde ze, en ze keek schichtig in het rond.
'Wat dan?'
'Iets wat ik gisteravond heb gehoord.'
'Waar heb je dat gehoord?'
'Bij de voorveranda.'
Ik ergerde me eraan dat ze me aan het lijntje hield. 'Wat dan?'
Ze boog zich nog dichter naar me toe. 'Over Ricky en dat meisje van Latcher. Ik denk dat je een nieuw neefje hebt.' Haar woorden waren hard en haar ogen keken gemeen. Dit was niet de Tally die ik kende.
'Wat deed je daar?' vroeg ik.
'Gaat je niks aan.'
Pappy kwam het huis uit en liep naar de tractor. 'Als je het maar niet doorvertelt,' zei ik met mijn tanden op elkaar.
'We bewaren onze geheimen, weet je nog wel?' En ze liep bij me weg.
'Ja.'

Het wilde maar geen middag worden. Ik at vlug mijn middageten en liet me daarna gewillig schoonboenen. Mijn moeder wist dat ik graag naar het dorp wilde en zette er ook vaart achter.
Alle tien Mexicanen gingen bij mij en mijn vader achter in de truck zitten, en we reden van onze boerderij vandaan. Cowboy had de hele week met gebroken ribben katoen geplukt, iets wat voor Pappy en mijn vader niet onopgemerkt was gebleven. Ze hadden enorme bewondering voor hem. 'Het zijn taaie mensen,' had Pappy gezegd.
De Spruills renden rond om nog op tijd te komen. Tally had het nieuws over de kermis verspreid, en zelfs Trot leek zijn best te doen.
Toen we de rivier overstaken, keek ik lang en strak over de veldweg die naar de Latchers leidde, maar hun kleine huisje was niet te zien. Ik keek even naar mijn vader. Hij keek ook in die richting en hij had een harde, bijna woedende blik in zijn ogen. Hoe konden die mensen in ons leven zijn binnengedrongen?

We reden langzaam over de grindweg, en even later hadden we de velden van de Latchers achter ons. Toen we voor de grote weg stopten, droomde ik weer van de kermis.

Natuurlijk zou onze chauffeur nooit haast maken. Met zoveel mensen in de wagen wilde de truck waarschijnlijk ook geen negenenvijftig rijden, en Pappy probeerde het ook niet. Het leek wel een uur te duren. Sticks oude bruine patrouillewagen stond bij de baptistenkerk geparkeerd. Het verkeer in Main Street was altijd langzaam en op de trottoirs krioelde het van de mensen. We parkeerden en de Mexicanen verspreidden zich. Stick kwam onder een grote boom vandaan en liep recht op ons af. Oma en mijn moeder gingen naar de winkels. Ik bleef bij de mannen achter, want er zouden vast serieuze zaken worden besproken.

'Howdy, Eli. Jesse,' zei Stick, zijn pet schuin op zijn hoofd, een grashalm in zijn mondhoek.

'Goeiemiddag, Stick,' zei Pappy. Mijn vader knikte alleen maar. Hun ergernis bleef amper onder de oppervlakte. Ze waren niet naar het dorp gekomen om met Stick te praten.

'Ik denk erover om die jongen van Spruill te arresteren,' zei hij.

'Je doet maar,' zei Pappy, en zijn woede kwam snel op. 'Als je maar wacht tot de katoen binnen is.'

'Je kunt toch wel een maand wachten?' zei mijn vader.

Stick kauwde op het gras, spuwde een keer en zei: 'Misschien.'

'Hij is een goede werker,' zei mijn vader. 'En er is een heleboel katoen. Als je hem nu arresteert, raken we zes arbeiders kwijt. Je weet hoe die mensen zijn.'

'Misschien kan ik wel wachten,' zei Stick weer. Hij wilde blijkbaar graag tot een compromis komen. 'Ik heb met veel mensen gepraat en ik weet nog niet zonet of jullie jongen hier de waarheid spreekt.' Hij keek me daarbij strak aan. Ik schopte wat tegen het grind.

'Laat hem erbuiten, Stick,' zei mijn vader. 'Hij is nog maar een kind.'

'Hij is zeven!' snauwde Pappy. 'Waarom zoek je niet wat echte getuigen?'

Stick trok zijn schouders terug, alsof hij een stomp had gekregen.

'Laten we het volgende afspreken,' zei Pappy. 'Jij laat Hank met rust tot de katoen binnen is, en dan rijd ik naar het dorp om je te laten weten dat we klaar met hem zijn. Daarna mag je wat mij betreft met hem doen wat je wilt.'

'Dat is goed,' zei Stick.

'Maar toch geloof ik dat je geen been hebt om op te staan. Het was drie tegen één, Stick. Er is geen jury die hem schuldig verklaart.'
'We zullen zien,' zei Stick zelfvoldaan. Hij liep met zijn duimen in zijn zakken weg, net arrogant genoeg om ons te ergeren.
'Mag ik naar de kermis?' vroeg ik.
'Natuurlijk,' zei Pappy.
'Hoeveel geld heb je?' vroeg mijn vader.
'Vier dollar.'
'Hoeveel ga je uitgeven?'
'Vier dollar.'
'Ik denk dat twee wel genoeg is.'
'En drie?'
'Zullen we er twee dollar vijftig van maken?'
'Ja, pa.' Ik rende over het trottoir van de kerk vandaan, zigzaggend tussen mensen door, en was algauw op het honkbalveld, dat zich tegenover de Co-op, de Dixie-bioscoop en de biljartzaal bevond. De kermis nam het hele veld in beslag, van het vangscherm tot de schutting van het buitenveld. Het reuzenrad stond in het midden, omringd door de kleinere attracties, de kramen en het middenterrein. Er kwam schetterende muziek uit de luidsprekers op de draaimolens. Er stonden al lange rijen mensen te wachten. Ik rook popcorn en hotdogs met maïs en iets wat in vet gebakken werd.
Ik vond de wagen met de suikerspinnen. Die kostten een dubbeltje, maar ik had er wel veel meer voor willen betalen. Dewayne vond me op het middenterrein, waar ik naar wat oudere jongens keek die met luchtbuksen schoten op eendjes die in een vijver zwommen. Ze raakten ze nooit. Volgens Pappy kwam dat doordat de vizieren niet goed waren.
Gesuikerde appels kostten ook een dubbeltje. We kochten er ieder een en namen de tijd om de hele kermis te bekijken. Er was een heks in een lange zwarte jurk, met zwart haar en verder ook alles zwart, en voor een kwartje voorspelde ze je de toekomst. Een oude dame met donkere ogen deed hetzelfde, voor dezelfde prijs, met tarotkaarten. Een flamboyante man met een microfoon kon voor een dubbeltje je leeftijd of je gewicht raden. Als hij er meer dan drie jaar of vijf kilo van af zat, kreeg je een prijs. Op het middenterrein kon je de gebruikelijke spelletjes doen: softballen naar melkflessen gooien, basketballen op te kleine baskets mikken, pijltjes naar ballonnen gooien en hoepels over flessenhalzen werpen.

We slenterden over de kermis en genoten van het lawaai en de opwinding. Aan het eind, bij het vangscherm, verzamelde zich een menigte, en we gingen daar kijken. Een groot bord maakte melding van SAMSON, DE STERKSTE WORSTELAAR TER WERELD, RECHTSTREEKS UIT EGYPTE, en daaronder lag een vierkante mat met gecapitonneerde palen in de hoeken en touwen eromheen. Samson was niet in de ring, maar volgens Delilah, een lange, welgevormde vrouw met een microfoon, kon hij ieder moment verschijnen. Haar kostuum liet alles van haar benen en het grootste deel van haar borsten zien, en ik wist zeker dat in Black Oak nog nooit eerder zoveel van iemands lichaam in het openbaar te zien was geweest. Samson betaalde tien keer de inleg uit aan een ieder die één minuut met hem in de ring kon blijven. 'Maar zestig seconden!' schreeuwde Delilah. 'En het geld is van u!' Haar accent was vreemd genoeg om ons ervan te overtuigen dat ze inderdaad uit een ander land kwamen. Ik had nooit iemand uit Egypte gezien, hoewel ik van de zondagsschool wist dat Mozes daar een paar avonturen had beleefd.

Ze stapte voor de ring heen en weer en ieders ogen volgden al haar bewegingen. 'Op deze tournee heeft Samson driehonderd wedstrijden achtereen gewonnen,' zei ze uitdagend. 'De laatste keer dat Samson verloor, was in Rusland, toen er drie mannen aan te pas moesten komen om hem te verslaan, en ze moesten nog vals spelen ook.'

Uit de ene luidspreker boven het bord begon muziek te schetteren. 'En nu, dames en heren!' schreeuwde ze boven de muziek uit. 'Ik presenteer u de enige, de sterkste worstelaar ter wereld, de ongelooflijke Samson!'

Ik hield mijn adem in.

Hij kwam achter een gordijn vandaan en sprong de ring in. Het applaus was matig. Waarom zouden we voor hem klappen? Hij was gekomen om ons tegen de grond te gooien. Zijn haar was het eerste wat me opviel. Het was zwart en golvend en viel op zijn schouders als dat van een vrouw. Ik had illustraties bij verhalen uit het Oude Testament gezien waarop de mannen zulk haar hadden, maar dat was vijfduizend jaar geleden. Hij was een reus van een man, met een dik lichaam en forse spieren op zijn schouders en zijn borst. Zijn armen waren begroeid met zwart haar en leken sterk genoeg om huizen op te tillen. Opdat we zijn lichaam goed konden bewonderen, had Samson een ontbloot bovenlijf. Ook als wij maanden in de velden waren geweest, was onze huid niet zo donker als de zijne. Nu was ik er echt

van overtuigd dat hij uit een vreemd land kwam. Hij had tegen Russen gevochten!
Hij liep op de maat van de muziek door de ring, boog zijn armen en rolde met zijn mammoetspieren. Hij ging daarmee door tot we alles hadden gezien wat hij had, en volgens mij was dat meer dan genoeg.
'Wie is de eerste?' riep Delilah in de microfoon, toen de muziek was weggestorven. 'Twee dollar is het minimum!'
Het werd plotseling stil in de menigte. Alleen een idioot zou die ring in stappen.
'Ik ben niet bang,' riep iemand. En onder onze ongelovige blikken kwam een jongeman die ik nooit eerder had gezien naar voren en gaf Delilah twee dollar. Ze pakte het geld aan en zei: 'Tien keer de inleg. Als je zestig seconden in de ring blijft, win je twintig dollar.' Ze hield de jongeman de microfoon voor en zei: 'Hoe heet je?'
'Farley.'
'Veel succes, Farley.'
Hij stapte de ring in alsof hij helemaal niet bang was voor Samson, die zonder de minste bezorgdheid had toegekeken. Delilah nam een hamer en sloeg tegen een bel aan de zijkant van de ring. 'Zestig seconden!' zei ze.
Farley schuifelde wat heen en weer en trok zich in een hoek terug toen Samson een stap in zijn richting zette. Beide mannen bestudeerden elkaar. Samson keek laatdunkend op hem neer. Farley keek gespannen op.
'Nog vijfenveertig seconden!' riep ze.
Samson kwam dichterbij, en Farley sprong naar de andere kant van de ring. Hij was veel kleiner, maar ook veel vlugger, en blijkbaar had hij voor een vluchtstrategie gekozen. Samson kwam op hem af; Farley rende weg.
'Nog dertig seconden!'
De ring was niet groot genoeg om veel te kunnen rennen, en Samson had zijn portie angsthazen al gehad. Hij liet Farley struikelen toen die weg probeerde te komen, en toen hij hem oppakte, sloeg hij zijn arm strak om het hoofd van de jongen en hield hem zo omklemd.
'O, dat wordt de "Guillotine"!' riep Delilah met iets te veel dramatiek uit. 'Nog twintig seconden!'
Samson draaide zijn prooi heen en weer en trok een grimas van sadistisch genoegen, terwijl de arme Farley wild met zijn armen en benen bewoog.

'Tien seconden!'

Samson draaide zich om en gooide Farley door de ring. Voordat Farley overeind kon komen, greep de Sterkste Worstelaar Ter Wereld hem bij zijn voet, tilde hem de lucht in, hield hem boven de touwen en liet hem, twee seconden voor het eind, op de grond vallen.

'Wauw, dat scheelde niet veel, Samson!' zei Delilah in de microfoon.

Farley was versuft, maar hij kon heelhuids weglopen en was zo te zien trots op zichzelf. Hij had zijn mannelijkheid bewezen, had geen angst getoond, en het had maar twee seconden gescheeld of hij had twintig dollar gewonnen. De volgende vrijwilliger was ook een vreemde, een zwaargebouwde jongeman die Claude heette en die drie dollar betaalde voor een kans om dertig dollar te winnen. Hij woog twee keer zoveel als Farley maar was veel langzamer, en binnen tien seconden had Samson hem met een 'Vliegende Dropkick' te pakken en in de 'Houdgreep' genomen. Tien seconden voor het eind hees hij Claude boven zijn hoofd en liep met een geweldig vertoon van kracht naar de rand van de ring en gooide hem over het touw.

Ook Claude liep trots weg. Het was duidelijk dat Samson ondanks zijn theatrale gedrag en dreigende houding erg sportief was en niemand pijn zou doen. En omdat de meeste jongemannen op de een of andere manier met Delilah in contact wilden komen, vormde zich aan haar kant algauw een rij.

Het was een heel spektakel, en Dewayne en ik zaten een hele tijd naar Samson te kijken, die het ene na het andere slachtoffer de ring uit werkte. Hij gebruikte alle manoeuvres uit zijn repertoire: de Bostonkrab, de Schaar, de Heimachine, de Voorhamer, de Lichaamsklem. Delilah hoefde maar een van die manoeuvres in haar microfoon te noemen en Samson demonstreerde hem meteen.

Na een uur was Samson nat van het zweet en aan een pauze toe. Dewayne en ik gingen vlug weg om twee keer in het reuzenrad te gaan. We vroegen ons net af of we nog een suikerspin zouden halen, toen we een paar jongemannen over de stripshow hoorden praten.

'Ze doet al haar kleren uit!' zei een van hen toen hij voorbijliep, en we waren de suikerspin meteen vergeten. We volgden ze naar het eind van het middenterrein, waar de wagens van de zigeuners geparkeerd stonden. Achter de wagens stond een kleine tent die daar blijkbaar was neergezet opdat niemand hem zou zien. Een paar mannen rookten en wachtten, en ze keken allemaal een beetje schuldig. Er kwam muziek uit de tent.

Sommige kermissen hadden stripshows. Zoals te verwachten was, hadden mensen het jaar daarvoor Ricky uit zo'n tent zien komen, en dat had in ons huis nogal wat ophef veroorzaakt. Hij zou niet betrapt zijn als Ross Lee Hart niet ook betrapt was. Meneer Hart was een vooraanstaand lid van de methodistenkerk, een boer die eigenaar van zijn land was, een rechtschapen burger die getrouwd was met een vrouw die een grote mond had. Ze ging laat op een zaterdagavond naar hem op zoek, midden op de kermis, en toevallig zag ze hem net uit die verboden tent komen. Ze schreeuwde zodra ze haar ondeugende man zag, en hij dook tussen de wagens weg. Krijsend en dreigend zette ze de achtervolging in, en Black Oak had een nieuwe gebeurtenis om over te praten.

Om de een of andere reden vertelde mevrouw Hart iedereen wat haar man had gedaan, en de man werd nog vele maanden als een paria behandeld. Ze vertelde ook dat Ricky Chandler na hem de tent uit kwam. Wij leden in stilte. De ongeschreven regel was: ga nooit in je eigen dorp naar een stripshow. Rijd naar Monette of Lake City of Caraway, maar doe het niet in Black Oak.

Dewayne en ik kenden geen van de mannen die bij de striptent rondhingen. We liepen tussen de wagens door en kwamen nu van de andere kant, maar er was daar een grote hond aan een ketting om gluurders als wij op een afstand te houden. We trokken ons terug en besloten te wachten tot het donker was.

Toen het vier uur werd, moesten we een moeilijke beslissing nemen: naar de matinee gaan of op de kermis blijven. We voelden het meest voor de film, maar toen verscheen Delilah in de worstelring. Ze had zich verkleed en droeg nu een tweedelig rood pakje dat nog meer liet zien. De menigte zwermde op haar af en algauw gooide Samson weer boerenjongens en hillbillies en zelfs een stuk of wat Mexicanen de ring uit.

Zijn enige echte uitdaging kwam toen het al donker werd. Horsefly Walker had een doofstomme zoon die honderdvijftig kilo woog. We noemden hem Grunt, niet uit oneerbiedigheid of wreedheid; hij werd gewoon altijd zo genoemd. Horsefly zette vijf dollar in en Grunt stapte langzaam in de ring.

'Hij is groot, Samson,' koerde Delilah in de microfoon.

Samson wist dat het wel wat langer zou duren om honderdvijftig kilo uit de ring te werken en hij ging meteen in de aanval. Hij ging laag op zijn tegenstander af met een 'Chinese Afhaal', een manoeuvre die tot

doel had beide enkels tegen elkaar te slaan zodat de tegenstander in elkaar zakte. Grunt viel inderdaad, maar hij viel op Samson, die onwillekeurig kreunde van pijn. Sommige toeschouwers schreeuwden ook en begonnen voor Grunt te juichen, al kon die er natuurlijk niets van horen. Beide mannen rolden en trapten door de ring, totdat Samson een ogenblik door Grunt tegen de vloer werd gedrukt.
'Nog veertig seconden!' zei Delilah, want de klok liep veel langzamer nu Samson plat op zijn rug lag. Hij schopte een paar keer, maar dat haalde niets uit, en gebruikte toen de 'Jersey-flip', een snelle beweging waarbij hij zijn voeten omhoogzwaaide en Grunt bij zijn oren te pakken kreeg, waarna hij hem achteroverduwde. Samson sprong overeind en Delilah gaf weer commentaar bij zijn bewegingen. Een 'Vliegende Dropkick' bracht Grunt tijdelijk uit balans.
'Vijftien seconden!' zei ze. De klok liep weer sneller. Grunt kwam aanstormen als een dolle stier, en beide mannen gingen weer tegen de vlakte. De menigte juichte opnieuw. Horsefly sprong opgewonden langs de ring. Ze worstelden een tijdje en toen zei Delilah: 'Tien seconden.'
Hier en daar werd 'boe' geroepen omdat ze de tijd niet goed bijhield. Samson draaide zich weg en rukte Grunts arm achter zijn rug, greep zijn voet en schoof de arme jongen door de ring en tussen de touwen door. Hij kwam naast de voeten van zijn vader terecht. 'Stelletje valsspelers!' riep Horsefly.
Samson nam daar aanstoot aan en nodigde Horsefly met een gebaar uit om zelf in de ring te komen. Horsefly deed een stap naar voren en Samson spreidde de touwen. Delilah, die zulke bedreigingen blijkbaar al vaak had gehoord, zei: 'Ik zou dat niet doen, als ik u was. Als hij kwaad is, doet hij mensen pijn.'
Inmiddels was Horsefly toch al op zoek naar een reden om te blijven waar hij was. Zoals Samson daar met een kwaad gezicht aan de rand van de ring stond, leek hij wel drie meter lang. Horsefly draaide zich om om naar Grunt te kijken, die over zijn schouder wreef en op het punt leek te staan om in tranen uit te barsten. Samson lachte hen uit en liep weg, en toen begon hij, om ons te tarten, zijn biceps te laten opbollen en arrogant door de ring te lopen. Een paar mensen in de menigte jouwden hem uit, en dat was precies wat hij wilde.
Hij werkte nog een paar dorpelingen af, en toen maakte Delilah bekend dat haar man moest eten. Over een uur zouden ze terug zijn voor hun laatste voorstelling.

Het was nu zaterdagavond. De lucht was vervuld van de geluiden van de kermis: de opgewonden kreten van kinderen in de attracties, het juichen en schreeuwen van de winnaars bij de kramen op het middenterrein, de muziek die uit minstens tien luidsprekers schetterde, allemaal een ander deuntje, het constante gepraat van de kraamhouders die mensen probeerden over te halen hun geld neer te tellen om de grootste schildpad van de wereld te zien of om nog een prijs te winnen, en bovenal de elektrisch geladen opwinding van al die mensen. De menigte was zo dicht dat je er niet met een stok in zou kunnen roeren, zoals oma altijd zei. Mensen verdrongen zich om de kramen, kijkend en juichend. Lange rijen kronkelden om de attracties heen. Groepen Mexicanen liepen langzaam rond, met grote ogen van verwondering, maar de meesten gaven hun geld niet uit. Ik had nog nooit zoveel mensen op één plaats gezien.

Ik vond mijn ouders dicht bij de straat. Ze dronken limonade en keken op veilige afstand naar het spektakel. Pappy en oma waren al bij de truck. Ze waren klaar om te vertrekken maar wilden nog wel even wachten. De kermis kwam maar één keer per jaar.

'Hoeveel geld heb je?' vroeg mijn vader.

'Ongeveer een dollar,' zei ik.

'Dat reuzenrad lijkt me niet veilig, Luke,' zei mijn moeder.

'Ik ben er twee keer in geweest. Het is in orde.'

'Ik geef je nog een dollar als je niet meer in dat rad gaat.'

'Goed.'

Ze gaf me een dollarbiljet. We spraken af dat ik over een uur of zo terug zou komen. Ik vond Dewayne weer en we vonden dat het tijd werd om bij de striptent te gaan kijken. We renden door de menigte op het middenterrein en gingen langzamer lopen toen we bij de wagens van de zigeuners kwamen. Het was daar veel donkerder. Voor de tent stonden mannen sigaretten te roken, en in de deuropening stond een jonge vrouw in een minuscuul kostuum met haar heupen te wiegen en uitdagend te dansen.

Als baptisten wisten we dat iedere vorm van dansen niet alleen slecht maar ook ronduit zondig was. Het stond op de lijst van ernstige vergrijpen, ongeveer op dezelfde hoogte als drinken en vloeken.

De danseres was niet zo aantrekkelijk als Delilah. Bovendien bewoog ze zich niet zo gracieus. Natuurlijk had Delilah jaren ervaring en had ze de hele wereld bereisd.

We slopen door de schaduw en kwamen gestaag dichterbij, totdat een vreemde mannenstem uit het niets zei: 'Dat is ver genoeg. Wegwezen, jongens.' We verstijfden en keken om, en ongeveer op datzelfde moment hoorden we een bekende stem achter ons roepen: 'Komt tot inkeer, gij zondaars! Komt tot inkeer!'

Het was dominee Akers, kaarsrecht met zijn bijbel in zijn hand. Hij zwaaide met een lange, gekromde vinger naar de aanwezigen.

'Gij addergebroed!' schreeuwde hij zo hard als hij kon.

Ik weet niet of de jongedame ophield met dansen en of de mannen een goed heenkomen zochten. Ik nam niet de moeite om te kijken. Dewayne en ik lieten ons op de grond vallen en kropen als opgejaagde prooidieren op handen en voeten door het labyrint van wagens en trucks, tot we licht tussen twee van de kramen op het middenterrein zagen. We kwamen tevoorschijn en verdwenen in de menigte.

'Denk je dat hij ons heeft gezien?' vroeg Dewayne toen we in veiligheid waren.

'Ik weet het niet. Ik betwijfel het.'

We liepen wat rond en keerden toen naar een veilige plaats bij de wagens van de zigeuners terug. Dominee Akers was in vorm. Hij stond nu nog maar zo'n tien meter van de tent vandaan en bande luidkeels duivels uit. En hij had succes. De danseres was weg, evenals de mannen die daar rokend hadden staan wachten. Hij had de show de das omgedaan, al vermoedde ik dat ze allemaal binnen zaten te wachten tot hij wegging.

Maar Delilah was terug en ze droeg weer een ander kostuum. Het was gemaakt van luipaardvel en bedekte nauwelijks haar lichaam, en ik wist dat dominee Akers daar de volgende morgen ook iets over te zeggen zou hebben. Hij hield van de kermis, want die gaf hem zoveel materiaal voor op de preekstoel.

Er verdrong zich een massa mensen om de ring. Ze vergaapten zich aan Delilah en wachtten op Samson. Ze stelde hem weer voor met de tekst die we al hadden gehoord, en ten slotte sprong hij de ring in. Ook hij droeg nu een luipaardvel. Strak broekje, ontbloot bovenlijf, glanzende zwarte hoge schoenen. Hij liep arrogant heen en weer, poseerde voor ons, probeerde ons zover te krijgen dat we 'boe' gingen roepen.

Mijn vriend Jackie Moon kroop als eerste in de ring en koos zoals de meesten voor de ontwijkstrategie. Hij sprong zo'n twintig seconden rond, maar toen had Samson er genoeg van. Een 'Guillotine', toen een 'Turkse Rol', zoals Delilah uitlegde, en Jackie lag niet ver van mij

vandaan in het gras. Hij lachte. 'Dat viel wel mee.'
Samson zou niemand pijn doen; dat zou slechte reclame zijn. Maar naarmate zijn laatste voorstelling vorderde, werd hij veel arroganter en schreeuwde hij de hele tijd naar ons: 'Is er een man in jullie midden?' Zijn accent klonk exotisch en zijn stem was diep en angstaanjagend. 'Zijn er geen echte mannen in Black Oak, Arkansas?'
Ik wou dat ik twee meter tien was. Dan zou ik in de ring springen en Samson te lijf gaan terwijl de menigte helemaal wild werd. Ik zou hem er flink van langs geven en over de touwen gooien, en dan was ik de grootste held van Black Oak. Maar voorlopig kon ik alleen maar 'boe' roepen.
Hank Spruill verscheen op het toneel. Hij liep tussen de wedstrijden door langs de rand van de ring en bleef lang genoeg staan om Samsons aandacht te trekken. De menigte zweeg toen die twee mannen elkaar strak aankeken. Samson liep naar de rand van de ring en zei: 'Kom maar, kleintje.'
Hank keek natuurlijk alleen maar kwaad terug. Toen liep hij naar Delilah en haalde geld uit zijn zak.
'O la la, Samson,' zei ze, toen ze het geld in ontvangst nam. 'Vijfentwintig dollar!'
Alle toeschouwers mompelden van verbazing. 'Vijfentwintig dollar!' zei een man ergens achterin. 'Dat is een week werken.'
'Ja, maar hij kan tweehonderdvijftig winnen,' zei een andere man.
De menigte verdrong zich nog meer en Dewayne en ik baanden ons een weg naar voren, waar we tussen de volwassenen door konden kijken.
'Hoe heet je?' vroeg Delilah, en ze stak de microfoon omhoog.
'Hank Spruill,' gromde hij. 'Jullie betalen nog steeds tien keer de inleg?'
'Dat is de afspraak, grote jongen. Weet je zeker dat je vijfentwintig dollar wilt inzetten?'
'Ja. En ik hoef alleen maar één minuut in de ring te blijven?'
'Ja, zestig seconden. Je weet dat Samson in geen vijf jaar een gevecht heeft verloren? De vorige keer dat hij verloor, was in Rusland, en daar speelden ze vals.'
'Wat kan mij Rusland verrotten?' zei Hank, die zijn overhemd uittrok. 'Nog meer regels?'
'Nee.' Ze wendde zich tot de menigte en riep met zoveel dramatiek als ze kon opbrengen: 'Dames en heren! De grote Samson is uitgedaagd

voor zijn grootste gevecht aller tijden. De heer Hank Spruill heeft vijfentwintig dollar ingezet voor een gevecht van tien keer de inleg. Nooit eerder in de geschiedenis heeft iemand zo'n groot bedrag ingezet.'
Samson liep arrogant door de ring. Hij schudde met zijn lange haren en verheugde zich zichtbaar op de schermutseling.
'Laat me het geld zien,' gromde Hank tegen Delilah.
'Hier is het,' zei ze in de microfoon.
'Nee. Ik wil de tweehonderdvijftig zien.'
'Maar die zullen we niet nodig hebben,' zei ze met een ietwat nerveus grinniklachje. Maar ze liet de microfoon zakken en ze onderhandelden over de details. Bo en Dale kwamen uit de menigte en Hank posteerde hen naast het tafeltje waarop Delilah het geld bewaarde. Toen hij ervan overtuigd was dat het geld op zijn plaats lag, stapte hij de ring in, waar de grote Samson met zijn kolossale armen over elkaar stond.
'Hij is toch ook de kerel die Jerry Sisco heeft doodgeslagen?' vroeg iemand achter ons.
'Dat is hem,' was het antwoord.
'Hij is bijna net zo groot als Samson.'
Hij was net iets kleiner en had niet zo'n forse en gespierde borst, maar Hank scheen zich van geen enkel gevaar bewust te zijn. Samson begon aan de ene kant van de ring te dansen, terwijl Hank naar hem keek en zijn armen strekte.
'Ben je klaar?' riep Delilah in de microfoon, en de menigte drong nog meer naar voren. Ze sloeg tegen de bel. Beide vechters keken elkaar woest aan. Maar Hank bleef in zijn hoek. De klok werkte in zijn voordeel. Na enkele seconden kwam Samson, die waarschijnlijk wel wist dat hij zijn handen vol zou krijgen, naar voren. Hij danste en maakte schijnbewegingen als een echte worstelaar. Hank bleef gewoon staan.
'Kom op, jongen!' brulde Samson op anderhalve meter afstand, maar Hank bleef in zijn hoek.
'Nog vijfenveertig seconden,' zei Delilah.
Samson dacht ten onrechte dat het een worstelwedstrijd was, in plaats van een knokpartij. Hij kwam voorovergebogen op Hank af, in een poging een van zijn vele grepen toe te passen, en een fractie van een seconde was zijn gezicht onbeschermd. Hank sloeg toe als een ratelslang. Zijn rechterhand schoot naar voren met een stomp die bijna te snel was om zichtbaar te zijn, en zijn vuist stootte recht tegen de brede kaakpartij van Samson.

Samsons hoofd ging met een ruk opzij en zijn mooie haar zwaaide alle kanten op. De stoot ging gepaard met een krakend geluid. Stan Musial had niet harder tegen een honkbal kunnen slaan.

Samsons ogen rolden in zijn gigantische hoofd terug. Omdat Samsons lichaam zo groot was, duurde het even voordat het besefte dat zijn hoofd getroffen was. Zijn ene been trilde en boog bij de knie door. Toen zakte het andere been in elkaar, en de Grootste Worstelaar Ter Wereld, rechtstreeks uit Egypte, smakte met een klap op zijn rug. De kleine ring ging op en neer, en de touwen schudden ervan. Samson leek wel dood.

Hank ontspande zich in zijn hoek door zijn armen op de bovenste touwen te leggen. Hij had geen haast. Die arme Delilah was sprakeloos. Ze probeerde iets te zeggen om ons te verzekeren dat dit gewoon bij de voorstelling hoorde, maar tegelijk wilde ze de ring in springen om Samson te verzorgen. De menigte was stomverbaasd.

In het midden van de ring begon Samson te kreunen en probeerde hij overeind te komen. Hij zag kans zich op handen en knieën op te richten en schommelde een paar keer heen en weer voordat het hem lukte een voet naar voren te trekken. Met geweldige krachtsinspanning probeerde hij op te staan, maar zijn voeten werkten niet mee. Hij dook naar het touw en slaagde erin het te pakken te krijgen om zijn val te breken. Hij keek ons recht aan, maar die arme kerel zag niets. Zijn ogen waren rood en wild, en hij leek geen idee te hebben waar hij was. Hij hing wankelend in de touwen en probeerde bij zijn positieven te komen. Zijn voeten wilden nog steeds niet meewerken.

Horsefly Walker rende naar de ring en schreeuwde tegen Hank: 'Maak die rotzak af! Toe dan, maak hem af!'

Hank kwam niet in beweging. In plaats daarvan riep hij alleen: 'De tijd!' Maar Delilah was de klok vergeten.

Hier en daar in de menigte werd gejuicht, maar de meeste mensen waren stil. De toeschouwers vonden het schokkend om Samson wezenloos in de touwen te zien hangen.

Samson draaide zich om en probeerde zijn blik op Hank te richten. Steunend op de touwen strompelde hij een paar stappen en deed toen één laatste, wanhopige uitval. Hank dook gewoon weg en Samson viel met een harde smak tegen de hoekpaal. De touwen trokken strak onder zijn gewicht en de andere drie palen leken elk moment te kunnen bezwijken. Samson kreunde en sloeg om zich heen als een beer die door een kogel was getroffen. Hij trok zijn voeten onder zich en kreeg zichzelf voldoende in evenwicht om zich te kunnen omdraaien. Hij had op de mat moeten blijven liggen. Hank kwam naar hem toe en gaf hem een overhandse rechtse, een stoot die in het midden van de ring begon en precies op dezelfde plaats als de eerste terechtkwam. Omdat zijn tegenstander weerloos was, haalde hij nog eens uit en diende een derde en laatste stoot toe. Samson zakte in elkaar. Delilah gaf een schreeuw en rende de ring in. Hank ontspande zich in zijn hoek, zijn armen op de bovenste touwen, grijnzend, zonder enige bezorgdheid om zijn tegenstander.

Ik wist niet goed wat ik moest doen. De meeste andere toeschouwers waren ook stil. Aan de ene kant was het goed om te zien dat een jongen uit Arkansas die Egyptische reus zo verpletterend versloeg. Maar aan de andere kant was het Hank Spruill, en hij had zijn vuisten gebruikt. Zijn overwinning was niet helemaal zuiver, al liet dat hemzelf koud. We zouden ons allemaal beter hebben gevoeld als een jongen uit onze eigen streek tegen Samson had standgehouden zonder hem in elkaar te slaan.

Toen Hank er zeker van was dat de minuut om was, stapte hij door de touwen en sprong op de grond. Bo en Dale hadden het geld en even later waren ze alle drie verdwenen.

'Hij heeft Samson gemold,' zei iemand achter me. De Grootste Worstelaar Ter Wereld lag plat op zijn rug, zijn armen en benen wijd gespreid, en zijn vrouw boog zich over hem heen en probeerde hem bij te brengen. Ik had medelijden met die twee mensen. Ze waren geweldig kleurrijk, een voorstelling die we in lange tijd niet meer zouden zien, misschien wel nooit. Ik betwijfelde of Samson en Delilah ooit naar Black Oak, Arkansas, terug zouden keren.

Toen Samson rechtop ging zitten, ontspanden we. Een handvol mensen klapte zachtjes voor hem en daarna ging de menigte uiteen.

Waarom ging Hank niet bij de kermis? Dan werd hij betaald om mensen in elkaar te slaan, en dan waren wij meteen van hem af. Ik besloot het aan Tally voor te leggen.

Die arme Samson had de hele dag in de hitte gewerkt en had nu in een fractie van een seconde al zijn verdiensten van die dag verloren. Wat een manier om de kost te verdienen. Ik had eindelijk werk gezien dat nog erger was dan katoen plukken.

19

In het voorjaar en de winter werden de zondagmiddagen vaak gebruikt om bezoeken af te leggen. Dan deden we na het middageten eerst ons dutje en stapten we daarna in de pick-up en reden we naar Lake City of Paragould, en gingen we daar volkomen onaangekondigd naar familie of oude vrienden, die altijd blij waren ons te zien. Of soms kwamen zij bij ons. 'Kom eens op bezoek,' hoorde je vaak, en mensen vatten dat letterlijk op. Er hoefde niets te worden geregeld of afgesproken, en dat kon ook niet. Wij hadden net zomin telefoon als onze vrienden en familie.

Maar aan het eind van de zomer en in de herfst hadden die bezoeken niet zo'n hoge prioriteit, want dan was het werk zwaarder en waren de middagen warm. We vergaten onze tantes en ooms een tijdje, maar we wisten dat we de schade later zouden inhalen.

Ik zat op de voorveranda naar de Cardinals te luisteren en naar mijn moeder en oma te kijken, die erwten en bonen dopten, toen ik een stofwolk van de brug zag komen. 'Er komt een auto aan,' zei ik, en ze keken in die richting.

Er kwam nooit veel verkeer over onze weg. Het was bijna altijd een van de Jeters van de andere kant, of een van de Tollivers, die ten oosten van ons woonden. Soms reed er een vreemde auto of truck voorbij. Dan keken we hem zwijgend na tot het stof was gaan liggen, en dan praatten we er onder het eten over en vroegen we ons af wie het waren geweest en wat ze in ons deel van het district Craighead deden. Pappy en mijn vader brachten het in de Co-op ter sprake en mijn moeder en oma vertelden het aan alle dames voordat de zondagsschool begon, en vroeg of laat kwamen ze iemand tegen die de vreemde auto ook had gezien. Meestal werd het mysterie wel opgelost, maar soms kwam er een auto voorbijrijden zonder dat we ooit ontdekten waar hij vandaan kwam.

Deze auto reed langzaam. Ik zag iets roods dat groter en helderder werd, en algauw reed er een glanzende tweedeurs sedan ons pad op. We stonden nu met z'n drieën op de veranda, te verbaasd om in beweging te komen. De bestuurder parkeerde achter onze pick-up. In de voortuin zetten de Spruills ook grote ogen op.

De bestuurder deed het portier open en stapte uit. Oma zei: 'Hé, het is Jimmy Dale.'

'Inderdaad,' zei mijn moeder niet al te enthousiast.

'Luke, ga gauw Pappy en je vader halen,' zei oma. Ik sprintte door het huis en riep naar de mannen, maar ze hadden het autoportier al horen dichtslaan en kwamen uit de achtertuin.

We kwamen allemaal voor de auto bij elkaar. De auto was nieuw en schoon. Het was ongetwijfeld het mooiste voertuig dat ik ooit had gezien. We omhelsden elkaar, schudden elkaar de hand en wisselden begroetingen uit, en toen stelde Jimmy Dale zijn nieuwe vrouw voor, een dun klein ding dat nog jonger leek dan Tally. Ze heette Stacy. Ze kwam uit Michigan, en als ze iets zei, kwamen de woorden door haar neus. Ze beet de woorden als het ware af, en binnen een paar seconden kreeg ik kippenvel van haar.

'Waarom praat ze zo?' fluisterde ik tegen mijn moeder toen we met z'n allen naar de veranda liepen.

'Ze is een yankee,' was de simpele verklaring.

De vader van Jimmy Dale was Ernest Chandler, Pappy's oudere broer. Ernest had een boerderij in Leachville gehad tot hij een paar jaar geleden aan een hartaanval was bezweken. Ik kon me Ernest niet herinneren, en Jimmy Dale ook niet, al had ik veel verhalen over hen gehoord. Ik wist dat Jimmy Dale de boerderij was ontvlucht en naar Michigan was gegaan, waar hij een baan in een Buick-fabriek had gevonden en meer dan drie dollar per uur verdiende, en dat was voor Black Oak-begrippen een ongelooflijk loon. Hij had andere jongens uit zijn dorp daar ook aan goede banen geholpen. Twee jaar geleden, na de zoveelste slechte oogst, had mijn vader een ellendige winter in

Flint doorgebracht, waar hij voorruiten in nieuwe Buicks zette. Hij was met duizend dollar thuisgekomen en had dat allemaal nodig gehad om lopende schulden af te lossen.

'Dat is een mooie auto,' zei mijn vader toen ze op de trap van de voorveranda zaten. Oma was in de keuken ijsthee aan het maken. Mijn moeder stond voor de onaangename taak dat ze met Stacy moest praten. Zodra Stacy uit de auto was gestapt, hadden we al gezien dat ze niet bij ons thuishoorde.

'Gloednieuw,' zei Jimmy Dale trots. 'Vorige week gekregen, nog net op tijd om naar huis te rijden. Ik en Stacy zijn een maand geleden getrouwd, en dat is ons huwelijkscadeau.'

'Stacy en ik zijn getrouwd, niet ik en Stacy,' zei de nieuwe echtgenote, die zich er vanaf de veranda mee bemoeide. Er volgde een korte stilte. We moesten even verwerken dat Stacy zojuist in het bijzijn van anderen het taalgebruik van haar man had verbeterd. Dat had ik in mijn hele leven nog nooit meegemaakt.

'Is het een 1952?' vroeg Pappy.

'Nee, het is een 1953, de nieuwste die er is. Zelfgebouwd.'

'Nee maar.'

'Ja. We mogen van Buick onze eigen auto bestellen, en dan mogen we toekijken als hij van de lijn komt. Ik heb het dashboard erin gezet.'

'Hoeveel kostte hij?' vroeg ik, en ik dacht dat mijn moeder me naar de keel zou vliegen.

'Luke!' riep ze uit. Mijn vader en Pappy keken me streng aan en ik wilde net weer iets zeggen toen Jimmy Dale eruit gooide: 'Zevenentwintighonderd dollar. Het is geen geheim. Elke dealer in het land weet hoeveel ze kosten.'

Inmiddels waren de Spruills dichterbij gekomen en bekeken ze de auto – alle Spruills behalve Tally, die nergens te bekennen was. Het was zondagmiddag, tijd voor een koel bad in Siler's Creek, dacht ik zo. Ik had in afwachting van haar komst op de veranda rondgehangen.

Trot dribbelde om de auto heen, terwijl Bo en Dale hem ook van alle kanten bekeken. Hank tuurde naar binnen, waarschijnlijk op zoek naar de sleutels. Meneer en mevrouw Spruill bewonderden hem van een afstand.

Jimmy Dale keek aandachtig naar hen. 'Heuvelmensen?'

'Ja, ze komen uit Eureka Springs.'

'Aardige mensen?'

'De meesten wel,' zei Pappy.

'Wat doet die grote?'
'Dat weet je nooit.'
We hadden die ochtend in de kerk gehoord dat Samson uiteindelijk overeind was gekomen en uit de ring was gelopen. Hank had dus niet een nieuw slachtoffer aan zijn lijst toegevoegd. Dominee Akers had een uur lang over de zondigheid van de kermis gepreekt – gokken, vechten, wellust, vulgaire kledij, omgang met zigeuners, allerlei vunzigheid. Dewayne en ik hadden naar ieder woord geluisterd, maar onze namen werden niet genoemd.
'Waarom leven ze zo?' vroeg Stacy. Ze keek naar kamp Spruill. Haar scherpe woorden sneden als een mes door de lucht.
'Hoe zouden ze anders moeten leven?' vroeg Pappy. Ook hij was tot de conclusie gekomen dat hij niet veel van de nieuwe mevrouw Dale moest hebben. Ze zat als een vogeltje op de rand van een schommelstoel en keek neer op alles om haar heen.
'Kunt u ze niet aan huisvesting helpen?' vroeg ze.
Ik kon merken dat Pappy begon te koken.
'Trouwens, Buick geeft ons de kans om de auto te financieren. We betalen hem in vierentwintig maanden af.'
'O ja?' Mijn vader keek er nog steeds naar. 'Ik vind het zo ongeveer de mooiste auto die ik ooit heb gezien.'
Oma bracht een dienblad naar de veranda en serveerde hoge glazen ijsthee met suiker. Stacy weigerde. 'Thee met ijs,' zei ze. 'Dat is niets voor mij. Hebt u ook warme thee?'
Warme thee? Wie had ooit van zulke onzin gehoord?
'Nee, we drinken hier geen warme thee,' zei Pappy, die vanuit zijn schommelstoel nors naar Stacy keek.
'Nou, bij ons in Michigan drinken we geen thee met ijs,' zei ze.
'We zijn hier niet in Michigan,' snauwde Pappy terug.
'Wil je mijn tuin bekijken?' zei mijn moeder abrupt.
'Ja, dat is een goed idee,' zei Jimmy Dale. 'Ga maar, lief, Kathleen heeft de mooiste tuin van Arkansas.'
'Ik ga mee,' zei oma, in een poging het meisje van de veranda af te krijgen, weg van de discussie. De drie vrouwen verdwenen en Pappy wachtte net lang genoeg om te zeggen: 'Waar heb je háár in vredesnaam gevonden, Jimmy Dale?'
'Ze is een lief meisje, oom Eli,' antwoordde hij zonder veel overtuiging.
'Ze is een verrekte yankee.'

'Yankees vallen best mee. Ze zijn slim genoeg om uit de katoen te blijven. Ze wonen in mooie huizen met waterleiding, telefoon en televisie. Ze verdienen veel geld en ze bouwen goede scholen. Stacy heeft twee jaar gestudeerd. Bij haar thuis hebben ze al drie jaar televisie. Vorige week heb ik er nog de Indians en Tigers op gezien. Kun je dat geloven, Luke? Honkbal kijken op televisie?'
'Nee.'
'Nou, ik heb het gezien. Bob Lemon wierp voor de Indians. De Tigers stellen niet veel voor; ze staan weer op de laatste plaats.'
'Ik interesseer me niet zoveel voor de American League,' zei ik. Ik herhaalde woorden die ik mijn vader en grootvader mijn hele leven had horen zeggen.
'Wat een verrassing,' zei Jimmy Dale met een lachje. 'Hier spreekt een echte Cardinals-fan. Ik was vroeger ook zo, totdat ik naar het noorden ging. Ik ben dit jaar naar elf wedstrijden in het Tiger-stadion geweest, en de American League maakt je enthousiast. Twee weken geleden waren de Yankees in de stad; het stadion was uitverkocht. Ze hebben een nieuwe speler, Mantle. Mickey Mantle, beter dan iedereen die ik ooit heb gezien. Veel kracht, grote snelheid, slaat veel mis, maar als hij raak slaat, zie je de bal ook niet meer terug. Hij wordt een hele grote. En ze hebben Berra en Rizzuto.'
'En toch heb ik de pest aan ze,' zei ik, en Jimmy Dale lachte weer.
'Ga je nog steeds voor de Cardinals spelen?' vroeg hij.
'Nou en of.'
'Je wordt geen boer?'
'Nee.'
'Heel verstandig.'
Ik had de volwassenen over Jimmy Dale horen praten. Hij was er erg trots op dat hij de katoenstreek was ontvlucht en in het noorden een beter bestaan had opgebouwd. Hij mocht graag over zijn geld praten. Hij had een beter leven gevonden en wilde andere boerenjongens uit de katoenstreek graag advies geven.
Pappy vond dat boerenwerk het enige eerzame werk voor een man was, misschien met uitzondering van professioneel honkballen.
We dronken een tijdje van onze thee, en toen zei Jimmy Dale: 'Nou, hoe gaat het met de katoen?'
'Tot nu toe goed,' zei Pappy. 'We zijn bijna klaar met de eerste ronde.'
'En dan plukken we alles nog een keer,' zei mijn vader. 'Over een maand of zo zijn we waarschijnlijk klaar, afhankelijk van het weer.'

Tally verscheen uit de diepten van kamp Spruill. Ze had een handdoek of een andere doek bij zich. Ze liep met een wijde boog om de rode auto heen, waar haar familie nog gefascineerd naar stond te kijken. Ze zagen haar niet. Ik had plotseling geen zin meer om over honkbal, katoen en auto's en zo te praten, maar ik kon niet zomaar wegrennen. Het zou onbeleefd zijn om op zo'n manier van gezelschap weg te lopen, en bovendien zou mijn vader meteen iets vermoeden. En dus bleef ik zitten en zag ik Tally achter het huis verdwijnen.

'Hoe gaat het met Luther?' vroeg mijn vader.

'Goed,' zei Jimmy Dale. 'Ik heb hem in de fabriek gekregen. Hij verdient drie dollar per uur, vijftig uur per week. Luther heeft nog nooit zoveel geld bij elkaar gezien.'

Luther was ook een neef, ook een Chandler uit een verre tak. Ik had hem één keer ontmoet, op een begrafenis.

'Dus hij komt niet naar huis?' vroeg Pappy.

'Ik denk van niet.'

'Gaat hij met een yankee trouwen?'

'Dat heb ik hem niet gevraagd. Hij doet maar wat hij wil.'

Er volgde een stilte. De spanning nam weer wat af. Toen zei Jimmy Dale: 'Je kunt het hem niet kwalijk nemen dat hij daar blijft. Ik bedoel... nou, ze hebben hun boerderij verloren. Hij plukte hier katoen voor andere mensen en verdiende daarmee duizend dollar per jaar. Hij had geen rooie cent. En nu verdient hij zesduizend per jaar, plus een premie en pensioenrechten.'

'Is hij lid van de vakbond geworden?' vroeg mijn vader.

'Nou en of. Ik heb al onze jongens van hier in de vakbond gekregen.'

'Wat is een vakbond?' vroeg ik.

'Luke, ga eens bij je moeder kijken,' zei Pappy. 'Vooruit.'

Ik had weer eens een onschuldige vraag gesteld en daarom werd ik weggestuurd. Ik verliet de veranda en rende toen naar de achterkant van het huis, in de hoop Tally te zien. Maar ze was weg. Ze was natuurlijk naar de kreek gegaan om een bad te nemen – zonder haar trouwe wachter.

Oma was bij het tuinhekje. Ze leunde erop en keek naar mijn moeder en Stacy, die van plant tot plant gingen. Ik ging naast haar staan en ze streek door mijn haar. 'Pappy zei dat ze een verrekte yankee is,' zei ik zachtjes.

'Niet vloeken.'

'Ik vloek niet. Ik herhaal alleen maar wat hij zei.'
'Het zijn goede mensen. Ze zijn alleen anders.' Oma's gedachten waren elders. Soms praatte ze die zomer tegen me zonder dat ze me zag. Dan dwaalden haar vermoeide ogen af en verlieten haar gedachten onze boerderij.
'Waarom praat ze zo?' vroeg ik.
'Zij vindt dat wij raar praten.'
'O ja?'
'Natuurlijk.'
Dat kon ik niet begrijpen.
Een groene slang van nog geen dertig centimeter lang stak zijn kop uit de komkommerplanten en gleed toen razendsnel over een paadje recht op mijn moeder en Stacy af. Ze zagen hem tegelijk. Mijn moeder wees ernaar en zei rustig: 'Daar heb je een kleine groene slang.'
Stacy reageerde op een andere manier. Haar mond viel open, maar ze was zo geschrokken dat het even duurde voordat er geluid uit kwam. Toen stootte ze een kreet uit die tot bij de Latchers te horen was, een bloedstollende gil die veel angstaanjagender was dan zelfs de dodelijkste slang.
'Een slang!' gilde ze weer, terwijl ze achter mijn moeder sprong. 'Jimmy Dale! Jimmy Dale!'
De slang had abrupt halt gehouden en leek naar haar op te kijken. Het was maar een onschuldige kleine groene slang. Hoe kon iemand daar bang voor zijn? Ik rende door de tuin en pakte hem op, want ik dacht dat ik daar goed aan deed. Maar de aanblik van een kleine jongen die zo'n dodelijk wezen in zijn hand hield, was meer dan Stacy kon verdragen. Ze viel flauw en viel midden tussen de bonen. Intussen kwamen de mannen van de voorveranda aangerend.
Jimmy Dale tilde haar op en intussen probeerden wij uit te leggen wat er gebeurd was. Die arme slang hing er slap bij; ik dacht dat hij ook flauw was gevallen. Pappy grijnsde onwillekeurig toen we Jimmy Dale en zijn vrouw naar de achterveranda volgden, waar hij haar op een bank legde terwijl oma haar middeltjes ging halen.
Stacy kwam uiteindelijk bij. Haar gezicht was bleek en haar huid was klam. Oma stond met natte doeken en reukzout bij haar.
'Hebben ze geen slangen in Michigan?' fluisterde ik tegen mijn vader.
'Ik denk van niet.'
'Het was maar een kleine groene,' zei ik.

‘Goddank heeft ze geen rattenslang gezien. Dan zou ze dood zijn geweest.’
Mijn moeder kookte water en goot het in een kop met een theezakje. Stacy ging rechtop zitten en dronk de thee. Voor het eerst in de geschiedenis werd er op onze boerderij warme thee gedronken. Omdat ze alleen wilde zijn, gingen we naar de voorveranda terug, terwijl zij rustte.
Algauw waren de mannen bij de Buick. Ze hadden de motorkap omhooggedaan en bogen zich over de motor. Toen niemand op me lette, liep ik vanaf de veranda naar de achterkant van het huis, op zoek naar Tally. Ik verstopte me bij de silo, op een favoriete plek waar niemand me kon zien. Ik hoorde een motor starten, een soepel, krachtig geluid, en wist meteen dat het niet onze oude truck was. Ze gingen een eindje rijden, en ik hoorde mijn vader mijn naam roepen. Maar toen ik niet reageerde, gingen ze weg.
Ik gaf het op naar Tally uit te kijken en liep terug naar het huis. Stacy zat op een krukje onder een boom en keek verloren naar onze velden, haar armen over elkaar alsof ze erg ongelukkig was. De Buick was weg.
‘Ben je niet meegegaan?’ vroeg ze me.
‘Nee, mevrouw.’
‘Waarom niet?’
‘Gewoon niet.’
‘Heb je wel eens in een auto gezeten?’ Ze zei het spottend, en dus loog ik.
‘Nee, mevrouw.’
‘Hoe oud ben je?’
‘Zeven.’
‘Je bent zeven jaar en hebt nog nooit in een auto gezeten?’
‘Nee, mevrouw.’
‘Heb je ooit een televisie gezien?’
‘Nee, mevrouw.’
‘Heb je ooit een telefoon gebruikt?’
‘Nee, mevrouw.’
‘Ongelooflijk.’ Ze schudde vol weerzin met haar hoofd, en ik wilde dat ik bij de silo was gebleven. ‘Ga je naar school?’
‘Ja, mevrouw.’
‘Dat gelukkig nog wel. Kun je lezen?’
‘Ja, mevrouw. Ik kan ook schrijven.’
‘Ga je de middelbare school afmaken?’

'Nou en of.'
'Heeft je vader dat gedaan?'
'Ja.'
'En je grootvader?'
'Nee, mevrouw.'
'Ik dacht al van niet. Gaat er hier in de buurt iemand naar de universiteit?'
'Nog niet.'
'Wat bedoel je?'
'Mijn moeder zegt dat ik naar de universiteit ga.'
'Dat betwijfel ik. Hoe kunnen jullie dat betalen?'
'Mijn moeder zegt dat ik ga.'
'Je wordt later gewoon een arme katoenboer, net als je vader en grootvader.'
'Dat weet u niet,' zei ik. Ze schudde vol ergernis haar hoofd.
'Ik heb twee jaar gestudeerd,' zei ze erg trots.
Dat heeft je niet slimmer gemaakt, wilde ik zeggen. Er volgde een lange stilte. Ik wilde weggaan, maar wist niet hoe ik me op een beleefde manier uit het gesprek kon terugtrekken. Ze zat op die kruk in de verte te staren en bleek nog meer venijn achter de hand te hebben.
'Ik kan gewoon niet geloven dat jullie zo achterlijk zijn,' zei ze.
Ik keek naar mijn voeten. Met uitzondering van Hank Spruill had ik nooit iemand ontmoet aan wie ik zo'n hekel had als aan Stacy. Wat zou Ricky hebben gedaan? Die zou haar waarschijnlijk hebben uitgescholden, maar omdat ik dat niet kon maken, besloot ik gewoon weg te lopen.
De Buick kwam terug, met mijn vader achter het stuur. Hij parkeerde hem en alle volwassenen stapten uit. Jimmy Dale riep naar de Spruills dat ze een ritje konden maken. Hij zette Bo, Dale en Trot op de achterbank en Hank voorin, en daar gingen ze. Ze vlogen over onze zandweg, richting rivier.

Het was laat in de middag toen Jimmy Dale eindelijk iets over vertrekken zei. We zaten te wachten tot ze weggingen en ik was vooral bang dat ze bleven rondhangen voor het avondeten. Ik kon me niet voorstellen dat we aan tafel zouden zitten en probeerden te eten terwijl Stacy allemaal opmerkingen over ons voedsel en onze eetgewoonten maakte. Tot nu toe had ze afgegeven op alle andere aspecten van ons leven. Waarom zou ze daar niet mee doorgaan als we zaten te eten?
We liepen langzaam naar de Buick. Zoals gewoonlijk duurde het een

eeuwigheid voordat er afscheid genomen was.

Niemand had ooit haast als het tijd werd om weg te gaan. Iemand zei dat het laat begon te worden, en even later zei hij dat nog een keer, en dan maakte iemand de eerste beweging in de richting van de auto of truck en begon de eerste golf van afscheidswoorden. Er werden handen geschud, er werd omhelsd, er werden beloften gedaan. Het schoot pas een beetje op als de groep bij de auto was aangekomen, maar dan kwam de hele optocht tot stilstand omdat iemand zich nog een verhaal herinnerde. Nog meer omhelzingen, nog meer beloften om gauw terug te komen. Na veel moeite zaten de mensen die vertrokken veilig in hun auto, en dan staken degenen die hen uitgeleide deden hun hoofd naar binnen voor nog een rondje van afscheidswoorden. Misschien werd er gauw nog een verhaal verteld. Eindelijk werd de motor gestart, en dan reed de auto of truck langzaam achteruit, terwijl iedereen nog zwaaide.

Als het huis uit het zicht verdwenen was, zei iemand anders dan de bestuurder: 'Waarom zo'n haast?'

En iemand die in de voortuin stond en nog zwaaide, zei dan: 'Waarom hadden ze toch zo'n haast om weg te komen?'

Toen we eindelijk bij de auto waren aangekomen, fluisterde Stacy iets tegen Jimmy Dale. Hij draaide zich naar mijn moeder om en zei zachtjes: 'Ze moet naar de wc.'

Mijn moeder keek zorgelijk. Wij hadden niet echt een wc. Je ging naar het privaat, een houten hokje boven een diep gat, verborgen achter het gereedschapsschuurtje, halverwege tussen de achterveranda en de schuur.

'Kom maar mee,' zei mijn moeder tegen haar, en ze gingen weg. Jimmy Dale herinnerde zich plotseling een ander verhaal. Het ging over een jongen uit het dorp die naar Flint was gegaan en gearresteerd was wegens openbare dronkenschap buiten een bar. Ik kneep ertussenuit en liep door het huis. Toen sloop ik naar de achterveranda en rende tussen twee kippenhokken door naar een plaats waar ik mijn moeder met Stacy naar het privaat kon zien lopen. Ze bleef staan en keek ernaar en leek er bitter weinig voor te voelen om naar binnen te gaan. Maar ze had geen keus.

Mijn moeder liet haar alleen en ging terug naar de voortuin.

Ik kwam snel in actie. Zodra mijn moeder buiten gehoorsafstand was, klopte ik op de deur van het privaat. Ik hoorde een vage kreet en toen een wanhopig: 'Wie is daar?'

'Juffrouw Stacy, ik ben het, Luke.'
'Ik ben hier binnen!' zei ze. In de benauwende vochtigheid van het privaat klonken haar anders zo scherpe woorden gesmoord en gehaast. Het was donker daar binnen. Het enige licht kwam door de kleine spleten tussen de planken.
'Kom nog niet naar buiten!' zei ik met zoveel paniek als ik kon simuleren.
'Wat?'
'Er is hier een grote zwarte slang!'
'O, mijn god!' zuchtte ze. Ze zou weer flauw zijn gevallen, maar ze zat al.
'Stil!' zei ik. 'Anders weet hij dat u daar binnen bent.'
'Jezus nog aan toe!' zei ze met overslaande stem. 'Doe iets!'
'Dat kan ik niet. Hij is groot, en hij bijt.'
'Wat wil hij?' smeekte ze, alsof ze op het punt stond in tranen uit te barsten.
'Dat weet ik niet. Het is een schijtslang, hij hangt hier de hele tijd rond.'
'Ga Jimmy Dale halen!'
'Goed, maar kom niet naar buiten. De slang is bij de deur. Ik denk dat hij weet dat u daar binnen bent.'
'O, mijn god,' zei ze, en ze begon te huilen. Ik glipte tussen de kippenhokken terug en liep met een boog om de tuin aan de oostkant van het huis. Ik liep langzaam en geruisloos langs de heggen die de grens van ons perceel aangaven, totdat ik in een bosje kwam waar ik me kon verbergen en naar de voortuin kon kijken. Jimmy Dale stond tegen zijn auto geleund en vertelde een verhaal. Hij wachtte tot zijn jonge bruid klaar was met wat ze aan het doen was.
Het duurde en duurde maar. Mijn ouders, Pappy en oma luisterden en grinnikten om het ene verhaal na het andere. Soms keek een van hen in de richting van de achtertuin.
Ten slotte begon mijn moeder zich zorgen te maken en ging ze bij Stacy kijken. Even later waren er stemmen en rende Jimmy Dale op het privaat af. Ik verstopte me dieper in het bosje.

Het was bijna donker toen ik het huis binnenging. Ik had op een afstand toegekeken, en ik wist dat mijn moeder en oma eten aan het klaarmaken waren. Ik had al moeilijkheden genoeg; als ik ook nog te laat kwam voor het eten, zou de ellende niet te overzien zijn.

Ze zaten aan tafel en Pappy stond op het punt het voedsel te zegenen, toen ik vanaf de achterveranda binnenkwam en zwijgend ging zitten. Ze keken naar me, maar ik keek strak naar mijn bord. Pappy zei een vlug gebed en het eten werd rondgedeeld. Na een stilte die lang genoeg duurde om de spanning op te bouwen zei mijn vader: 'Waar ben je geweest, Luke?'

'Bij de kreek,' zei ik.

'Wat deed je daar?'

'Niets. Wat rondkijken.'

Dat klonk vrij verdacht, maar ze gingen er niet op in. Toen alles rustig was, zei Pappy met perfecte timing en met iets duivels in zijn stem: 'Heb je daar bij de kreek nog schijtslangen gezien?'

Hij kreeg de woorden er nauwelijks uit, voordat hij in de lach schoot. Ik keek de tafel rond. Oma's kaken waren op elkaar geklemd alsof ze vastbesloten was om niet te glimlachen. Mijn moeder hield een servetje voor haar mond, maar haar ogen verrieden haar; ze wilde ook lachen. Mijn vader had een grote hap van iets in zijn mond en zag kans om daarop te kauwen en zijn gezicht in de plooi te houden.

Maar Pappy bulderde het op een gegeven moment uit. Hij deed dat aan het eind van de tafel, terwijl de anderen hun uiterste best deden om zich te beheersen. 'Dat was een goeie, Luke!' wist hij uit te brengen toen hij even zijn adem inhield. 'Haar verdiende loon.'

Ik lachte nu eindelijk ook, maar niet om mijn eigen daden. Ik vond het een grappig gezicht dat Pappy zo hard lachte terwijl de drie anderen zo braaf hun best deden om zich in te houden.

'Zo is het wel genoeg, Eli,' zei oma, die eindelijk haar kaken durfde te bewegen.

Ik nam een grote hap erwten en keek naar mijn bord. Het werd weer rustig en we zaten een tijdje zwijgend te eten.

Na het eten liep mijn vader met me naar het gereedschapsschuurtje. Aan de deur daarvan had hij een wandelstok hangen, een stok die hij zelf had gesneden en glad geschuurd had. Die stok was voor mij gereserveerd.

Ik had geleerd mijn straf als een man te ondergaan. Huilen was verboden, in elk geval openlijk. Op die afschuwelijke momenten voelde ik me altijd geïnspireerd door Ricky. Ik had gruwelverhalen gehoord over de pakken slaag die hij van Pappy had gekregen, en volgens zijn ouders en de mijne had hij nooit gehuild. Toen Ricky een kind was,

was elk pak slaag een uitdaging voor hem.
'Dat was heel gemeen, wat je met Stacy hebt gedaan,' begon mijn vader. 'Ze was te gast op onze boerderij en ze is getrouwd met je neef.'
'Ja, pa.'
'Waarom deed je het?'
'Omdat zij zei dat wij dom en achterlijk waren.' Een beetje verfraaiing kon geen kwaad.
'O ja?'
'Ja. Ik mocht haar niet. Niemand hier in huis mocht haar.'
'Dat kan wel zijn, maar toch moet je respect hebben voor ouderen. Hoeveel slagen denk je dat het waard is?' Misdaad en boete werden altijd vooraf besproken. Als ik me vooroverboog, wist ik altijd precies hoeveel slagen ik zou krijgen.
'Eén,' zei ik. Dat was mijn gebruikelijke beoordeling.
'Ik denk twee,' zei hij. 'Nou, en dat lelijke woord?'
'Ik vind het niet zo lelijk,' zei ik.
'Je gebruikte een woord dat onaanvaardbaar is.'
'Ja, pa.'
'Hoeveel slagen daarvoor?'
'Eén.'
'Zijn we het dan eens over drie in totaal?' vroeg hij. Omdat hij me nooit sloeg als hij kwaad was, was er meestal wel een beetje ruimte voor onderhandeling. Drie leek me redelijk, maar ik probeerde er altijd wat vanaf te krijgen. Per slot van rekening was ik degene die het moest ondergaan. Waarom zou ik niet afdingen?
'Twee lijkt me redelijker,' zei ik.
'Het is drie. Buig je voorover.'
Ik slikte, zette mijn tanden op elkaar, draaide me om, bukte me en pakte mijn enkels vast. Hij sloeg drie keer met de wandelstok op mijn achterste. Het deed wel pijn, maar hij was niet erg gemotiveerd. Ik had het wel erger te verduren gehad.
'En nu meteen naar bed,' zei hij, en ik rende naar het huis.

20

Nu Hank tweehonderdvijftig dollar van Samsons geld in zijn zak had, had hij nog minder zin om katoen te plukken. 'Waar is Hank?' vroeg papa aan meneer Spruill toen we op maandagmorgen de zakken pakten en aan ons werk begonnen. 'Die slaapt nog, denk ik,' was het abrupte antwoord, en verder werd er op dat moment niets gezegd.

Hij kwam in de loop van de ochtend de velden in. Ik wist niet precies wanneer, want ik was helemaal aan het eind van een rij katoen, maar algauw hoorde ik stemmen en wist ik dat er weer oorlog onder de Spruills was uitgebroken.

Een uur of zo voor het middageten begon de lucht te betrekken en stak er een lichte bries uit het westen op. Toen de zon verdween, hield ik op met plukken en bestudeerde ik de wolken. Honderd meter van me vandaan zag ik Pappy hetzelfde doen, zijn handen op zijn heupen, zijn strohoed schuin, zijn gezicht zorgelijk naar boven gericht. De wind werd krachtiger en de lucht donkerder, en algauw was de warmte weg. Al onze stormen en regens kwamen van de kant van Jonesboro. Ze noemden het daar Tornado Alley.

Eerst kwam er hagel, kleine, harde korreltjes, en ik rende naar de tractor. De lucht in het zuidwesten was donkerblauw, bijna zwart, en de lage bewolking kwam dreigend op ons af. De Spruills liepen vlug langs hun rijen, allemaal op weg naar de wagen. De Mexicanen renden naar de schuur.

Ik zette het ook op een lopen. De hagel prikte in mijn nek en spoorde me aan om nog harder te lopen. De wind joelde door de bomen langs de rivier en duwde de katoenstruiken opzij. Ergens achter me knetterde de bliksem, en ik hoorde een van de Spruills, waarschijnlijk Bo, een schreeuw geven.

'We moeten niet bij de katoenwagen gaan staan,' zei Pappy toen ik daar aankwam. 'Niet met die bliksem.'

'We kunnen beter naar huis gaan,' zei mijn vader.

We klauterden allemaal vlug op de platte wagen, en net toen Pappy de tractor aan het keren was, sloeg de bui in volle razernij toe. De regen was koud en scherp, en viel schuin omlaag in de harde wind. We waren meteen doorweekt. Als ik in de kreek was gesprongen, zou ik niet natter zijn geweest.

De Spruills zaten dicht tegen elkaar aan, met Tally in het midden. Mijn vader, die dicht bij me zat, drukte me tegen zijn borst, alsof de wind me anders misschien zou meevoeren. Mijn moeder en oma waren kort voordat de onweersbui was komen opzetten uit de velden vertrokken.

De regen kwam in golven op ons af en was zo hevig dat ik de rijen katoen bijna niet meer kon zien, al stonden die maar een meter of zo van me vandaan. 'Schiet op, Pappy!' zei ik steeds weer. Het noodweer maakte zoveel lawaai dat ik het vertrouwde geluid van de tractormotor niet eens kon horen. De bliksem knetterde weer, ditmaal veel dichterbij, zo dichtbij dat mijn oren er pijn van deden. Ik dacht dat we dood zouden gaan.

Het duurde een eeuwigheid tot we bij het huis waren, maar toen we daar aankwamen, hield het plotseling op met regenen. De lucht was nu nog donkerder, zwart in alle richtingen. 'Het is een tornado!' riep meneer Spruill toen we net bezig waren van de wagen te komen. In het westen, ver voorbij de rivier en hoog boven de bomen, wees een smalle, trechtervormige wolk omlaag. Hij was lichtgrijs, stak bijna wit tegen de zwarte hemel af, en hij werd groter en luidruchtiger naarmate hij langzaam dichterbij kwam. Hij was nog een paar kilometer naar het westen, en omdat hij zo ver weg was, leek hij niet zo gevaarlijk.

Wervelstormen komen in ons deel van Arkansas veel voor. Ik had er mijn hele leven verhalen over gehoord. Tientallen jaren geleden had oma's vader volgens de verhalen een afschuwelijke tornado overleefd, een storm die in kringen rondging en hun kleine boerderij telkens weer trof. Het was een sterk verhaal en oma vertelde het met niet veel

overtuiging. Tornado's hoorden bij het leven, maar tot nu toe had ik er nooit een gezien.
'Kathleen!' riep mijn vader naar het huis. Hij wilde niet dat mijn moeder zo'n schouwspel miste. Ik keek naar de schuur, waar de Mexicanen nog net zo verbijsterd waren als wij. Twee van hen wezen naar de lucht.
Zwijgend en gefascineerd keken we naar de tornado, zonder angst, want hij was niet in de buurt van onze boerderij en trok naar het noordoosten weg. Hij bewoog zich langzaam, alsof hij op zoek was naar de perfecte plaats om neer te strijken. Zijn staart was duidelijk zichtbaar boven de horizon, ver boven het land, en hij huppelde als het ware door de lucht, danste soms heen en weer alsof hij aan het zoeken was. De grote massa van de trechter draaide strak rond, een volmaakte omgekeerde kegel die wervelend rondtolde.
De hordeur klapte achter ons dicht. Mijn moeder en oma stonden op de trap en veegden allebei hun handen af aan een theedoek.
'Hij gaat naar het dorp,' zei Pappy met veel gezag, alsof hij kon voorspellen waar wervelstormen zouden toeslaan.
'Ik denk het,' zei mijn vader, plotseling ook meteoroloog.
De staart van de tornado ging omlaag en verplaatste zich niet meer. Het leek erop dat hij inderdaad ergens niet ver van ons vandaan was neergestreken, want we konden het uiteinde niet meer zien.
De kerk, de ontkorrelinstallatie, de bioscoop, de kruidenierszaak van Pop en Pearl – ik was de schade al aan het opmaken toen de tornado plotseling omhoogkwam en helemaal leek te verdwijnen.
Achter ons was een ander gebulder te horen. Aan de overkant van de weg, diep in het land van de Jeters, was een andere tornado komen opzetten. Die had ons beslopen terwijl we naar de eerste keken. Hij was een kilometer of drie van ons vandaan en ging zo te zien recht op ons huis af. We keken verschrikt toe. Een paar tellen konden we geen vin verroeren.
'Laten we de schuur in gaan!' schreeuwde Pappy. Een stuk of wat Spruills renden al naar hun kamp, alsof ze in een tent veilig zouden zijn.
'Daarheen!' schreeuwde meneer Spruill, en hij wees naar de schuur. Iedereen schreeuwde, wees en rende in het rond. Mijn vader greep mijn hand vast en we renden naar de schuur. De grond schudde en de wind gierde. De Mexicanen stoven alle kanten op: sommigen leek het beter zich in de velden te verbergen, anderen gingen naar ons huis, tot

ze ons naar de schuur zagen rennen. Hank vloog me voorbij, met Trot op zijn rug. Tally kon ook harder lopen dan wij.

Voordat we bij de schuur waren, maakte de tornado zich los van de grond en ging snel de lucht in. Pappy bleef staan kijken, en toen deed iedereen dat. De trechter bewoog zich enigszins naar het oosten van onze boerderij, en in plaats van ons frontaal aan te vallen liet hij alleen een regen van bruin modderwater achter. We zagen hem door de lucht tollen, op zoek naar een andere plaats om neer te strijken, net als de eerste.

Een paar minuten lang waren we te verbaasd en te bang om veel te zeggen.

Ik keek naar de bewolking in alle richtingen, vastbesloten om me niet nog eens te laten overvallen. Ik was niet de enige die in het rond keek. Toen begon het weer te regenen. We gingen naar het huis.

De storm woedde twee uur lang en gooide bijna alles uit het arsenaal van de natuur naar ons toe: wind met stormkracht, oogverblindende regen, tornado's, hagelbuien en een bliksem zo snel en zo dichtbij dat we soms onder onze bedden wegkropen. De Spruills zochten hun toevlucht in onze huiskamer, terwijl wij ineengedoken in de rest van het huis zaten. Mijn moeder hield me dicht bij zich. Ze was doodsbang voor onweer, en dat maakte het allemaal nog veel erger dan het al was. Ik wist niet precies hoe we zouden sterven – weggevoerd door de wind of verzengd door een bliksemschicht of meegesleurd door het water –, maar het was me volkomen duidelijk dat het einde was aangebroken. Mijn vader daarentegen lag het grootste deel van de tijd te slapen. Zijn onverschilligheid was een grote geruststelling. Hij had in schuttersputjes geleefd en was door de Duitsers beschoten, dus hij was nergens meer bang voor. Wij drieën lagen op de vloer van hun slaapkamer – mijn vader snurkend, mijn moeder biddend, en ik in het midden, luisterend naar de geluiden van het onweer. Ik dacht aan Noach en zijn veertig dagen van regen, en ik wachtte tot ons huisje gewoon omhoog zou komen en zou gaan drijven.

Toen de regen en wind eindelijk voorbij waren, gingen we naar buiten om de schade op te nemen. Afgezien van natte katoen was er verrassend weinig schade: een paar afgewaaide boomtakken, ondergelopen greppels en kapotgescheurde tomatenplanten in de tuin. De katoen zou de volgende morgen droog zijn, en dan konden we weer aan het werk.

Onder het verlate middageten zei Pappy: 'Ik denk dat ik maar eens bij de ontkorrelinstallatie ga kijken.' We wilden erg graag naar het dorp. Als het nu eens door de tornado was platgegooid?
'Ik wil bij de kerk kijken,' zei oma.
'Ik ook,' zei ik.
'Waarom wil jij bij de kerk kijken?' vroeg mijn vader.
'Ik wil zien of de tornado hem te pakken heeft gekregen.'
'Laten we gaan,' zei Pappy, en we sprongen van onze stoelen. De borden werden in de gootsteen opgestapeld en vuil achtergelaten, iets wat ik nog nooit had meegemaakt.
Onze weg was niets dan modder en hier en daar waren grote stukken weggespoeld. We gleden en glibberden een paar honderd meter verder tot we bij een krater kwamen. Pappy schakelde terug naar de eerste versnelling en probeerde door de greppel aan de linkerkant te ploegen, naast de katoen van de Jeters. De truck stopte en bleef staan, en we zaten hopeloos vast. Terwijl wij in de truck bleven wachten, liep mijn vader naar het huis terug om de John Deere te halen. Zoals gewoonlijk zat ik achter in de truck en had ik dus genoeg ruimte. Mijn moeder zat voorin met Pappy en oma. Ik geloof dat oma degene was die opmerkte dat het misschien toch niet zo'n goed idee was om naar het dorp te gaan. Pappy zat zich alleen maar kwaad te maken.
Toen mijn vader terugkwam, haakte hij een zeven meter lange sleepketting achter de voorbumper en trok hij ons langzaam uit de greppel. De mannen hadden besloten dat het beter was als de tractor ons helemaal tot aan de brug sleepte. Toen we daar aankwamen, maakte Pappy de ketting los en reed mijn vader met de tractor naar de overkant. Daarna staken we met de truck over. De weg aan de andere kant was volgens de mannen nog erger, en dus maakten ze de ketting weer vast. De tractor trok de truck nog drie kilometer, tot we bij de grindweg kwamen. Daar lieten we de John Deere staan om onze weg naar het dorp te vervolgen, als er tenminste nog een dorp was. Alleen God wist wat ons daar voor ravage te wachten stond. Ik kon mijn opwinding nauwelijks verbergen.
Ten slotte kwamen we bij de grote weg, en toen we richting Black Oak gingen, lieten we een lang spoor van modder op het asfalt achter. Waarom waren niet alle wegen verhard? vroeg ik me af.
Toen we daar reden, leek alles normaal. Geen platgegooide bomen of katoenvelden, geen wrakstukken die in het rond lagen, geen grote gaten in het landschap. Alle huizen leken intact. Er was niemand in de

velden, omdat de katoen nat was, maar afgezien daarvan was het leven niet verstoord.

Toen ik daar achter in de truck stond en met mijn vader over de cabine naar voren keek, tuurde ik in de verte om de eerste glimp van het dorp op te vangen. Die kwam algauw. De ontkorrelmachines bulderden zoals gewoonlijk. God had de kerk beschermd. De winkels aan Main Street waren intact. 'Goddank,' zei mijn vader. Ik vond het mooi dat de gebouwen het noodweer hadden overleefd, maar het had interessanter kunnen zijn.

Wij waren niet de enige nieuwsgierigen. Er was veel verkeer in Main Street en er liepen veel mensen op de trottoirs. Voor een maandag was dat heel bijzonder. We parkeerden bij de kerk, en zodra we hadden geconstateerd dat die niet geraakt was, ging ik vlug naar de winkel van Pop en Pearl, waar het extra druk bleek te zijn vanwege de voetgangers. Red Fletcher vertelde zijn belevenissen aan een groep mensen, en ik kwam daar nog net op tijd aan.

Volgens Red, die ten westen van het dorp woonde, had hij geweten dat er een wervelstorm zou komen, omdat zijn oude beagle zich onder de keukentafel verstopte, een erg onheilspellend teken. Toen Red de hond dat zag doen, keek hij naar de lucht, en het verbaasde hem niet dat die algauw zwart werd. Hij hoorde de tornado voordat hij hem zag. De slurf kwam uit het niets opzetten, ging recht op zijn boerderij af en bleef daar lang genoeg om twee kippenhokken plat te gooien en het dak van zijn huis te rukken. Een stuk glas bracht zijn vrouw een bloedende wond toe. We hadden nu dus een echt slachtoffer. Achter me hoorde ik mensen opgewonden fluisteren dat ze naar de boerderij van de Fletchers wilden rijden om de verwoesting te bekijken.

'Hoe zag het eruit?' vroeg iemand.

'Zwart als houtskool,' zei Red. 'Het klonk als een goederentrein.'

Dit maakte het nog opwindender, want onze tornado's waren lichtgrijs, bijna wit, geweest. Die van hém was zwart geweest. Blijkbaar waren er allerlei tornado's over onze streek getrokken.

Mevrouw Fletcher verscheen naast hem, haar arm in dik verband en in een mitella, en we staarden daar onwillekeurig naar. Ze zag eruit alsof ze ieder moment op het trottoir in elkaar kon zakken. Ze liet haar wond zien en kreeg veel bekijks, totdat Red besefte dat hij zijn publiek had verloren en naar voren stapte om verder te gaan met zijn verhaal. Hij zei dat zíjn tornado was opgestegen en was begonnen rond te dansen. Hij was in zijn truck gesprongen en had geprobeerd hem te volgen. Hij had hem achtervolgd door een slaande hagelbui en had hem bijna te pakken gekregen toen hij met een boog omkeerde. Reds truck was ouder dan die van Pappy. Sommige toehoorders keken ongelovig om zich heen. Ik wilde dat een van de volwassenen zou vragen: 'Wat had je gedaan als je hem had ingehaald, Red?' Hoe dan ook, hij zei dat hij de achtervolging algauw had opgegeven en naar huis was teruggegaan om mevrouw Fletcher te verzorgen. Toen hij zíjn tornado voor het laatst had gezien, ging die regelrecht op het dorp af.

Pappy vertelde me later dat Red Fletcher ook nog zou liegen als de waarheid beter zou klinken.

Er werd die middag in Black Oak veel gelogen, of misschien werd er alleen maar veel overdreven. Er werden verhalen over wervelstormen verteld en nogmaals verteld, van het ene eind van Main Street tot het andere. Voor de Co-op beschreef Pappy wat wij hadden gezien, en hij hield zich grotendeels aan de feiten. Het verhaal van de twee tornado's trok ieders aandacht, totdat Dutch Lamb naar voren kwam en beweerde dat hij er drie had gezien! Zijn vrouw bevestigde dat en Pappy ging terug naar de truck.

Toen we het dorp uit reden, was het een wonder dat er niet honderden mensen waren omgekomen.

Tegen de avond was de laatste bewolking verdwenen, maar de hitte kwam niet terug. Na het eten zaten we op de veranda en wachtten we op de Cardinals. De lucht was helder en licht – het eerste teken van de herfst.

Er moesten nog zes wedstrijden worden gespeeld, drie tegen de Reds en drie tegen de Cubs, allemaal thuis in Sportman's Park, maar omdat de Dodgers zeven wedstrijden voor lagen, was het seizoen eigenlijk al voorbij. Stan Musial was nummer één als slagman en had ook meer slagen en tweehonkslagen dan ieder ander op zijn naam staan. De Cardinals zouden geen kampioen worden, maar we hadden nog steeds de beste speler uit de competitie. Toen de jongens na een wedstrijd in Chicago op de terugweg naar St. Louis waren, waren ze in opperbeste stemming, tenminste volgens Harry Caray, die vaak groeten en roddelverhalen doorgaf alsof alle spelers bij hem in huis woonden.

Musial sloeg een honkslag en een driehonkslag, en na negen innings was het 3-3. Het was laat, maar we waren niet moe. Het noodweer had ons van de velden verdreven en nu genoten we van de koelte. De Spruills zaten bij een vuurtje. Ze praatten zachtjes en genoten van de ogenblikken zonder Hank. Hij ging er na het avondeten vaak vandoor.

Aan het begin van de tiende inning sloeg Red Schoendienst een honkslag, en toen Stan Musial aan slag was, werden de supporters helemaal wild, tenminste volgens Harry Caray, die, zoals Pappy zei, vaak naar de ene wedstrijd keek en de andere beschreef. Er waren minder dan tienduizend toeschouwers; we konden merken dat er niet veel publiek was. Maar Harry maakte genoeg herrie voor de andere twintigduizend. Na honderdachtenveertig wedstrijden was hij nog net zo opgewonden als op de eerste dag van het seizoen. Musial sloeg een tweehonkslag, zijn derde treffer van de wedstrijd, zodat Schoendienst binnenkwam en de wedstrijd met winst werd afgesloten.

Een maand eerder zouden we op de voorveranda met Harry mee hebben gejuicht. Ik zou langs de honken in de voortuin zijn gerend en naar het tweede honk zijn gegleden, net als Stan. Na zo'n dramatische overwinning zouden we tevreden naar bed zijn gegaan, al zou Pappy nog steeds de coach willen ontslaan.

Maar het lag nu anders. Deze overwinning had weinig te betekenen. Het seizoen liep op zijn eind en de Cardinals kwamen niet verder dan de derde plaats. De voortuin werd in beslag genomen door de Spruills. De zomer was voorbij.

Pappy zette de radio uit en we hoorden Harry's stem wegsterven. 'Baumholtz krijgt hem nooit meer te pakken,' zei Pappy. Frankie Baumholtz van de Cubs lag zes punten op Musial achter in de race om de titel van beste slagman.

Mijn vader bromde instemmend. De mannen waren onder de wedstrijd stiller geweest dan anders. Het noodweer en de koelte hadden hen als een ziekte getroffen. De zomer ging over in de herfst, maar meer dan de helft van de katoen stond nog op het veld. We hadden zeven maanden bijna volmaakt weer gehad; nu brak er verandering aan.

21

De herfst duurde nog geen vierentwintig uur. Tegen de middag van de volgende dag was de hitte terug. De katoen was droog, de grond was hard en alle aangename gedachten aan koele dagen en neerdwarrelende bladeren waren vergeten. We waren naar de rivieroever teruggekeerd om aan de tweede plukronde te beginnen. Misschien zou er later in de herfst nog een derde pluk komen, een 'kerstpluk', zoals dat heette, waarin de laatste resten katoen werden verzameld. De heuvelmensen en de Mexicanen zouden dan allang weg zijn.

Het grootste deel van de dag bleef ik dicht bij Tally en werkte ik hard om haar bij te houden. Om de een of andere reden gedroeg ze zich terughoudend, en ik wilde erg graag weten waarom. Bij de Spruills heerste een gespannen sfeer. Er werd in het veld niet meer gezongen of gelachen en ze wisselden nog maar erg weinig woorden. Hank kwam in de loop van de ochtend naar het werk en begon in een rustig tempo te plukken. Zo te zien gingen de andere Spruills hem uit de weg.

Laat in de middag sleepte ik me terug naar de katoenwagen – voor de laatste keer, hoopte ik. Het was een uur voordat we zouden stoppen en ik keek uit naar mijn moeder. In plaats daarvan zag ik Hank met Bo en Dale aan het andere eind van de wagen zitten. Ze wachtten in de schaduw tot Pappy of mijn vader hun katoen woog. Ik dook tussen de katoenstruiken zodat ze me niet zouden zien. Pas als ik vriendelijker stemmen hoorde, zou ik tevoorschijn komen.

Zoals gewoonlijk sprak Hank met luide stem. 'Ik ben het zat om katoen te plukken,' zei hij. 'Het komt me de strot uit! En dus dacht ik aan ander werk, en ik weet misschien een nieuwe manier om geld te verdienen. Veel geld. Ik ga achter die kermis aan, van dorp tot dorp. Ik hou me op de achtergrond, terwijl die Samson en zijn vrouw het geld binnenhalen. Ik wacht tot ze een heleboel hebben. Ik kijk hoe hij die heikneuters uit de ring gooit, en dan, laat op de avond, als hij moe is, spring ik uit het niets tevoorschijn. Ik leg vijftig dollar neer, sla hem weer tegen de vlakte en ga er met al zijn geld vandoor. Als ik dat één keer in de week doe, verdien ik tweeduizend dollar per maand, vierentwintigduizend dollar per jaar. Allemaal in het handje. Ik word rijk.'

Er klonk spot in zijn stem door en Bo en Dale lachten al voordat hij klaar was met zijn verhaal. Zelfs ik moest toegeven dat het grappig was.

'En als Samson er genoeg van krijgt?' vroeg Bo.

'Meen je dat nou? Hij is de sterkste worstelaar ter wereld, regelrecht uit Egypte. Samson is voor niemand bang. Hé, misschien neem ik zijn vrouw ook. Ze zag er goed uit, nietwaar?'

'Dan moet je hem nu en dan wel laten winnen,' zei Bo. 'Anders wil hij niet tegen je vechten.'

'Het lijkt me wel wat om zijn vrouw te nemen,' zei Dale. 'Ze had mooie benen.'

'Voor de rest was ze ook niet slecht,' zei Hank. 'Wacht, ik heb het! Ik jaag hem weg en word de nieuwe Samson! Ik laat mijn haar groeien tot mijn reet, verf het zwart, koop zo'n luipaardbroekje, ga gek praten, en die stomme boerenkinkels denken dat ik ook uit Egypte kom. Delilah zal niet met haar handen van me af kunnen blijven.'

Ze lachten hard en langdurig, en hun pret was aanstekelijk. Ik grinnikte bij de gedachte dat Hank in een korte broek door de ring zou stappen en de mensen wijsmaakte dat hij uit Egypte kwam. Maar hij was te dom om een showman te worden. Hij zou mensen pijn doen, en dan wilde niemand meer tegen hem vechten.

Pappy kwam aan bij de wagen en begon de katoen te wegen. Mijn moeder kwam ook en fluisterde me toe dat ze klaar was om naar huis te gaan. Ik ook. We liepen samen het hele eind naar huis, zwijgend, blij dat de dag bijna voorbij was.

Het verven van het huis was verdergegaan. We zagen het vanuit de tuin, en toen we het van dichterbij bekeken, zagen we dat onze schil-

der – Trot, namen we nog steeds aan – inmiddels tot de vijfde plank van onderen was gevorderd en de eerste verflaag op een vlak ter grootte van een klein raam had aangebracht. Mijn moeder raakte voorzichtig een plank aan; de verf plakte aan haar vinger.
'Hij is vers,' zei ze. Ze keek naar de voortuin, maar zoals gewoonlijk was Trot nergens te bekennen.
'Denk je nog steeds dat hij het is?' vroeg ik.
'Ja.'
'Hoe komt hij dan aan die verf?'
'Tally koopt die voor hem, van haar plukgeld.'
'Wie heeft je dat verteld?'
'Ik heb het mevrouw Foley van de ijzerwinkel gevraagd. Ze zei dat een invalide jongen uit de heuvels en zijn zus twee liter witte hoogglansverf en een kleine kwast hebben gekocht. Ze vond dat vreemd: heuvelmensen die verf kochten.'
'Hoeveel kun je met twee liter verven?'
'Niet erg veel.'
'Ga je het Pappy vertellen?'
'Ja.'
We liepen vlug door de tuin en verzamelden alleen het hoognodige: tomaten, komkommers en twee rode pepers die haar ineens opvielen. De rest van de plukkers zou straks uit de velden komen en ik was benieuwd naar het vuurwerk dat zou losbarsten als Pappy hoorde dat zijn huis geverfd werd.
Een paar minuten later werd er buiten gefluisterd en gepraat. Om me erbuiten te houden had mijn moeder me opdracht gegeven komkommers te snijden in de keuken. Terwijl mijn moeder kookte, luisterde oma naar het nieuws op de radio. Op een gegeven moment liepen mijn vader en Pappy naar de oostkant van het huis om naar Trots werk te kijken.
Toen kwamen ze de keuken in, waar we aan tafel gingen en het voedsel zegenden en begonnen te eten. We zeiden bijna geen woord en spraken alleen over het weer. Als Pappy zich kwaad maakte omdat zijn huis werd geverfd, liet hij daar niets van blijken. Misschien was hij gewoon te moe.
De volgende ochtend hield mijn moeder me nog even thuis en was ze zo lang mogelijk in huis aan het werk. Ze waste de ontbijtboel af en waste ook wat kleren, en we keken samen in de voortuin. Oma was naar de katoen gegaan, maar mijn moeder en ik bleven achter. We

deden klusjes en zorgden dat we iets om handen hadden.
Trot was nergens te zien. Hij was uit de voortuin verdwenen. Hank kwam om een uur of acht uit een tent gestrompeld en gooide blikjes en kannen om tot hij de overgebleven koeken vond. Hij at tot er niets meer over was, liet toen een boer en keek naar ons huis alsof hij overwoog bij ons binnen naar eten te gaan zoeken. Uiteindelijk slenterde hij langs de silo naar de katoenwagen.
We wachtten af, glurend door de ramen aan de voorkant. Trot liet zich nog niet zien. Ten slotte gaven we het op en liepen naar de velden. Toen mijn moeder drie uur later terugkwam om het middageten klaar te maken, zat er weer een beetje verse verf op de planken onder het raam van mijn kamer. Trot was langzaam bezig naar de achterkant van het huis toe te verven. Zijn werk werd beperkt doordat hij niet bij de hogere planken kon komen en doordat hij niet gezien wilde worden. Als hij zo doorging, zou hij ongeveer de helft van de oostkant af hebben wanneer de Spruills hun spullen bij elkaar pakten en naar de heuvels terugkeerden.

Na drie dagen van vrede en hard werken was het tijd voor een nieuw conflict. Miguel ontmoette Pappy na het ontbijt bij de tractor en ze liepen in de richting van de schuur, waar een paar van de andere Mexicanen stonden te wachten. In het halfduister van de vroege ochtend liep ik achter ze aan, ver genoeg om onopgemerkt te blijven maar nog wel zo dichtbij dat ik alles kon horen. Luiz zat met gebogen hoofd op een boomstronk. Blijkbaar mankeerde hij iets. Pappy bekeek hem aandachtig. Hij had een of andere verwonding opgelopen.
Miguel legde in snel, gebroken Engels uit dat iemand die nacht aardkluiten naar de schuur had gegooid. De eerste kluit was tegen de zijkant van de hooizolder gekomen toen de Mexicanen net waren gaan slapen. Het klonk als een geweerschot – er rammelden planken en het was of de hele schuur heen en weer schudde. Een paar minuten later sloeg er weer een aardkluit tegen de schuur. En toen nog een. Zo verstreken zo'n tien minuten, en ze dachten dat het misschien voorbij was, maar toen kwam er weer een, ditmaal op het metalen dak recht boven hun hoofd. Ze waren kwaad en bang, en konden niet slapen. Door de spleten in de schuur keken ze naar het katoenveld achter de schuur. Hun belager zat daar ergens diep in de katoen, onzichtbaar in de zwarte duisternis van de nacht, verscholen als een lafaard.
Luiz had langzaam het zolderluik opengemaakt om het beter te kun-

nen zien, en toen hij dat deed, kwam er een projectiel midden in zijn gezicht terecht. Het was een steen van de weg voor ons huis. Degene die ermee had gegooid, had hem bewaard tot hij de kans kreeg om hem naar een van de Mexicanen te gooien. Aardkluiten kon je goed gebruiken om lawaai te maken, maar als je iemand wilde verwonden, moest je een steen nemen.

Luiz' neus was gebroken en tot twee keer de normale grootte opgezwollen. Pappy riep tegen mijn vader dat hij oma moest halen.

Miguel ging verder met het verhaal. Toen ze Luiz hadden verzorgd en enigszins comfortabel hadden neergelegd, begon de bekogeling opnieuw. Telkens kwam er na ongeveer tien minuten, als ze net weer tot rust begonnen te komen, een nieuw salvo uit de duisternis. Ze keken aandachtig door de spleten maar zagen geen beweging in het veld. Het was gewoon te donker om iets te zien. Ten slotte kreeg hun belager genoeg van zijn spelletje en hield hij ermee op. De meesten van hen hadden onrustig geslapen.

Oma kwam aanlopen en nam de leiding. Pappy liep binnensmonds vloekend weg. Ik verkeerde in tweestrijd tussen twee dramatische gebeurtenissen: wilde ik zien hoe oma Luiz behandelde of wilde ik Pappy stoom horen afblazen?

Ik volgde Pappy naar de tractor, waar hij iets tegen mijn vader gromde wat ik niet kon verstaan. Toen ging hij naar de platte wagen, waarop de Spruills, nog half slapend, zaten te wachten.

'Waar is Hank?' snauwde hij tegen meneer Spruill.

'Die slaapt nog, denk ik.'

'Gaat hij vandaag werken?' Pappy's woorden klonken scherp.

'Vraagt u het hem zelf maar,' zei meneer Spruill, die opstond om Pappy recht aan te kunnen kijken.

Pappy kwam een stap dichterbij. 'De Mexicanen konden vannacht niet slapen omdat er iemand aardkluiten tegen de schuur gooide. Enig idee wie dat was?'

Mijn vader, die niet zo'n heethoofd was, probeerde tussen de twee mannen in te gaan staan.

'Nee. Beschuldigt u iemand?' vroeg meneer Spruill.

'Ik weet het niet,' zei Pappy. 'Alle anderen werken hard, slapen diep, zijn 's avonds doodmoe. Iedereen, behalve Hank. Volgens mij is hij de enige die genoeg tijd heeft om zoiets te doen. En het is typisch zo'n stommiteit die Hank zou begaan.'

'Ik zal met hem praten,' zei meneer Spruill, een beetje milder, alsof hij

wist dat Hank waarschijnlijk de schuldige was. Zijn kin ging een centimeter of vijf omlaag en hij keek mevrouw Spruill aan. De familie had het erg moeilijk met Hank en ze hadden eigenlijk geen zin om hem te verdedigen.
'Laten we aan het werk gaan,' zei mijn vader, die nu tussen de twee mannen in kwam staan. Ze wilden erg graag dat er een eind aan de confrontatie kwam. Ik keek even naar Tally, maar ze keek een andere kant op. Zo te zien was ze in gedachten verzonken en negeerde ze mij en alle anderen. Pappy klom op de tractor en we gingen op weg om katoen te plukken.
Luiz lag de hele morgen op de veranda. Hij had een ijszak op zijn gezicht. Oma was druk in de weer en probeerde hem herhaaldelijk haar middeltjes op te dringen, maar Luiz hield voet bij stuk. Tegen de middag had hij genoeg van deze Amerikaanse geneeswijze en wilde hij erg graag terug naar de velden, gebroken neus of niet.

Hanks katoenproductie was van vierhonderd pond per dag tot minder dan tweehonderd pond gedaald. Nu hij Samsons geld in zijn zak had, was hij gewoon niet meer zo gemotiveerd. Pappy was daar razend om. Terwijl de dagen zich aaneenregen, werd de situatie steeds erger. Er werd door de volwassenen steeds meer over gefluisterd. Pappy had nog nooit tweehonderdvijftig dollar bezeten.
'Hoeveel heeft hij vandaag geplukt?' vroeg hij mijn vader onder het avondeten. We waren net klaar met bidden en gaven elkaar het eten door.
'Honderdnegentig pond.'
Mijn moeder deed geërgerd haar ogen dicht. Het avondeten zou een prettig moment van de dag moeten zijn, een gelegenheid om met elkaar te praten en over dingen na te denken. Ze had een hekel aan discussies onder het eten. Praatjes en roddelverhalen – gebabbel over het doen en laten van mensen die we kenden of misschien niet kenden – waren niet erg, maar ze hield niet van conflicten. Het eten werd niet goed verteerd als je lichaam niet ontspannen was.
'Ik heb zin om morgen naar het dorp te rijden, Stick Powers op te zoeken en tegen hem te zeggen dat ik genoeg van die jongen heb,' zei Pappy, en hij zwaaide met zijn vork door de lucht.
We wisten dat hij dat nooit zou doen. Hij wist dat ook. Als het Stick op de een of andere manier zou lukken Hank Spruill handboeien om te doen en hem achter in zijn patrouillewagen te zetten – en dat was

een wapenfeit waarvan ik graag getuige zou zijn –, zouden de andere Spruills binnen enkele minuten hun spullen bij elkaar pakken en vertrekken. Nog niet de helft van onze katoen was geplukt. Pappy zou heus zijn oogst niet op het spel zetten voor een idioot als Hank. We zouden onze tanden op elkaar klemmen en gewoon proberen zijn aanwezigheid op onze boerderij te overleven. We zouden hopen en bidden dat hij niet nog iemand doodde en dat niemand hem doodde, en over een paar weken zou de oogst achter de rug zijn en dan ging hij weg.

'Je weet niet zeker dat hij het is,' zei oma. 'Niemand heeft hem naar de schuur zien gooien.'

'Sommige dingen hoef je niet te zien,' snauwde Pappy terug. 'We hebben Trot niet met een kwast gezien, en toch willen we zonder meer geloven dat hij het schilderwerk heeft gedaan. Nietwaar?'

Met perfecte timing zei mijn moeder: 'Luke, tegen wie spelen de Cardinals?' Dat was haar standaardtekst, een niet al te subtiele manier om de anderen te laten weten dat ze in alle rust wilde eten.

'De Cubs,' zei ik.

'Hoeveel wedstrijden nog?' vroeg ze.

'Nog drie.'

'Hoe ver ligt Musial voor?'

'Zes punten. Hij staat op driehonderdzesendertig. Baumholtz staat op driehonderddertig. Die kan hem niet inhalen.'

Op dat moment werd altijd van mijn vader verwacht dat hij zijn vrouw te hulp kwam en het gesprek in minder serieuze banen leidde. Hij schraapte zijn keel en zei: 'Ik kwam zaterdag Lou Jeffcoat tegen – dat was ik vergeten jullie te vertellen. Hij zei dat de methodisten een nieuwe werper voor de wedstrijd van zondag hebben.'

Pappy was nu voldoende afgekoeld om te zeggen: 'Hij liegt. Dat zeggen ze ieder jaar.'

'Waarom zouden ze een nieuwe werper nodig hebben?' vroeg oma met een vaag glimlachje, en ik dacht dat mijn moeder zou gaan lachen.

Voor de komende zondag stond de najaarspicknick op het programma, een glorieuze gebeurtenis waaraan heel Black Oak deelnam. Na de dienst, meestal een erg lange dienst, in elk geval voor ons baptisten, zouden we naar de school gaan, en daar zouden de methodisten ook zijn. Onder de hoge bomen zetten de vrouwen dan genoeg voedsel neer om de hele staat te eten te geven, en na een lange lunch speelden

de mannen van de methodisten- en de baptistenkerk een partijtje honkbal.
Het was geen gewone wedstrijd, want het ging om de eer. De winnaars plaagden de verliezers een heel jaar. In het holst van de winter had ik meegemaakt dat mannen in de Tea Shoppe elkaar op stang joegen met de Wedstrijd.
De methodisten hadden de afgelopen vier jaar gewonnen, en toch brachten ze elk jaar het gerucht in omloop dat ze een nieuwe werper hadden.
'Wie werpt er bij ons?' vroeg mijn vader. Pappy coachte elk jaar het baptistenteam, al begonnen mensen na die vier opeenvolgende nederlagen te morren.
'Ridley, denk ik,' zei Pappy zonder aarzeling. Hij dacht al een jaar over de wedstrijd na.
'Ik kan de ballen van Ridley slaan!' zei ik.
'Heb jij een beter idee?' Pappy keek me kwaad aan.
'Ja.'
'Nou, laat dan maar eens horen.'
'Laat Cowboy werpen,' zei ik, en ze glimlachten allemaal. Wat een geweldig idee.
Maar de Mexicanen mochten niet aan de Wedstrijd deelnemen, net zomin als de heuvelmensen. De teams mochten alleen uit officiële kerkleden bestaan – geen seizoenarbeiders op de boerderijen, geen familieleden uit Jonesboro, geen enkele categorie buitenstaanders. Er waren zoveel regels dat als ze op schrift zouden worden gesteld het boek dikker dan de bijbel zou zijn geweest. De scheidsrechters werden uit Monette gehaald en kregen vijf dollar per wedstrijd plus al het middageten dat ze konden verstouwen. Officieel kende niemand de scheidsrechters, maar na de nederlaag van het jaar daarvoor gingen er geruchten, in elk geval in onze kerk, dat ze methodisten waren, of in elk geval met methodisten waren getrouwd.
'Dat zou niet gek zijn, hè?' zei mijn vader, die al voor zich zag hoe Cowboy gehakt maakte van onze rivalen. Hij zou de een na de ander uit gooien. Boogballen die alle kanten op gingen.
Nu het gesprek weer op aangenaam terrein was gekomen, namen de vrouwen het over. Het ging niet meer over honkbal, maar over de picknick, het eten, wat de methodistenvrouwen zouden dragen enzovoort. Het avondeten eindigde rustig, zoals altijd, en we gingen naar de veranda.

Ik had besloten dat ik Ricky een brief zou schrijven om hem over Libby Latcher te vertellen. Ik was er zeker van dat geen van de volwassenen dat zou doen; die hadden het er te druk mee het schandaal geheim te houden. Maar Ricky moest weten waarvan Libby hem had beschuldigd. Hij moest daarop reageren, hoe dan ook. Als hij wist wat er gebeurde, kon hij misschien zorgen dat hij naar huis werd gestuurd om iets aan de situatie te doen. En hoe eerder, hoe beter. De Latchers leefden op zichzelf en voor zover wij wisten, vertelden ze het niemand, maar in Black Oak en omgeving was het erg moeilijk om geheimen te bewaren.

Voordat Ricky naar Korea ging, had hij ons verteld wat een vriend van hem, een jongen uit Texas die hij in het opleidingskamp had ontmoet, was overkomen. Die jongen was nog maar achttien, maar hij was al getrouwd en zijn vrouw was zwanger. Het leger stuurde hem naar Californië, waar hij een paar maanden kantoorwerk te doen kreeg, want ze wilden niet dat hij sneuvelde. Het was een soort dispensatie, en die jongen zou weer in Texas terug zijn voordat zijn vrouw moest bevallen.

Ricky had nu ook recht op dispensatie, alleen wist hij het zelf nog niet. Ik zou degene zijn die het hem vertelde. Ik verliet de veranda met het excuus dat ik moe was, en ging naar Ricky's kamer, waar ik mijn Big Chief-schrijfblok had. Ik ging ermee naar de keukentafel, waar het licht beter was, en begon langzaam met grote blokletters te schrijven.

Ik schreef even over honkbal, de slagman van het jaar, en toen over de kermis en Samson, en daarna wijdde ik ook een paar zinnen aan de tornado's die we eerder die week hadden gehad. Omdat ik niet de tijd en de moed had om over Hank te praten, kwam ik toen maar tot de kern van de zaak. Ik schreef hem dat Libby Latcher een baby had gekregen, al vermeldde ik niet dat ikzelf dichtbij was geweest toen het kind ter wereld kwam.

Mijn moeder kwam van de veranda naar binnen lopen en vroeg wat ik deed. 'Ik schrijf Ricky,' zei ik.

'Wat aardig,' zei ze. 'Je moet naar bed.'

'Ja, moeder.' Ik had een heel vel geschreven en was erg trots op mezelf. De volgende dag zou ik weer een vel volschrijven. En dan misschien nog een. Dit zou de langste brief worden die Ricky tot nu toe had gekregen.

22

Ik naderde het eind van een lange rij katoen, dicht bij het bosje aan Siler's Creek, toen ik stemmen hoorde. De struiken waren daar erg hoog en ik ging helemaal schuil in het dichte gebladerte. Mijn zak was halfvol en ik droomde van de middag in het dorp, van een film in de Dixie met cola en popcorn. De zon stond bijna recht boven me; het moest tegen de middag lopen. Ik was van plan om rechtsomkeert te maken en me terug te werken naar de wagen. Op het eind van deze zaterdagmorgen wilde ik nog even extra mijn best doen.

Toen ik mensen hoorde praten, liet ik me op een knie zakken, en daarna ging ik langzaam op de grond zitten zonder nog een geluid te maken. Een hele tijd hoorde ik helemaal niets, en ik begon al het gevoel te krijgen dat ik me misschien had vergist, toen de stem van een meisje nog net tot mijn schuilplaats doordrong. Ze was ergens rechts van me; ik wist niet hoe ver weg.

Ik stond langzaam op en keek tussen de katoen door, maar kon niets zien. Toen liet ik me weer zakken en kroop langzaam door de rij naar het eind. Mijn katoenzak had ik laten liggen. Geruisloos kroop ik en stopte ik, kroop ik en stopte ik, tot ik haar weer hoorde. Ze was een paar rijen van me vandaan en hield zich schuil in de katoen, dacht ik. Ik verstijfde zodra ik haar hoorde lachen, een zachte lach die gedempt werd door de katoen, en ik wist dat het Tally was.

Een hele tijd schommelde ik op handen en voeten heen en weer en

probeerde ik me voor te stellen wat ze daar in het katoenveld deed, zo ver mogelijk van de wagen vandaan. Toen hoorde ik een andere stem, die van een man. Ik besloot er dichter naartoe te gaan.
Ik vond de breedste opening tussen twee struiken en kroop zonder een geluid te maken door de eerste rij. Er was geen wind die door de bladeren en bollen ritselde, dus ik moest volkomen stil zijn. En ik moest geduld hebben. Toen kwam ik door de tweede rij en wachtte ik op de stemmen.
Ze waren een hele tijd stil en ik begon bang te worden dat ze me misschien hadden gehoord. Toen was er gegiechel te horen, twee stemmen tegelijk, en een zacht, gedempt gesprek dat ik amper kon verstaan. Ik ging plat op mijn buik liggen en overzag de situatie vanaf de grond. De struiken waren hier erg dicht en er waren geen bollen en bladeren. Ik kon een paar rijen verderop bijna iets zien, misschien Tally's donkere haar, misschien niet. Ik vond dat ik nu dichtbij genoeg was.
Er was niemand in de buurt. De anderen – de Spruills en de Chandlers – werkten zich terug naar de wagen. De Mexicanen waren ver weg. Je kon alleen hun strohoeden zien.
Hoewel ik in de schaduw zat, zweette ik overdadig. Mijn hart bonkte en ik had een droge mond. Tally was in de katoen weggekropen met een man en deed iets slechts; en zo niet, waarom verstopte ze zich dan? Ik wilde iets doen om ze tegen te houden, maar daar had ik het recht niet toe. Ik was maar een kleine jongen, een spion die hen aan het begluren was. Ik dacht erover om me terug te trekken, maar ik was nieuwsgierig naar wat ze zeiden.
De slang was een watermocassin, een veel voorkomende soort in ons deel van Arkansas. Ze leefden bij kreken en rivieren, en waagden zich soms landinwaarts om in de zon te liggen of voedsel te zoeken. Als we in het voorjaar aan het planten waren, zagen we ze vaak achter onze ploeg of schijfeg opduiken. Ze waren kort, zwart, dik en agressief en zaten vol gif. Hun beet was zelden dodelijk, maar ik had veel verhalen over gruwelijke sterfgevallen gehoord.
Als je er een zag, maakte je hem gewoon dood. Dat deed je met een stok of schoffel of wat je maar voorhanden had. Ze waren niet zo snel als ratelslangen en hadden ook niet zo'n grote actieradius, maar ze waren erg gemeen.
Deze kroop recht op me af, door dezelfde rij, nog geen anderhalve meter van me vandaan. We keken elkaar recht in de ogen. Ik werd zo

in beslag genomen door Tally en wat ze ook maar aan het doen was dat ik helemaal niet meer op mijn omgeving had gelet. Ik slaakte een kreet van schrik, sprong overeind en rende door een rij katoen en door nog een rij.

Een man zei iets met een luide stem, maar op dat moment maakte ik me drukker om de slang. Ik liet me bij mijn katoenzak op de grond vallen, trok de riem over mijn schouder en kroop als een bange hond naar de wagen. Toen ik er zeker van was dat de mocassinslang ver weg was, bleef ik staan luisteren. Niets. Volslagen stilte. Er kwam niemand achter me aan.

Langzaam stond ik op en gluurde door de katoen. Rechts van me, een paar rijen van me vandaan en al met haar rug naar me toe, stond Tally. Haar katoenzak hing aan haar schouder en haar strohoed stond schuin, en ze liep rustig door de katoen, alsof er niets gebeurd was.

En links van me zag ik iemand voorovergebogen door de katoen lopen, als een dief in de nacht. Het was Cowboy.

Op de meeste zaterdagmiddagen vond Pappy wel een reden om ons vertrek naar het dorp nog even uit te stellen. Na het middageten wachtte mij altijd de vernedering van het bad, en daarna had hij altijd wel iets te doen, want hij wilde ons graag nog even laten wachten. Er was bijvoorbeeld iets met de tractor wat plotseling zijn aandacht opeiste. Dan was hij druk in de weer met zijn oude moersleutels en verkondigde hij dat hij het ding meteen moest repareren, omdat hij dan zo nodig nieuwe onderdelen in het dorp kon kopen. Of de truck reed niet helemaal goed, en dan moest hij uitgerekend op dat moment, op zaterdag na het middageten, aan de motor gaan sleutelen. Of de waterpomp vergde zijn aandacht. Soms zat hij aan de keukentafel en werkte hij de weinige papieren af die bij het runnen van een boerderij kwamen kijken.

Ten slotte, als iedereen zich stond op te winden, ging hij uitgebreid in bad, en pas dán gingen we naar het dorp.

Mijn moeder wilde erg graag de nieuwste bewoner van het district Craighead weer zien, ook al was het een Latcher. Terwijl Pappy in het gereedschapsschuurtje bezig was, zetten wij vier dozen met groente op de wagen en gingen we naar de overkant van de rivier. Mijn vader kon daar op de een of andere manier onderuit komen. De vermoedelijke vader van de baby was zijn broer, en dat maakte mijn vader natuurlijk de vermoedelijke oom van de baby, en dat was iets wat hij gewoon

niet wilde accepteren. Bovendien had hij vast ook geen enkele behoefte aan een nieuwe confrontatie met meneer Latcher.
Mijn moeder reed, en ik bad, en op de een of andere manier kwamen we veilig over de brug. Aan de andere kant kwamen we tot stilstand. De motor verstomde. Terwijl ze diep ademhaalde, zei ik: 'Mam, ik moet je iets vertellen.'
'Kan het wachten?' vroeg ze, met haar hand bij het contactsleuteltje.
'Nee.'
We zaten in een smoorhete truck, net over de brug, op een zandweg, met nergens een huis of een ander voertuig te zien. Het leek me de perfecte plaats en tijd voor een belangrijk gesprek.
'Wat is er dan?' vroeg ze, en ze sloeg haar armen over elkaar. Blijkbaar was ze al tot de conclusie gekomen dat ik iets verschrikkelijks had gedaan.
Er waren zoveel geheimen. Hank en de vechtpartij met de Siscojongens. Tally bij de kreek. De geboorte van Libby's baby. Maar met die geheimen liep ik al een tijdje rond. Ik was daar bedreven in geworden. Dit nieuwe geheim daarentegen moest ik aan mijn moeder vertellen.
'Ik denk dat Tally en Cowboy van elkaar houden,' zei ik, en ik voelde me meteen lichter.
'O ja?' zei ze glimlachend, alsof ik niet veel wist omdat ik nog maar een kind was. Toen verdween de glimlach langzaam van haar gezicht. Ik vroeg me af of zij ook iets van die geheime romance wist.
'Ja.'
'En waarom denk je dat?'
'Ik betrapte ze vanmorgen in de katoen.'
'Wat deden ze?' vroeg ze. Blijkbaar was ze een beetje bang dat ik iets had gezien wat ik niet had mogen zien.
'Dat weet ik niet, maar ze waren bij elkaar.'
'Heb je ze gezien?'
Ik vertelde haar het verhaal over de stemmen, de slang en hun ontsnapping. Ik liet niets weg en tot mijn eigen verbazing overdreef ik ook niets. Misschien de grootte van de slang, maar verder hield ik me aan de waarheid.
Ze nam het allemaal in zich op en leek oprecht verbaasd.
'Wat deden ze, mam?' vroeg ik.
'Dat weet ik niet. Je hebt niets gezien?'
'Nee. Denk je dat ze elkaar kusten?'

'Waarschijnlijk,' zei ze vlug.
Ze stak haar hand weer uit naar het contactsleuteltje en zei: 'Goed, ik zal er met je vader over praten.'
We reden vlug door. Even later wist ik eigenlijk niet meer of ik me nu beter voelde. Ze had me vaak verteld dat kleine jongens geen dingen voor hun moeder geheim moesten houden. Maar iedere keer dat ik een geheim opbiechtte, deed ze het laatdunkend af en vertelde ze mijn vader wat ik haar had verteld. Ik vroeg me af wat ik ermee opschoot als ik zo openhartig was. Maar het was het enige wat ik kon doen. Nu wisten de volwassenen van Tally en Cowboy. Ze moesten maar zien wat ze met het probleem deden.
Omdat de Latchers dicht bij hun huis aan het plukken waren, hadden we een publiek zodra we stopten. Mevrouw Latcher kwam uit het huis en zag kans om te glimlachen. Daarna hielp ze ons de groente op de voorveranda te zetten.
'U zult de baby wel willen zien,' zei ze zachtjes tegen mijn moeder.
Ik wilde hem ook zien, maar ik wist dat de kans daarop erg klein was. De vrouwen gingen naar binnen. Ik vond een plekje onder een boom bij onze truck en was van plan daar in mijn eentje te blijven wachten en me met niemands zaken te bemoeien. Ik wilde niet met de Latchers praten. Het feit dat we nu waarschijnlijk familie van elkaar waren, maakte me bijna misselijk.
Plotseling kwamen er drie achter de truck vandaan: drie jongens, Percy voorop. De twee anderen waren jonger en kleiner maar net zo mager en pezig als Percy. Ze liepen zonder een woord te zeggen op me af.
'Howdy, Percy,' zei ik. Ik probeerde op z'n minst beleefd te zijn.
'Wat doe je hier?' gromde hij. Hij had een broer aan weerskanten en ze stonden nu alle drie tegenover me.
'Ik moest mee van mijn moeder,' zei ik.
'Jij hebt hier niks te zoeken.' Hij siste bijna, en ik kreeg zin om een stap terug te doen. Sterker nog, ik zou het liefst hard zijn weggelopen.
'Ik wacht op mijn moeder,' zei ik.
'We gaan je in elkaar slaan,' zei Percy, en ze balden alle drie hun vuisten.
'Waarom?' kon ik nog uitbrengen.
'Omdat je een Chandler bent, en om wat jullie Ricky onze Libby heeft aangedaan.'
'Dat was niet mijn schuld,' zei ik.

'Dat doet er niet toe.' Vooral de kleinste leek erg agressief. Hij kneep zijn ogen half dicht en trok zijn mondhoeken op om me zo vervaarlijk mogelijk aan te kijken. Ik verwachtte dat de eerste stomp van hem zou komen.

'Drie tegen één is niet eerlijk,' zei ik.

'Het was ook niet eerlijk wat er met Libby is gebeurd,' zei Percy, en toen stompte hij me vliegensvlug in mijn buik. Een paard had niet harder kunnen schoppen, en ik viel met een schreeuw op de grond.

Ik had op school een paar vechtpartijen meegemaakt: geduw en getrek op het schoolplein, ruzies waaraan de leerkrachten een eind maakten voordat er harde klappen vielen. Mevrouw Emma Enos, de juf van de derde klas, had me drie klappen gegeven omdat ik met Joey Stallcup probeerde te vechten, en Pappy was toen apetrots geweest. En Ricky stoeide vaak met me, worstelen en boksen en zo. Ik wist wel iets van gewelddadigheid. Pappy mocht graag vechten, en toen ik op de grond viel, dacht ik aan hem. Iemand schopte me; ik greep een voet vast en onmiddellijk kreeg ik een kluwen van kleine vechtersbazen over me heen, schoppend en stompend en vloekend. Ik greep het haar van de middelste vast, terwijl de andere twee tegen mijn rug stompten. Ik was vastbesloten zijn kop van zijn romp te trekken, toen Percy een dreun tegen mijn neus gaf. Een ogenblik was ik blind, en toen stortten ze zich weer op me, krijsend als wilde dieren.

Ik hoorde de vrouwen vanaf de veranda schreeuwen. Dat werd tijd! dacht ik. Mevrouw Latcher was er als eerste bij en begon jongens uit het kluwen te trekken. Ze gooide ze van zich af en schold ze de huid vol. Omdat ik onderop lag, kwam ik als laatste overeind. Mijn moeder keek me verschrikt aan. Mijn schone kleren zaten onder het zand en er liep bloed uit mijn neus.

'Luke, gaat het?' zei ze, en ze pakte mijn schouders vast.

Mijn ogen waren waterig en ik begon pijn te voelen. Ik knikte van: ja, geen probleem.

'Snijd een twijg voor me!' schreeuwde mevrouw Latcher tegen Percy. Ze gromde en smeet de twee kleinere jongens nog in het rond. 'Hoe haal je het in je hoofd om die kleine jongen zo erg te slaan? Hij heeft niets gedaan.'

Het bloed stroomde nu echt uit mijn neus. Het droop van mijn kin en maakte vlekken op mijn overhemd. Mijn moeder liet me op de grond liggen en mijn hoofd achteroverhouden om het bloeden te stelpen, en terwijl we dat deden, haalde Percy een twijg tevoorschijn.

'Ik wil dat je dit ziet,' zei mevrouw Latcher in mijn richting.
'Nee, Darla,' zei mijn moeder. 'We gaan weg.'
'Nee, ik wil dat uw zoon dit ziet,' zei ze. 'Bukken, Percy.'
'Ik doe het niet, ma,' zei Percy, die duidelijk bang was.
'Bukken, of ik haal je vader. Ik zal jou eens wat manieren leren. Die kleine jongen in elkaar slaan! Een gast in ons huis!'
'Nee,' zei Percy, en ze sloeg hem hard met de twijg tegen zijn hoofd. Hij gaf een schreeuw en zij gaf hem een oorvijg.
Ze liet hem bukken en zijn enkels vastpakken. 'Als je loslaat, sla ik je een week lang,' dreigde ze. Hij huilde al toen ze amper was begonnen te slaan. Mijn moeder en ik verbaasden ons over haar woede en gewelddadigheid. Na acht of negen keiharde slagen begon Percy te huilen. 'Hou je bek!' schreeuwde ze.
Haar armen en benen waren zo dun als de twijg, maar wat ze aan lichaamsmassa tekort kwam maakte ze met snelheid goed. Haar slagen kwamen als mitrailleurvuur neer, snel en hard, knallend als een zweep. Tien, twintig, dertig slagen, en Percy brulde het nu uit. 'Alsjeblieft, hou op, ma! Het spijt me!'
Het pak slaag ging maar door. Dit was geen bestraffing meer. Toen haar arm moe was, duwde ze hem tegen de grond, en Percy maakte zich zo klein mogelijk en bleef liggen huilen. Inmiddels huilden de twee anderen ook. Ze pakte de middelste bij zijn haren vast. Ze noemde hem Rayford en zei: 'Bukken!' Rayford pakte langzaam zijn enkels vast en doorstond op de een of andere manier het geweld dat nu over hem heen kwam.
'Laten we gaan,' fluisterde mijn moeder me toe. 'Je kunt achterin gaan liggen.'
Ze hielp me op de wagen, en inmiddels trok mevrouw Latcher de derde jongen aan zijn haar. Percy en Rayford lagen in het zand, slachtoffers van het gevecht dat ze waren begonnen. Mijn moeder keerde de truck, en toen we wegreden, gaf mevrouw Latcher de jongste ervan langs. Er waren harde stemmen te horen, en toen ik even rechtop ging zitten, zag ik meneer Latcher achter het huis vandaan rennen, gevolgd door een stel kinderen. Hij schreeuwde naar zijn vrouw. Ze negeerde hem en bleef het kind afranselen. Toen hij bij haar aangekomen was, greep hij haar vast. Opeens krioelde het van de kinderen. Het leek wel of ze allemaal hetzij schreeuwden hetzij huilden.
Het stof kolkte om ze heen en ik verloor ze uit het oog. Terwijl ik ging liggen en het mezelf comfortabel probeerde te maken, bad ik dat ik

nooit meer een voet op hun boerderij zou hoeven zetten. Ik wilde die mensen de rest van mijn leven niet meer zien. En ik bad lang en intens dat niemand ooit het gerucht zou horen dat de Chandlers en de Latchers familie van elkaar waren.

Maar mijn thuiskomst was geweldig. De Spruills waren schoongeboend en klaar om naar het dorp te gaan. Ze zaten onder een boom ijsthee te drinken met Pappy, oma en mijn vader, toen we zeven meter van hen vandaan tot stilstand kwamen. Zo dramatisch als ik kon ging ik in de laadbak van de truck staan. Het deed me ontzettend goed om ze allemaal geschrokken te zien kijken. Daar stond ik dan: gehavend, bebloed, vuil, mijn kleren gescheurd, maar toch rechtop.

Ik klom van de truck af en iedereen verzamelde zich om me heen. Mijn moeder stormde naar voren en zei woedend: 'Jullie zullen dit niet geloven! Drie van die jongens hebben zich op Luke gestort! Percy en twee anderen kregen hem te pakken toen ik in het huis was. De kleine criminelen! We brengen daar eten naartoe, en dan flikken ze ons zoiets.'

Tally maakte zich ook zorgen, en ik geloof dat ze me had willen aanraken om te onderzoeken of ik niet erg gewond was.

'Drie stuks?' herhaalde Pappy met pretlichtjes in zijn ogen.

'Ja, en ze waren alle drie groter dan Luke,' zei mijn moeder. En zo begon de legende te groeien. Met de dagen en maanden die verstreken zouden mijn belagers steeds groter worden.

Oma stond al recht voor me en keek aandachtig naar mijn neus, waar een kleine snee in zat. 'Misschien is hij gebroken,' zei ze, en hoewel ik het sensationeel vond om dat te horen, verheugde ik me niet op haar behandeling.

'Je bent toch niet weggelopen?' vroeg Pappy. Ook hij kwam dichterbij.

'Nee,' zei ik trots. Als ik de kans had gekregen, zou ik nog steeds bezig zijn weg te rennen.

'Dat deed hij niet,' zei mijn moeder ernstig. 'Hij schopte en stompte net zo erg als zij.'

Pappy straalde, en mijn vader glimlachte.

'We gaan morgen terug om ze af te maken,' zei Pappy.

'Dat doen jullie niet,' zei mijn moeder. Ze ergerde zich omdat Pappy zo graag vocht. Maar ze kwam dan ook uit een huis vol meisjes. Ze wist niets van vechten.

'Heb je ze een goeie stoot kunnen verkopen?' vroeg Pappy.

'Toen ik wegging, huilden ze alle drie,' zei ik.
Mijn moeder rolde met haar ogen.
Hank baande zich een weg door het groepje en boog zich naar me toe om de schade te inspecteren. 'Ze waren met z'n drieën, zeg je?' gromde hij me toe.
'Ja.' Ik knikte.
'Goed zo, jongen. Daar word je hard van.'
'Ja,' zei ik.
'Als je wilt, zal ik je wat trucjes leren voor als het drie tegen één is,' zei hij met een glimlach.
'Laten we je gaan opknappen,' zei mijn moeder.
'Ik denk dat zijn neus gebroken is,' zei oma.
'Alles goed, Luke?' vroeg Tally.
'Ja,' zei ik zo stoer mogelijk.
Ze leidden me weg. Ik voelde me een overwinnaar.

23

De herfstpicknick werd altijd gehouden op de laatste zondag van september, hoewel niemand precies wist waarom. Dat was in Black Oak gewoon een traditie, een ritueel dat zo diepgeworteld was als de kermis en de opwekkingsbijeenkomsten in het voorjaar. Het moest op de een of andere manier verschillende dingen aan elkaar koppelen: het begin van een nieuw jaargetijde, het begin van het eind van de oogst, het einde van het honkbalseizoen. Het was niet duidelijk of dat allemaal met één picknick voor elkaar te krijgen was, maar in elk geval deden we een poging.

We brachten die dag door met de methodisten, onze vrienden en vriendschappelijke rivalen. Black Oak was te klein voor serieuze vijanden. Er waren geen etnische groeperingen, geen zwarten of joden of Aziaten, geen permanente buitenstaanders. We waren allemaal van Brits-Ierse afkomst, met misschien een beetje Duits bloed, en iedereen was boer of verkocht aan de boeren. Iedereen was christen of beweerde althans dat te zijn. Er kon ruzie oplaaien als een Cubs-supporter een woord te veel zei in de Tea Shoppe, of als een of andere idioot zei dat John Deere niet zo goed was als een ander tractormerk, maar voor het grootste deel leidden we een vreedzaam leven. De oudere jongens en jongere mannen mochten op zaterdag graag vechten achter de Co-op, maar dat was vooral sport. Een mishandeling als die van de Sisco's door Hank kwam zo zelden voor dat

iedereen in het dorp er nog steeds over praatte.
Individuele rancune ging een leven lang mee; Pappy droeg zijn portie met zich mee. Maar het dorp was niet echt verdeeld. Er was een duidelijke maatschappelijke orde, met de deelpachters onderaan en de kooplieden bovenaan, en er werd van iedereen verwacht dat hij zijn plaats kende. Maar de mensen konden redelijk goed met elkaar overweg.
De streep tussen de baptisten en methodisten was nooit helemaal recht en duidelijk. Ze hadden andere kerkdiensten, waarin hun ritueel om kleine baby's te besprenkelen de flagrantste afwijking van de Schrift was, tenminste, zo zagen wij het. En ze kwamen niet zo vaak bij elkaar, en dat betekende volgens ons natuurlijk dat ze het niet zo nauw namen met hun geloof. Niemand kwam zo vaak bijeen als wij baptisten. We waren erg trots op onze eredienst. Pearl Watson, mijn favoriete methodiste, zei dat ze graag baptist zou willen zijn maar dat ze daar fysiek niet toe in staat was.
Ricky vertelde me een keer onder vier ogen dat hij, als hij de boerderij verliet, misschien katholiek zou worden, want die kwamen maar één keer per week bij elkaar. Ik wist niet wat een katholiek was en hij probeerde het me uit te leggen, maar Ricky's theologische inzichten waren nogal vaag.
Mijn moeder en oma besteedden die zondagmorgen meer tijd aan het strijken van onze kleren dan anders. En ik werd ook veel grondiger geboend. Tot mijn grote teleurstelling was mijn neus niet gebroken. Er was ook geen zwelling en de snee was nauwelijks te zien.
We moesten er op ons allerbest uitzien, want de methodistendames hadden iets mooiere jurken. Ondanks al het gedoe was ik opgewonden en kon ik niet wachten tot ik in het dorp was.
We hadden de Spruills uitgenodigd. Dat deden we uit vriendelijkheid en christelijke naastenliefde, al had ik liever een selectie gemaakt. Tally was welkom; de rest mocht wat mij betrof in de voortuin blijven. Maar toen ik na het ontbijt naar hun kamp keek, zag ik weinig beweging. Hun truck was niet losgemaakt van de tientallen draden en touwen die hun onderkomens overeind hielden. 'Ze komen niet,' zei ik tegen Pappy, die zijn zondagsschoolles aan het bestuderen was.
'Goed,' zei hij rustig.
Het was geen aanlokkelijk vooruitzicht geweest dat Hank op die picknick zou rondlopen en van tafel tot tafel zou gaan en zich overal tegoed zou doen aan het voedsel.

De Mexicanen hadden eigenlijk geen keus. Mijn moeder had Miguel eerder die week uitgenodigd en hem er nog een paar keer aan herinnerd toen de zondag naderde. Mijn vader had hem uitgelegd dat er een speciale eredienst in het Spaans zou worden gehouden en dat er dan veel lekker eten zou zijn. Ze hadden op zondagmiddag weinig anders te doen.

Negen van hen gingen achter in onze truck zitten; alleen Cowboy ontbrak. Dat zette mijn fantasie in gang. Waar was hij en wat deed hij? Waar was Tally? Toen we wegreden, zag ik haar niet in de voortuin. Ik werd somber als ik aan hen terugdacht in de velden, hoe ze zich hadden verstopt en deden wat ze wilden doen. In plaats van met ons naar de kerk te gaan sloop Tally waarschijnlijk weer ergens rond en deed ze slechte dingen. Misschien gebruikte ze Cowboy nu als haar uitkijkpost wanneer ze een bad nam in Siler's Creek? Ik kon die gedachte niet verdragen, en de hele rit naar het dorp maakte ik me zorgen over haar.

Dominee Akers besteeg met een zeldzaam glimlachje op zijn gezicht de preekstoel. De kerk zat stampvol en er stonden mensen in de gangpaden en langs de achtermuur. De ramen stonden open en aan de noordkant van de kerk zaten de Mexicanen onder een hoge eik bij elkaar. Ze hadden hun hoeden afgezet en hun donkere hoofden vormden een zee van bruin.

De dominee verwelkomde onze gasten, onze bezoekers uit de heuvels en ook de Mexicanen. Er waren een paar heuvelmensen, maar niet veel. Zoals altijd vroeg hij hun om te gaan staan en zich bekend te maken. Ze kwamen uit plaatsen als Hardy, Mountain Home en Calico Rock, en ze waren net zo opgedoft als wij.

In een raam was een luidspreker geplaatst, zodat dominee Akers' woorden ook buiten de kerk te horen waren, ongeveer in de richting van de Mexicanen, waar Carl Durbin de woorden oppikte en in het Spaans vertaalde. Meneer Durbin was een gepensioneerde zendeling uit Jonesboro. Hij had dertig jaar in Peru gewerkt, tussen echte indianen in de bergen, en van tijd tot tijd hield hij in de zendingsweek een lezing over het vreemde land dat hij had achtergelaten. Hij liet dan foto's zien en vertoonde dia's. Hij sprak niet alleen Spaans, maar ook een indiaans dialect, en dat vond ik altijd fascinerend.

Meneer Durbin stond onder de grote boom en de Mexicanen zaten in het gras om hem heen. Hij droeg een wit pak en een witte strohoed, en zijn krachtige stem was in de kerk bijna net zo goed te horen als die van dominee Akers door de luidspreker. Ricky had eens gezegd dat meneer Durbin veel meer verstand had dan dominee Akers, en omdat hij die mening onder het zondagsmaal had verkondigd, had hij zich nogal wat moeilijkheden op de hals gehaald. Het was een zonde om kritiek te hebben op je predikant, in elk geval hardop.

Ik zat aan het eind van de kerkbank, bij het raam, en kon meneer Durbin dus horen en zien. Ik verstond geen woord van wat hij zei, maar ik wist dat zijn Spaans langzamer was dan dat van de Mexicanen. Die praatten zo snel dat ik me vaak afvroeg hoe ze elkaar verstonden. Zijn zinnen waren soepel en weloverwogen en doorspekt met een zwaar Arkansas-accent. Hoewel ik geen idee had van wat hij zei, was hij toch boeiender dan dominee Akers.

Zoals met zo'n grote menigte te verwachten was, ging de preek die ochtend een eigen leven leiden. Het werd een marathon: klein publiek, korte preek; groot publiek, zoals op eerste paasdag en moederdag en de herfstpicknick, en dominee Akers voelde zich geroepen om er een show van te maken. Op een gegeven moment, midden in dominee Akers' wijdlopige betoog, kreeg meneer Durbin er blijkbaar genoeg van. Hij negeerde de boodschap die vanuit de kerk werd uitgezonden en begon zijn eigen preek te geven. Als dominee Akers even stil was om op adem te komen, preekte meneer Durbin gewoon door. En toen dominee Akers' hellevuur en zwavel op hun hoogtepunt waren, nam meneer Durbin even een glaasje water. Hij ging bij de Mexicanen op de grond zitten en wachtte tot er een eind aan het geschreeuw in de kerk was gekomen.

Ik wachtte ook. Ik verdreef de tijd door aan het eten te denken dat we straks zouden krijgen: schalen vol gebraden kip en liters zelfgemaakt ijs.

De Mexicanen keken nu naar de kerkramen. Ze zullen wel hebben gedacht dat dominee Akers gek geworden was. 'Rustig maar,' wilde ik tegen ze zeggen. 'Zo gaat het altijd.'

We zongen vijf coupletten van *Just As I Am* voor de zegening. Er kwam niemand door het gangpad lopen en dominee Akers liet ons met enige tegenzin vertrekken. Ik trof Dewayne bij de voordeur en we renden door de straat naar het honkbalveld om te kijken of de methodisten daar waren. Natuurlijk waren ze er; hun diensten waren nooit zo lang als de onze.

Achter het vangscherm, onder drie olmen die zeker een miljoen foutballen hadden opgevangen, werd het eten klaargezet op picknicktafels die met rood-wit geruite lakens waren bedekt. De methodisten liepen al overal rond. De mannen en kinderen haalden eten, terwijl de vrouwen met de tafels bezig waren. Ik vond Pearl Watson en begon een gesprekje met haar. 'Is dominee Akers nog bezig?' vroeg ze met een grijns.

'Hij heeft ons net vrijgelaten,' zei ik. Ze gaf Dewayne en mij twee chocoladekoekjes. Ik at het mijne in twee happen op.

Uiteindelijk kwamen de baptisten, verwelkomd door een koor van: 'Hallo', en: 'Waar waren jullie?', en: 'Waar bleven jullie zo lang?' Personenauto's en trucks kwamen aanrijden en stonden algauw bumper aan bumper langs de omheiningen rond het veld. Minstens één en misschien wel twee ervan zouden door ballen worden geraakt. Twee jaar geleden was van de gloednieuwe Chrysler sedan van Wilbert Shifflett de voorruit ingegooid doordat Ricky een homerun over de schutting van het linkerveld had geslagen. De explosie was ontzaglijk geweest: een harde knal en toen een kabaal van versplinterend glas. Maar meneer Shifflett had geld, dus niemand maakte zich al te veel zorgen. Hij kende de risico's wanneer hij daar parkeerde. De methodisten versloegen ons dat jaar ook, met 7-5, en Ricky was van mening dat de coach, Pappy, in de derde inning een andere werper had moeten inzetten.

Ze spraken een week niet met elkaar.

De tafels stonden algauw vol met grote kommen groenten, schalen gebraden kip en manden maïsbrood en andere luxebroodjes. Onder leiding van de vrouw van de methodistendominee, mevrouw Orr, werden hier en daar schalen verplaatst tot er een zekere orde was ontstaan. Op een van de tafels stond alleen rauwe groente – tomaten in meer dan tien variëteiten, komkommers, witte en gele uien in azijn. Daarnaast stonden de peulvruchten: kievitsbonen, sperziebonen gekookt met ham, en boterbonen. Op elke picknick was er aardappelsalade, en iedere kokkin had een ander recept. Dewayne en ik telden elf grote schalen met dat gerecht, en geen twee daarvan leken hetzelfde. Roerei was bijna even populair, en borden daarmee bedekten sommige tafels voor de helft. Ten slotte, maar zeker niet onbelangrijk, was de gebraden kip. Er was genoeg om een heel dorp een maand te voeden.

De vrouwen waren druk in de weer met het eten, terwijl de mannen praatten en lachten en elkaar begroetten, steeds met één oog op de kip. Overal waren kinderen, en Dewayne en ik gingen naar één boom in het bijzonder, waar een paar vrouwen met de desserts bezig waren. Ik telde zestien koelboxen met zelfgemaakt ijs, allemaal strak met handdoeken bedekt en volgestouwd met ijsblokjes.

Zodra de voorbereidingen de goedkeuring van mevrouw Orr genoten, ging haar man, dominee Vernon Orr, samen met onze dominee Akers in het midden tussen de tafels staan. De menigte werd stil. Het jaar daarvoor was dominee Akers degene geweest die God voor Zijn zegeningen dankte; dit jaar ging die eer naar de methodisten. In de picknicks zat een stilzwijgend patroon. We bogen ons hoofd en dominee Orr dankte God voor Zijn goedheid, voor al het geweldige voedsel, voor het weer, de katoen enzovoort, enzovoort. Hij liet niets weg; Black Oak was waarlijk dankbaar voor alles.

Ik kon de kip ruiken. Ik kon de chocoladecakejes en het ijs ruiken. Dewayne gaf me een schop, en ik wilde hem tegen de grond gooien, maar dat deed ik niet, want als ik onder een gebed ging vechten, zou ik een week lang slaag krijgen.

Toen dominee Orr eindelijk klaar was, brachten de mannen de Mexicanen bij elkaar en lieten ze hen in de rij staan om opgediend te krijgen. Dat was een traditie: eerst de Mexicanen, dan de heuvelmensen, dan de kinderen, dan de volwassenen. Stick Powers verscheen vanuit het niets, in uniform natuurlijk, en zag kans om tussen de Mexicanen en de heuvelmensen in de rij te komen. Ik hoorde hem uitleggen dat hij dienst had en niet veel tijd had. Even later liep hij met twee borden: een met kip en een met al het andere dat hij kon verzamelen. We wisten dat hij zou eten tot hij propvol zat en dan onder een boom aan de rand van het dorp een dutje zou doen.

Een paar methodisten vroegen me naar Ricky – hoe ging het met hem, hadden we van hem gehoord? Ik probeerde aardig te zijn en hun vragen te beantwoorden, maar wij Chandlers hielden niet van die aandacht. En nu we ook nog gebukt gingen onder het Latcher-geheim, werden we bang zodra Ricky in het openbaar ter sprake kwam.

'Zeg tegen hem dat we aan hem denken,' zeiden ze. Dat zeiden ze altijd, alsof we telefoon hadden en hem elke avond belden.

'We bidden voor hem,' zeiden ze.

'Dank u,' antwoordde ik altijd.

Een geweldige gebeurtenis als de herfstpicknick kon helemaal worden bedorven als er een onverwachte vraag over Ricky werd gesteld. Hij was in Korea, in de loopgraven, midden in de oorlog. Hij ontweek kogels en doodde mensen en wist niet of hij ooit thuis zou komen en weer met ons naar de kerk zou gaan, of hij ooit met het dorp zou picknicken, ooit nog eens tegen de methodisten zou spelen. Midden in alle opwinding voelde ik me plotseling erg alleen en erg bang.

'Je moet sterk zijn,' zou Pappy zeggen. Het eten hielp enorm. Dewayne en ik namen onze borden en gingen achter de dug-out bij het eerste honk zitten, waar een klein beetje schaduw was. Overal op het buitenveld waren quilts gelegd, en families zaten bij elkaar in de zon. Er werden parasols opgestoken en de vrouwen wuifden koelte naar hun gezicht, hun kleine kinderen en hun bord. De Mexicanen zaten dicht tegen elkaar aan onder één boom, bij de buitenlijn van het rechterveld, weg van de rest van ons. Juan had me het jaar daarvoor bekend dat ze niet zeker wisten of ze van gebraden kip hielden. Zulke onzin had ik nog nooit gehoord. Kip was veel beter dan tortilla's, had ik indertijd gedacht.

Mijn ouders en grootouders zaten samen op een quilt bij het derde honk. Na veel onderhandelingen had ik toestemming gekregen om met mijn vrienden te eten, een kolossale stap voor een zevenjarige.

Er kwam geen eind aan de rij. Tegen de tijd dat de mannen bij de laatste tafel waren aangekomen, kwamen de tienerjongens terug voor meer. Voor mij was één bord genoeg. Ik wilde ruimte overhouden voor het ijs. Algauw slenterden we naar de tafel met desserts, waar mevrouw Irene Flanagan de wacht hield en de lekkernijen tegen ons soort vandalen beschermde.

'Hoeveel chocolade-ijs hebt u?' vroeg ik. Ik keek naar de koelboxen met ijs die in de schaduw stonden.

Ze glimlachte en zei: 'O, dat weet ik niet. Heel wat.'

'Heeft mevrouw Cooper pindakaas-ijs meegebracht?' vroeg Dewayne.

'Ja,' zei mevrouw Flanagan, en ze wees naar een koelbox in het midden. Op de een of andere manier zag mevrouw Cooper kans om chocolade en pindakaas door haar ijs te mengen, en het resultaat was ongelooflijk lekker. Mensen vroegen er het hele jaar naar. Het jaar daarvoor hadden twee tienerjongens, een baptist en een methodist, bijna slaande ruzie gekregen over wie de volgende portie zou krijgen. Terwijl dominee Orr de vrede had hersteld, was het Dewayne gelukt om twee kommen van het spul te pakken. Hij was ermee door de straat gerend en had zich achter een schuur verstopt, waar hij het ijs tot de laatste druppel had verslonden. Een maand lang had hij over weinig anders gepraat.

Mevrouw Cooper was weduwe. Ze woonde in een mooi huisje, twee blokken achter de winkel van Pop en Pearl, en als er in haar tuin gewerkt moest worden, maakte ze gewoon een partij pindakaas-ijs. Dan doken er tieners op uit het niets, en ze had dan ook de best onderhouden tuin van het dorp. Zelfs van volwassen mannen was bekend dat ze onkruid kwamen wieden.

'Jullie zullen moeten wachten,' zei mevrouw Flanagan.

'Tot wanneer?' vroeg ik.

'Tot iedereen klaar is.'

We wachtten een eeuwigheid. Sommige oudere jongens en jongere mannen begonnen hun spieren te strekken en honkbaloefeningen in het buitenveld te doen. De volwassenen groetten en praatten en groetten en praatten, en ik was er zeker van dat het ijs aan het smelten was. De twee scheidsrechters uit Monette arriveerden, en er ging meteen een golf van opwinding door de menigte. Ze moesten natuurlijk eerst te eten krijgen, en een tijdlang interesseerden ze zich meer voor gebraden kip dan voor honkbal. Geleidelijk werden de quilts en parasols van het buitenveld weggehaald. De picknick liep op zijn eind. Het was bijna tijd voor de wedstrijd.

De vrouwen verzamelden zich bij de desserttafel en begonnen ons te bedienen. Eindelijk kreeg Dewayne zijn pindakaas-ijs. Ik had liever twee scheppen chocolade-ijs dan het toffee-ijs van mevrouw Lou Kiner. Gedurende twintig minuten braken er bijna rellen uit bij de desserttafel, maar de orde werd gehandhaafd. Beide dominees stonden midden in de menigte en aten net zoveel ijs als ieder ander. De scheidsrechters weigerden. Ze zeiden dat ze vanwege de hitte nu moesten ophouden met eten.

'Spelen!' riep iemand, en de menigte begaf zich naar het veld. De methodisten werden gecoacht door Duffy Lewis, een boer die een heel eind ten westen van het dorp woonde en volgens Pappy maar heel weinig van honkbal wist. Maar na vier achtereenvolgende nederlagen riep Pappy niet meer zo hard van de daken dat hij een lage dunk van meneer Lewis had. De scheidsrechters riepen de twee coaches achter de plaat bij elkaar, en een hele tijd bespraken ze Black Oaks versie van de spelregels. Ze wezen naar schuttingen, palen en takken die over het veld hingen; die hadden allemaal hun eigen regels en eigen geschiedenis. Pappy was het oneens met het meeste wat de scheidsrechters zeiden, en er leek geen eind aan de onderhandelingen te komen.

Omdat de baptisten het jaar daarvoor het thuisteam waren geweest, waren wij nu als eersten aan slag. De werper van de methodisten was Buck Prescott, zoon van Sap Prescott, een van de grootste landeigenaren in het district Craighead. Buck was begin twintig en had bijna twee jaar aan de Arkansas State University gestudeerd, wat nogal zeldzaam was. Op de universiteit had hij geprobeerd te werpen, maar hij had problemen met de coach gekregen. Hij was linkshandig, gooide alleen maar boogballen en had ons het jaar daarvoor met 9-2 verslagen. Toen hij naar de werpheuvel liep, wist ik dat ons een lange dag te wachten stond. Zijn eerste worp was een langzame boogbal die hoog en uit was, maar toch een slag werd genoemd. Pappy riep al naar de scheidsrechter. Buck gaf twee slagmannen een vrije loop, gooide de volgende twee uit, en liet mijn vader toen een hoge bal naar het middenveld slaan.
Onze werper was Duke Ridley, een jonge boer met zeven kinderen. Hij wierp ballen die zelfs ik kon raken. Hij beweerde dat hij in de oorlog in Alaska had geworpen, maar dat was nooit bevestigd. Pappy dacht dat het gelogen was, en omdat ik het jaar daarvoor had gezien hoe hij werd ingemaakt, had ik ook grote twijfels. Hij gaf de eerste drie slagmannen de vrije loop zonder ook maar één slag, en ik dacht dat Pappy de werpheuvel zou bestormen om hem in elkaar te slaan. Hun volgende slagman kwam tegen de achtervanger aan. De daaropvolgende sloeg een hoge bal naar links. We hadden geluk toen hun zesde slagman, Lester Hurdle, met zijn tweeënvijftig jaren de oudste deelnemer aan de hele wedstrijd, een hoge bal naar rechts sloeg, waar onze veldspeler, Bennie Jenkins, zonder schoenen en handschoenen, hem met zijn blote handen opving.
De wedstrijd werd een duel tussen werpers, niet zozeer omdat er zo goed werd geworpen als wel omdat geen van beide teams kon slaan. We gingen naar de tafel met ijs terug, waar de laatste smeltende restanten werden uitgedeeld. In de derde inning stonden de vrouwen van beide kerkgenootschappen in groepjes te praten. Voor hen was de wedstrijd van minder belang. Ergens verderop stond een autoradio aan, en ik hoorde de stem van Harry Caray. De Cardinals speelden tegen de Cubs, de laatste wedstrijd van het seizoen.
Toen Dewayne en ik ons met onze laatste bekers ijs van de desserttafel terugtrokken, liepen we achter een quilt langs waarop een stuk of zes jonge vrouwen zaten te praten. 'Nou, hoe oud is Libby?' hoorde ik een van hen zeggen.

Ik bleef staan, nam een hap en keek langs hen heen naar het spel, alsof ik absoluut niet geïnteresseerd was in wat ze zeiden.

'Ze is nog maar vijftien,' zei een ander.

'Ze is een Latcher. Ze krijgt er gauw genoeg nog een.'

'Is het een jongen of een meisje?'

'Een jongen, hoorde ik.'

'En de vader?'

'Geen idee. Dat wil ze niemand vertellen.'

'Kom op,' zei Dewayne, en hij gaf me een por met zijn elleboog. We liepen door naar de dug-out. Ik wist niet of ik opgelucht of bang was. Het dorp wist dus dat de Latcher-baby was geboren, maar niet wie de vader was.

Dat zou niet lang duren, dacht ik. En dat werd onze ondergang. Ik zou een Latcher als neef hebben en iedereen zou dat weten.

Het werpersduel eindigde in de vijfde inning, toen beide teams zes punten hadden. Een halfuur lang vlogen de ballen alle kanten op – harde ballen, wilde worpen, ballen in het buitenveld. We wisselden twee keer van werper en ik wist dat we in de problemen zaten toen Pappy naar de werpheuvel ging en mijn vader aanwees. Mijn vader was geen werper, maar op dat moment hadden we niemand over. Maar hij gooide zijn ballen laag, en algauw verloren we deze inning.

'Musial werpt!' riep iemand. Dat was een grap of een vergissing. Stan Musial kon veel, maar hij had nooit eerder geworpen. We renden achter de toeschouwers langs naar het parkeerterrein. Een kleine menigte verdrong zich om een Dodge uit 1948, eigendom van Duffy Lewis. De radio stond zo hard mogelijk en Harry Caray werd helemaal wild – Stan Musial stond inderdaad op de werpheuvel. Hij wierp tegen de Cubs, tegen Frankie Baumholtz, de man met wie hij het hele jaar om de titel van beste slagman had gestreden. De menigte in Sportman's Park was in alle staten. Harry schreeuwde in de microfoon. We waren verbijsterd door het idee dat Musial aan het werpen was.

Baumholtz raakte een lage bal en rende naar het derde honk, en ze stuurden Musial naar het middenveld terug. Ik rende naar de dug-out en vertelde Pappy dat Stan Musial echt had geworpen, maar hij geloofde me niet. Ik vertelde het mijn vader, en die keek ook argwanend. De methodisten stonden met 8-6 voor, aan het eind van de zevende inning, en in de dug-out van de baptisten was de sfeer gespannen. Een fikse overstroming zou minder bezorgdheid hebben gewekt, in elk geval op dat moment.

Het was minstens vijfendertig graden. De spelers waren drijfnat van het zweet. Hun schone overalls en zondagse witte overhemden plakten aan hun huid. Ze bewogen langzamer – betaalden de prijs voor al die gebraden kip en aardappelsalade – en werkten niet hard genoeg om Pappy tevreden te stellen.

Omdat Dewaynes vader niet speelde, gingen ze na een paar uur weg. Een paar anderen gingen ook weg. De Mexicanen zaten nog onder hun boom langs het rechterspeelveld, maar ze lagen nu onderuit. Blijkbaar sliepen ze. De vrouwen zaten nog onder hun hoge boom en waren nu nog meer verdiept in hun roddelverhalen; het kon ze geen zier schelen wie de wedstrijd won.

Ik zat alleen tussen de toeschouwers en zag de methodisten in de achtste inning nog drie keer scoren. Ik droomde van de dag waarop ik daar zou staan en homeruns zou slaan en ongelooflijk goed zou spelen op het middenveld. Als ik groot genoeg was, zouden die vermaledijde methodisten geen schijn van kans meer maken.

Ze wonnen met 11-8. Voor het vijfde jaar achtereen had Pappy de baptisten naar een nederlaag geleid. Na afloop van de wedstrijd schudden de spelers elkaar lachend de hand, en daarna zochten ze de schaduw op, waar de ijsthee stond te wachten. Pappy lachte niet en schudde ook niemand de hand. Hij verdween een tijdje en ik wist dat hij een week zou blijven mokken.

De Cardinals verloren ook, met 3-0. Ze eindigden het seizoen met vier wedstrijden achterstand op de Giants en acht wedstrijden achterstand op de Brooklyn Dodgers, die in de World Series tegen de Yankees, ook uit New York, zouden uitkomen.

De restjes werden verzameld en naar de auto's en trucks teruggebracht. De tafels werden schoongemaakt en de rommel werd opgeruimd. Ik hielp Duffy Lewis de werpheuvel en het slagperk aan te harken, en toen we klaar waren, zag het veld er weer als nieuw uit. Het duurde een uur voordat we afscheid van iedereen hadden genomen. Zoals gewoonlijk dreigde het verliezende team met wat er het volgend jaar zou gebeuren en maakten de winnaars spottende opmerkingen. Voorzover ik kon nagaan, maakte niemand zich kwaad, behalve Pappy.

Toen we het dorp verlieten, dacht ik aan het eind van het seizoen. Het honkbalseizoen begon in het voorjaar, als we onze katoen plantten en nog hooggespannen verwachtingen hadden. Die hielden we de hele zomer en vaak waren ze onze enige afleiding van het geestdodende werk op de velden. We luisterden naar elke wedstrijd en praatten over de spelers en de tactieken, tot de volgende wedstrijd. Zes maanden lang maakte het deel uit van ons dagelijks leven, en dan was het weg. Net als de katoen.

Toen we thuiskwamen, was ik verdrietig. Geen wedstrijden om op de voorveranda naar te luisteren. Zes maanden zonder de stem van Harry Caray. Zes maanden zonder Stan Musial. Ik pakte mijn handschoen en maakte een lange wandeling over een veldweg. Zo nu en dan gooide ik de bal in de lucht en al die tijd vroeg ik me af wat ik moest doen tot het april was.

Voor het eerst in mijn leven brak het honkballen mijn hart.

24

In de eerste paar dagen van oktober verdween de hitte. De avonden werden koel en als we 's morgens naar het veld reden, was het zelfs kil. De benauwende vochtigheid was weg en de zon verloor zijn felle schittering. Tegen de middag werd het weer warm, maar niet zo heet als in augustus, en tegen de avond verdween de warmte weer. We wachtten, maar de warmte kwam niet terug. De seizoenen wisselden; de dagen werden korter.

Omdat de zon niet zoveel energie aan ons onttrok, werkten we harder en plukten we meer. En natuurlijk was de omslag in het weer het enige wat Pappy nodig had om zich zorgen te maken over weer iets anders. Nu de winter voor de deur stond, herinnerde hij zich verhalen over boeren die op eerste kerstdag nog over rijen en rijen modderige, rottende en ongeplukte katoen uitkeken.

Na een maand in de velden miste ik de school. De lessen zouden eind oktober weer beginnen en ik begon me erop te verheugen om weer de hele dag in een bank te zitten, omringd door vrienden in plaats van katoenstruiken en zonder Spruills om me zorgen over te maken. Nu het honkbalseizoen voorbij was, had ik iets nodig om over te dromen. Mijn wanhoop was zo groot dat ik alleen de school had om naar te verlangen.

Mijn terugkeer naar school zou glorieus zijn omdat ik mijn glanzende nieuwe honkbaljasje van de Cardinals zou dragen. In een sigarenkistje in de bovenste la van mijn bureau lag het enorme bedrag van veertien dollar vijftig, het resultaat van hard werken en grote zuinigheid. Ik gaf met tegenzin eentiende van mijn loon aan de kerk en investeerde verstandig in films en popcorn op zaterdag, maar het grootste deel van mijn loon zat veilig weggestopt bij mijn Stan Musial-honkbalplaatje en het in paarlemoer gevatte zakmes dat Ricky me had gegeven op de dag dat hij naar Korea vertrok.

Ik wilde het jasje bij Sears and Roebuck bestellen, maar mijn moeder wilde dat ik zou wachten tot de oogst voorbij was. We waren daarover nog aan het onderhandelen. De verzending duurde twee weken en ik wilde absoluut in het rood van de Cardinals naar school terugkeren.

Stick Powers zat tegen het eind van een middag op ons te wachten. Ik was met oma en mijn moeder. We hadden het veld een paar minuten eerder dan de anderen verlaten. Zoals altijd zat Stick onder een boom, de boom naast Pappy's truck. Aan zijn slaperige ogen was te zien dat hij een dutje had gedaan.

Hij tikte voor mijn moeder en oma tegen zijn hoed en zei: 'Middag, Ruth, Kathleen.'

'Hallo, Stick,' zei oma. 'Wat kunnen we voor je doen?'

'Ik zoek Eli of Jesse.'

'Die komen zo. Is er iets?'

Stick kauwde op een grashalm die uit zijn mond stak en wierp een lange blik op de velden, alsof hij gebukt ging onder ernstig nieuws dat misschien minder geschikt voor vrouwen was.

'Wat is er, Stick?' vroeg oma. Als je een zoon in de oorlog had, schrok je altijd als je een man in uniform op bezoek kreeg. In 1944 had Sticks voorganger het nieuws gebracht dat mijn vader bij Anzio gewond was geraakt.

Stick keek de vrouwen aan en besloot dat hij ze kon vertrouwen. 'De oudste Sisco-jongen, Grady, die in de gevangenis zat omdat hij een man in Jonesboro had vermoord, is vorige week ontsnapt. Ze zeggen dat hij ergens hier in de buurt is.'

Eerst zeiden de vrouwen niets. Oma was opgelucht omdat het nieuws niet over Ricky ging. Mijn moeder had genoeg van al dat gedoe met die Sisco's.

'Dat kun je beter aan Eli vertellen,' zei oma. 'Wij moeten het eten klaarmaken.'

Ze verontschuldigden zich en gingen naar binnen. Stick keek naar

hen en dacht ongetwijfeld aan zijn eigen avondeten.
'Wie had hij vermoord?' vroeg ik Stick zodra de vrouwen binnen waren.
'Dat weet ik niet.'
'Hoe heeft hij hem vermoord?'
'Hij sloeg hem met een schop, heb ik gehoord.'
'Wauw, dat moet wel een gevecht zijn geweest!'
'Dat denk ik ook.'
'Denkt u dat hij achter Hank aan gaat?'
'Zeg, ik moet met Eli praten. Waar is hij precies?'
Ik wees naar een plek diep in de velden. De katoenwagen was nog net te zien.
'Dat is een eind weg,' mompelde Stick. 'Denk je dat ik daarheen kan rijden?'
'Ja.' Ik was al op weg naar de patrouillewagen. We stapten in.
'Nergens aankomen,' zei Stick toen we op de voorbank zaten. Ik vergaapte me aan de schakelaars en radio, en natuurlijk kon Stick het niet laten me overal op te wijzen. 'Dit hier is de radio,' zei hij, en hij pakte de microfoon op. 'Hiermee zet je de sirene aan en hiermee de zwaailichten.' Hij wees naar een handgreep op het dashboard en zei: 'Dit is voor de schijnwerper.'
'Met wie praat u over de radio?' vroeg ik.
'Vooral met het HB. Dat is het hoofdbureau.'
'Waar is het hoofdbureau?'
'In Jonesboro.'
'Kunt u nu meteen met ze praten?'
Stick pakte met tegenzin de microfoon, bracht hem naar zijn mond, hield zijn hoofd schuin en zei met gefronste wenkbrauwen: 'Eenheid vier voor basis. Meld u.' Zijn stem was dieper en zijn woorden waren sneller, met extra gewicht.
We wachtten. Toen het HB niet reageerde, hield hij zijn hoofd de andere kant op, drukte op de knop van de microfoon en herhaalde: 'Eenheid vier voor basis. Meld u.'
'U bent eenheid vier?' vroeg ik.
'Jazeker.'
'Hoeveel eenheden zijn er?'
'Dat hangt ervan af.'
Ik keek naar de radio en wachtte tot het HB op Stick reageerde. Het leek me onmogelijk dat iemand die in Jonesboro zat rechtstreeks met

hem praatte en dat Stick dan iets terug kon zeggen.
In theorie zou het op die manier gaan, maar blijkbaar maakte het hoofdbureau zich niet erg druk om wat Stick deed. Voor de derde keer zei hij in de microfoon: 'Eenheid vier voor basis. Meld u.' Zijn woorden klonken nu iets scherper.
En voor de derde keer negeerde het HB hem. Na een poosje schoof hij de microfoon weer in de radio en zei: 'Het zal Theodore wel zijn. Die zit weer te slapen.'
'Wie is Theodore?' vroeg ik.
'Een van die lui op de centrale. Hij slaapt de helft van de tijd.'
Jij ook, dacht ik bij mezelf. 'Kunt u de sirene aanzetten?' vroeg ik.
'Nee. Daar zou je moeder van schrikken.'
'En de lichten?'
'Nee, dan raakt de accu leeg.' Hij greep naar het contactsleuteltje; de motor gromde en blafte, maar sloeg niet aan.
Hij probeerde het nog een keer, en kort voordat de motor er helemaal mee ophield, sloeg hij aan en begon hij sputterend te draaien. Blijkbaar had het HB Stick het slechtste vehikel van het wagenpark gegeven. Black Oak was niet bepaald een kweekvijver van criminaliteit.
Voordat hij de auto in de eerste versnelling kon zetten, zag ik de tractor langzaam over de veldweg rijden. 'Daar komen ze,' zei ik. Hij tuurde in de verte en zette toen de motor af. We stapten uit de auto en liepen naar de boom terug.
'Denk je dat je hulpsheriff wilt worden?' vroeg Stick.
En in een aftandse patrouillewagen rijden, de halve dag liggen slapen en met types als Hank Spruill en de Sisco's te maken krijgen? 'Ik word profhonkballer,' zei ik.
'Waar?'
'In St. Louis.'
'O ja,' zei hij met een van die rare lachjes die volwassenen laten zien als ze denken dat kinderen dromen. 'Iedere kleine jongen wil een Cardinal zijn.'
Ik had hem nog veel meer vragen willen stellen. De meeste gingen over zijn revolver en de kogels die erbij hoorden. En ik had altijd al zijn handboeien willen bekijken. Ik wilde weten hoe ze open- en dichtgingen. Terwijl hij naar de naderende tractor met de katoenwagen keek, bestudeerde ik zijn revolver en holster. Ik zou hem daar graag vragen over stellen.
Maar Stick had genoeg tijd aan mij besteed. Hij wilde dat ik wegging.

Ik hield mijn stortvloed van vragen voor me.
Toen de tractor stopte, kropen de Spruills en een paar Mexicanen uit de wagen. Pappy en mijn vader kwamen recht op ons af, en toen ze bij ons aankwamen, ging er al een enorme spanning van hen uit.
'Wat wil je, Stick?' snauwde Pappy.
Vooral Pappy ergerde zich aan Stick en diens eeuwige aanwezigheid in ons leven. We hadden katoen te plukken; de rest deed er nauwelijks toe. Stick volgde ons als een schaduw. Dat deed hij in het dorp en ook op ons eigen terrein.
'Wat is er aan de hand, Stick?' vroeg Pappy. De minachting klonk duidelijk in zijn stem door. Hij was net tien uur bezig geweest om vijfhonderd pond katoen te plukken en hij wist dat onze hulpsheriff in geen jaren een zweetdruppel had vergoten.
'Die oudste Sisco-jongen, Grady, die wegens moord in de gevangenis zit, is vorige week ontsnapt en ik denk dat hij weer thuis is.'
'Ga hem dan halen,' zei Pappy.
'Ik ben naar hem op zoek. Ik heb gehoord dat hij misschien moeilijkheden gaat veroorzaken.'
'Zoals?'
'Met die Sisco's weet je het nooit. Maar misschien gaan ze achter Hank aan.'
'Laat ze maar komen,' zei Pappy, altijd tuk op een vechtpartijtje.
'Ik heb gehoord dat ze vuurwapens hebben.'
'Ik heb ook vuurwapens, Stick. Geef maar aan de Sisco's door dat ik, als ik een van hen in de buurt van dit huis zie, zijn stomme kop van zijn romp knal.' Pappy snauwde inmiddels bijna tegen Stick. Zelfs mijn vader leek het een geweldig idee te vinden om zijn huis en familie te beschermen.
'Het zal hier niet gebeuren,' zei Stick. 'Zeg tegen je jongen dat hij uit het dorp wegblijft.'
'Zeg jij het maar tegen hem,' zei Pappy. 'Hij is mijn jongen niet. Het kan me niet schelen wat er met hem gebeurt.'
Stick keek naar de voortuin, waar de Spruills bezig waren het avondeten klaar te maken. Hij had geen zin om daarheen te gaan.
Hij keek Pappy aan en zei: 'Zeg het tegen hem, Eli.' Toen draaide hij zich om en liep naar zijn auto.
Die kreunde en sputterde en wilde ten slotte starten, en we zagen hem achteruit het pad op draaien en wegrijden.

Na het avondeten stond ik te kijken hoe mijn vader een binnenband van onze tractor plakte, toen ik Tally in de verte zag verschijnen. Het was laat maar nog niet donker en toen ze naar de silo liep, leek het wel of ze met opzet in de schaduw bleef. Ik keek aandachtig naar haar, tot ze bleef staan en mij een teken gaf haar te volgen. Mijn vader mopperde, het plakken ging niet goed, en ik glipte weg naar het huis. Toen rende ik naar de schaduw achter onze truck. Even later liepen we langs een rij katoen, ongeveer in de richting van Siler's Creek.

'Waar ga je heen?' vroeg ik ten slotte, toen duidelijk was geworden dat zij niet als eerste zou spreken.

'Weet ik niet. Gewoon een eind lopen.'

'Ga je naar de kreek?'

Ze lachte zacht en zei: 'Dat zou je wel willen, hè, Luke? Je wilt me weer zien, hè?'

Mijn wangen gloeiden en ik wist niet wat ik moest zeggen.

'Misschien later,' zei ze.

Ik wilde haar naar Cowboy vragen, maar dat onderwerp leek me zo vervelend en privé dat ik niet het lef had het aan te roeren. Tally was altijd mysterieus, altijd humeurig, en ik aanbad haar. Toen ik daar met haar over dat smalle pad liep, voelde ik me twintig.

'Wat wilde die hulpsheriff?' vroeg ze.

Ik vertelde haar alles. Stick had ons geen geheimen verteld. De Sisco's spraken dreigende taal en ze waren gek genoeg om iets te proberen. Ik gaf het allemaal aan Tally door.

Ze dacht daarover na terwijl we daar liepen en vroeg toen: 'Is Stick van plan Hank te arresteren vanwege die dode jongen?'

Nu moest ik voorzichtig zijn. De Spruills stonden op voet van oorlog met elkaar, maar de minste dreiging van buitenaf was genoeg om hen de gelederen te laten sluiten. 'Pappy is bang dat jullie weggaan,' zei ik.

'Wat heeft dat met Hank te maken?'

'Als hij gearresteerd wordt, gaan jullie misschien weg.'

'Wij gaan niet weg, Luke. We hebben het geld nodig.'

We waren blijven staan. Ze keek me aan en ik richtte mijn blik strak op mijn blote voeten. 'Ik geloof dat Stick wil wachten tot de katoen binnen is,' zei ik.

Ze verwerkte dat zwijgend, draaide zich toen om en liep terug naar het huis. Ik liep mee en was bang dat ik te veel had gezegd. Bij de silo zei ze me gedag en verdween in de duisternis.

Uren later, toen ik geacht werd te slapen, luisterde ik door het open raam naar de Spruills, die tegen elkaar grauwden en snauwden. Hank was het middelpunt van alle ruzies. Ik kon niet alles verstaan wat ze zeiden of waar ze ruzie over maakten, maar het leek wel of elke nieuwe onenigheid veroorzaakt werd door iets wat Hank had gezegd of gedaan. Zij waren moe; hij niet. Zij werden voor zonsopgang wakker en werkten minstens tien uur in de velden; hij sliep zo lang als hij wilde en ging dan op zijn dooie gemak katoen plukken.

En blijkbaar zwierf hij 's nachts weer rond. Toen mijn vader en ik de keukendeur opendeden om eieren en melk voor het ontbijt te gaan halen, stond Miguel bij de achtertrap te wachten. Hij smeekte om hulp. Het bombardement was hervat; iemand had tot na middernacht de schuur met zware aardkluiten bestookt. De Mexicanen waren doodmoe en woedend, en er kon elk moment een vechtpartij uitbreken.

Dat was ons enige gespreksonderwerp onder het ontbijt, en Pappy was zo kwaad dat hij nauwelijks kon eten. Ze besloten dat Hank moest vertrekken. Als de andere Spruills met hem meegingen, zouden we ons op de een of andere manier moeten redden. Tien goed uitgeruste en hardwerkende Mexicanen waren veel meer waard dan de Spruills.

Pappy wilde al van tafel opstaan om meteen met zijn ultimatum naar de voortuin te gaan, maar mijn vader bracht hem tot bedaren. Ze besloten te wachten tot het werk van die dag erop zat, want dan kregen ze nog een volle dag werk van de Spruills. Daar kwam nog bij dat ze niet zo gauw zouden vertrekken als het donker was.

Ik luisterde alleen. Eigenlijk wilde ik me ermee bemoeien en over mijn gesprek met Tally vertellen, vooral dat ze had gezegd dat haar familie het geld nodig had. Volgens mij zouden ze helemaal niet weggaan, maar zouden ze juist blij zijn dat ze van Hank af waren. Maar als er zulke moeilijke discussies werden gevoerd, was mijn mening nooit welkom. Ik kauwde op mijn koek en luisterde naar elk woord dat ze zeiden.

'En Stick?' vroeg oma.

'Wat is er met hem?' snauwde Pappy haar toe.

'Je zou Stick gaan vertellen wanneer je klaar was met Hank.'

Pappy nam een hap ham en dacht daarover na.

Oma was hem een stap voor, maar ze had het voordeel dat ze nadacht zonder kwaad te worden. Ze nam een slokje koffie en zei: 'Je zou tegen Spruill kunnen zeggen dat Stick van plan is Hank te arresteren.

Dan knijpt die jongen er vannacht tussenuit. Dan is hij weg, en dat is het enige wat telt. De Spruills zullen je dankbaar zijn omdat je hebt voorkomen dat hij wordt gearresteerd.'
Er viel niets tegen oma's plan in te brengen. Er verscheen een vage glimlach op het gezicht van mijn moeder. Opnieuw hadden de vrouwen een situatie sneller geanalyseerd dan de mannen.
Pappy zei geen woord meer. Mijn vader was gauw klaar met eten en ging naar buiten. De zon stond nog maar nauwelijks boven de bomen in de verte, maar het was al een enerverende dag.

Na het middageten zei Pappy plotseling: 'Luke, we gaan naar het dorp. De wagen is vol.'
De wagen was niet helemaal vol en we brachten hem nooit midden op de dag naar de ontkorrelinstallatie. Maar ik maakte geen bezwaar. Er stond iets te gebeuren.
Toen we bij de ontkorrelinstallatie aankwamen, waren er maar vier wagens voor ons. Meestal stonden er in de oogsttijd minstens tien, maar we kwamen dan ook altijd na het avondeten, de drukste tijd van de dag. 'De middag is een goede tijd om naar de ontkorrelinstallatie te gaan,' zei Pappy.
Hij liet de sleutels in de truck zitten, en toen we wegliepen, zei hij: 'Ik moet naar de Co-op. Laten we naar Main Street gaan.' Daar had ik wel oren naar.
Het dorp Black Oak telde driehonderd inwoners en die woonden bijna allemaal binnen vijf minuten lopen van Main Street. Het leek me vaak geweldig om een leuk huisje in een straat met veel schaduw te hebben, op een steenworp afstand van Pop en Pearl en de Dixiebioscoop, en nergens katoen te zien.
Toen we halverwege door Main Street waren gelopen, sloegen we abrupt af. 'Pearl wil je spreken,' zei hij, en hij wees naar het huis van de Watsons, rechts van ons. Ik was nooit in het huis van Pop en Pearl geweest en had nooit reden gehad om daar binnen te gaan, maar ik had het vanbuiten gezien. Het was een van de weinige huizen in het dorp waarvoor bakstenen waren gebruikt.
'Hè?' vroeg ik stomverbaasd.
Hij zei niets en ik liep maar achter hem aan.
Pearl wachtte bij de deur. Toen we naar binnen gingen, rook ik de heerlijke geur van iets dat werd gebakken, al was ik nog te verbaasd om te beseffen dat ze iets lekkers voor me klaarmaakte. Ze klopte me

even op mijn hoofd en knipoogde naar Pappy. In een hoek van de kamer stond Pop voorovergebogen, met zijn rug naar ons toe. Hij was met iets bezig. 'Kom eens hier, Luke,' zei hij zonder zich om te draaien.

Ik had gehoord dat ze een televisie bezaten. De eerste in ons district was een jaar eerder gekocht door Harvey Gleeson, de eigenaar van de bank, maar hij was een kluizenaar en voorzover wij wisten, had niemand zijn televisie gezien. Sommige kerkleden hadden familieleden in Jonesboro die een televisie bezaten, en als ze daar op bezoek waren geweest, praatten ze honderduit over die geweldige nieuwe uitvinding. Dewayne had er een in een etalage in Blytheville gezien en schepte daar ontzettend over op.

'Ga hier zitten,' zei Pop. Hij wees naar een plek op de vloer, recht voor het toestel. Hij was nog bezig aan de knoppen te draaien. 'Het is de World Series,' zei hij. 'Wedstrijd drie, de Dodgers in het Yankee-stadion.'

Mijn hart stond stil en mijn mond viel open. Ik was te verbaasd om te bewegen. Een meter van me vandaan bevond zich een klein scherm waarover lijnen dansten. Dat scherm werd omvat door een donkere, houten kast met het woord MOTOROLA in chroom onder een rij knoppen. Pop draaide aan een van de knoppen en plotseling hoorden we de scherpe stem van een presentator een lage bal naar de korte stop beschrijven. Toen draaide Pop aan twee knoppen tegelijk en kwam er beeld.

Het was een honkbalwedstrijd. Live vanuit het Yankee-stadion, en we keken daarnaar in Black Oak in Arkansas!

Achter me verschoven stoelen en ik voelde dat Pappy dichterbij kwam. Pearl hield niet zoveel van honkbal. Ze was een paar minuten in de keuken bezig en kwam terug met een schaal chocoladekoekjes en een glas melk. Ik nam de koekjes aan en bedankte haar. Ze kwamen zo uit de oven en roken heerlijk. Maar ik kon niet eten, niet op dat moment.

Ed Lopat wierp voor de Yankees, Preacher Roe voor de Dodgers. Mickey Mantle, Yogi Berra, Phil Rizzuto, Hank Bauer en Billy Martin speelden voor de Yankees, en Pee Wee Reese, Duke Snider, Roy Campanella, Jackie Robinson en Gil Hodges voor de Dodgers. Ze speelden voor zestigduizend toeschouwers in het Yankee-stadion en waren tegelijkertijd aanwezig in de huiskamer van Pop en Pearl. Ik staarde naar de televisie. Ik zag het maar kon het niet geloven.

'Eet je koekjes op, Luke,' zei Pearl terwijl ze door de kamer liep. Het was meer een bevel dan een uitnodiging, en ik nam een hap.
'Voor wie ben je?' vroeg Pop.
'Ik weet het niet,' mompelde ik, en ik wist het echt niet. Ik had geleerd beide teams te haten. En het was gemakkelijk geweest om ze te haten toen ze in New York waren, in een andere wereld. Maar nu waren ze in Black Oak en speelden ze het spel waar ik zoveel van hield, live vanuit het Yankee-stadion. Mijn haat verdween. 'De Dodgers, denk ik,' zei ik.
'Je moet altijd voor de National League zijn,' zei Pappy achter me.
'Misschien,' zei Pop met tegenzin. 'Maar het is erg moeilijk om voor de Dodgers te zijn.'
De wedstrijd werd vanuit Memphis naar onze wereld uitgezonden door Channel 5, een dochterstation van de National Broadcasting Company, wat dat ook mocht betekenen. Er waren reclamespotjes voor Lucky Strike-sigaretten, Cadillac, Coca-Cola en Texaco. Tussen de innings verdween de wedstrijd en was er reclame, en daarna veranderde het scherm weer en waren we weer in het Yankee-stadion. Het was een duizelingwekkende ervaring en ik werd er helemaal door gefascineerd. Een uur lang was ik in een andere wereld.
Pappy had zaken te regelen. Op een gegeven moment verliet hij het huis en liep hij naar Main Street. Ik hoorde hem niet weggaan, maar onder een reclamespotje merkte ik dat hij er niet meer was.
Yogi Berra sloeg een homerun en toen ik hem voor het oog van zestigduizend uitzinnige toeschouwers langs de honken zag rennen, wist ik dat ik de Yankees nooit meer echt zou kunnen haten. Ze waren legenden, de beste spelers van het beste team dat het honkbal ooit had gekend. Ik raakte milder gestemd maar besloot mijn nieuwe gevoelens voor me te houden. Pappy zou geen Yankee-sympathieën in zijn huis toestaan.
In het begin van de negende inning liet Berra een worp voorbijvliegen. De Dodgers scoorden twee runs en wonnen de wedstrijd. Pearl deed de koekjes in folie en gaf ze me mee. Ik bedankte Pop omdat hij me dit ongelooflijke avontuur had laten meebeleven en ik vroeg hem of ik terug mocht komen als de Cardinals speelden.
'Goed,' zei hij, 'maar dat kan heel lang duren.'
Toen ik naar de ontkorrelmachines was teruggelopen, stelde ik Pappy een paar vragen over de werking van televisie. Hij sprak in erg vage en verwarrende bewoordingen over de signalen en zendmasten, en gaf

ten slotte toe dat hij er weinig van wist, omdat het nog zo'n nieuwe uitvinding was. Ik vroeg wanneer wij er een zouden krijgen. 'Ooit,' zei hij, alsof het nooit zou gebeuren. Ik schaamde me bijna omdat ik het had gevraagd.

We reden met onze lege wagen naar de boerderij terug en ik plukte katoen tot het tijd was om op te houden. Onder het avondeten lieten de volwassenen me aan het woord. Ik praatte aan één stuk door over de wedstrijd en de reclamespotjes en alles wat ik op de televisie van Pop en Pearl had gezien.

Het moderne Amerika deed langzaam zijn intrede in onze uithoek van Arkansas.

25

Kort voor het donker werd gingen mijn vader en meneer Leon Spruill een eindje wandelen voorbij de silo. Mijn vader legde uit dat Stick Powers van plan was Hank voor de moord op Jerry Sisco te arresteren. Omdat Hank toch al zoveel moeilijkheden veroorzaakte, zou het misschien verstandig zijn als hij 's nachts verdween en naar de heuvels terugkeerde. Blijkbaar reageerde meneer Spruill gunstig en dreigde hij niet te vertrekken. Tally had gelijk: ze hadden het geld nodig. En ze hadden genoeg van Hank. Blijkbaar zouden ze tot het eind van de katoenpluk blijven.

We zaten op de voorveranda en keken en luisterden. Er vielen geen harde woorden. Uit niets bleek dat ze van plan waren hun kamp op te breken. Evenmin waren er tekenen dat Hank zou vertrekken. Nu en dan zagen we hem in de schaduw door hun kamp lopen, bij het vuur zitten, op zoek gaan naar restjes. De Spruills gingen een voor een naar bed. Wij ook.

Ik was klaar met mijn gebeden en lag klaarwakker in Ricky's bed, denkend aan de Yankees en de Dodgers, toen er in de verte ruzie uitbrak. Ik sloop over de vloer en keek door het raam naar buiten. Alles was donker en stil, en eerst kon ik niemand zien. De schaduwen bewogen en naast de weg zag ik meneer Spruill en Hank tegenover elkaar staan. Ze praatten allebei tegelijk. Ik kon niet verstaan wat ze zeiden, maar het was duidelijk dat ze kwaad waren.

Dat wilde ik niet missen. Ik sloop de gang op en bleef lang genoeg staan om me ervan te vergewissen dat alle volwassenen sliepen. Toen sloop ik door de huiskamer, maakte de hordeur aan de voorkant open en kwam op de veranda. Ik ging de trap af en sloop naar de heg aan de oostkant van ons erf. Er stond een halve maan, met hier en daar wat bewolking, en na een paar minuten geruisloos sluipen was ik dicht bij de weg. Mevrouw Spruill had zich nu ook in de discussie gemengd. Ze maakten ruzie over het gevecht met de Sisco's. Hank hield vol dat hij onschuldig was. Zijn ouders wilden niet dat hij werd gearresteerd.
'Ik vermoord die dikke hulpsheriff,' gromde hij.
'Ga nou maar naar huis, jongen. Laat de dingen tot rust komen,' zei mevrouw Spruill steeds weer.
'De Chandlers willen dat je weggaat,' zei meneer Spruill op een gegeven moment.
'Ik heb meer geld in mijn zak dan die heikneuters ooit zullen hebben,' snauwde Hank.
De woordenwisseling ging alle kanten op. Hank zei harde dingen over ons, de Mexicanen, Stick Powers, de Sisco's, de bevolking van Black Oak, en hij had zelfs een paar fraaie omschrijvingen van zijn ouders en Bo en Dale paraat. Alleen Tally en Trot bleven buiten schot. Zijn taalgebruik werd steeds grover en zijn stem luider, maar meneer en mevrouw Spruill hielden voet bij stuk.
'Goed, ik ga weg,' zei hij ten slotte, en hij stormde naar een tent om iets te halen. Ik sloop naar de kant van de weg, stak vlug over en liet me in de diepten van de Jeter-katoen aan de andere kant vallen. Vandaar had ik perfect zicht op onze voortuin. Hank stopte een oude canvas tas vol eten en kleren. Ik vermoedde dat hij naar de grote weg zou lopen om daar te gaan liften. Ik liep door de rijen heen en sloop langs de ondiepe greppel in de richting van de rivier. Ik wilde Hank zien als hij voorbij kwam lopen.
Ze ruzieden nog wat, en toen zei mevrouw Spruill: 'We zijn over een paar weken thuis.' Het praten hield op, en Hank kwam me met grote stappen voorbij, midden op de weg, een tas over zijn schouder. Ik schuifelde naar het eind van de rij en zag hem naar de brug lopen.
Ik moest onwillekeurig glimlachen. Op onze boerderij zou de rust terugkeren. Ik bleef daar een hele tijd gehurkt zitten, tot lang nadat Hank verdwenen was, en dankte de sterren aan de hemel dat hij eindelijk weg was.
Ik wilde net teruglopen toen er aan de andere kant van de weg plotse-

ling iets bewoog. De katoenstruiken ritselden een beetje en er kwam een man overeind die naar voren stapte. Hij liep snel en voorovergebogen, en deed blijkbaar zijn best om onzichtbaar te zijn. Hij keek de weg af, in de richting van ons huis, en heel even viel het maanlicht op zijn gezicht. Het was Cowboy.

Even was ik te bang om te bewegen. Aan de Jeter-kant van de weg was ik veilig, verborgen in hun katoen. Ik wilde teruglopen, vlug naar het huis gaan en in Ricky's bed kruipen.

Maar ik wilde ook zien wat Cowboy in zijn schild voerde.

Cowboy bewoog zich snel door de kniediepe greppel, zonder geluid te maken. Hij liep telkens een eindje en bleef dan staan luisteren. Weer een eindje, en stopte. Ik was dertig meter achter hem, nog op Jeterterrein, en liep zo snel als ik durfde. Als hij me hoorde, zou ik wegduiken in de dichte katoen.

Algauw zag ik de forse gestalte van Hank, die nog op het midden van de weg liep en zonder veel haast te maken op weg naar huis was. Cowboy vertraagde zijn achtervolging en ik ging ook langzamer lopen.

Ik was op blote voeten en als ik op een mocassinslang trapte, zou ik een gruwelijke dood sterven. Ga naar huis, zei iets tegen me. Maak dat je hier wegkomt.

Als Cowboy wilde vechten, waar wachtte hij dan op? Onze boerderij was nu uit het zicht en buiten gehoorsafstand. Maar de rivier lag voor ons, en misschien wilde Cowboy wachten tot Hank daar was.

Toen Hank de brug naderde, versnelde Cowboy zijn pas en ging hij midden op de weg lopen. Ik bleef aan de rand van de katoen, zwetend en buiten adem. Ik vroeg me af waarom ik me zo stom gedroeg.

Hank kwam bij de rivier en liep de brug op. Cowboy begon te rennen. Toen Hank ongeveer op het midden van de brug was, bleef Cowboy lang genoeg staan om uit te halen en een steen te gooien. De steen kwam op de planken van de brug terecht, dicht bij Hank, die bleef staan en zich snel omdraaide. 'Kom maar op, rottige Mexicaan,' gromde hij.

Cowboy liep gewoon door. Hij kwam op de brug, liep de lichte helling op en toonde geen enkele angst. Hank bleef intussen staan wachten en schold hem uit. Hank leek twee keer zo groot als Cowboy. Ze zouden elkaar midden op de brug ontmoeten, en het leed geen enkele twijfel dat een van hen een nat pak zou halen.

Toen ze dicht bij elkaar waren, haalde Cowboy plotseling weer uit met zijn arm en gooide opnieuw een steen. Hank dook weg en op de een of andere manier miste de steen hem. Toen stormde hij op Cowboy af. Cowboys stiletto klapte open en flikkerde in het halfduister. Cowboy hield de stiletto omhoog. Hank hervond lang genoeg zijn evenwicht om wild met zijn tas te zwaaien. Die streek langs Cowboy en sloeg zijn hoed af. De twee draaiden op de smalle brug om elkaar heen, allebei zoekend naar een opening. Hank gromde en vloekte, en hield zijn blik op het mes gericht. Toen greep hij in de tas en haalde er een flesje of zoiets uit. Hij hield het als een honkbal omklemd en wilde er blijkbaar mee gooien. Cowboy dook ineen, buigend in zijn knieën en zijn middel, en wachtte op het juiste moment om toe te slaan. Toen ze ineengedoken om elkaar heen draaiden, kwamen ze ieder vlak bij de rand van de brug.

Hank liet een gromgeluid horen en gooide het flesje zo hard als hij kon naar Cowboy, die nog geen drie meter van hem vandaan stond. Het raakte hem ergens op zijn hals of keel, dat kon ik niet precies zien, en heel even wankelde Cowboy en leek het erop dat hij zou vallen. Hank gooide de tas naar hem toe en stormde op hem af. Maar met verbazingwekkende snelheid pakte Cowboy het mes over in zijn andere hand, trok een steen uit zijn broekzak en gooide die harder dan elke honkbal die hij ooit had geworpen. De steen trof Hank ergens in zijn gezicht. Ik kon het niet zien, maar wel horen. Hank gaf een schreeuw en greep naar zijn gezicht, en voor hij zich weer kon herstellen, was het al te laat.

Cowboy dook ineen en dreef het mes door Hanks maag en borst. Hank gaf een schelle kreet van schrik en pijn.

Toen trok Cowboy het mes terug en stak hij er nog eens en nog eens mee. Hank zakte op één knie, en toen op beide knieën. Zijn mond was open, maar er kwam geen geluid uit. Hij staarde Cowboy alleen maar aan, zijn gezicht verwrongen van schrik.

Met snelle, venijnige steken maakte Cowboy het karwei af. Toen Hank roerloos op de brug lag, doorzocht Cowboy vlug zijn zakken en beroofde hem. Toen sleepte hij hem naar de zijkant van de brug en duwde hem over de rand. Het lijk viel met een plons in het water en ging meteen onder. Cowboy doorzocht de tas, vond niets dat hij wilde hebben en gooide hem ook in het water. Toen bleef hij een hele tijd op de rand van de brug naar het water staan kijken.

Omdat ik geen zin had om Hank achterna te gaan, begroef ik me tussen twee rijen katoen. Ik verstopte me zo goed dat ik bijna verdwaalde. Mijn hart bonsde sneller dan ooit tevoren. Ik beefde en zweette en huilde en bad ook. Ik had in bed moeten liggen, veilig en wel, met mijn ouders in de kamer ernaast en mijn grootouders in een andere kamer. Maar ze leken me opeens zo ver weg. Ik zat alleen in een ondiepe greppel, bang en alleen en in groot gevaar. Ik had zojuist iets gezien wat ik nog steeds niet geloofde.

Ik weet niet hoelang Cowboy daar op de brug in het water bleef staan kijken om er zeker van te zijn dat Hank weg was. Nu en dan trok de bewolking voor de halvemaan langs, en dan kon ik hem amper zien. Als de wolken weer wegtrokken, stond hij daar nog steeds, zijn vuile cowboyhoed schuin op zijn hoofd. Na een hele tijd liep hij de brug af en bleef hij bij de rand van de rivier staan om zijn mes af te spoelen. Hij keek nog een tijdje naar de rivier, draaide zich toen om en begon de weg af te lopen. Toen hij langs me heen liep, was hij zeven meter van me vandaan. Ik voelde me net alsof ik minstens een halve meter in de grond begraven lag.

Ik wachtte een eeuwigheid, tot hij allang uit het zicht verdwenen was, tot hij me onmogelijk zou kunnen horen, en toen kroop ik uit mijn schuilplaats en liep ik terug naar huis. Ik wist niet wat ik zou doen als ik daar aankwam, maar ik zou er veilig zijn. Ik zou wel iets bedenken. Ik bleef me gedekt houden en sloop door het kafferkoren langs de rand van het veld. Als boeren hadden we een hekel aan het kafferkoren, maar voor het eerst in mijn leven was ik er blij mee. Ik zou hard willen lopen, midden over de weg, om zo gauw mogelijk thuis te zijn, maar ik was doodsbang en mijn voeten voelden zwaar aan. Ik was moe en bang, en van tijd tot tijd kreeg ik nauwelijks de ene voet voor de andere. Het duurde een eeuwigheid voordat ik de contouren van ons huis en onze schuur zag. Ik keek naar de weg voor me, want ik wist dat Cowboy daar ergens was en dat hij achterom en opzij keek. Ik probeerde niet aan Hank te denken. Ik wilde alleen nog maar naar huis.

Toen ik bleef staan om op adem te komen, ving ik de onmiskenbare geur van een Mexicaan op. Ze wasten zich bijna nooit en na een paar dagen katoen plukken hadden ze hun eigen, herkenbare geur.

Het waaide snel over. Nadat ik een minuut of twee diep had ingeademd, vroeg ik me af of ik me dingen verbeeldde. Om geen risico's te nemen trok ik me weer in de diepten van de Jeter-katoen terug en ging ik langzaam naar het oosten. Geruisloos ging ik dwars door de ene rij na de andere. Toen ik de witte tenten van kamp Spruill kon zien, wist ik dat ik bijna thuis was.

Wat zou ik over Hank vertellen? De waarheid, niets dan de waarheid. Er waren al genoeg geheimen die als een loodzware last op mijn schouders drukten. Zo'n groot geheim als dit kon ik er echt niet bij hebben. Ik zou Ricky's kamer binnensluipen en proberen wat te slapen, en als mijn vader me wakker maakte om eieren en melk te gaan halen, zou ik het hele verhaal vertellen. Elke stap, elke beweging, elke steek met het mes – mijn vader zou het allemaal te horen krijgen. Hij en Pappy zouden naar het dorp gaan om het aan Stick Powers te vertellen, en voor het middageten zou Cowboy in de cel zitten. Waarschijnlijk zou hij al voor de kerstdagen worden opgehangen.

Hank was dood. Cowboy zou naar de gevangenis gaan. De Spruills zouden vertrekken, maar dat kon me niet schelen. Ik wilde nooit meer een Spruill zien, zelfs Tally niet. Ik wilde dat iedereen uit ons leven verdween.

Ik wilde dat Ricky thuiskwam en dat de Latchers weggingen. Dan zou alles weer normaal zijn.

Toen ik binnen sprintafstand van onze voorveranda was, besloot ik het erop te wagen. Mijn zenuwen waren gespannen als snaren en mijn geduld was op. Ik had me urenlang verborgen gehouden en ik had er genoeg van. Ik rende naar het eind van de katoenrijen en stapte over de greppel de weg op. Ik boog me diep voorover, luisterde even en zette het toen op een lopen. Na twee stappen, misschien drie, was er een geluid achter me, en toen greep een hand mijn voet en ging ik tegen de vlakte. Cowboy zat boven op me, met een knie in mijn rug en het lemmet van zijn stiletto een paar centimeter van mijn neus. Zijn ogen schitterden. 'Stil!' siste hij.

We haalden allebei diep adem en zweetten overdadig. Zijn geur kwam als een walm op me af, dezelfde geur die ik een paar minuten geleden ook had geroken. Ik verzette me niet langer en klemde mijn tanden op elkaar. Zijn knie dreigde me te verpletteren.

'Bij de rivier geweest?' vroeg hij.

Ik schudde van nee. Het zweet van zijn kin drupte in mijn ogen en brandde. Hij bewoog het mes een beetje heen en weer, alsof ik het nog niet had gezien.

'Waar was je dan?' vroeg hij.

Ik schudde weer mijn hoofd; ik kon niks zeggen. Toen besefte ik dat mijn hele lichaam beefde van angst.

Toen duidelijk was dat ik geen woord kon uitbrengen, tikte hij met de punt van het mes op mijn voorhoofd. 'Als je één woord over vanavond

zegt,' zei hij langzaam, en zijn ogen zeiden meer dan zijn mond, 'vermoord ik je moeder. Begrepen?'
Ik knikte heftig. Hij stond op, liep weg en verdween vlug in de duisternis en liet mij in het zand en stof van onze weg liggen. Ik begon te huilen, en te kruipen, en ik bereikte onze truck voordat ik het bewustzijn verloor.

Ze vonden me onder hun bed. In de verwarring, terwijl mijn ouders tegen me schreeuwden en een spervuur van vragen op me afvuurden – over mijn vuile kleren, de bloederige sneden op mijn armen, waarom ik precies onder hun bed sliep – lukte het me te verzinnen dat ik een verschrikkelijke droom had gehad. Hank was verdronken! En ik was gaan kijken.
'Je was aan het slaapwandelen!' zei mijn moeder ongelovig, en ik greep dat meteen aan.
'Wie weet.' Ik knikte. Daarna was alles een waas – ik was doodmoe en doodsbang en ik wist niet of wat ik bij de rivier had gezien echt gebeurd was of dat het inderdaad een droom was geweest. Ik was doodsbang bij de gedachte dat ik Cowboy ooit nog onder ogen zou komen.
'Ricky deed dat ook altijd,' voegde oma er vanuit de gang aan toe. 'Op een avond vonden we hem achter de silo.'
Dat hielp om iedereen enigszins tot bedaren te brengen. Ze brachten me naar de keuken en lieten me aan de tafel zitten. Mijn moeder boende me schoon, terwijl oma de schrammen van het kafferkoren op mijn armen behandelde. De mannen zagen dat de situatie onder controle was en gingen weg om eieren en melk te halen.
Toen we net aan tafel wilden gaan, kwam er een zware onweersbui opzetten. Ik vond het prettig die geluiden te horen. De komende uren zouden we niet naar het veld gaan. Ik zou niet bij Cowboy in de buurt komen.
Ze keken naar me terwijl ik lusteloos zat te eten. 'Ik mankeer niets,' zei ik op een gegeven moment.
De regen viel zwaar en luidruchtig op ons metalen dak en overstemde onze gesprekken. We aten dan ook in stilte. De mannen maakten zich zorgen over de katoen, de vrouwen maakten zich zorgen over mij.
Ik had genoeg zorgen om ons allemaal te verpletteren.
'Mag ik de rest later opeten?' vroeg ik, en ik schoof mijn bord een eindje van me af. 'Ik heb slaap.'

Mijn moeder besloot dat ik weer naar bed zou gaan en zo lang zou rusten als nodig was. Terwijl de vrouwen de tafel afruimden, vroeg ik fluisterend aan mijn moeder of ze bij me wilde komen liggen. Natuurlijk wilde ze dat.

Ze viel nog eerder in slaap dan ik. We lagen in het bed van mijn ouders, in hun halfduistere slaapkamer. We zwegen in de koelte en luisterden naar de regen, terwijl de mannen niet ver van ons vandaan in de keuken waren en koffiedronken en wachtten. Ik voelde me veilig.

Ik wilde dat het altijd zou blijven regenen. De Mexicanen en de Spruills zouden weggaan. Cowboy zou naar huis worden gebracht, naar een plek waar hij kon snijden en steken zoveel als hij wilde, en ik zou er nooit meer iets over horen. En in de loop van de zomer, als er plannen voor de katoenpluk werden gemaakt, zou ik ervoor zorgen dat Miguel en zijn troep Mexicanen niet meer naar ons district kwamen.

Ik wilde mijn moeder naast me hebben, en mijn vader in de buurt. Ik wilde slapen, maar toen ik mijn ogen dichtdeed, zag ik Hank en Cowboy op de brug. Ik hoopte plotseling dat Hank er nog was, dat hij nog in kamp Spruill op zoek was naar eten, dat hij 's nachts nog aardkluiten naar de schuur gooide. Dan zou het allemaal een droom zijn.

26

Ik klampte me de hele dag aan mijn moeder vast – toen het onweer voorbij was, toen het middageten voorbij was, toen de anderen naar de velden gingen en wij bij het huis bleven. Mijn ouders fluisterden onder elkaar en mijn vader fronste zijn wenkbrauwen, maar mijn moeder hield voet bij stuk. Er waren momenten waarop kleine jongens gewoon bij hun moeder moesten zijn. Ik durfde haar niet uit het oog te verliezen.

Alleen al het idee dat ik zou kunnen vertellen wat er op de brug was gebeurd, maakte me slap in de knieën. Ik probeerde niet aan de moord te denken, en niet aan de mogelijkheid dat ik erover zou kunnen vertellen, maar mijn gedachten werden er helemaal door beheerst.

We verzamelden groente uit de tuin. Ik volgde mijn moeder met de stromand en keek intussen goed om me heen, want ik verwachtte elk moment dat Cowboy uit het niets zou opduiken om ons beiden af te slachten. Ik kon hem ruiken, hem voelen, hem horen. Ik kon zijn gemene vochtige ogen zien kijken naar alles wat we deden. Nog steeds voelde ik de punt van zijn stiletto tegen mijn voorhoofd.

Ik dacht aan niets anders dan hem en ik bleef dicht bij mijn moeder.

'Wat is er toch, Luke?' vroeg ze meer dan eens. Ik wist dat ik erg stil was, maar ik kon de woorden er niet uit krijgen. Ik hoorde een vaag gegalm in mijn oren. De wereld bewoog langzamer. Ik wilde alleen

nog een plek om me te verbergen, ver weg hiervandaan.
'Niets,' zei ik. Zelfs mijn stem was anders: laag en krassend.
'Ben je nog moe?'
'Ja, moeder.'
En ik zou een maand moe blijven, als dat me uit de velden en van Cowboy vandaan hield.
We gingen naar Trots schilderwerk kijken. Omdat wij thuis waren en geen katoen plukten, was Trot nergens te bekennen. Als we het huis verlieten, zou hij verdergaan met schilderen. De oostkant had nu een witte strook van ongeveer een meter hoog, van de voorkant tot bijna de achterkant. Het was netjes gedaan, het werk van iemand die alle tijd van de wereld had.
In dit tempo zou Trot het huis nooit af krijgen voordat de Spruills weggingen. Wat zou er gebeuren als ze weg waren? We konden niet in een huis met een oostkant in twee kleuren wonen.
Ik had belangrijker dingen om me druk over te maken.
Mijn moeder besloot wat tomaten te wecken. Zij en oma waren in de zomer en het begin van de herfst urenlang bezig groenten uit onze tuin in te maken: tomaten, erwten, bonen, okra, bladen van de Indische mosterdplant, maïs. Begin november stonden de planken van onze bijkeuken vol met vier rijen weckflessen boven elkaar, genoeg om ons door de winter en het begin van het voorjaar te helpen. En natuurlijk weckten ze ook genoeg voor een ieder die misschien een beetje hulp nodig had. Ik was er zeker van dat we de komende maanden nog heel wat voedsel naar de Latchers zouden brengen, zeker nu we familie waren.
Alleen al die gedachte maakte me woedend, maar nogmaals: ik maakte me niet druk meer om de Latchers.
Ik had opdracht tomaten te pellen. Eenmaal gepeld, werden ze fijngehakt en in grote pannen gedaan en net lang genoeg gekookt om ze zacht te maken, waarna ze in weckflessen van Kerr werden gedaan, met een eetlepel zout en met een nieuw deksel erop. We gebruikten elk jaar dezelfde weckflessen, maar we kochten altijd nieuwe deksels. Eén klein lek in de afsluiting en een hele fles ging verloren, en het was in de winter altijd een slecht moment als oma of mijn moeder een weckfles openmaakte en de inhoud oneetbaar bleek te zijn. Dat gebeurde niet vaak.
Als de weckflessen eenmaal goed afgesloten waren, gingen ze op een rij in een grote hogedrukpan die voor de helft met water was gevuld.

Daar zouden ze een halfuur staan koken, onder druk, om eventuele overgebleven lucht eruit te halen en de afsluiting nog hechter te maken. Oma en mijn moeder gingen bij dat wecken erg nauwkeurig te werk. Het was een bron van trots onder de vrouwen en ik hoorde de vrouwen van de kerk vaak opscheppen dat ze ik weet niet hoeveel weckflessen met bonen en van alles hadden.

Het wecken begon zodra de tuin iets begon op te leveren. Ik moest er soms bij helpen en had daar altijd een hekel aan. Maar vandaag was dat anders. Vandaag was ik blij dat ik bij mijn moeder in de keuken kon zijn, terwijl Cowboy ver weg in de velden was.

Ik stond met een scherp schilmesje aan het aanrecht, en toen ik in de eerste tomaat sneed, dacht ik aan Hank op de brug. Het bloed, de stiletto, de kreet van pijn bij de eerste steek, en toen de angst in zijn ogen bij de volgende steken. Ik denk dat Hank op dat moment wist dat hij zou worden doodgestoken door iemand die dat al eerder had gedaan. Hij wist dat hij dood ging.

Mijn hoofd sloeg tegen de poot van een keukenstoel. Toen ik op de bank wakker werd, hield mijn moeder een zakje met ijs boven mijn rechteroor. Ze glimlachte en zei: 'Je bent flauwgevallen, Luke.'

Ik probeerde iets te zeggen, maar mijn mond was te droog. Ze gaf me een slokje water en zei dat ik voorlopig nergens heen ging. 'Ben je moe?' vroeg ze.

Ik knikte en deed mijn ogen dicht.

Twee keer per jaar stuurde het district een paar truckladingen grind naar onze weg. De trucks dumpten het grind en meteen daarna kwam er een bulldozer om alles vlak te maken. Die bulldozer werd bestuurd door een oude man die in de buurt van Caraway woonde. Hij had een zwart lapje over een van zijn ogen, en de linkerkant van zijn gezicht was zo erg verminkt en vervormd dat ik altijd even ineenkromp als ik hem zag. Hij was in de Eerste Wereldoorlog gewond geraakt, zei Pappy, die beweerde dat hij meer over die oude man wist dan hij wilde vertellen. Hij heette Otis.

Otis had twee aapjes die hem hielpen de wegen in Black Oak en omgeving vlak te maken. Het waren kleine zwarte beesten met een lange staart, en ze renden over het chassis van de bulldozer, sprongen soms zelfs op het duwblad, een paar centimeter boven het zand en het grind. Soms zaten ze op zijn schouder, of op zijn rug of naast hem op de zitplaats, of op de lange stang die van het stuur naar de voorkant liep. Terwijl Otis heen en weer over de weg reed en de hendels bediende om het duwblad in de juiste stand te krijgen, en daarbij tabakssap uitspuwde, sprongen en slingerden de aapjes zonder enige angst over de bulldozer. Zo te zien hadden ze de grootste pret.

Als, om een of andere afschuwelijke reden, wij kinderen niet bij de Cardinals kwamen, wilden velen van ons bulldozerbestuurder worden. Het was een grote, krachtige machine die door één man in bedwang werd gehouden, en al die hendels moesten met precisie worden bediend – handen en voeten die zich gecoördineerd bewogen. Daar kwam nog bij dat vlakke wegen voor de boeren van Arkansas van cruciaal belang waren. Voor ons gevoel waren maar weinig banen zo belangrijk.

We hadden geen idee hoeveel het betaalde, maar we waren er zeker van dat het meer opleverde dan een boerderij.

Toen ik de dieselmotor hoorde, wist ik dat Otis terug was. Ik liep hand in hand met mijn moeder naar de rand van de weg, en ja hoor: tussen ons huis en de brug lagen drie bergen nieuw grind. Otis was het aan het verspreiden en werkte zich langzaam naar ons toe. We gingen onder een boom staan wachten.

Mijn hoofd was weer helder, en ik voelde me sterk. Mijn moeder trok steeds aan mijn schouder. Blijkbaar was ze bang dat ik weer flauw zou vallen. Toen Otis dichterbij kwam, ging ik dichter naar de weg toe. De motor brulde; het duwblad werkte zand en grind omhoog. Onze weg werd opgeknapt, een uiterst belangrijke gebeurtenis.

Soms zwaaide Otis, soms niet. Ik zag zijn littekens en zijn zwarte ooglapje. O, wat zou ik die man een boel vragen willen stellen!

En ik zag maar één aapje. Hij zat op het chassis, vlak achter het stuur, en maakte een erg verdrietige indruk. Ik keek of ik het andere aapje ook ergens zag, maar er was er maar een.

We zwaaiden naar Otis, die ons aankeek maar niet terugzwaaide. Dat was in onze wereld verschrikkelijk onbeleefd, maar ja, Otis was een geval apart. Omdat hij die oorlogswonden had opgelopen, had hij geen vrouw, geen kinderen, alleen maar eenzaamheid.

Plotseling stopte de bulldozer. Otis draaide zich om en keek mij met zijn goede oog aan, en toen maakte hij een gebaar dat ik aan boord mocht klimmen. Ik ging meteen naar hem toe, maar mijn moeder kwam vlug naar voren om nee te zeggen. 'Het kan geen kwaad! Er gebeurt hem niets!' riep Otis. Het deed er al niet meer toe: ik klom al naar boven.

Hij pakte mijn hand vast en trok me naar het platform waar hij op zat. 'Hier blijven staan,' zei hij nors, en hij wees naar een kleine plaats naast hem. 'Hou je hier vast,' gromde hij, en ik pakte een beugel vast, vlak naast een belangrijk uitziende hendel die ik nooit zou durven aanraken. Ik keek naar mijn moeder, die met haar handen in haar zij stond. Ze schudde haar hoofd alsof ze me wel kon wurgen, maar toen zag ik haar ook vaag glimlachen.

Otis gaf gas en de motor achter ons kwam brullend tot leven. Hij trapte op de koppeling, trok aan een versnellingspook, en we reden. Ik had vlugger kunnen lopen, maar door het lawaai van de dieselmotor leek het of we ongelooflijk hard gingen.

Ik stond links van Otis, erg dicht bij zijn gezicht, en ik probeerde niet naar zijn littekens te kijken. Na een paar minuten leek hij vergeten te zijn dat ik er was. Het aapje daarentegen was erg nieuwsgierig. Het keek naar me alsof ik een indringer was en toen sloop hij langzaam op alle vier poten naar me toe, klaar om me elk moment te bespringen. Hij sprong op Otis' rechterschouder, liep om zijn nek heen en bleef op zijn linkerschouder zitten, zijn blik strak op mij gericht.

Ik keek naar hem terug. Hij was niet groter dan een eekhoorntje, met een fijne zwarte vacht en zwartje oogjes die nauwelijks door de brug van zijn neus van elkaar gescheiden werden. Zijn lange staart viel over de voorkant van Otis' overhemd. Otis bediende de hendels, verplaatste het grind, mompelde in zichzelf en scheen zich niet bewust te zijn van het aapje op zijn schouder.

Toen duidelijk werd dat het aapje het genoeg vond om alleen maar naar me te kijken, richtte ik mijn aandacht op de werking van de bulldozer. Otis had het duwblad in de ondiepe greppel. Het blad stond schuin om modder, gras en onkruid op te graven en op de weg te duwen. Ik wist van vorige keren dat hij een paar keer heen en weer zou gaan. Hij maakte de greppels schoon, verspreidde het grind, maakte de weg vlak. Pappy vond dat Otis en het district onze weg vaker moesten herstellen, maar zo dachten de meeste boeren er nu eenmaal over.

Hij keerde de bulldozer, bracht het duwblad in de andere greppel en reed weer in de richting van ons huis. Het aapje had niet bewogen.

'Waar is het andere aapje?' zei ik hard, dicht bij Otis' oor.

Hij wees naar het duwblad en zei: 'Eraf gevallen.'

Het duurde even voor het tot me doordrong, en toen schrok ik bij de gedachte dat het arme aapje over de rand van het duwblad was gevallen en op een afschuwelijke manier aan zijn eind was gekomen. Otis zat daar blijkbaar niet zo mee, maar het overgebleven aapje rouwde ongetwijfeld om het verlies van zijn vriendje. Hij zat daar maar, keek nu eens naar mij, wendde dan weer zijn ogen af, en voelde zich heel erg alleen. En hij bleef een heel eind van het duwblad vandaan.

Mijn moeder stond nog op dezelfde plaats. Ik zwaaide naar haar, en zij zwaaide naar mij, en opnieuw deed Otis of ze lucht was. Van tijd tot tijd spuwde hij. Een lange straal bruin tabakssap kwam dan vlak voor de achterwielen op de grond terecht. Hij veegde met een vuile mouw over zijn mond, hij gebruikte zowel zijn rechter- als zijn linkermouw, afhankelijk van de hand die toevallig een hendel bediende. Pappy zei dat Otis erg evenwichtig was: het tabakssap liep uit zijn beide mondhoeken.

Voorbij ons huis zag ik, vanaf mijn hoge positie, de katoenwagen midden in het veld staan, met een paar strohoeden eromheen. Ik tuurde tot ik de Mexicanen zag, ongeveer in hetzelfde deel van de velden als anders, en ik dacht aan Cowboy, die daar ergens was, met de stiletto in zijn zak, ongetwijfeld erg trots op zijn nieuwste moord. Ik vroeg me af of hij zijn vrienden erover vertelde. Waarschijnlijk niet.

Een ogenblik was ik bang omdat mijn moeder in haar eentje ergens achter ons was. Dat was niet logisch, en dat wist ik zelf ook wel, maar de meeste van mijn gedachten waren onlogisch.

Toen ik de bomen langs de rivier zag, maakte een nieuwe angst zich van me meester. Ik was plotseling bang de brug te zien, de plaats van het misdrijf. Daar waren vast wel bloedvlekken te zien, tekenen dat er iets afschuwelijks was gebeurd. Of had de regen alles weggespoeld? Vaak gingen er dagen voorbij zonder dat er een truck of personenauto over de brug reed. Had iemand Hanks bloed gezien? Er was een grote kans dat de sporen verdwenen waren.

Was daar echt bloed vergoten? Of was het allemaal een nare droom geweest?

En ik wilde de rivier ook niet zien. Het water stroomde in deze tijd van het jaar niet hard en Hank was een groot slachtoffer. Zou hij inmiddels ergens zijn aangespoeld? Zou hij als een gestrande walvis op een grindbank liggen? Ik wilde absoluut niet degene zijn die hem vond.

Hank was aan stukken gesneden. Cowboy had een stiletto en hij had een goed motief. Dit was een misdrijf dat zelfs Stick Powers kon oplossen.

Ik was de enige getuige, maar ik had al besloten dat ik het geheim mee het graf in zou nemen.

Otis schakelde terug en keerde de bulldozer, wat met zo'n groot gevaarte geen geringe prestatie was, zoals ik nu merkte. Ik ving een glimp op van de brug, maar we waren te ver weg om veel te zien. Het aapje kreeg er genoeg van om naar me te kijken en ging naar Otis' andere schouder. Hij keek een poosje om Otis' hoofd heen en bleef toen ineengedoken als een uil naar de weg kijken.

O, als Dewayne me nu zou zien! Hij zou groen zien van jaloezie. Hij zou zich vernederd voelen. Hij zou zich zo verslagen voelen dat hij een hele tijd niet met me zou willen praten. Ik kon bijna niet wachten tot het zaterdag was. Ik zou door heel Main Street rondvertellen dat ik een dag met Otis op de bulldozer had gezeten – Otis en zijn aapje. Eén aapje trouwens, en ik zou moeten vertellen wat er met het andere was gebeurd. En al die hendels en instrumenten die er vanaf de grond zo ontzagwekkend uitzagen, maar in werkelijkheid helemaal geen probleem voor me vormden. Ik had geleerd ze te bedienen! Wat zou ik me geweldig voelen!

Otis stopte voor ons huis. Ik klom van de bulldozer en riep: 'Dank u!' Maar hij was al doorgereden zonder te knikken of iets te zeggen.

Plotseling dacht ik aan het dode aapje en moest ik huilen. Ik wilde niet huilen, en ik deed mijn best om het niet te doen, maar de tranen bleven stromen en ik kon me niet bedwingen. Mijn moeder kwam het huis uit gerend en vroeg wat er was. Ik wist niet wat er was; ik huilde gewoon. Ik was bang en moe, viel bijna weer flauw, en ik wilde alleen dat alles normaal was: de Mexicanen en de Spruills vertrokken, Ricky thuis, de Latchers weg, de nachtmerrie van Hank uit mijn geheugen gewist. Ik had er genoeg van om geheimen te hebben, om dingen te zien die ik niet zou moeten zien.

En daarom huilde ik.

Mijn moeder hield me tegen zich aan. Toen ik merkte dat ze bang was, slaagde ik erin haar over het dode aapje te vertellen.

'Heb je het gezien?' vroeg ze verschrikt.

Ik schudde mijn hoofd en legde het opnieuw uit. Toen liepen we terug naar de veranda en bleven daar een hele tijd zitten.

In de loop van die dag werd bevestigd dat Hank vertrokken was. Onder het avondeten zei mijn vader dat meneer Spruill hem had verteld dat Hank 's nacht was weggegaan. Hij zou gaan liften om naar hun huis in Eureka Springs terug te gaan.

Hank lag op de bodem van de St. Francis, en toen ik aan hem dacht, zoals hij daar tussen de katvissen lag, had ik geen trek meer. De volwassenen keken aandachtiger naar me dan gewoonlijk. In de afgelopen vierentwintig uur was ik flauwgevallen, had ik nachtmerries gehad, had ik een paar keer gehuild en was ik, voorzover zij wisten, een heel eind gaan wandelen in mijn slaap. Er was iets met me aan de hand, en ze maakten zich zorgen.

'Ik vraag me af of hij ooit thuiskomt,' zei oma. Dat leidde tot allerlei verhalen over mensen die verdwenen waren. Pappy had een neef die met zijn gezin van Mississippi naar Arkansas was getrokken. Ze hadden in twee oude trucks gereisd. Ze waren bij een spoorwegovergang gekomen. De eerste truck, met de neef in kwestie achter het stuur, was er als eerste overheen gegaan. Er kwam een trein aangedenderd en de tweede truck wachtte tot hij voorbij was. Het was een lange trein, en toen de weg eindelijk vrij was, was de eerste truck nergens meer te bekennen. De tweede truck stak over en kwam bij een driesprong. De neef was nooit meer gezien, en dat was dertig jaar geleden. Geen spoor van hem of de truck.

Ik had dat verhaal al vaak gehoord. Ik wist dat oma nu ook met een verhaal zou komen. En inderdaad, ze vertelde het verhaal over de vader van haar moeder, een man die zes kinderen had verwekt en toen op een trein was gesprongen en naar Texas was gevlucht. Iemand uit de familie kwam hem twintig jaar later tegen. Hij had een andere vrouw en nog eens zes kinderen.

'Alles goed, Luke?' zei Pappy toen we klaar waren met eten. Al zijn norsheid was weg. Ze vertelden verhalen om mij een plezier te doen en probeerden me te amuseren omdat ze zich zoveel zorgen om me maakten.

'Alleen moe, Pappy,' zei ik.

'Wil je vroeg naar bed?' vroeg mijn moeder, en ik knikte.

Terwijl ze de afwas deden, ging ik naar Ricky's kamer. Mijn brief aan hem was nu twee vellen lang, een monumentale onderneming. Hij zat nog in mijn schrijfblok, verborgen onder het matras, en ging voor het grootste deel over het conflict met de Latchers. Ik las hem nog eens door en was erg tevreden over mezelf. Ik speelde met het idee om Ricky over Cowboy en Hank te vertellen, maar besloot te wachten tot hij thuiskwam. Dan zouden de Mexicanen weg zijn en zou de kust weer veilig zijn. Ricky zou weten wat ik moest doen.

Ik besloot de brief te versturen en vroeg me toen af hoe ik dat moest doen. We stuurden onze brieven altijd tegelijk, vaak in dezelfde grote bruine envelop. Ik besloot Lynch Thornton van het postkantoor in Main Street om raad te vragen.

Mijn moeder las me het verhaal van Daniël in de leeuwenkuil voor, een van mijn favoriete verhalen. Toen het weer eenmaal was omgeslagen en de nachten koel werden, brachten we minder tijd op de veranda door en zaten we meer te lezen voordat we naar bed gingen. Mijn moeder en ik lazen, de anderen niet. Zij gaf de voorkeur aan bijbelverhalen, en dat vond ik prima. Ze las een tijdje voor en legde dan dingen uit. Dan las ze nog een stukje. In elk verhaal zat een les en ze zorgde dat ik al die lessen goed begreep. Niets ergerde me meer dan wanneer dominee Akers in een van die langdradige preken van hem de feiten door elkaar haalde.

Toen ik klaar was om naar bed te gaan, vroeg ik haar of ze bij me in Ricky's bed wilde blijven tot ik in slaap viel.

'Natuurlijk,' zei ze.

27

Na een dag van rust zou mijn vader nooit ofte nimmer toestaan dat ik nog een dag van de velden wegbleef. Hij trok me om vijf uur uit mijn bed, en we gingen meteen eieren en melk halen.

Ik wist dat ik me niet met mijn moeder in het huis kon blijven verstoppen, en dus bereidde ik me moedig voor op een dag van katoen plukken. Voordat Cowboy wegging, zou ik hem tegenkomen. Het was beter om dat achter de rug te hebben en om het te doen terwijl er veel mensen bij waren.

De Mexicanen gingen lopend naar de velden en sloegen dus de ochtendrit op de platte laadbak over. Op die manier konden ze een paar minuten eerder beginnen met plukken, en bovendien hield het ze bij de Spruills vandaan. We verlieten het huis kort voordat het licht werd. Ik hield me stevig aan Pappy's zitting op de tractor vast en zag het gezicht van mijn moeder voor het keukenraam langzaam verdwijnen. Ik had de vorige avond lang en intens gebeden en geloofde nu dat ze veilig zou zijn.

Toen we over de veldweg reden, keek ik aandachtig naar de John Deere-tractor. Ik had daar uren op gezeten, bij het ploegen, eggen, planten en wanneer ik met mijn vader of Pappy katoen naar het dorp bracht, en de werking van de tractor had me altijd erg ingewikkeld en uitdagend geleken. Nu ik een halfuur op de bulldozer had gezeten, met zijn verbijsterende hoeveelheid hendels en pedalen, leek de tractor me erg eenvoudig. Pappy zat daar maar, zijn handen op het stuur, zijn voeten stil, half in slaap, terwijl Otis voortdurend in beweging was geweest – ook al een reden waarom ik geen boer maar wegwerker zou worden, maar natuurlijk alleen wanneer mijn honkbalcarrière niet doorging, hetgeen hoogst onwaarschijnlijk leek.

De Mexicanen waren al een halve rij op weg. Ze gingen helemaal op in de katoen en leken niet eens te merken dat wij daar aankwamen. Ik wist dat Cowboy bij hen was, maar in het vage licht van de ochtendschemering kon ik de ene Mexicaan niet van de andere onderscheiden.

Ik ging hem uit de weg tot de lunchpauze aanbrak. Natuurlijk had hij me in de loop van de morgen gezien en hij zal wel hebben gedacht dat hij me nog eens aan zijn waarschuwing moest herinneren. Terwijl zijn maten in de schaduw van de katoenwagen restjes zaten te eten, ging Cowboy met ons mee op de truck. Hij zat in zijn eentje aan de ene kant van de platte laadbak en ik negeerde hem tot we bijna thuis waren.

Toen ik eindelijk de moed had verzameld om naar hem te kijken, was hij met zijn stiletto zijn nagels aan het schoonmaken. Hij had op me gewacht. Hij glimlachte – een gemene grijns die meer vertelde dan duizend woorden – en hij zwaaide zachtjes met het mes naar me. Niemand anders zag het en ik keek meteen een andere kant op.

Zojuist was onze afspraak nog eens kracht bijgezet.

Op het eind van de middag was de katoenwagen vol. Na een snelle avondmaaltijd zei Pappy dat hij en ik de katoen naar het dorp zouden brengen. We gingen naar de velden en koppelden de wagen aan de truck, en daarna verlieten we de boerderij over de pasherstelde weg. Otis was een vakman. De weg was vlak. Zelfs in Pappy's oude truck voelde je geen bulten.

Zoals gewoonlijk zei Pappy niets terwijl hij reed, en dat kwam me goed uit, want ik had ook niets te zeggen. Ik had veel geheimen, maar ik kon ze niet vertellen. Toen we langzaam over de brug reden, keek ik in het troebele, langzaam stromende water beneden maar ik zag niets bijzonders – geen bloed of andere tekenen van het misdrijf waarvan ik getuige was geweest.

Sinds de moord was er meer dan een dag verstreken, een normale dag van werk en routine op de boerderij. Ik dacht met elke ademtocht aan het geheim, maar ik camoufleerde het goed, dacht ik. Mijn moeder

was in veiligheid; dat was het enige wat telde.
We kwamen langs de weg naar de Latchers, en Pappy keek hun kant op. Voorlopig waren ze maar een kleine bron van ergernis.
Op de grote weg, verder van de boerderij vandaan, begon ik het gevoel te krijgen dat ik me binnenkort van mijn last zou kunnen bevrijden. Ik kon het Pappy vertellen, onder vier ogen, alleen wij tweeën. Binnenkort zou Cowboy in Mexico terug zijn, veilig in het buitenland. De Spruills zouden naar huis gaan en daar zou Hank niet zijn. Ik kon het Pappy vertellen en hij zou weten wat er moest gebeuren.
We kwamen achter een andere katoenwagen Black Oak binnen en volgden hem naar de ontkorrelinstallatie. Toen we parkeerden, klauterde ik naar buiten en bleef ik dicht bij Pappy. Er stonden een paar boeren voor het kantoor bij elkaar. Zo te zien was daar al een tijdje een serieuze discussie aan de gang. We liepen naar ze toe en luisterden.
Het nieuws was somber en dreigend. De afgelopen nacht had het hevig geregend in het district Clay, ten noorden van ons. Hier en daar was in tien uur tijd vijftien centimeter gevallen. Het district Clay lag stroomopwaarts aan de St. Francis. De kreken en zijriviertjes liepen daar vol en loosden hun water in de rivier.
Het water steeg.
De discussie ging over de vraag of wij daar last van zouden hebben. Een minderheid dacht dat de regen weinig invloed op de rivier bij Black Oak zou hebben. We waren te ver weg, en omdat er niet meer regen was gevallen, zou een lichte verhoging van het water in de St. Francis niet tot een overstroming leiden. Maar de meerderheid was veel pessimistischer, en omdat de meesten van hen toch al beroepspiekeraars waren, maakten ze zich grote zorgen over het nieuws.
Een van de boeren zei dat het volgens zijn almanak half oktober hevig zou gaan regenen.
Een ander zei dat zijn neef in Oklahoma met overstromingen te kampen had, en omdat ons weer uit het westen kwam, zou het bij ons ook vast heel hard gaan regenen.
Pappy mompelde dat het weer uit Oklahoma zich sneller verspreidde dan welk nieuwtje ook.
Er werd druk gepraat en er werden veel meningen verkondigd, en de algehele stemming was somber. We waren zo vaak door het weer verslagen, of door de markt, of door de prijs van het zaad en de kunstmest, dat we het ergste verwachtten.

'We hebben in geen twintig jaar een overstroming in oktober gehad,' zei Red Fletcher, en daarmee ontketende hij een verhitte discussie over de geschiedenis van najaarsoverstromingen. Er waren zoveel verschillende versies en herinneringen dat de discussie hopeloos verzandde.

Pappy mengde zich niet in het tumult en toen we een halfuur hadden geluisterd, trokken we ons terug. Hij maakte de katoenwagen los en we gingen naar huis terug – in stilte natuurlijk. Een paar keer keek ik tersluiks naar hem, en hij zat erbij zoals ik verwachtte: zwijgend, zorgelijk, beide handen op het stuur, het voorhoofd gerimpeld, zijn gedachten bij niets anders dan de komende overstromingen.

We parkeerden bij de brug en liepen door de modder naar de rand van de St. Francis. Pappy keek even naar het water alsof hij het zou kunnen zien stijgen. Ik was doodsbang dat Hank plotseling kwam bovendrijven en vlak voor ons aanspoelde. Zonder een woord te zeggen pakte Pappy een stuk drijfhout van ongeveer drie centimeter dik en een meter lang. Hij trok er een zijtakje af en sloeg het met een steen in de zandbank, waar het water vijf centimeter diep was. Met zijn zakmes maakte hij een kerfje ter hoogte van het water. 'We gaan morgenvroeg kijken,' zei hij, zijn eerste woorden in een hele tijd.

We keken nog even naar onze nieuwe dieptemeter en waren er allebei van overtuigd dat we de rivier zouden zien stijgen. Toen dat niet gebeurde, keerden we terug naar de truck.

De rivier maakte me bang, en niet omdat hij zou kunnen overlopen. Hank was daar ergens, doodgestoken en opgezwollen van het rivierwater. Hij kon elk moment aanspoelen en dan zou iemand hem vinden. Dan zaten we met een echte moord, niet met een fataal afgelopen vechtpartij zoals die achter de Co-op, maar een echte moord.

De regen zou ons van Cowboy bevrijden. En de regen zou de rivier laten zwellen en sneller laten stromen. Hank, of wat er van hem over was, zou stroomafwaarts worden meegevoerd naar een ander district en misschien zelfs een andere staat, waar iemand hem op een dag zou vinden en geen flauw idee zou hebben wie hij was.

Voordat ik die avond in slaap viel, bad ik om regen. Ik bad zo intens als ik kon. Ik vroeg God om ons de grootste vloed sinds Noach te sturen.

We zaten op zaterdagmorgen te ontbijten, toen Pappy vanaf de achterveranda naar binnen kwam gestormd. Eén blik op hem was genoeg om onze nieuwsgierigheid te bevredigen. 'De rivier staat tien centimeter hoger, Luke,' zei hij tegen mij, terwijl hij ging zitten en eten pakte. 'En er is bliksem in het westen.'

Mijn vader fronste zijn wenkbrauwen, maar ging door met kauwen. Als het op het weer aankwam, was hij altijd pessimistisch. Als het weer goed was, was het alleen maar een kwestie van tijd voordat het slecht werd. Als het slecht was, had hij niets anders verwacht. Oma hoorde het nieuws met een onbewogen gezicht aan. Haar jongste zoon vocht in Korea. Dat was veel belangrijker dan de volgende regenbui. Ze had haar geboortestreek nooit verlaten en ze wist dat sommige jaren goed waren en sommige slecht, maar dat het leven niet ophield. God gaf ons leven en gezondheid en veel voedsel, en dat was meer dan de meeste mensen konden zeggen. Daar kwam nog bij dat oma een hekel had aan al dat gepieker over het weer. 'Je kunt er toch niets aan doen,' zei ze altijd.

Mijn moeder glimlachte niet en keek ook niet somber, maar vreemd genoeg stond er een zekere voldoening op haar gezicht te lezen. Ze was vastbesloten om niet haar hele leven bezig te blijven een schamel bestaan aan de grond te onttrekken. En haar besluit stond vast dat ik geen boer zou worden. Haar dagen op de boerderij waren geteld en als er weer een oogst verloren ging, kon dat ons vertrek alleen maar bespoedigen.

Toen we klaar waren met ontbijten, hoorden we gerommel van de donder. Oma en mijn moeder ruimden de tafel af en gingen een nieuwe pot koffie zetten. We zaten aan tafel te praten en te luisteren, en wachtten af hoe erg het onweer zou worden. Ik dacht dat mijn gebed verhoord zou worden en voelde me schuldig omdat ik zo'n slechte wens had uitgesproken.

Maar de donder en bliksem trokken naar het noorden. Er kwam geen regen. Om zeven uur die ochtend waren we in het veld. We plukten ijverig door en verlangden naar de middag.

Toen we naar het dorp gingen, sprong alleen Miguel achter in de truck. De andere Mexicanen bleven werken, legde hij uit, en hij moest een paar dingen voor ze kopen. Ik was ongelooflijk opgelucht. Ik had er al tegen opgezien dat Cowboy een meter of zo achter me zou zitten.

Aan de rand van Black Oak kwamen we in de regen, een koele motregen in plaats van een zware onweersbui. Op de trottoirs wemelde

het van de mensen die onder de luifels en balkons van de winkels door liepen om nog een beetje droog te blijven.
Het weer hield veel boerenfamilies uit het dorp vandaan. Dat werd vooral duidelijk toen om vier uur de matinee in de Dixie-bioscoop begon. De helft van de zaal was leeg, een onmiskenbaar teken dat het geen normale zaterdag was. Halverwege de eerste voorstelling begonnen de lichten in het middenpad te flikkeren en viel het beeld opeens weg. We zaten in het donker en konden elk moment in paniek raken. Buiten roffelde de donder.
'De stroom is uitgevallen,' zei een stem achter in de zaal. 'Willen jullie langzaam de zaal verlaten?'
We stonden dicht opeen in de kleine hal en zagen de regen in vlagen door Main Street trekken. De lucht was donkergrijs en de weinige auto's die voorbijreden hadden hun lichten aan.
Ook wij kinderen wisten dat er te veel regen was. Er waren te veel stormen, te veel geruchten over stijgend water. Overstromingen had je in het voorjaar, bijna nooit in de oogsttijd. In een wereld waar iedereen boer was of zaken deed met boeren, waren natte dagen halverwege oktober nogal deprimerend.
Toen de regen een beetje afnam, renden we over het trottoir om onze ouders op te zoeken. Als het hard regende, werden de wegen modderig, en dat betekende dat het dorp straks leeg zou zijn, want de boerenfamilies wilden voor donker thuis zijn. Omdat mijn vader had gezegd dat hij een zaagblad wilde kopen, ging ik de ijzerwinkel binnen om hem te zoeken. De winkel was vol met mensen die stonden te wachten en naar het weer buiten keken. Oude mannen stonden in groepjes met elkaar te praten en vertelden verhalen over overstromingen van vroeger. Vrouwen praatten over de zware regenval in andere plaatsen: Paragould, Lepanto en Manila. De gangpaden waren vol met mensen die alleen maar praatten. Ze kochten niets en keken ook niet naar de artikelen.
Ik baande me een weg door de menigte, op zoek naar mijn vader. De ijzerwinkel was erg oud en werd naar achteren toe steeds donkerder, als een spelonk. De houten vloeren waren nat van de naar binnen gelopen regen en doorgebogen door jaren van klanten. Aan het eind van een gangpad draaide ik me om en stond ineens tegenover Tally en Trot. Tally had een groot blik witte verf in haar hand. Trot had een klein blik. Ze hingen in de winkel rond, net als de andere mensen, wachtend tot het onweer voorbij was. Trot zag me en probeerde zich

achter Tally te verbergen. 'Hallo, Luke,' zei ze met een glimlach.
'Hoi,' zei ik, kijkend naar het grote verfblik. Ze zette het naast zich op de vloer. 'Waar is die verf voor?'
'O, nergens voor,' zei ze, weer glimlachend. Opnieuw besefte ik dat Tally het mooiste meisje was dat ik ooit had ontmoet, en toen ze naar me glimlachte, kon ik aan niets anders meer denken. Als je een mooi meisje eenmaal naakt hebt gezien, voel je een zekere band met haar.
Trot ging krampachtig achter haar staan, als een peuter die zich achter zijn moeder verschuilt. Zij en ik praatten over het onweer en ik vertelde haar het opwindende nieuws van de stroom die midden in de matinee was uitgevallen. Ze luisterde belangstellend, en hoe meer ik praatte, hoe meer ik wilde praten. Ik vertelde haar over de geruchten van stijgend rivierwater en over de dieptemeter die Pappy en ik in de rivier hadden gezet. Ze vroeg naar Ricky en we praatten een hele tijd over hem.
Natuurlijk dacht ik niet meer aan de verf.
De lampen flikkerden en de stroom kwam terug. Maar het regende nog wel en niemand ging de winkel uit.
'Hoe is het met dat meisje van Latcher?' vroeg ze. Haar ogen keken schichtig in het rond. Blijkbaar was ze bang dat iemand het hoorde. Het was een van onze grote geheimen.
Ik wilde net iets zeggen, toen ik plotseling bedacht dat Tally's broer dood was en dat zij daar niets van wist. De Spruills dachten waarschijnlijk dat Hank al thuis was, in Eureka Springs, in hun mooie geverfde huis. Over een paar weken zagen ze hem terug, nog eerder als het bleef regenen. Ik keek haar aan en probeerde iets te zegen, maar het enige wat ik kon bedenken, was dat ze diep geschokt zou zijn als ik vertelde wat ik dacht.
Ik aanbad Tally, ondanks haar stemmingen en haar geheimen, ondanks haar gerotzooi met Cowboy. Ik kon het niet laten haar te aanbidden, en ik wilde haar zeker geen verdriet doen. Alleen al de gedachte dat ik eruit zou flappen dat Hank dood was, liet mijn knieën knikken.
Ik stotterde en stamelde en sloeg mijn ogen neer. Plotseling had ik het koud en was ik doodsbang. 'Tot later,' kon ik nog uitbrengen. Toen draaide ik me om en liep naar de voorkant van de winkel.
Toen het even ophield met regenen, liepen de winkels leeg en haastten de mensen zich over de trottoirs naar hun auto's. De bewolking was nog donker en we wilden naar huis voordat de buien weer begonnen.

28

De zondag was grauw en bewolkt, en mijn vader vond het helemaal geen prettig idee dat we drijfnat zouden worden als we op weg naar de kerk in de open laadbak van de truck zaten. Daar kwam nog bij dat onze truck niet bepaald waterdicht was. Als we door een stevige bui reden, voelden de vrouwen in de cabine meestal druppels op hun hoofd. We sloegen bijna nooit een zondagsdienst over, maar soms hield de regen ons thuis. We hadden in geen maanden een dienst overgeslagen, dus toen oma voorstelde om wat later te ontbijten en naar de radio te luisteren, gingen we meteen akkoord. De Bellevue-baptistenkerk was de grootste kerk van Memphis en het radiostation WHBQ zond de diensten die daar werden gehouden uit. Pappy moest niet veel van de dominee daar hebben, hij vond hem te vrijzinnig, maar wij genoten er toch van om naar hem te luisteren. En het koor had honderd stemmen, zo'n tachtig meer dan het koor in de baptistenkerk van Black Oak.

Lang na het ontbijt zaten we aan de keukentafel koffie te drinken (ik ook) en naar een preek te luisteren die voor een congregatie van drieduizend leden werd gehouden. Intussen maakten we ons zorgen over de drastische verandering van het weer. De volwassenen maakten zich echt zorgen; ik deed alleen maar alsof.

De Bellevue-baptistenkerk had godbetert een orkest, en toen dat de zegening speelde, leek Memphis ons een miljoen kilometer ver weg.

Een orkest in een kerk! Oma's oudste dochter, mijn tante Betty, woonde in Memphis, en hoewel ze niet in de Bellevue naar de kerk ging, kende ze iemand die dat wel deed. Alle mannen droegen een pak. Alle gezinnen reden in een mooie auto. Het was inderdaad een heel andere wereld.

Pappy en ik reden naar de rivier om bij onze meter te kijken. De regens eisten hun tol van Otis' herstelwerk. De ondiepe greppels naast de wegen stonden vol en je zag overal stroompjes en moddergaten vol water. We stopten midden op de brug en keken naar weerskanten uit over de rivier. Zelfs ik kon zien dat het water hoger stond. De zandbanken en grindbanken waren bedekt. Het water was troebel lichtbruin. Dat kwam door de afvoer van de kreken die door de velden liepen. De stroming kolkte en was sneller. Er dreven stukken van bomen – dode takken en stammetjes, en zelfs een paar groene takken – op het water.

Onze meter stond er nog, al scheelde het niet veel. Er kwam nog maar een centimeter of zeven boven het water uit. Pappy kreeg natte voeten toen hij de stok terughaalde. Hij trok hem omhoog, bekeek hem alsof het ding iets verkeerds had gedaan en zei bijna in zichzelf: 'In vierentwintig uur zo'n vijfentwintig centimeter hoger.' Hij hurkte neer en tikte met de stok tegen een rots. Toen ik naar hem keek, werd ik me bewust van het geluid van de rivier. Het was geen enorm lawaai, maar het water ruiste voorbij en stroomde over de grindbanken en tegen de pijlers van de brug. De stroming plensde door de dichte struiken die over de oevers hingen en sloeg tegen de wortels van een wilg. Het was een dreigend geluid. Ik had nog nooit zoiets gehoord.

Pappy hoorde het maar al te goed. Met de stok wees hij naar de bocht in de rivier, een heel eind naar rechts, en zei: 'Het komt eerst bij de Latchers. Die zitten op laag terrein.'

'Wanneer?' vroeg ik.

'Dat hangt van de regen af. Als het ophoudt met regenen, komt er misschien helemaal geen overstroming. Maar als het blijft regenen, komt het water binnen een week boven de oevers.'

'Wanneer was de vorige overstroming?'

'Drie jaar geleden, maar dat was in het voorjaar. De laatste najaarsoverstroming was lang geleden.'

Ik had nog een hoop vragen over overstromingen, maar het was niet een onderwerp waarover Pappy graag sprak. We keken nog een tijdje naar de rivier en luisterden ernaar, en toen liepen we terug naar de truck en reden naar huis.

'Laten we naar Siler's Creek gaan,' zei hij. Omdat de veldwegen te modderig voor de truck waren, startte Pappy de John Deere. Nieuwsgierig gadegeslagen door de meeste Spruills en alle Mexicanen, reden we het erf af. De tractor reed anders nooit op zondag. Eli Chandler was toch niet van plan om op de sabbat te gaan werken?

De kreek was helemaal veranderd. Verdwenen was het heldere water waarin Tally graag mocht baden. Verdwenen waren de koele stroompjes die langs rotsen en boomstammen liepen. In plaats daarvan was de kreek nu veel breder en gevuld met modderwater dat naar de St. Francis stroomde, een afstand van bijna een kilometer. We kwamen van de tractor af en liepen naar de oever. 'Hier komen onze overstromingen vandaan,' zei Pappy. 'Niet van de St. Francis. Het terrein is hier lager, en als de kreek overstroomt, gaat het water recht op onze velden af.'

Het water lag nog minstens drie meter onder ons, veilig in het ravijn dat tientallen jaren geleden door ons terrein was gemaakt. Het leek onmogelijk dat de kreek ooit hoog genoeg kon komen om te ontsnappen.

'Denkt u dat er een overstroming komt, Pappy?' vroeg ik.

Hij dacht lang en diep na, of misschien dacht hij helemaal niet. Hij keek naar de kreek en zei ten slotte, zonder enige overtuiging: 'Nee. We redden het wel.'

In het westen rommelde de donder.

Toen ik maandagmorgen vroeg de keuken in liep, zat Pappy aan de tafel koffie te drinken en aan de radio te draaien. Hij probeerde een station in Little Rock op te pikken om de weerberichten te horen. Oma stond bij het fornuis en bakte spek. Het was koud in huis, maar de hitte en geur van de koekenpan maakten het veel warmer. Mijn vader gaf me een oude flanellen jas, een afdankertje van Ricky, en ik trok hem met tegenzin aan.

'Gaan we vandaag plukken, Pappy?' vroeg ik.

'Dat zullen we gauw weten,' zei hij zonder zijn blik van de radio weg te nemen.

'Heeft het vannacht geregend?' vroeg ik aan oma, die zich naar me toe boog om een kus op mijn voorhoofd te drukken.

'De hele nacht,' zei ze. 'Nou, ga maar wat eieren halen.'

Ik volgde mijn vader naar buiten, de achtertrap af, totdat ik iets zag waardoor ik als aan de grond genageld bleef staan. De zon was nog maar amper op, maar er was genoeg licht. Ik twijfelde geen moment aan wat ik zag.
Ik wees en kon alleen zeggen: 'Kijk.'
Mijn vader was tien stappen verder, op weg naar het kippenhok. 'Wat is er, Luke?' vroeg hij.
Op de plaats onder de eik waar Pappy elke dag van mijn leven zijn truck had geparkeerd, was het karrenspoor leeg. De truck was weg.
'De truck,' zei ik.
Mijn vader liep langzaam naar me toe en we keken een hele tijd naar de parkeerplek. De truck had daar altijd gestaan, net als een van de eiken of een van de schuren. We zagen hem elke dag, maar we letten er niet op omdat hij er altijd stond.
Zonder een woord te zeggen draaide hij zich om en liep de achtertrap op, de veranda over, de keuken in. 'Is er een reden waarom de truck weg is?' vroeg hij Pappy, die verwoede pogingen deed om een krakend weerbericht uit een verre stad te ontvangen. Oma verstijfde en hield haar hoofd schuin alsof ze het niet goed had verstaan. Pappy zette de radio uit. 'Wat zei je?' zei hij.
'De truck is weg,' zei mijn vader.
Pappy keek oma aan, die mijn vader aankeek. Toen keken ze allemaal naar mij, alsof ik weer iets verkeerds had gedaan. Ongeveer op dat moment kwam mijn moeder de keuken in, en de hele familie liep naar buiten, naar het modderige karrenspoor waar de truck had moeten staan.
We zochten op de hele boerderij, alsof de truck op de een of andere manier uit zichzelf naar een andere plek kon zijn gegaan.
'Ik heb hem daar neergezet,' zei Pappy ongelovig. Natuurlijk had hij hem daar neergezet. De truck stond 's nachts nooit ergens anders op de boerderij.
In de verte riep meneer Spruill: 'Tally!'
'Iemand heeft onze truck gestolen,' zei oma nauwelijks hoorbaar.
'Waar was de sleutel?' vroeg mijn vader.
'Bij de radio, zoals altijd,' zei Pappy. Er stond een tinnen schaaltje aan het eind van de keukentafel, naast de radio, en daar lag de sleutel van de truck altijd in. Mijn vader ging kijken. Hij kwam meteen terug en zei: 'De sleutel is weg.'
'Tally!' riep meneer Spruill weer, nu harder. In en rond kamp Spruill

heerste grote drukte. Mevrouw Spruill kwam tevoorschijn en liep vlug naar onze voorveranda. Toen ze ons naast het huis zag staan, waar we nog naar de lege parkeerplek stonden te staren, liep ze naar ons toe en zei: 'Tally is weg. We kunnen haar nergens vinden.'

De andere Spruills kwamen algauw achter haar aan, en nu keken de twee families elkaar aan. Mijn vader vertelde dat onze truck verdwenen was. Meneer Spruill vertelde dat zijn dochter verdwenen was.

'Kan ze een truck besturen?' vroeg Pappy.

'Nee, dat kan ze niet,' zei mevrouw Spruill, en dat maakte de zaak nog ingewikkelder.

Het was even stil. Ze dachten allemaal over de situatie na.

'U denkt toch niet dat Hank is teruggekomen om hem mee te nemen?' vroeg Pappy.

'Hank zou geen truck stelen,' zei meneer Spruill met een mengeling van woede en verwarring. Op dat moment leek bijna alles tegelijk waarschijnlijk en onmogelijk.

'Hank is inmiddels al thuis,' zei mevrouw Spruill. Ze stond op het punt om in tranen uit te barsten.

Ik wilde uitroepen: 'Hank is dood!', en dan het huis in rennen en me onder een bed verstoppen. Die arme mensen wisten niet dat hun zoon nooit thuis zou komen. Dat geheim drukte als een te zware last op mijn schouders. Ik ging achter mijn moeder staan.

Ze boog zich dicht naar mijn vader toe en fluisterde: 'Ga maar eens bij Cowboy kijken.' Omdat ik haar over Tally en Cowboy had verteld, was mijn moeder hun allemaal een stap voor.

Mijn vader dacht even na en keek toen in de richting van de schuur. Pappy, oma en ten slotte de anderen deden dat ook.

Miguel kwam langzaam naar ons toe. Hij liep op zijn gemak en maakte sporen in het natte gras. Zijn vuile strohoed had hij in zijn hand, en hij liep op een manier waardoor ik dacht dat hij helemaal geen zin had in wat hij moest doen.

'Goeiemorgen, Miguel,' zei Pappy, alsof deze dag net zo was begonnen als alle andere dagen.

'*Señor,*' zei hij, knikkend.

'Is er een probleem?' vroeg Pappy.

'*Sí, señor*. Een klein probleem.'

'Wat dan?'

'Cowboy is weg. Ik denk dat hij vannacht is weggeslopen.'

'Dat is dan zeker besmettelijk,' mompelde Pappy, en toen spuwde hij in het gras. Het duurde even voordat de Spruills het verband legden. Eerst had Tally's verdwijning niets met Cowboys verdwijning te maken, in elk geval niet voor hen. Blijkbaar wisten ze niets van de kleine romance tussen die twee. De Chandlers begrepen de dingen veel eerder dan de Spruills, maar wij hadden dan ook het voordeel dat ik ze in de katoen had gezien.

De realiteit drong langzaam tot hen door.

'U denkt dat hij haar heeft meegenomen?' zei meneer Spruill, bijna in paniek. Mevrouw Spruill snoof nu. Ze deed haar best om haar tranen te bedwingen.

'Ik weet niet wat ik moet denken,' zei Pappy. Hij maakte zich veel drukker om zijn pick-up dan om de verblijfplaats van Tally en Cowboy.

'Heeft Cowboy zijn spullen meegenomen?' vroeg mijn vader aan Miguel.

'Sí, señor.'

'Heeft Tally haar spullen meegenomen?' vroeg mijn vader aan meneer Spruill.

Hij gaf geen antwoord. De vraag bleef in de lucht hangen totdat Bo zei: 'Ja. Haar tas is weg.'

'Wat zat erin?'

'Kleren en zo. En haar geldpotje.'

Mevrouw Spruill huilde nog harder. Toen jammerde ze: 'O, mijn meisje!' Ik had wel onder het huis willen kruipen.

De Spruills waren radeloos. Ze bogen hun hoofd, trokken hun schouders in, deden hun ogen half dicht. Hun dierbare Tally was weggelopen met iemand die ze minderwaardig achtten, een indringer met een donkere huid uit een godvergeten land. Ze voelden zich tegenover ons vreselijk vernederd.

Ik voelde me ook aangesproken. Hoe kon ze zoiets verschrikkelijks doen? Ze was mijn vriendin. Ze behandelde me als een vertrouweling en beschermde me alsof ze mijn grote zus was. Ik hield van Tally, en nu was ze er met een kwaadaardige moordenaar vandoor gegaan.

'Hij heeft haar meegenomen!' riep mevrouw Spruill uit. Bo en Dale leidden haar weg, zodat alleen Trot en meneer Spruill overbleven. In Trots anders zo doffe ogen stonden nu verwarring en verdriet te lezen. Tally was ook zijn beschermster geweest. En nu was ze weg.

De mannen begonnen uitgebreid te bespreken wat ze nu zouden doen. Het allerbelangrijkst was dat Tally werd gevonden, en de truck, voordat ze te ver weg konden komen. Niemand wist wanneer ze vertrokken waren. Blijkbaar hadden ze de regen als dekmantel gebruikt. De Spruills hadden de hele nacht niets gehoord, alleen maar onweer en regen, en dat terwijl het pad nog geen vijfentwintig meter van hun tenten vandaan liep.

Ze konden al uren weg zijn, in elk geval lang genoeg om naar Jonesboro of Memphis of zelfs Little Rock te rijden.

Maar de mannen maakten een optimistische indruk. Ze dachten dat Tally en Cowboy snel te vinden zouden zijn. Meneer Spruill ging weg om zijn truck van de tenten en tafels los te maken. Ik smeekte mijn vader om me met hen mee te laten gaan, maar hij zei nee. Toen ging ik naar mijn moeder, en die hield ook voet bij stuk. 'Dat is niets voor jou,' zei ze.

Pappy en mijn vader persten zich bij meneer Spruill op de voorbank, en daar gingen ze, slippend over onze weg, met gierende banden, en in een regen van wegspuitende modder.

Ik liep langs de silo naar het half overwoekerde restant van een oud rookschuurtje en zat een uur lang onder het halfvergane golfplaten dak en zag de regen voor me naar beneden druppen. Ik vond het een opluchting dat Cowboy van onze boerderij weg was, en daar dankte ik God voor met een kort maar oprecht gebed. Maar die opluchting werd overschaduwd door het feit dat Tally me diep teleurgesteld had. Het lukte me haar te haten om wat ze had gedaan. Ik vervloekte haar, gebruikte woorden die Ricky me had geleerd, en toen ik alle lelijke taal de revue had laten passeren die ik me kon herinneren, vroeg ik God om me te vergeven.

En ik vroeg Hem om Tally te beschermen.

De mannen deden er twee uur over om Stick Powers te vinden. Hij zei dat hij op de terugweg van het hoofdbureau in Jonesboro was geweest, maar Pappy zei dat hij eruitzag alsof hij een week had geslapen. Stick vond het geweldig om met zo'n ernstig misdrijf te maken te krijgen. De truck van een boer stelen was bij ons maar net een klein beetje minder erg dan moord, en Stick ging er meteen hard tegenaan. Hij nam radiocontact op met alle collega's die hij met zijn oude radio kon bereiken en algauw gonsde het grootste deel van Noordoost-Arkansas van het nieuws.

Volgens Pappy maakte Stick zich niet te veel zorgen om Tally's verblijfplaats. Hij vermoedde terecht dat ze vrijwillig met een Mexicaan

was weggelopen. Dat was een ordinaire en schandalige manier van doen, maar het was geen ernstige misdaad, al gebruikte meneer Spruill steeds weer het woord 'ontvoering'.
Het was sterk de vraag of de twee geliefden het zouden aandurven om met onze truck een lange reis te maken. Ze zouden zeker uit Arkansas willen vluchten, en Stick redeneerde dat ze waarschijnlijk per bus zouden gaan. Als lifters zouden ze te verdacht overkomen. Automobilisten in Arkansas zouden niet gauw zo'n donker type als Cowboy meenemen, zeker niet als hij een jong blank meisje bij zich had. 'Waarschijnlijk zitten ze in een bus naar het noorden,' zei Stick.
Toen Pappy dat aan ons vertelde, herinnerde ik me Tally's droom om in Canada te wonen, ver van de hitte en vochtigheid. Ze wilde veel sneeuw en had om de een of andere reden besloten dat ze het liefst in Montréal zou willen wonen.
De mannen spraken over geld. Mijn vader deed wat rekenwerk en schatte dat Cowboy met katoen plukken bijna vierhonderd dollar had verdiend. Maar niemand wist hoeveel hij naar huis had gestuurd. Tally had ongeveer half zoveel verdiend en had waarschijnlijk het meeste opgespaard. We wisten dat ze verf voor Trot had gekocht, maar we hadden geen idee van haar andere uitgaven.
Op dat punt van Pappy's redenering kwam ik in de verleiding om over Hank te vertellen en me zo te bevrijden van de last die op me drukte. Cowboy had hem, nadat hij hem had gedood, ook nog beroofd. Ik wist niet hoeveel Hank van zijn katoenplukgeld had opgespaard, maar ik wist zeker dat Cowboy op dit moment de tweehonderdvijftig dollar van Samson in zijn zak had. Ik flapte dat er bijna uit toen we aan de keukentafel zaten, maar ik was gewoon te bang. Cowboy was weg, maar misschien kregen ze hem nog ergens te pakken.
Wacht, zei ik steeds weer tegen mezelf. Wacht nou maar. Er komt vast nog wel een moment waarop je het kunt vertellen.
Hoe ze er financieel ook voor stonden, het was duidelijk dat Tally en Cowboy genoeg geld hadden om een lange busreis te maken.
En zoals gewoonlijk waren wij blut. Er werd even over gepraat dat we een andere truck moesten kopen als de oude niet meer werd gevonden, maar dat onderwerp was te pijnlijk. Bovendien luisterde ik mee.
We aten ons middageten vroeg en gingen toen op de achterveranda zitten om naar de regen te kijken.

29

Sticks oude, luidruchtige patrouillewagen kwam de voortuin in rijden, gevolgd door onze gestolen truck. Stick stapte uit, een en al gewichtigheid omdat hij het dringendste deel van het misdrijf had opgelost. De andere hulpsheriff van Black Oak reed in de truck, die voorzover wij konden zien geen enkele verandering had ondergaan. De Spruills kwamen aangerend en vroegen of er nieuws was over Tally.

'We hebben de truck bij het busstation van Jonesboro gevonden,' zei Stick tegen het groepje dat zich om hem heen verzamelde. 'Net wat ik dacht.'

'Waar was de sleutel?' vroeg Pappy.

'Onder de stoel. En de tank zit vol benzine. Ik weet niet of hij vol was toen ze hier weggingen, maar hij is nu vol.'

'Hij was halfleeg,' zei Pappy verbaasd. We waren allemaal verbaasd, niet alleen omdat de truck er weer was, maar ook omdat hij helemaal niet veranderd was. We hadden ons de hele dag afgevraagd wat we zonder truck, zonder vervoermiddel, moesten beginnen. We zouden in hetzelfde schuitje hebben gezeten als de Latchers. We zouden genoodzaakt zijn geweest mee te liften met iedereen die toevallig voorbijkwam. Ik kon me zo'n lot niet voorstellen en ik nam me nu vaster voor dan ooit om op een dag in de stad te gaan wonen, waar de mensen personenauto's hadden.

'Ik denk dat ze hem alleen maar hebben geleend,' zei meneer Spruill, bijna in zichzelf.
'Zo zie ik het ook,' zei Stick. 'Wil je nog steeds een aanklacht indienen?' vroeg hij aan Pappy.
Hij en mijn vader wisselden een norse blik. 'Nee, laat maar,' zei Pappy.
'Heeft iemand ze gezien?' vroeg mevrouw Spruill zachtjes.
'Ja, mevrouw. Ze hebben twee kaartjes voor Chicago gekocht en hebben toen zo'n vijf uur op het busstation rondgehangen. De lokettist wist dat er iets niet in de haak was, maar vond dat het zijn zaken niet waren. Weglopen met een Mexicaan is niet het slimste wat je kunt doen, maar het is geen misdrijf. De lokettist zei dat hij ze de hele nacht in het oog heeft gehouden. Ze probeerden elkaar te negeren, alsof er niets aan de hand was. Ze zaten niet bij elkaar. Maar toen de bus er was, stapten ze samen in.'
'Hoe laat ging de bus weg?' vroeg meneer Spruill.
'Zes uur vanmorgen.' Stick haalde een gevouwen envelop uit zijn zak en gaf hem aan meneer Spruill. 'Die vonden we op de voorbank. Ik denk dat het een briefje van Tally voor u is. Ik heb het niet gelezen.'
Meneer Spruill gaf de envelop aan zijn vrouw, die hem vlug openmaakte en er een vel papier uit haalde. Ze begon te lezen, en veegde toen over haar ogen. Iedereen keek naar haar en wachtte zwijgend af. Zelfs Trot, die zich achter Bo en Dale verstopte, boog zich naar voren en keek toe.
'Het zijn mijn zaken niet, mevrouw,' zei Stick, 'maar als er nuttige informatie in staat, moet ik het misschien weten.'
Mevrouw Spruill bleef lezen, en toen ze klaar was, sloeg ze haar ogen neer en zei: 'Ze zegt dat ze niet meer thuiskomt. Ze zegt dat zij en Cowboy gaan trouwen en in het noorden gaan wonen, waar ze een goede baan kunnen vinden en zo.' De tranen waren plotseling verdwenen. Mevrouw Spruill was nu vooral kwaad. Haar dochter was niet ontvoerd; ze was ervandoor gegaan met een Mexicaan en ze zou met hem trouwen.
'Ze blijven in Chicago?' vroeg Stick.
'Dat staat er niet. Ze zegt alleen dat ze naar het noorden gaan.'
De Spruills trokken zich terug. Mijn vader bedankte Stick en de andere hulpsheriff voor het terugbrengen van onze truck.
'Jullie krijgen meer regen dan de meeste mensen,' zei Stick, terwijl hij het portier van zijn patrouillewagen opendeed.

'Het is overal nat,' wierp Pappy tegen.
'De rivier stijgt in het noorden,' zei Stick, alsof hij een deskundige was. 'Er is nog meer regen op komst.'
'Dank je, Stick,' zei Pappy.
Stick en de andere hulpsheriff stapten in de patrouillewagen, Stick achter het stuur. Net toen hij op het punt stond het portier te sluiten, sprong hij weer uit de wagen en zei: 'O ja, Eli, ik heb de sheriff in Eureka Springs gebeld. Hij heeft die grote, die Hank, niet gezien. Die jongen had toch allang thuis moeten zijn?'
'Ja. Hij is een week geleden vertrokken.'
'Waar zou hij zijn?'
'Het zijn mijn zaken niet,' zei Pappy.
'Ik ben nog niet klaar met hem, weet je. Als ik hem vind, zet ik hem in de gevangenis in Jonesboro en dan krijgen we een proces.'
'Doe dat, Stick,' zei Pappy, en toen draaide hij zich om. 'Doe dat.'
Sticks gladde banden slipten door de modder, maar hij kwam uiteindelijk op de weg. Mijn moeder en oma gingen terug naar de keuken om met koken te beginnen.
Pappy pakte zijn gereedschap en legde alles op de laadklep van de truck. Hij deed de motorkap open en begon aan een grondige inspectie van de motor. Ik zat op de bumper, gaf hem moersleutels aan en keek naar alles wat hij deed.
'Waarom zou een leuk meisje als Tally met een Mexicaan willen trouwen?' vroeg ik.
Pappy zette een ventilatorriem strak. Het was erg onwaarschijnlijk dat Cowboy, op de vlucht met Tally, onderweg was gestopt en de kap had opengemaakt en aan de motor had geknoeid, maar Pappy voelde zich toch gedwongen om te gaan prutsen en sleutelen alsof het voertuig gesaboteerd was. 'Vrouwen,' zei hij.
'Wat bedoelt u?'
'Vrouwen doen stomme dingen.'
Ik wachtte op een nadere toelichting, maar die kwam niet.
'Ik begrijp het niet,' zei ik ten slotte.
'Ik ook niet. En je zult het later ook niet begrijpen. Het is ook niet de bedoeling dat je vrouwen begrijpt.'
Hij verwijderde het luchtfilter en keek argwanend naar de carburateur. Een ogenblik leek het erop alsof hij het bewijs van sabotage had gevonden, maar toen draaide hij aan een schroef en was hij blijkbaar tevreden.

'Denkt u dat ze haar ooit vinden?' vroeg ik.
'Ze zoeken niet. Wij hebben de truck terug, dus er is geen misdaad gepleegd en geen politie die ze zoekt. Ik denk niet dat de Spruills naar hen op zoek gaan. Waarom zouden ze? Als ze geluk hadden en hen zouden vinden, wat moeten ze dan doen?'
'Kunnen ze haar niet dwingen om thuis te komen?'
'Nee. Als ze eenmaal getrouwd is, is ze meerderjarig. Je kunt een getrouwde vrouw nergens toe dwingen.'
Hij slingerde de motor aan en luisterde naar het geluid. Het klonk mij hetzelfde in de oren als altijd, maar Pappy meende een nieuw geratel te horen. 'Laten we een eindje gaan rijden,' zei hij. Benzine verspillen was in Pappy's ogen een grote zonde, maar hij wilde blijkbaar graag iets van de gratis brandstof verbruiken die Tally en Cowboy hadden achtergelaten.
We stapten in en reden achteruit de weg op. Ik zat op de plek waar Tally nog maar enkele uren eerder had gezeten, toen ze er in de onweersbui tussenuit waren geknepen. Ik dacht aan haar en begreep het nog steeds niet.
De weg was zo nat en modderig dat Pappy niet tot zijn ideale snelheid van negenenvijftig kilometer per uur kon komen, maar hij dacht nog steeds te merken dat er iets mis was met de motor. We stopten bij de brug en keken naar de rivier. De grindbanken en zandbanken waren weg; er was alleen maar water tussen de oevers – water en wat van stroomopwaarts kwam aandrijven. Het water stroomde sneller voorbij dan ik ooit had meegemaakt. Pappy's stok, zijn dieptemeter, was allang verdwenen, weggespoeld door de stroming. We hadden die stok ook niet nodig om te zien dat de St. Francis op het punt stond buiten zijn oevers te treden.
Het leek wel of Pappy gehypnotiseerd werd door het water en het geluid ervan. Ik kon niet zien of hij wilde vloeken of huilen. Geen van beide zou natuurlijk hebben geholpen en ik denk dat Pappy, misschien wel voor het eerst, besefte dat hij op het punt stond weer een oogst te verliezen.
Wat er ook mis was met onze motor, het had zichzelf gerepareerd toen we terugkeerden naar huis. Onder het avondeten zei Pappy dat de truck nog net zo goed als vroeger was, waarna hij aan een lang betoog over Tally en Cowboy begon. Hij vroeg zich af waar ze zouden kunnen zijn en wat ze zouden kunnen doen. Mijn vader had gehoord dat er veel Mexicanen in Chicago waren. Hij vermoedde dat Cowboy en

zijn nieuwe bruid gewoon in die enorme stad zouden opgaan en dat niemand hen ooit nog zou zien.
Ik maakte me zoveel zorgen om Tally dat ik mijn eten nauwelijks naar binnen kon krijgen.

Laat op de volgende morgen, toen de zon zijn best deed om tussen de wolken door te gluren, gingen we terug naar de velden om katoen te plukken. We hadden er genoeg van om bij het huis te zitten en naar de lucht te kijken. Zelfs ik wilde naar de velden.
De Mexicanen wilden erg graag werken. Per slot van rekening waren ze drieduizend kilometer van huis en werden ze anders niet betaald.
Maar de katoen was te nat en de grond was te zacht. De modder koekte aan mijn laarzen vast, en ook aan mijn plukzak, zodat ik na een uur het gevoel had dat ik een boomstam achter me aan sleepte. Na twee uur hielden we ermee op en gingen we naar huis, een triest en moedeloos groepje.
De Spruills hadden er genoeg van. Het was geen verrassing voor ons toen ze hun kamp opbraken. Ze deden dat langzaam, alsof het hun grote moeite kostte hun nederlaag toe te geven. Meneer Spruill zei tegen Pappy dat het geen zin had om te blijven als ze toch niet konden werken. Ze hadden genoeg van de regen en we konden het hun niet kwalijk nemen. Ze hadden zes weken in onze voortuin gekampeerd. Hun oude tenten en dekkleden zakten door onder het gewicht van al die regen. De matrassen waarop ze sliepen, waren ook niet helemaal veilig voor het water en waren bovendien bespat met modder. Ik zou al veel eerder zijn weggegaan.
We zaten op de veranda en zagen ze hun spullen bij elkaar pakken en lukraak op de truck en de aanhanger gooien. Nu Hank en Tally weg waren, zouden ze meer ruimte hebben.
Plotseling maakte hun vertrek me bang. Binnenkort zouden ze thuis zijn, en dan was Hank daar niet. Ze zouden wachten, en dan zoeken, en dan vragen gaan stellen. Ik wist niet of en hoe ik daar iets van zou merken, maar evengoed was ik bang.
Mijn moeder dwong me naar de tuin te gaan, waar we genoeg voedsel voor twintig mensen verzamelden. We wasten de maïs, komkommers, tomaten, okra en bladgroenten in de gootsteen en daarna legde ze alles zorgvuldig in een kartonnen doos. Oma verzamelde een dozijn eieren, twee pond boerenham, een pond boter en twee literpotten met aardbeienjam. De Spruills zouden niet zonder proviand op reis gaan.

Om een uur of drie die middag waren ze klaar met pakken. Hun truck en aanhanger waren hopeloos overbelast – dozen en jutezakken hingen aan de zijkanten, losjes vastgemaakt met paktouw en gedoemd om van de wagen te vallen. Toen duidelijk werd dat ze op het punt stonden om te vertrekken, liepen we allemaal het voortrapje af en de tuin door om afscheid te nemen. Meneer en mevrouw Spruill kwamen ons tegemoet en namen ons voedsel aan. Ze verontschuldigden zich omdat ze weggingen voordat de katoen geplukt was, maar we wisten allemaal dat er waarschijnlijk toch niet meer geplukt zou worden. Ze probeerden te glimlachen en opgewekt te zijn, maar hun verdriet was duidelijk te zien. Toen ik naar ze keek, dacht ik onwillekeurig dat ze altijd spijt zouden hebben van de dag waarop ze hadden besloten op onze boerderij te gaan werken. Als ze een andere boerderij hadden uitgekozen, zou Tally niet met Cowboy in contact zijn gekomen. En dan zou Hank misschien nog in leven zijn, al was hij met zijn gewelddadige neigingen waarschijnlijk toch niet voorbestemd geweest om erg oud te worden. 'Hij die bij het zwaard leeft, zal door het zwaard vergaan,' mocht oma altijd graag citeren.
Ik voelde me schuldig omdat ik zoveel lelijke dingen over hen had gedacht. En ik voelde me een bedrieger omdat ik de waarheid over Hank wist en zij van niets wisten.
Ik nam afscheid van Bo en Dale, die geen van beiden veel te zeggen hadden. Trot verschool zich achter de aanhanger. Toen we bijna afscheid hadden genomen, schuifelde hij naar me toe en mompelde iets wat ik niet verstond. Toen stak hij zijn hand uit en bood me zijn verfkwast aan. Er zat niets anders voor me op dan hem aan te nemen. De volwassenen keken naar die uitwisseling, en enkele ogenblikken werd er niets gezegd.
'Hier,' bromde Trot, en hij wees naar hun truck. Bo begreep wat hij bedoelde en pakte iets wat net achter de laadklep stond. Het was een groot blik witte hoogglansverf, een schoon, ongeopend blik met het logo van Pittsburgh Paint op de zijkant. Hij zette het op de grond voor me neer en pakte toen nog een blik.
'Dat is voor jou,' zei Trot.
Ik keek naar de twee grote blikken verf en keek toen Pappy en oma aan. Hoewel we in geen dagen over het verven van het huis hadden gesproken, wisten we al een tijdje dat Trot het project nooit af zou krijgen. En nu droeg hij het werk aan mij over. Ik keek mijn moeder aan en zag een vreemd glimlachje om haar lippen.

'Tally heeft het gekocht,' zei Dale.
Ik tikte met de kwast tegen mijn been en kon ten slotte uitbrengen: 'Dank je.' Trot keek me met een schaapachtige grijns aan en nu moesten de anderen ook glimlachen. Opnieuw liepen ze naar hun truck, en nu zagen ze kans om in te stappen. Trot zat in de aanhanger, ditmaal alleen. Toen we ze voor het eerst waren tegengekomen, had Tally bij hem gezeten. Hij maakte een verdrietige, verlaten indruk.
Hun truck startte met grote tegenzin. De koppeling gierde en schraapte en toen hij eindelijk werd losgelaten, slingerde het hele gevaarte naar voren. De Spruills waren op weg. Potten en pannen ratelden, dozen schudden heen en weer, Bo en Dale sprongen op een matras en Trot, helemaal achteraan, maakte zich zo klein mogelijk in een hoekje van de aanhanger. We zwaaiden tot ze uit het zicht waren verdwenen.
Er was niet over het volgend jaar gesproken. De Spruills kwamen niet terug. We wisten dat we ze nooit meer zouden zien.
Het beetje gras dat nog in onze voortuin had gegroeid, was platgedrukt en toen ik de schade opnam, was ik meteen blij dat de Spruills weg waren. Ik schopte de as weg van de plaats waar ze op het thuishonk hun vuur hadden gestookt en stond er weer versteld van hoe gevoelloos ze waren geweest. Er waren sporen van hun truck en gaten van hun tentstokken. Volgend jaar zou ik een hek maken om heuvelmensen van mijn honkbalveld vandaan te houden.
Maar eerst moest ik het karwei afmaken waaraan Trot begonnen was. Ik sjouwde de verf naar de voorveranda, één blik tegelijk, en verbaasde me over het gewicht. Ik verwachtte dat Pappy iets zou zeggen, maar hij had geen enkel commentaar. Mijn moeder daarentegen gaf mijn vader een paar opdrachten, die vlug een soort steigertje maakte aan de oostkant van het huis. Het was een plank van twintig centimeter breed, vijf centimeter dik en tweeënhalve meter lang, steunend op een zaagbok aan de ene kant en een leeg dieselvat aan de andere. De plank hing een beetje schuin naar het vat toe, maar niet zo schuin dat de schilder zijn evenwicht zou verliezen. Mijn vader maakte het eerste blik open, roerde er met een stok in en hielp me op de plank. Hij gaf me wat korte instructies, maar omdat hij zo weinig van schilderen wist, mocht ik het zelf gaan leren. Ik ging ervan uit dat als Trot het kon, ik het ook kon.
Mijn moeder keek aandachtig naar me en kwam met adviezen als: 'Pas op voor druppels', en: 'Neem de tijd.' Aan de oostkant van het

huis had Trot de eerste zes planken van benedenaf geschilderd, van de voorkant van het huis tot de achterkant, en dankzij mijn plank kon ik een meter boven zijn werk komen. Ik wist niet hoe ik tot het dak zou schilderen, maar ik besloot me daar voorlopig niet druk om te maken. De oude planken zogen de eerste laag verf op. De tweede laag ging er soepel op en bleef mooi wit. Na een poosje werd ik gefascineerd door mijn werk, want het resultaat was onmiddellijk zichtbaar.

'Hoe doe ik het?' vroeg ik zonder omlaag te kijken.

'Het is prachtig, Luke,' zei mijn moeder. 'Als je maar langzaam blijft werken, als je de tijd maar neemt. En niet vallen.'

'Ik val niet.' Waarom waarschuwde ze me altijd voor gevaren die zo duidelijk waren?

Mijn vader verplaatste de steiger die middag twee keer, en tegen het avondeten had ik een heel blik verf opgebruikt. Ik waste mijn handen met loogzeep, maar de verf wilde niet van mijn nagels af. Het kon me niet schelen. Ik was trots op mijn nieuwe werk. Ik deed iets wat geen enkele Chandler ooit had gedaan.

Het schilderen van het huis kwam onder het avondeten niet ter sprake. Er waren gewichtiger zaken aan de orde. Onze heuvelmensen waren vertrokken terwijl er nog steeds een grote hoeveelheid katoen niet geplukt was. We hadden geen verhalen gehoord over andere arbeiders die weggingen omdat de velden nat waren. Pappy wilde niet dat de mensen wisten dat we iets aan de regen prijsgaven. Het weer zou wel omslaan, hield hij vol. Zo laat in het jaar hadden we nog nooit zoveel regen gehad.

Tegen de avond gingen we naar de voorveranda, waar het nu nog stiller was. De Cardinals waren iets uit een ver verleden en we luisterden na het eten bijna nooit naar iets anders, want Pappy wilde geen elektriciteit verspillen. Ik zat op het trapje en keek naar onze stille, lege voortuin. Zes weken lang was die tuin in beslag genomen geweest door allerlei onderkomens en bezittingen. En nu was er niets.

Een paar bladeren vielen en verspreidden zich over de tuin. De avond was koel en helder, en dat was voor mijn vader aanleiding om te voorspellen dat we de volgende dag twaalf uur lang katoen konden plukken. Het enige wat ik wilde doen, was schilderen.

30

Onder het eten keek ik op de klok boven het fornuis. Het was tien over vier, het vroegste ontbijt dat ik me kon herinneren. Mijn vader sprak net lang genoeg om zijn weersvoorspelling te geven: koel, helder, nergens een wolkje, de grond zacht maar stevig genoeg om katoen te plukken.

De volwassenen waren ongeduldig. Een groot deel van onze katoen was nog niet geplukt en als dat zo bleef, zou onze kleine boerderij nog dieper in de schulden komen. Mijn moeder en oma waren in recordtijd klaar met de afwas en we gingen met z'n allen van huis. De Mexicanen reden met ons mee naar de velden. Ze zaten aan één kant van de laadruimte, dicht tegen elkaar aan om een beetje warm te blijven.

Heldere, droge dagen waren zeldzaam geworden en we gingen deze dag te lijf alsof het misschien de laatste zou zijn. Tegen zonsopgang was ik al doodmoe, maar als ik ging klagen, zou dat een preek betekenen. Er dreigde weer een oogstramp en we moesten werken tot we erbij neervielen. Ik kreeg zin om een dutje te doen, maar ik wist dat mijn vader me met zijn riem zou afranselen als hij me op slapen betrapte.

Het middageten bestond uit koude koeken en ham, haastig opgegeten in de schaduw van de katoenwagen. Het was inmiddels warm geworden en een siësta zou welkom zijn geweest. In plaats daarvan gingen we op onze katoenzakken zitten, aten onze koeken en keken

naar de lucht. Zelfs als we praatten, keken we omhoog.
En natuurlijk betekende die helderheid dat er slecht weer op komst was. Daarom besloten mijn vader en Pappy al na twintig minuten dat de lunchpauze voorbij was. De vrouwen sprongen net zo vlug overeind als de mannen, want ze wilden bewijzen dat ze net zo hard konden werken. Ik was de enige die treuzelde.
Het had nog erger kunnen zijn: de Mexicanen onderbraken het werk niet eens om te eten.
Ik dacht die geestdodende middag aan Tally, en toen aan Hank en toen weer aan Tally. Ik dacht ook aan de Spruills en was jaloers op ze omdat ze waren ontkomen. Ik probeerde me voor te stellen wat ze zouden doen als ze thuiskwamen en Hank daar niet aantroffen. Ik probeerde tegen mezelf te zeggen dat het me eigenlijk niet kon schelen.
We hadden al in geen weken een brief van Ricky gekregen. Ik had de volwassenen daarover horen fluisteren. Ik had mijn lange brief nog niet naar hem opgestuurd, vooral omdat ik niet wist hoe ik dat kon doen zonder betrapt te worden. En ik vroeg me nu ook af of ik hem wel met dat nieuws over de Latchers moest belasten. Hij had al genoeg aan zijn hoofd. Als Ricky thuis was, zouden we gaan vissen en zou ik hem alles vertellen. Ik zou met de dood van die Sisco-jongen beginnen en geen enkel detail weglaten: de Latcher-baby, Hank en Cowboy, alles. Ricky zou weten wat er moest gebeuren. Ik wilde zo graag dat hij thuiskwam.
Ik weet niet hoeveel katoen ik die dag plukte, maar ik weet zeker dat het een wereldrecord voor een zevenjarige was. Toen de zon achter de bomen langs de rivier verdween, vond mijn moeder me en liepen we terug naar huis. Oma bleef achter. Ze plukte net zo snel als de mannen.
'Tot hoe laat blijven ze werken?' vroeg ik mijn moeder. We waren zo moe dat lopen al een prestatie was.
'Tot het donker is, denk ik.'
Het was bijna donker toen we bij ons huis kwamen. Ik had zin om me op de bank te laten vallen en een week aan één stuk door te slapen, maar mijn moeder vroeg me mijn handen te wassen en haar met het avondeten te helpen. Ze maakte maïsbrood en warmde restjes op, terwijl ik tomaten pelde en in plakjes sneed. We luisterden naar de radio – geen woord over Korea.
Ondanks de slopende dag in de velden waren Pappy en mijn vader in

een goed humeur toen we aan tafel gingen. Samen hadden ze elfhonderd pond geplukt. De regen van de laatste tijd had de prijs van katoen op de markt van Memphis opgedreven, en als we nog een paar dagen droog weer hadden, konden we misschien weer een jaar verder komen. Oma hoorde hen vanuit de verte. Ze hoorde hen wel, maar luisterde niet, en ik wist dat ze weer met haar gedachten in Korea was. Mijn moeder was te moe om te praten.

Pappy had een hekel aan kliekjes, maar hij dankte de Heer er toch voor. Hij dankte ook voor het droge weer en vroeg om meer. We aten langzaam; de uitputting van die dag liet zich eindelijk gelden. Er werd nauwelijks gesproken.

Ik was de eerste die het onweer hoorde. Het was een diep gerommel, ver weg, en ik keek de tafel rond om te zien of de volwassenen het ook hadden gehoord. Pappy praatte over de katoenmarkten. Een paar minuten later was het gerommel veel dichterbij, en toen in de verte de bliksem knetterde, hielden we op met eten. De wind stak op en het metalen dak van de achterveranda begon zacht te klepperen. We durfden elkaar niet aan te kijken.

Pappy vouwde zijn handen weer en liet zijn ellebogen op de tafel rusten alsof hij weer ging bidden. Hij had God zojuist om meer goed weer gevraagd en nu leek het erop dat we weer een stortbui over ons heen kregen.

De schouders van mijn vader zakten een centimeter of vijf. Hij wreef over zijn voorhoofd en keek naar een muur. De regen begon op het dak te tikken, een beetje te hard, en oma zei: 'Het is hagel.'

Hagel – dat betekende harde wind en hevige regen, en inderdaad bulderde er algauw een storm over onze boerderij. We bleven nog een hele tijd aan tafel zitten en luisterden naar de donder en de regen, negeerden het half-opgegeten voedsel voor ons, vroegen ons af hoeveel centimeter er zou vallen en hoelang het zou duren voordat we weer konden plukken. De St. Francis kon niet veel water meer verwerken, en als die overstroomde, was het gedaan met onze oogst.

De storm ging voorbij, maar het bleef regenen, van tijd tot tijd hard. Ten slotte gingen we uit de keuken weg. Ik liep met Pappy naar de voorveranda en zag tussen ons huis en de weg alleen maar een grote plas water. Ik had medelijden met hem, zoals hij daar op de schommelbank zat en verbijsterd naar de golven water keek die God ons zond.

Later las mijn moeder me bijbelverhalen voor. Haar stem kwam nauwelijks boven het kletteren van de regen op ons dak uit. Het verhaal van Noach en de zondvloed was taboe. Ik viel in slaap voordat Goliath door de jonge David was verslagen.

De volgende dag zeiden mijn ouders dat ze naar het dorp zouden rijden. Ik werd meegevraagd – het zou wreed zijn geweest om me dat uitstapje te ontzeggen –, maar opa en oma gingen niet mee. Het was een gezinsuitstapje. Er werd iets gezegd over de mogelijkheid van een ijsje. Dankzij Cowboy en Tally hadden we wat gratis benzine en er was op de boerderij toch niets te doen. Het water stond tussen de rijen katoen.

Ik zat bij hen voorin en lette goed op de snelheidsmeter. Toen we de grote weg op waren gedraaid en in noordelijke richting naar Black Oak reden, was mijn vader klaar met schakelen en bracht hij de snelheid op zeventig kilometer per uur. Voorzover ik kon nagaan, reed de truck niet anders dan met negenenvijftig per uur, maar dat zou ik Pappy niet vertellen.

Op een vreemde manier was het geruststellend om te zien dat andere boerderijen ook niets konden beginnen vanwege de regen. Er sjokte niemand door de velden om te proberen katoen te plukken. Er was niet één Mexicaan te zien.

Ons land lag laag en liep gauw onder, en het was wel eens gebeurd dat wij onze oogst verloren en andere boeren niet. Nu leek het erop dat iedereen evenveel water te verduren kreeg.

Omdat het midden op de dag was en niemand iets anders kon doen dan wachten, verzamelden de boerengezinnen zich op hun veranda's en keken ze naar het verkeer. De vrouwen waren erwten aan het doppen. De mannen praatten en maakten zich zorgen. De kinderen zaten op de verandatrap of speelden in de modder. We kenden ze natuurlijk allemaal, de bewoners van alle huizen. We zwaaiden, ze zwaaiden terug, en we konden ze bijna horen zeggen: 'Waarom zouden de Chandlers naar het dorp gaan?'

Het was rustig in Main Street. We parkeerden voor de ijzerwinkel. Drie deuren verderop, bij de Co-op, stonden een stuk of wat boeren in overalls ernstig met elkaar te praten. Mijn vader voelde zich verplicht daar eerst naartoe te gaan en op z'n minst naar hun gedachten en meningen over het eventuele einde van de regen te luisteren. Ik ging met mijn moeder naar de drugstore, waar ze ijs verkochten bij een frisdrankautomaat achterin. Een aantrekkelijk meisje uit het dorp, Cindy, werkte daar al zo lang als ik me kon herinneren. Cindy had op dat moment geen andere klanten en ik kreeg een erg royale portie vanille-ijs met kersen. Het kostte mijn moeder een stuiver. Ik ging op een krukje zitten. Toen duidelijk werd dat ik voor het komende halfuur mijn plekje had gevonden, ging mijn moeder weg om wat dingen te kopen.

Cindy had een oudere broer die bij een afschuwelijk auto-ongeluk was omgekomen, en telkens wanneer ik haar zag, dacht ik aan de verhalen die ik had gehoord. Er was brand uitgebroken en ze hadden haar broer niet uit het wrak kunnen krijgen. En er had een menigte gestaan, en dat betekende natuurlijk dat er verschillende versies van het afschuwelijke verhaal in omloop waren. Ze was mooi, maar ze had trieste ogen en ik wist dat het door de tragedie kwam. Ze wilde niet praten, en dat vond ik niet erg. Ik at langzaam, want ik was van plan een hele tijd met het ijs te doen, en ik keek naar haar terwijl ze achter de toonbank bezig was.

Ik had genoeg gefluister van mijn ouders gehoord om te weten dat ze van plan waren een telefoongesprek te voeren. Omdat wijzelf geen telefoon hadden, zouden we die van iemand anders moeten gebruiken. Ik vermoedde dat het die in de winkel van Pop en Pearl zou zijn. De meeste huizen in het dorp hadden telefoon, net als de meeste bedrijven. En de boeren die drie of vier kilometer van het dorp vandaan woonden, hadden ook telefoon, want zo ver gingen de lijnen. Mijn moeder had me een keer verteld dat het jaren zou duren voordat ze telefoonlijnen tot ons huis hadden aangelegd. Pappy wilde toch al geen telefoon. Hij zei dat als je telefoon had, je met mensen moest praten als het hun goed uitkwam, maar jou niet. Een televisietoestel zou misschien interessant zijn, maar een telefoon niet.

Jackie Moon kwam binnen en liep naar de toonbank achterin. 'Hé, kleine Chandler,' zei hij, en toen maakte hij mijn haar in de war en kwam naast me zitten. 'Wat voert jou hierheen?' vroeg hij.

'IJs,' zei ik, en hij lachte.

Cindy kwam voor ons staan en zei: 'Het gebruikelijke?'

'Ja, mevrouw,' zei hij. 'En hoe gaat het met u?'

'Prima, Jackie,' koerde ze. Ze keken elkaar aandachtig aan en ik kreeg de indruk dat ze iets met elkaar hadden. Ze draaide zich om en begon het 'gebruikelijke' klaar te maken, en Jackie bekeek haar van top tot teen.

'Hebben jullie al van Ricky gehoord?' vroeg hij mij, zijn blik nog op Cindy gericht.

'De laatste tijd niet,' zei ik, en ik keek nu ook.
'Ricky is een taaie. Die redt zich wel.'
'Dat weet ik,' zei ik.
Hij stak een sigaret op en nam een trekje. 'Zitten jullie daar in de nattigheid?' vroeg hij.
'Alles is drijfnat.'
Cindy zette een schaaltje chocolade-ijs en een kop zwarte koffie voor Jackie neer.
'Ze zeggen dat het nog twee weken blijft regenen,' zei hij. 'Ik wil dat wel geloven.'
'Regen, regen, regen,' zei Cindy. 'Ik hoor tegenwoordig nergens anders meer over praten. Krijgen jullie er nooit genoeg van om over het weer te praten?'
'Er is niks anders om over te praten,' zei Jackie. 'Niet als je boer bent.'
'Alleen een idioot wordt boer,' zei ze, en ze gooide haar handdoek op de toonbank en liep naar de kassa.
Jackie nam een hap ijs. 'Daar heeft ze waarschijnlijk gelijk in, weet je.'
'Waarschijnlijk wel.'
'Gaat je vader naar het noorden?' vroeg hij.
'Waarheen?'
'Naar het noorden, naar Flint. Ik hoorde dat sommige jongens al aan het bellen zijn. Ze proberen in de Buick-fabriek aan het werk te komen. Ze zeggen dat er dit jaar niet veel banen zijn, dat de fabriek niet zoveel mensen kan aannemen als vroeger, en daarom heeft iedereen haast om er te komen. De katoen is weer naar z'n moer. Nog één fikse bui en de rivier stroomt over. De meeste boeren mogen blij zijn als ze een halve oogst binnenhalen. Idioot, hè? Zes maanden zwoegen en zweten, alles verliezen, dan naar het noorden gaan om in een fabriek te werken en genoeg geld terug te brengen om je schulden af te betalen. En dan weer katoen planten.'
'Ga jij naar het noorden?' vroeg ik.
'Ik denk erover. Ik ben te jong om de rest van mijn leven op een boerderij te blijven zitten.'
'Ja, ik ook.'
Hij nam een slokje van zijn koffie en een poosje dachten we zwijgend aan de dwaasheid van het boerenbestaan.
'Ik hoorde dat die grote hillbilly is weggegaan,' zei Jackie ten slotte.
Gelukkig had ik mijn mond vol ijs. Ik knikte alleen maar.
'Ik hoop dat ze hem te pakken krijgen,' zei hij. 'Ik zou hem graag

terecht zien staan, dan kan hij zijn verdiende loon krijgen. Ik heb al tegen Stick Powers gezegd dat ik wel getuige wil zijn. Ik heb het allemaal gezien. Er komen nu nog meer mensen naar voren die tegen Stick zeggen wat er echt is gebeurd. Die hillbilly had die jongen van Sisco niet hoeven doodslaan.'

Ik lepelde weer wat ijs naar binnen en bleef knikken. Ik had geleerd me van de domme te houden als het onderwerp 'Hank Spruill' ter sprake kwam.

Cindy was terug. Ze schuifelde wat achter de kassa, veegde hier en daar wat af en neuriede de hele tijd. Jackie dacht niet meer aan Hank.

'Ben je bijna klaar?' zei hij, kijkend naar mijn ijs. Ik dacht dat hij en Cindy iets te bespreken hadden.

'Bijna,' zei ik.

Ze neuriede en hij bleef kijken tot ik klaar was. Toen ik de laatste hap had genomen, nam ik afscheid en ging ik naar Pop en Pearl, waar ik meer over het telefoongesprek aan de weet hoopte te komen. Pearl was alleen bij de kassa, met haar leesbril op de punt van haar neus. Ze keek me aan zodra ik binnenkwam. Het scheen dat ze het geluid herkende van elke truck die door Main Street reed en dat ze dan niet alleen wist welke boer er achter het stuur zat maar ook hoelang het geleden was dat hij in het dorp was geweest. Er ontging haar niets.

'Waar is Eli?' vroeg ze nadat we beleefdheden hadden uitgewisseld.

'Die is thuisgebleven,' zei ik. Ik keek naar de bak met Tootsie Rolls. Ze wees ernaar en zei: 'Neem er maar een.'

'Dank je. Waar is Pop?'

'Achter. Alleen jij en je ouders, hè?'

'Ja. Heb je ze gezien?'

'Nee, nog niet. Doen ze inkopen?'

'Ja. En ik denk dat mijn vader een telefoon zoekt.' Daar keek ze van op. Ze dacht aan alle redenen die hij zou kunnen hebben om iemand te bellen. Ik haalde de verpakking van de Tootsie Roll.

'Wie belt hij?' vroeg ze.

'Weet ik niet.' Wee de arme ziel die Pearls telefoon gebruikte en het gesprek privé wilde houden. Ze zou meer weten dan degene aan de andere kant van de lijn.

'Is bij jullie alles nat?'

'Ja. Erg nat.'

'Dat is toch al slecht land. Jullie en de Latchers en de Jeters krijgen altijd de eerste overstromingen.' Haar stem stierf weg bij de gedachte.

Ze keek uit het raam en schudde langzaam haar hoofd, denkend aan weer een slechte oogst.
Ik had nog nooit een overstroming meegemaakt – tenminste niet voorzover ik me kon herinneren – en ik had er dus ook niets over te zeggen. Het weer had ieders humeur versomberd, ook dat van Pearl. Nu er donkere wolken over ons deel van de wereld hingen, was het moeilijk om optimistisch te zijn. Er was weer een sombere wereld op komst.
'Ik hoorde dat er mensen naar het noorden gaan,' zei ik. Ik wist dat als de geruchten waar waren Pearl alle bijzonderheden zou weten.
'Dat heb ik ook gehoord,' zei ze. 'Ze proberen een baan te krijgen voor het geval het blijft regenen.'
'Wie gaan er?'
'Dat heb ik nog niet gehoord,' zei ze, maar ik kon aan de klank van haar stem horen dat ze het naadje van de kous al wist. Waarschijnlijk hadden de boeren haar telefoon gebruikt.
Ik bedankte haar voor de Tootsie Roll en ging de winkel uit. De trottoirs waren leeg. Het was leuk om het dorp voor me alleen te hebben. Op zaterdag kon je bijna geen stap verzetten, zoveel mensen waren er. Ik zag mijn ouders in de ijzerwinkel iets kopen en ging op onderzoek uit.
Ze kochten verf, een heleboel. Op de toonbank stonden vijf blikken witte Pittsburgh Paint netjes op een rij, samen met twee kwasten. De verkoper was de bedragen aan het optellen toen ik binnenkwam. Mijn vader zocht naar iets in zijn zak. Mijn moeder stond dicht bij hem, kaarsrecht en trots. Het was me wel duidelijk dat zij erop had aangedrongen de verf te kopen. Ze keek me met een voldane glimlach aan.
'Dat is dan veertien dollar en tachtig cent,' zei de verkoper.
Mijn vader haalde zijn portefeuille tevoorschijn en begon de bankbiljetten uit te tellen.
'Ik kan het ook op uw rekening zetten,' zei de verkoper.
'Nee, dit gaat daar niet op,' zei mijn moeder. Pappy zou een hartaanval krijgen als hij in een maandoverzicht zag dat we zoveel aan verf hadden uitgegeven.
We sjouwden de blikken naar de truck.

31

De blikken verf stonden op een rij op de achterveranda, als soldaten die een hinderlaag hadden gelegd. Onder toezicht van mijn moeder zette mijn vader de kleine steiger een eindje verderop. Hij stond nu bij de noordoostelijke hoek van het huis, zodat ik van benedenaf en bijna tot aan het dak kon schilderen. Ik was de eerste hoek omgegaan. Trot zou tevreden zijn geweest.

We trokken weer een blik open. Ik haalde de verpakking van een van de kwasten en streek de haren heen en weer. Hij was twaalf centimeter breed en veel zwaarder dan de kwast die Trot me had gegeven.

'Wij gaan in de tuin werken,' zei mijn moeder. 'We zijn zo terug.' En ze trok mijn vader mee. Ze droegen drie van de grootste manden die we op de boerderij hadden. Oma was in de keuken aardbeien aan het inmaken. Pappy was ergens aan het piekeren. Ze lieten me alleen.

De investering van mijn ouders in dit project maakte mijn missie extra belangrijk. Het huis zou nu in zijn geheel worden geschilderd, of Pappy dat nou leuk vond of niet. En ik zou het grootste deel van het werk voor mijn rekening nemen. Maar er was geen haast bij. Als de overstromingen kwamen, zou ik schilderen wanneer het niet regende. Als we de oogst afmaakten, zou ik de hele winter de tijd hebben om mijn meesterwerk te voltooien. Het huis was in vijftig jaar niet geschilderd. Dan was er toch geen haast bij?

Na een halfuur was ik moe. Ik hoorde mijn ouders in de tuin praten.

Er lagen nog twee kwasten – een nieuwe en de kwast die Trot me had gegeven – op de veranda naast de blikken verf. Waarom pakten mijn ouders die kwasten niet op om aan het werk te gaan? Ze zouden toch wel van plan zijn te helpen?

De kwast was erg zwaar. Ik verfde met korte, langzame en erg nauwkeurige streken. Mijn moeder had me gewaarschuwd dat ik niet te veel tegelijk moest aanbrengen. 'Pas op voor druppels.' 'Laat het niet uitlopen.'

Na een uur moest ik rust nemen. Nu ik besefte wat een gigantisch project het was, begon ik het Trot kwalijk te nemen dat hij mij ermee had opgezadeld. Hij had ongeveer eenderde van één kant van het huis geverfd en was er toen vandoor gegaan. Ik begon het gevoel te krijgen dat Pappy misschien toch gelijk had. Het huis hoefde niet geschilderd te worden.

Het kwam door Hank. Hank had me uitgelachen en mijn familie beledigd omdat ons huis niet geschilderd was. Trot was me te hulp gekomen. Hij en Tally waren samen aan dit project begonnen zonder te weten dat het overgrote deel van de werklast op mijn schouders neer zou komen.

Ik hoorde stemmen achter me. Miguel, Luis en Rico waren komen aanlopen en keken nieuwsgierig toe. Ik glimlachte en we wisselden *'Buenas tardes'* uit. Ze kwamen dichterbij. Blijkbaar vroegen ze zich af waarom de kleinste Chandler zo'n grote taak had gekregen. Ik concentreerde me een poosje op mijn werk en schuifelde verder. Miguel stond op de veranda en keek naar de ongeopende blikken en de andere kwasten. 'Mogen we meedoen?' vroeg hij.

Wat een geweldig idee!

Er werden nog twee blikken opengetrokken. Ik gaf Miguel mijn kwast en binnen een mum van tijd zaten Luis en Rico op de steiger. Ze schilderden alsof ze dat hun hele leven al hadden gedaan. Hun blote voeten bungelden omlaag. Miguel begon aan de achterveranda. Algauw zaten de andere zes Mexicanen in de schaduw op het gras naar ons te kijken.

Oma hoorde het geluid, en ze ging naar buiten, haar handen afdrogend aan een theedoek. Ze keek me aan, lachte even en ging toen terug naar haar aardbeien.

De Mexicanen waren blij dat ze iets te doen hadden. De regen had hen gedwongen lange uren in en bij de schuur te blijven. Ze hadden geen truck om naar het dorp te rijden, geen radio om naar te luisteren, geen boeken om te lezen. (We wisten niet eens zeker of ze wel konden lezen.) Soms dobbelden ze, maar daar hielden ze mee op zodra een van ons in de buurt kwam.

Ze stortten zich enthousiast op het ongeverfde huis. De zes die niet schilderden, gaven advies aan degenen die een kwast hadden. Blijkbaar waren sommige van hun voorstellen grappig, want soms lachten de schilders zo hard dat ze niet konden werken. Hun Spaans werd steeds sneller en luidruchtiger, en ze praatten en lachten alle negen. Het ging erom dat je iemand met een kwast zover kreeg dat hij die kwast even liet rusten, dan kon de volgende zijn werk verbeteren. Roberto bleek de expert te zijn. Met veel flair leerde hij de nieuwelingen, vooral Pablo en Pepe, de juiste techniek. Hij liep achter de schilders langs en had voor iedereen een goede raad, een grap of een terechtwijzing. De kwasten gingen van hand tot hand en ondanks alle spot en beledigingen kwam er een soort teamwerk tot stand.

Ik zat met de andere Mexicanen onder de boom en keek hoe de achterveranda een heel ander aanzien kreeg. Pappy kwam terug met de tractor. Hij parkeerde hem naast het gereedschapsschuurtje en keek een ogenblik vanuit de verte toe. Toen liep hij met een wijde boog naar de voorkant van het huis. Ik kon niet zien of hij het ermee eens was of niet, en ik weet ook niet of het er nog iets toe deed. Er zat geen veerkracht in zijn tred, geen doelbewustheid in zijn bewegingen. Pappy was nu alleen nog maar een van de vele verslagen boeren die op het punt stonden weer een katoenoogst te verliezen.

Mijn ouders kwamen met hun manden vol groenten uit de tuin terug.

'Hé, als dat Tom Sawyer niet is,' zei mijn moeder tegen mij.

'Wie is dat?' vroeg ik.

'Vanavond vertel ik je het verhaal.'

Ze zetten de manden op de veranda, waarbij ze er goed op letten dat ze niet op een geverfd gedeelte kwamen, en gingen naar binnen. Alle volwassenen zaten nu in de keuken, en ik vroeg me af of ze het over mij en de Mexicanen hadden. Oma kwam met een kan ijsthee en een dienblad vol glazen naar buiten. Dat was een goed teken. De Mexicanen namen pauze en dronken hun thee. Ze bedankten oma en begonnen toen meteen weer ruzie te maken om de kwasten.

In de loop van de middag leverde de zon strijd met de wolken. Er waren momenten waarop het zonlicht helder en ononderbroken was, en dan werd het warm, bijna zomers. Natuurlijk keken we steeds naar de lucht, in de hoop dat de wolken eindelijk uit Arkansas vertrokken, en dat ze niet zouden terugkomen, in elk geval niet tot aan het voorjaar. Maar dan werd de aarde weer donker, en koeler.

De wolken wonnen het, dat wisten we allemaal. De Mexicanen zouden binnenkort onze boerderij verlaten, zoals de Spruills ook hadden gedaan. We konden niet verwachten dat ze de hele dag bleven wachten, met niets anders te doen dan naar de lucht kijken en zich een beetje droog houden. Al die tijd verdienden ze geen cent.

Tegen het eind van de middag was de verf op. De achterkant van het huis was klaar, inclusief de veranda, en het verschil was verbijsterend. De glanzende planken stonden in scherp contrast met de ongeverfde planken om de hoek. De volgende dag zouden we de westkant te lijf gaan; tenminste, als ik meer verf kon loskrijgen.

Ik bedankte de Mexicanen. Ze liepen lachend terug naar de schuur. Ze zouden hun tortilla's klaarmaken en opeten, vroeg naar bed gaan en hopen dat ze de volgende dag katoen konden plukken.

Ik ging in het koele gras zitten om hun werk te bewonderen. Ik wilde niet naar binnen gaan, want de volwassenen waren in een slechte stemming. Ze zouden zich gedwongen voelen naar me te glimlachen en proberen iets grappigs te zeggen, maar ze waren bijna ziek van de zorgen.

Ik wilde dat ik een broer had – jonger of ouder, dat maakte niet uit. Mijn ouders wilden meer kinderen, maar op de een of andere manier kon dat niet. Ik had een vriend nodig, een ander kind om mee te praten, mee te spelen, complotten mee te smeden. Ik had er genoeg van om het enige kind op de boerderij te zijn.

En ik miste Tally. Ik deed moedige pogingen om haar te haten, maar dat wilde me gewoon niet lukken.

Pappy liep om de hoek van het huis en inspecteerde de nieuwe laag verf. Ik kon niet zien of hij zich kwaad maakte of niet.

'Laten we naar de kreek rijden,' zei hij, en zonder nog een woord te zeggen liepen we naar de tractor. Hij startte hem en we volgden de sporen in de veldweg. Er stond water op de plaats waar de tractor en katoenwagen vele malen hadden gereden. De voorbanden lieten modder opspatten. De achterbanden maalden door de grond en maakten de sporen dieper. We tuften door een veld dat hard op weg was een moeras te worden.

De katoen zelf zag er erbarmelijk uit. De bollen hingen omlaag door het gewicht van het regenwater. De struiken waren verbogen door de wind. Een week van fel zonlicht zou de grond en de katoen laten opdrogen, zodat we de oogst konden afmaken, maar zulk zomerweer was allang voorbij.

We gingen naar het noorden en reden door een nog drassiger spoor, hetzelfde spoor waarover Tally en ik ook een paar keer hadden gelopen. De kreek lag een eindje verderop.

Ik stond iets achter Pappy en hield de stang van het zonnescherm en de beugel boven het linkerachterwiel omklemd. Intussen keek ik naar de zijkant van zijn gezicht. Hij had zijn kaken op elkaar en zijn ogen half dichtgeknepen. Soms kon hij driftig uitvallen, maar verder was hij niet iemand die emoties toonde. Ik had hem nog nooit zien huilen. Hij maakte zich zorgen omdat hij een boer was, maar hij klaagde niet. Als de regen onze oogst wegspoelde, was daar een reden voor. God zou ons beschermen en ons door goede en slechte jaren heen helpen. Als baptisten geloofden we dat alles door God werd bestierd.

Ik was er zeker van dat er een reden was waarom de Cardinals geen kampioen waren geworden, maar ik kon niet begrijpen waarom God daarachter zat. Waarom zou God toestaan dat twee teams uit New York in de World Series speelden? Daar kon ik niet bij.

Het water voor ons was plotseling dieper. De voorbanden kwamen in vijftien centimeter water. Het pad was ondergelopen, en even was ik daar verbaasd over. We waren dicht bij de kreek. Pappy stopte de tractor en wees. 'Het is buiten de oevers getreden,' zei hij zakelijk, maar er klonk verslagenheid in zijn stem door. Het water kwam door een bosje dat ooit hoog boven de bedding van de kreek had gestaan. Ergens daar beneden had Tally een bad genomen in een koele, heldere stroom, die nu verdwenen was.

'Het stroomt over,' zei hij. Hij zette de motor uit en we luisterden naar de geluiden van het water dat over de oevers van Siler's Creek kwam en over het lagere terrein van ons stuk grond liep. Het water verdween tussen de rijen katoen en verspreidde zich door het dal. Het zou ergens midden in het veld ophouden, ongeveer halverwege naar ons huis, op een punt waar het terrein een beetje naar boven begon te gaan. Daar zou het zich verzamelen en diepte krijgen, waarna het zich naar het oosten en westen verspreidde en het grootste deel van ons land bedekte.

Ik kreeg nu eindelijk een overstroming te zien. Er waren meer overstromingen geweest, maar toen was ik zo klein geweest dat ik me er nu niets van herinnerde. Mijn hele jonge leven had ik sterke verhalen gehoord over rivieren die buiten hun oevers traden en velden die onderliepen, en nu zag ik het met mijn eigen ogen, alsof het voor het eerst gebeurde. Het was angstaanjagend, want als het eenmaal was begonnen, wist niemand wanneer het zou ophouden. Niets hield het water tegen; het stroomde waar het wilde. Zou het ons huis bereiken? Zou de St. Francis buiten zijn oevers treden en iedereen wegvagen? Zou het veertig dagen en veertig nachten regenen en zouden we met man en muis vergaan, zoals de mensen die Noach hadden uitgelachen?

Waarschijnlijk niet. Er stond in dat verhaal iets over een regenboog waarmee God beloofde dat de aarde nooit meer zou overstromen.

Maar dit was in elk geval een overstroming. De aanblik van een regenboog was in ons leven bijna een heilige gebeurtenis, maar we hadden er in geen weken een gezien. Ik begreep niet hoe God zulke dingen kon laten gebeuren.

Pappy was die dag minstens drie keer naar de kreek gegaan, om te kijken en te wachten, en waarschijnlijk ook om te bidden.

'Wanneer is het begonnen?' vroeg ik.

'Een uur geleden, denk ik. Dat weet ik niet zeker.'

Ik wilde vragen wanneer het zou ophouden, maar ik wist het antwoord al.

'Het is teruglopend water,' zei hij. 'De St. Francis is te vol. Het water kan nergens heen.'

We keken er een hele tijd naar. Het stroomde door en kwam naar ons toe, steeg een paar centimeter langs de voorbanden. Na een tijdje wilde ik erg graag terug. Maar Pappy niet. Zijn zorgen en angsten werden bevestigd en hij keek gefascineerd naar het water.

Eind maart waren hij en mijn vader begonnen de velden om te ploegen. Ze hadden de aarde omgewoeld om de stengels, wortels en bladeren van de vorige oogst te begraven. Toen waren ze gelukkig geweest, blij dat ze na de lange winter weer buiten waren. Ze keken naar het weer en bestudeerden de *Almanak*, en ze hingen bij de Co-op rond om te horen wat de andere boeren zeiden. Begin mei gingen ze planten, als de weersomstandigheden gunstig waren. De vijftiende mei werd beschouwd als de uiterste dag waarop de katoenzaadjes in de grond gestopt moesten worden. Mijn bijdrage aan de gang van zaken begon begin juni, als de zomervakantie begon en het onkruid opkwam. Ze gaven me een schoffel, stuurden me in de juiste richting, en vele uren per dag wiedde ik onkruid, een taak die bijna even zwaar en geestdodend was als katoen plukken. De hele zomer groeide het onkruid door, en wij bleven wieden. Als de katoen op vier juli bloeide, werd het een geweldig goede oogst. Eind augustus konden we beginnen met plukken. Begin september gingen we op zoek naar heuvelmensen en probeerden we wat Mexicanen te krijgen.

En nu, midden oktober, zagen we hoe het allemaal werd weggevaagd. Al het werk, al het zweet en de spierpijn, al het geld dat in zaad, kunstmest en brandstof was geïnvesteerd, al onze plannen en verwachtingen – alles ging nu verloren in het teruglopende water van de St. Francis.

We wachtten, maar het water bleef komen. De voorbanden van de tractor stonden al voor de helft in het water toen Pappy eindelijk de motor startte. Er was amper genoeg licht om iets te zien. Het pad was bedekt met water, en als het zo doorging, zouden we de volgende morgen de oogst van deze twintig hectare kwijt zijn.

Ik had nog nooit zoveel stilte onder het avondeten meegemaakt. Zelfs oma wist niets opbeurends te bedenken. Ik at lusteloos mijn bonen en probeerde me voor te stellen wat mijn ouders dachten. Mijn vader maakte zich waarschijnlijk zorgen over het geld dat we voor de oogst hadden geleend, een schuld die we nu niet konden terugbetalen. Mijn moeder dacht aan mogelijkheden om uit de katoenstreek te ontsnappen. Ze was lang niet zo teleurgesteld als de andere drie volwassenen. Een rampzalige oogst, na zo'n veelbelovende lente en zomer, leverde haar een arsenaal van argumenten op om tegen mijn vader te gebruiken.

De overstroming leidde me af van ergere dingen – Hank, Tally, Cowboy – en was dan ook een prettig onderwerp om aan te denken. Maar ik hield mijn mond.

Omdat de school binnenkort zou beginnen, vond mijn moeder dat ik voortaan elke avond moest oefenen met lezen en schrijven. Ik verlangde naar het klaslokaal, al zou ik dat nooit toegeven, en dus genoot ik van mijn huiswerk. Ze vond dat mijn schuinschrift achteruit was gegaan en zei dat ik veel moest oefenen. Lezen ging ook niet zo soepel.

'Zie je nou wat er van dat katoen plukken komt?' zei ik.

We waren alleen in Ricky's kamer en lazen elkaar voor tot ik naar bed ging. 'Ik heb een geheim voor je,' fluisterde ze. 'Kun je een geheim bewaren?'

Je moest eens weten, dacht ik. 'Ja.'

'Beloof je dat?'

'Ja.'

'Je mag het niemand vertellen, zelfs Pappy en oma niet.'
'Goed, wat is het?'
Ze boog zich nog dichter naar me toe. 'Je vader en ik denken erover om naar het noorden te gaan.'
'En ik?'
'Jij gaat ook mee.'
Dat was een opluchting. 'Je bedoelt, om te werken als Jimmy Dale?'
'Ja. Je vader heeft met Jimmy Dale gesproken, en die kan hem aan een baan helpen in de Buick-fabriek in Flint, Michigan. Er is daar veel geld te verdienen. We blijven daar niet voorgoed, maar je vader moet een vaste baan zoeken.'
'En Pappy en oma?'
'O, die gaan hier nooit weg.'
'Blijven ze boeren?'
'Ik denk het. Ik weet niet wat ze anders kunnen doen.'
'Hoe kunnen ze boeren als wij er niet zijn?'
'Ze redden zich wel. Luister, Luke, we kunnen hier niet jaar na jaar blijven zitten, terwijl we steeds geld verliezen en steeds meer geld lenen. Je vader en ik zijn eraan toe om iets anders te proberen.'
Ik wist niet wat ik ervan moest denken. Ik wilde dat mijn ouders gelukkig waren, en mijn moeder zou nooit gelukkig zijn op een boerderij, zeker niet als ze gedwongen was om met haar schoonouders samen te leven. Ik wilde zelf absoluut geen boer worden, maar ja, mijn toekomst was al veilig, want ik ging bij de Cardinals spelen. Maar ik vond het een verontrustend idee dat ik de enige plaats zou verlaten waar ik ooit had gewoond. En ik kon me ook geen leven zonder Pappy en oma voorstellen.
'Het wordt opwindend, Luke,' zei ze, nog steeds fluisterend. 'Geloof me.'
'Misschien. Is het niet koud daar in het noorden?'
'Nee hoor,' zei ze. 'In de winter is er veel sneeuw, maar dat lijkt me wel leuk. We maken een sneeuwpop en sneeuwballen, en dan hebben we een witte kerst.'
Ik herinnerde me de verhalen van Jimmy Dale over de Detroit Tigers, die hij had zien spelen, en dat mensen een goede baan en een televisie hadden en dat de scholen er beter waren. Toen herinnerde ik me zijn vrouw, die stomme Stacy met haar afgeknepen nasale stem, en hoe ik haar bang had gemaakt in het privaat.
'Praten ze daar niet raar?' vroeg ik.

'Ja, maar daar wennen we wel aan. Het wordt een avontuur, Luke, en als het ons daar niet bevalt, gaan we gewoon terug naar huis.'
'Dan komen we hier terug?'
'Dan gaan we weer naar Arkansas, of ergens in het zuiden.'
'Ik wil Stacy niet meer zien.'
'Ik ook niet. Ga nu maar naar bed en denk erover na. Vergeet niet: het is ons geheim.'
'Ja, moeder.'
Ze stopte me in en deed het licht uit.
Nog meer nieuws om te verwerken.

32

Zodra Pappy zijn laatste hap roerei had genomen, veegde hij zijn mond af en keek door het raam boven het aanrecht. Er was genoeg licht om te zien wat we wilden zien. 'Laten we gaan kijken,' zei hij, en de rest volgde hem de keuken uit, de achterveranda af en door de achtertuin in de richting van de schuur. Ik had een dikke trui aan en probeerde mijn vader bij te houden. Het gras was nat en na een paar stappen waren mijn laarzen dat ook. We stopten bij het dichtstbijzijnde veld en keken naar de donkere bomen in de verte, aan de rand van Siler's Creek, ruim anderhalve kilometer verder. Er strekte zich tachtig hectare katoen voor ons uit, en de helft daarvan was ons land. Er waren ook overstromingen; we wisten alleen niet hoeveel.

Pappy liep tussen twee rijen katoen door, en algauw zagen we alleen nog zijn schouders en strohoed. Hij zou blijven staan als hij ontdekte tot waar de kreek was gekomen. Als hij een tijdje doorliep, had de kreek niet zoveel schade aangericht als we vreesden. Misschien trok het water zich terug en misschien zou de zon nog tevoorschijn komen. Misschien konden we nog iets redden.

Na ongeveer twintig meter, van de werpheuvel tot het thuishonk, bleef hij staan en keek omlaag. We konden de grond niet zien, maar we wisten waardoor die bedekt werd. De kreek kwam nog steeds dichter naar ons toe.

'Het is er al,' zei hij over zijn schouder. 'Vijf centimeter.'

Het veld liep sneller onder dan de mannen hadden voorspeld. En gezien hun neiging tot pessimisme was dat geen geringe prestatie.
'Dit is in oktober nog nooit gebeurd,' zei oma, die haar handen wrong in haar schort.
Pappy keek naar het water bij zijn voeten. Wij hielden onze blik op hem gericht. De zon kwam op, maar het was bewolkt en de schaduwen kwamen en gingen. Ik hoorde een stem en keek naar rechts. De Mexicanen stonden zwijgend naar ons te kijken. De stemming op een begrafenis had niet somberder kunnen zijn.
We waren allemaal nieuwsgierig naar het water. Ik had het de dag daarvoor zelf gezien, maar ik wilde het graag door onze velden zien kruipen, centimeter voor centimeter op weg naar ons huis, als een gigantische slang die niet tegen te houden was. Mijn vader kwam naar voren en liep tussen de twee rijen katoen door. Hij bleef bij Pappy staan en zette zijn handen in zijn zij, precies zoals zijn vader deed. Oma en mijn moeder waren de volgenden. Ik ging achter hen aan, en even later kwamen de Mexicanen ook. We waaierden over het veld uit, op zoek naar het water. We bleven netjes op een rij staan en keken allemaal naar het troebele, bruine water uit Siler's Creek.
Ik brak een stuk katoenstengel af en stak het aan de rand van het oprukkende water in de grond. Binnen een minuut was het overspoeld.
We trokken ons langzaam terug. Mijn vader en Pappy praatten met Miguel en de Mexicanen. Ze waren klaar om te vertrekken, naar huis of naar een andere boerderij, waar de katoen wel te plukken was. Wie kon het hun kwalijk nemen? Ik bleef in de buurt staan, net dichtbij genoeg om te kunnen luisteren. Besloten werd dat Pappy met hen naar het andere stuk land zou gaan, waar de grond een beetje hoger was, en dat ze daar een tijdje zouden proberen te plukken. De katoen was nat, maar als de zon doorbrak, konden ze misschien nog wel honderd pond per persoon plukken.
Mijn vader zou naar het dorp gaan, voor de tweede dag achtereen, om bij de Co-op te vragen of er een andere boerderij was waar onze Mexicanen konden werken. Er was veel beter land in het noordoostelijk deel van het district, hogere velden, een heel eind van kreken en van de St. Francis vandaan. En er gingen geruchten dat de mensen in de buurt van Monette niet zoveel regen hadden gehad als die in het zuidelijk deel van het district.
Ik was bij de vrouwen in de keuken toen mijn vader de nieuwe plannen voor die dag kwam vertellen.

'Die katoen is drijfnat,' zei oma afkeurend. 'Ze plukken nog geen vijftig pond. Het is tijdverspilling.'
Pappy was nog buiten en hoorde dat commentaar niet. Mijn vader wel, maar hij had geen zin om zijn moeder tegen te spreken. 'We proberen ze op een andere boerderij aan het werk te krijgen,' zei hij.
'Mag ik mee naar het dorp?' vroeg ik aan mijn beide ouders. Ik wilde erg graag weg, want anders moest ik misschien met de Mexicanen naar het andere stuk land lopen, waar van me zou worden verwacht dat ik een plukzak door modder en water sleepte terwijl ik probeerde doorweekte katoenbollen te plukken.
Mijn moeder glimlachte en zei: 'Ja, we hebben wat verf nodig.'
Oma keek weer afkeurend. Waarom gaven we geld dat we niet hadden uit aan verf terwijl we weer een oogst verloren? Maar het huis was nu ongeveer voor de helft geverfd, met een scherp contrast tussen het nieuwe wit en het oude vaalbruin. Het project moest worden afgemaakt.
Zelfs mijn vader leek er moeite mee te hebben om nog meer geld uit te geven, maar hij zei tegen mij: 'Je mag mee.'
'Ik blijf hier,' zei mijn moeder. 'We moeten wat okra wecken.'
Weer een tochtje naar het dorp. Ik was blij. Geen dwang om katoen te plukken, alleen maar een ritje over de grote weg en de droom dat ik misschien snoep of ijs zou krijgen als ik in Black Oak was. Ik moest wel voorzichtig zijn, want ik was de enige blije Chandler.
Toen we bij de brug stopten, leek de St. Francis op het punt te staan om buiten zijn oevers te treden. 'Zou het veilig zijn?' vroeg ik mijn vader.
'Ik hoop het.' Hij schakelde naar de eerste versnelling en we reden heel langzaam over de brug, allebei te bang om naar beneden te kijken. Door het gewicht van onze truck en de kracht van de stroming schudde de brug toen we in het midden aankwamen. We gingen iets harder rijden en waren algauw aan de andere kant. Daar haalden we opgelucht adem.
Het zou een ramp zijn als de brug verloren ging. Dan zouden we geïsoleerd zijn. Het water zou om ons huis heen stijgen en we zouden nergens heen kunnen. Zelfs de Latchers zouden dan beter af zijn. Die woonden aan de andere kant van de brug, dezelfde kant als Black Oak en de bewoonde wereld.
In het voorbijgaan keken we naar het land van de Latchers. 'Hun huis is overstroomd,' zei mijn vader, al konden we niet zo ver kijken.

In elk geval was hun oogst van dit jaar verloren.
Toen we dichter bij het dorp kwamen, werkten er Mexicanen in de velden, hoewel niet zoveel als eerst. We parkeerden bij de Co-op en gingen naar binnen. Achterin zat een stel grimmige boeren. Ze dronken koffie en praatten over hun problemen. Mijn vader gaf me een stuiver voor een cola en ging toen bij de boeren zitten.
'Zijn jullie aan het plukken?' vroeg een van hen aan hem.
'Een beetje.'
'Hoe is het met die kreek?'
'Die is vannacht overgestroomd. Voor zonsopgang bijna een kilometer opgerukt. De twintig hectare bij de rivier zijn verloren.'
Ze reageerden op dit verschrikkelijke nieuws door enkele ogenblikken te zwijgen. Ze keken allemaal naar de vloer en hadden medelijden met ons Chandlers. Ik had meer dan ooit de pest aan het boerenbestaan.
'Ik denk dat de rivier het houdt,' zei een andere man.
'Tot nu toe wel,' zei mijn vader. 'Maar niet lang meer.'
Ze knikten allemaal. Blijkbaar waren ze het eens met zijn voorspelling. 'Heeft er nog iemand water over zijn land?' vroeg mijn vader.
'Ik hoorde dat de Tripletts tien hectare kwijt zijn aan de Deer Creek, maar ik heb het niet zelf gezien,' zei een van de boeren.
'Alle kreken lopen vol,' zei een ander. 'De St. Francis komt onder grote druk te staan.'
Nog meer stilte. Ze dachten aan de kreken en de druk.
'Kan iemand nog wat Mexicanen gebruiken?' vroeg mijn vader ten slotte. 'Ik heb er negen die niets te doen hebben. Ze zijn er klaar voor om naar huis te gaan.'
'Nog iets van nummer tien gehoord?'
'Nee. Hij is al lang weg en we hebben geen tijd gehad om ons zorgen over hem te maken.'
'Riggs kent wat boeren ten noorden van Blytheville die de Mexicanen wel willen hebben.'
'Waar is Riggs?' vroeg mijn vader.
'Die komt zo terug.'
Overal gingen de heuvelmensen weg, en het gesprek kwam op hen en de Mexicanen. De uittocht van arbeidskrachten was ook een teken dat de oogst voorbij was. De sombere stemming achter in de Co-op werd nog somberder, en daarom ging ik weg om bij Pearl te kijken en misschien een Tootsie Roll van haar los te krijgen.
De winkel van Pop en Pearl was dicht. Dat had ik nog niet eerder

meegemaakt. Volgens een bordje was de winkel van maandag tot en met vrijdag van negen tot zes geopend, en op zaterdag van negen tot negen. Op zondag waren ze gesloten, maar dat sprak vanzelf. Sparky Dillon, de monteur van de Texaco-garage, kwam achter me staan en zei: 'Ze gaan pas om negen uur open, jongen.'

'Hoe laat is het?' vroeg ik.

'Tien voor halfnegen.'

Ik was nog nooit zo vroeg in Black Oak geweest. Ik keek Main Street af en vroeg me af waar ik nu heen zou gaan. Ik koos voor de drugstore, met de frisdrankautomaat achterin, en toen ik daarheen liep, hoorde ik verkeer. Er kwamen twee trucks uit het zuiden aanrijden, van onze kant van het district. Zo te zien waren het heuvelmensen die naar huis gingen, hun trucks hoog beladen met hun bezittingen. De familie in de eerste truck had voor de Spruills kunnen doorgaan, met tieners die op oude matrassen zaten en triest naar de winkels keken die ze voorbijreden. De tweede truck was veel mooier en schoner. Ook die was beladen met kisten en jutezakken, maar die stonden netjes naast elkaar. De man zat achter het stuur en de vrouw zat naast hem. Vanaf de schoot van de vrouw zwaaide een klein kind in het voorbijgaan naar me. Ik zwaaide terug.

Oma zei altijd dat sommige heuvelmensen mooiere huizen hadden dan wij. Daarom begreep ik niet waarom ze elk jaar al hun spullen bij elkaar pakten en uit de Ozark Mountains naar ons toe kwamen om katoen te plukken.

Toen ik mijn vader de ijzerwinkel zag binnengaan, volgde ik hem. Hij was achterin, bij de verf, en praatte met de verkoper. Op de toonbank stonden vier blikken witte Pittsburgh Paint. Ik dacht aan de Pittsburgh Pirates. Die waren in de National League weer als laatste geëindigd. Hun enige goede speler was Ralph Kiner, die zevenendertig homeruns had geslagen.

Op een dag zou ik in Pittsburgh spelen. Ik zou vol trots het rood van de Cardinals dragen en de minderwaardige Pirates verpletteren.

De vorige dag hadden we alle verf nodig gehad om de achterkant van het huis af te maken. De Mexicanen stonden op het punt om te vertrekken. Het leek me zinvol om meer verf te kopen en gebruik te maken van de gratis arbeidskrachten die we op de boerderij hadden. Straks waren ze weg en dan stond ik er weer helemaal alleen voor.

'Dat is niet genoeg verf,' fluisterde ik tegen mijn vader terwijl de verkoper de rekening opmaakte.

'Voorlopig is het genoeg,' zei hij met gefronste wenkbrauwen. Het was een kwestie van geld.
'Tien dollar plus zesendertig cent BTW,' zei de verkoper. Mijn vader greep in zijn zak en haalde een dun pakje bankbiljetten tevoorschijn. Hij telde ze langzaam uit, alsof hij ze eigenlijk niet wilde loslaten.
Hij hield op bij tien – tien biljetten van een dollar. Toen pijnlijk duidelijk was dat hij niet genoeg had, probeerde hij te lachen en zei: 'Zo te zien heb ik maar tien dollar meegenomen. Ik betaal je de BTW de volgende keer dat ik in het dorp ben.'
'Goed, meneer Chandler,' zei de verkoper.
Ze droegen elk twee blikken en zetten de verf achter in onze truck. Omdat meneer Riggs terug was in de Co-op, ging mijn vader daarheen om met hem over onze Mexicanen te praten. Ik ging weer naar de ijzerwinkel en liep recht op de verkoper af.
'Hoeveel kosten twee blikken?' vroeg ik.
'Twee vijftig per blik, vijf dollar in totaal.'
Ik greep in mijn zak en haalde mijn geld tevoorschijn. 'Dit zijn er vijf,' zei ik terwijl ik hem de bankbiljetten gaf. Eerst wilde hij ze niet aannemen.
'Heb je katoen geplukt voor dat geld?' vroeg hij.
'Ja.'
'Weet je vader dat je verf koopt?'
'Nog niet.'
'Wat zijn jullie aan het schilderen?'
'Ons huis.'
'Waarom doen jullie dat?'
'Omdat het nooit geverfd is.'
Hij nam mijn geld met tegenzin aan. 'Plus achttien cent BTW,' zei hij.
Ik gaf hem een dollarbiljet en zei: 'Hoeveel is mijn vader u nog schuldig voor de belastingen?'
'Zesendertig cent.'
'Haalt u dat hier ook maar af.'
'Goed.' Hij gaf me het wisselgeld en zette toen nog twee blikken op onze truck. Ik bleef op het trottoir naar onze verf staan kijken, alsof iemand zou proberen die te stelen.
Naast de winkel van Pop en Pearl zag ik Lynch Thornton, de beheerder van het postkantoor, de deur van zijn kantoor openmaken en naar binnen gaan. Ik liep naar hem toe zonder de truck uit het oog te verliezen. Meneer Thornton was meestal nogal chagrijnig en volgens

velen was hij dat omdat hij getrouwd was met een vrouw die problemen had met de whisky. Bijna iedereen in Black Oak had grote bezwaren tegen alcohol. Het was een drooggelegd district. De dichtstbijzijnde drankwinkel was in Blytheville, al waren er bij ons in de buurt veel zwarthandelaren die goede zaken deden. Ik wist dat omdat Ricky het me had verteld. Hij had gezegd dat hij niet van whisky hield, maar zo nu en dan nam hij een biertje. Ik had zoveel preken over het kwaad van alcohol gehoord dat ik me zorgen maakte om Ricky's ziel. En terwijl het al zondig genoeg was dat mannen rondslopen en alcohol dronken, was het ronduit een schandaal als vrouwen dat deden.

Ik wilde meneer Thornton vragen hoe ik mijn brief aan Ricky kon versturen zonder dat iemand het zou weten. De brief was drie velletjes lang en ik was nogal trots op mijn prestatie. Maar alles over de Latcher-baby stond er ook in en ik wist nog steeds niet of ik hem naar Korea moest sturen.

'Howdy,' zei ik tegen meneer Thornton, die achter zijn loket stond en zijn klep opzette en alles klaarlegde voor de ochtend.

'Ben jij die jongen van Chandler?' zei hij, nauwelijks opkijkend.

'Ja.'

'Ik heb iets voor je.' Hij verdween even en gaf me toen twee brieven. Een daarvan kwam van Ricky.

'Is dat alles?' zei hij.

'Ja, meneer. Dank u.'

'Hoe gaat het met hem?'

'Goed, denk ik.'

Ik rende van het postkantoor terug naar onze truck, de brieven tegen me aan gedrukt. De andere brief kwam van de John Deere-dealer in Jonesboro. Ik bestudeerde die van Ricky. Hij was aan ons allemaal geadresseerd: Eli Chandler en familie, Route 4, Black Oak, Arkansas. In de linkerbovenhoek stond het adres van de afzender, een verwarrende serie letters en cijfers, en San Diego, Californië op de laatste regel.

Ricky leefde nog en schreef brieven; dat was het enige wat telde. Mijn vader liep naar me toe. Ik rende hem met de brief tegemoet en we gingen in de deuropening van de textielwinkel zitten en lazen elk woord. Ricky had weer haast gehad en zijn brief bestond uit maar één velletje. Hij schreef ons dat zijn eenheid weinig actie had meegemaakt, en hoewel hij zich daar blijkbaar aan ergerde, klonk het ons als muziek in de oren. Hij schreef ook dat er overal geruchten over een wapenstilstand

de ronde deden en dat er zelfs sprake van was dat ze met Kerstmis thuis zouden zijn.
De laatste alinea was droevig en angstaanjagend. Een van zijn maten, een jongen uit Texas, was omgekomen door een landmijn. Ze waren even oud en hadden samen de opleiding gevolgd. Als Ricky thuiskwam, wilde hij naar Fort Worth gaan om de moeder van zijn vriend op te zoeken.
Mijn vader vouwde de brief op en stak hem in zijn overall. We stapten in de truck en reden het dorp uit.
Thuis met Kerstmis. Ik kon me geen mooier geschenk voorstellen.

We parkeerden onder de moeraseik en mijn vader ging naar de achterkant van de truck om de verf op te halen. Hij bleef staan, telde, en keek me toen aan.
'Hoe komen we aan zes blikken?'
'Ik heb er twee gekocht,' zei ik. 'En ik heb de BTW ook betaald.'
Hij wist blijkbaar niet goed wat hij moest zeggen. 'Je hebt je plukgeld gebruikt?' vroeg hij ten slotte.
'Ja.'
'Ik wilde dat je dat niet had gedaan.'
'Ik wilde helpen.'
Hij krabde over zijn voorhoofd en dacht een tijdje na. Toen zei hij: 'Dat kan ik begrijpen.'
We sjouwden de verf naar de achterveranda, en toen besloot hij naar het stuk land achter het huis te gaan om bij Pappy en de Mexicanen te kijken. Als de katoen kon worden geplukt, zou hij daar blijven. Ik kreeg toestemming om met het schilderen van de westkant van het huis te beginnen. Ik wilde in mijn eentje werken. Ik wilde de indruk wekken dat het enorme karwei veel te veel voor me was. Als de Mexicanen dan terugkwamen, zouden ze medelijden met me hebben.
Ze kwamen tegen de middag terug, bemodderd, moe en ontevreden. 'De katoen is te nat,' hoorde ik Pappy tegen oma zeggen. We aten gebakken okra en koekjes, en toen ging ik weer aan het werk.
Ik hield één oog op de schuur gericht, maar ik zwoegde een eeuwigheid zonder dat er hulp in zicht kwam. Wat deden ze daar toch? Het middageten was voorbij en de tortilla's waren allang weer weggelegd. Hun siësta zou ook al achter de rug zijn. Ze wisten dat het huis halfgeverfd was. Waarom kwamen ze niet helpen?
In het westen werd de hemel donker, maar ik merkte dat pas toen

Pappy en oma de veranda op kwamen. 'Misschien gaat het regenen,' zei Pappy. 'Je kunt beter ophouden met verven.'
Ik maakte mijn kwast schoon en zette de verf onder een bank op de achterveranda, alsof de regen hem kon beschadigen. Ik ging erboven zitten, met Pappy aan mijn ene en oma aan mijn andere kant, en we luisterden weer naar het doffe gerommel in het zuidwesten. We wachtten op nog meer regen.

33

Ons nieuwe ritueel werd de volgende dag na een laat ontbijt herhaald. We liepen over het drijfnatte gras tussen ons huis en onze schuur, en we gingen aan de rand van het katoenveld staan en zagen water, geen regenwater dat zich in de loop van de nacht had verzameld, maar hetzelfde troebele overstromingswater uit de kreek. Het was zeven centimeter diep en het strekte zich blijkbaar voorbij het veld uit en begon aan zijn lange opmars naar de schuur, het gereedschapsschuurtje, de kippenhokken en uiteindelijk het huis.

De katoenstruiken stonden schuin naar het oosten, voorgoed verbogen door de wind die onze boerderij in de afgelopen nacht had belaagd. De katoenbollen hingen onder het gewicht van het water omlaag.

'Zal ons huis ook overstroomd worden, Pappy?' vroeg ik.

Hij schudde zijn hoofd en legde zijn arm om mijn schouders. 'Nee, Luke, het water is nog nooit tot het huis gekomen. Een paar keer scheelde het niet veel, maar het huis staat minstens een meter hoger dan waar we nu staan. Maak je maar geen zorgen om het huis.'

'Het is een keer in de schuur gekomen,' zei mijn vader. 'Het jaar nadat Luke geboren was, nietwaar?'

'In 1946,' zei oma. Ze vergat nooit een jaartal. 'Maar dat was in mei,' voegde ze eraan toe. 'Twee weken nadat we hadden geplant.'

De ochtend was koel en winderig, met hoge, ijle wolken en weinig kans op regen. Een perfecte dag om te schilderen, vooropgesteld dat ik hulp kon vinden. De Mexicanen kwamen in de buurt, maar niet zo dichtbij dat ik met ze kon praten.

Binnenkort gingen ze weg, misschien al binnen een paar uur. We zouden ze naar de Co-op brengen en wachten tot ze werden opgehaald door een boer met droger land. Ik hoorde de volwassenen daarover praten toen ze voor zonsopgang hun koffie dronken, en ik raakte bijna in paniek. Negen Mexicanen konden de westkant van ons huis in minder dan een dag verven. Ik zou er een maand over doen. Dit was geen moment om timide te zijn.

Toen we terug waren, ging ik naar de Mexicanen toe. '*Buenos días,*' zei ik tegen hen. '*¿Cómo está?*'

Ze antwoordden alle negen op dezelfde manier. Opnieuw gingen ze na een verspilde dag terug naar de schuur. Ik liep met ze mee tot ik zo ver was dat mijn ouders het niet konden horen. 'Willen jullie nog wat schilderen?' vroeg ik.

Miguel vertaalde het snel en ze begonnen allemaal te glimlachen.

Tien minuten later waren drie van de zes verfemmers open en zag je Mexicanen aan de hele westkant van ons huis. Ze vochten om de drie kwasten. Anderen waren bezig een steiger te maken. Ik wees hier en daar en gaf instructies, die tot niemand schenen door te dringen. Miguel en Roberto spuwden hun eigen commando's en opinies in het Spaans. Zij werden ook genegeerd.

Mijn moeder en oma keken door het keukenraam naar ons terwijl ze de afwas van het ontbijt deden. Pappy ging naar het gereedschapsschuurtje om aan de tractor te sleutelen. Mijn vader was een lange wandeling aan het maken. Waarschijnlijk nam hij de schade aan de katoen in ogenschouw en vroeg hij zich af wat we nu moesten doen.

Er werd ijverig geschilderd. De Mexicanen maakten grappen, lachten en plaagden elkaar, maar ze werkten twee keer zo hard als twee dagen eerder. Er werd geen seconde verspild. De kwasten gingen ongeveer elk halfuur in andere handen over, zodat steeds drie schilders met nieuwe energie aan de slag konden gaan. Toen de ochtend half om was, waren ze al halverwege op weg naar de voorveranda. Het was geen groot huis.

Ik vond het prima om me afzijdig te houden. De Mexicanen werkten zo snel dat het gewoon niet handig zou zijn als ik een kwast pakte en de vaart eruit haalde.

Mijn moeder bracht ijsthee en koekjes, maar het schilderwerk ging

gewoon door. Degenen die bij mij onder de boom zaten, aten als eersten, en daarna wisselden drie van hen van plaats met de schilders.
'Heb je genoeg verf?' fluisterde mijn moeder me toe.
'Nee, moeder.'
Ze ging terug naar de keuken.
Voor het middageten was de westkant af. Een dikke, glanzende laag verf schitterde telkens wanneer de zon tussen de wolken door scheen. Er was nog een blik over. Ik ging met Miguel naar de oostkant, waar Trot een maand eerder was begonnen, en wees naar een ongeverfde strook, waar ik niet bij had gekund. Hij blafte wat bevelen en de schildersploeg ging naar de andere kant van het huis.
Ze gebruikten een nieuwe methode. Ze stonden niet meer op geïmproviseerde steigers, maar Pepe en Luis, twee van de kleinere Mexicanen, balanceerden op de schouders van Pablo en Roberto, de twee sterksten, en begonnen net onder de daklijn te verven. Dat leidde natuurlijk tot een eindeloze stroom commentaar en grappen van de anderen.
Toen de verf op was, was het tijd om te eten. Ik schudde hun allemaal de hand en bedankte ze uitvoerig. Lachend en druk pratend liepen ze terug naar de schuur. Het was midden op de dag, de zon scheen en de temperatuur ging omhoog. Toen ik ze zag weglopen, keek ik naar het veld naast de schuur. Het overstromingswater was te zien. Het leek me vreemd dat het water kon oprukken terwijl de zon scheen.
Ik draaide me om en inspecteerde het schilderwerk. De achterkant en beide zijkanten van ons huis leken bijna nieuw. Alleen de voorkant was nog ongeverfd, en omdat ik inmiddels een oude rot in het vak was, wist ik dat ik het werk ook zonder de Mexicanen kon afmaken.
Mijn moeder kwam naar buiten en zei: 'Eten, Luke.' Ik aarzelde en bleef nog even naar het schilderwerk staan kijken. Ze kwam bij me staan en we keken samen naar het huis. 'Het is prima gedaan, Luke,' zei ze.
'Dank je.'
'Hoeveel verf is er nog over?'
'Niets. Het is allemaal op.'
'Hoeveel heb je nodig om de voorkant te schilderen?'
De voorkant was niet zo lang als de oost- en westkant, maar er kwam wel de veranda bij, net als aan de achterkant. 'Vier of vijf blikken, denk ik,' zei ik, alsof ik al tientallen jaren huisschilder was.
'Ik wil niet dat je je geld aan verf uitgeeft,' zei ze.

'Het is mijn geld. Jullie zeiden dat ik het mocht uitgeven aan wat ik maar wilde.'
'Inderdaad, maar je zou het niet aan zoiets moeten uitgeven.'
'Ik vind het niet erg. Ik wil helpen.'
'En je jasje dan?'
Ik had wakker gelegen van de zorgen om mijn Cardinals-jasje, maar nu leek het me niet belangrijk meer. Daar kwam nog bij dat ik aan een andere manier dacht om aan zo'n jasje te komen. 'Misschien krijg ik het van de kerstman.'
Ze glimlachte en zei: 'Misschien. Laten we gaan eten.'
Kort nadat Pappy de Heer voor het voedsel had bedankt, zonder iets over het weer of de katoenoogst te zeggen, maakte mijn vader grimmig bekend dat het water over de grote veldweg het stuk land achter het huis bereikt had. Daar werd niet veel op gezegd. We waren doof voor slecht nieuws.

De Mexicanen verzamelden zich bij de truck en wachtten op Pappy. Ze hadden ieder een kleine zak met hun bezittingen, dezelfde dingen die ze zes weken eerder hadden meegebracht. Ik schudde ieder van hen de hand en nam afscheid. Zoals altijd wilde ik erg graag mee naar het dorp, al zou dit geen prettig tochtje worden.
'Luke, ga je moeder in de tuin helpen,' zei mijn vader terwijl de Mexicanen in de truck klommen. Pappy startte de motor.
'Ik dacht dat ik mee naar het dorp mocht,' zei ik.
'Laat het me geen twee keer zeggen,' zei hij streng.
Ik keek ze na, alle negen Mexicanen, die somber zwaaiden en voor het laatst naar ons huis keken. Volgens mijn vader gingen ze naar een grote boerderij ten noorden van Blytheville, twee uur verderop, waar ze bij gunstige weersomstandigheden nog drie of vier weken zouden werken, om dan naar Mexico terug te keren. Mijn moeder had gevraagd hoe ze naar huis gebracht zouden worden, per veewagen of per bus, maar ze had niet aangedrongen. We hadden geen invloed op die dingen, en ze leken minder belangrijk nu het water door onze velden kroop.
Voedsel was wel belangrijk: voedsel voor een lange winter, zo'n winter die op een slechte oogst volgde, zo'n winter waarin we alles aten wat uit de tuin kwam. Daar was niets ongewoons aan, alleen zou er geen geld over zijn om iets anders dan meel, suiker en koffie te kopen. Na een goede oogst hadden we altijd een beetje geld onder het matras lig-

gen, een paar opgerolde bankbiljetten die opzij werden gelegd en die soms voor luxe dingen als cola, ijs, zoutjes en witbrood werden gebruikt. Na een slechte oogst aten we alleen dingen die we zelf hadden verbouwd.
In het najaar verzamelden we Indische mosterd, rapen en erwten, de late groenten die in mei en juni waren geplant. Er waren nog een paar tomaten over, maar niet veel.
De tuin veranderde elk seizoen, behalve in de winter, als hij eindelijk tot rust kwam en krachten opdeed voor de maanden die zouden komen.
Oma was in de keuken. Ze kookte tuinbonen en weckte ze zo snel mogelijk. Mijn moeder stond in de tuin op me te wachten.
'Ik wilde naar het dorp,' zei ik.
'Sorry. Luke. We moeten opschieten. Nog meer regen en de groente verrot. En als het water nu eens in de tuin komt te staan?'
'Gaan ze verf kopen?'
'Dat weet ik niet.'
'Ik wilde nog wat verf gaan kopen.'
'Misschien morgen. Nu moeten we de rapen uit de grond halen.' Ze had haar jurk tot haar knieën opgetrokken.
Ze was op blote voeten, met modder tot aan haar enkels. Ik had mijn moeder nog nooit zo vuil meegemaakt. Ik liet me op de grond zakken en ging de rapen te lijf. Binnen enkele minuten zat ik van top tot teen onder de modder.
Twee uur lang trok en plukte ik groenten, en toen maakte ik ze schoon in de wastobbe op de achterveranda. Oma bracht ze naar de keuken, waar ze gekookt werden en in weckflessen terechtkwamen.
Het was stil op de boerderij – geen onweer of wind, geen Spruills in de voortuin of Mexicanen bij de schuur. We waren weer onder elkaar, alleen wij Chandlers. We leverden onze strijd met de elementen en probeerden ons hoofd boven water te houden. Ik zei steeds weer tegen mezelf dat het leven beter zou worden als Ricky thuiskwam, want dan had ik iemand om mee te spelen en mee te praten.
Mijn moeder bracht nog een mand groente naar de veranda. Ze was moe en zweette, en ze begon zich schoon te vegen met een lap en een emmer water. Ze kon er niet tegen om vuil te zijn, een eigenschap die ze op mij probeerde over te brengen.
'Laten we naar de schuur gaan,' zei ze. Ik was in zes weken niet op de schuurzolder geweest, niet sinds de Mexicanen waren gearriveerd.

'Goed,' zei ik, en we gingen die kant op.
We praatten even tegen Isabel, de melkkoe, en beklommen toen de ladder naar de zolder. Mijn moeder had er hard aan gewerkt om de Mexicanen een schoon onderkomen te bezorgen. Ze had de hele winter oude dekens en kussens verzameld waarop ze konden slapen. Ze had een ventilator, die jarenlang goed van pas was gekomen op de voorveranda, naar de schuurzolder gebracht. Ze had mijn vader overgehaald om een elektrische leiding van het huis naar de schuur te leggen.
'Het zijn mensen, al denken sommigen hier in de buurt er anders over,' hoorde ik haar meer dan eens zeggen.
De zolder was zo schoon en netjes als op de dag dat ze bij ons waren aangekomen. De kussens en dekens lagen opgestapeld bij de ventilator. De vloer was geveegd. Nergens lag rommel. Ze was erg trots op de Mexicanen. Ze had ze met respect behandeld en ze hadden haar datzelfde respect betoond.
We duwden het zolderluik open, het luik waaruit Luis zijn hoofd had gestoken toen Hank de Mexicanen met stenen en aardkluiten had bekogeld, en gingen op de rand zitten, met onze voeten omlaag. Hier, op tien meter hoogte, hadden we het beste uitzicht van de hele boerderij. De rij bomen ver naar het westen stond bij de St. Francis. Recht voor ons uit, aan de andere kant van ons achterveld, stroomde het water van Siler's Creek.
Hier en daar kwam het bijna boven de toppen van de katoenstruiken uit. Vanaf dit uitkijkpunt konden we veel beter zien hoe erg het met de overstroming gesteld was. We zagen het water tussen de rechte rijen die naar de schuur toe leidden, en we zagen het aan de andere kant van de grote veldweg, waar het zich over ons stuk land verspreidde.
Als de St. Francis buiten zijn oevers trad, zou ons huis in gevaar komen.
'Ik denk dat we klaar zijn met plukken,' zei ik.
'Daar ziet het wel naar uit,' zei ze een klein beetje verdrietig.
'Waarom loopt ons land zo snel onder water?'
'Omdat het laag is, en dicht bij de rivier. Het is geen erg best land, Luke, en dat zal het ook nooit worden. Dat is een van de redenen waarom we hier weggaan. Er is hier niet veel toekomst.'
'Waar gaan we heen?'
'Naar het noorden. Daar zijn de banen.'
'Hoelang...'
'Niet lang. We blijven daar tot we wat geld hebben kunnen sparen. Je

vader gaat met Jimmy Dale in de Buick-fabriek werken. Ze betalen daar drie dollar per uur. We redden ons wel. We slaan ons er wel doorheen. Jij gaat daar naar een school, een goede school.'

'Ik wil niet naar een andere school.'

'Het wordt leuk, Luke. In het noorden hebben ze grote, mooie scholen.'

Het klonk niet leuk. Mijn vrienden waren in Black Oak. Afgezien van Jimmy Dale en Stacy kende ik in het noorden helemaal niemand. Mijn moeder legde haar hand op mijn knie en wreef erover, alsof ik me daardoor beter zou voelen.

'Verandering is altijd moeilijk, Luke, maar het kan ook opwindend zijn. Je moet het als een avontuur zien. Je wilt toch honkballen voor de Cardinals?'

'Ja, moeder.'

'Nou, dan zul je ook van huis moeten gaan, naar het noorden. Dan moet je in een ander huis wonen, andere vrienden maken, naar een andere kerk gaan. Dat is toch leuk?'

'Misschien.'

Onze blote voeten hingen omlaag en zwaaiden zachtjes heen en weer. De zon stond achter een wolk en er trok een licht briesje over ons gezicht. De bomen langs de rand van ons veld verkleurden naar geel en rood, en de bladeren vielen.

'We kunnen hier niet blijven, Luke,' zei ze zachtjes, alsof ze met haar gedachten al in het noorden was.

'Wat gaan we doen als we terugkomen?'

'Dan gaan we niet boeren. Dan zoeken we een baan in Memphis of Little Rock en kopen we een huis met een televisie en een telefoon. Dan hebben we een mooie auto op het pad staan en kun jij honkballen in een team met een echt sporttenue. Hoe lijkt je dat?'

'Dat klinkt erg goed.'

'We zullen altijd terugkomen om Pappy en oma en Ricky op te zoeken. Het wordt een nieuw leven, Luke, een leven dat veel beter is dan dit.' Ze knikte naar het veld, naar de verwoeste katoen die daar stond te verdrinken.

Ik dacht aan mijn neven en nichten in Memphis, de kinderen van de zussen van mijn vader. Ze kwamen bijna nooit naar Black Oak, alleen voor begrafenissen en soms op Thanksgiving, maar dat vond ik niet erg, want het waren stadskinderen met mooiere kleren en mooiere praatjes. Ik mocht ze niet erg, maar tegelijk was ik jaloers op ze. Ze waren niet brutaal of arrogant, ze waren gewoon zo anders dat ik me slecht op mijn gemak voelde. Op dat moment besloot ik dat ik, als ik in Memphis of Little Rock woonde, me onder geen beding zou gedragen alsof ik beter was dan een ander.

'Ik heb een geheim, Luke,' zei mijn moeder.

Niet weer een. Mijn gekwelde hoofd kon niet nog meer geheimen bevatten. 'Wat dan?'

'Ik krijg een baby,' zei ze, en ze glimlachte naar me.

Onwillekeurig glimlachte ik ook. Ik genoot ervan om enig kind te zijn, maar het liefst zou ik iemand hebben om mee te spelen.

'O ja?'

'Ja. Volgende zomer.'

'Kan het een jongen zijn?'

'Ik zal het proberen, maar ik kan niets beloven.'

'Als je er een krijgt, zou ik graag een broertje willen.'

'Ben je er blij mee?'

'Ja, moeder. Weet papa er ook van?'

'O ja, die is er ook bij betrokken.'

'Is hij ook blij?'

'Heel erg blij.'

'Dat is goed.' Ik had even tijd nodig om dit te verwerken, maar ik wist meteen dat het iets goeds was. Al mijn vrienden hadden broertjes en zusjes.

Er schoot me iets te binnen en ik kon het niet van me afzetten. Omdat we het nu toch over baby's hadden, kreeg ik veel zin om een van mijn geheimen te vertellen. Het leek me nu een onschuldig geheim, en het was ook nog oud. Sinds Tally en ik naar het huis van de Latchers waren geslopen, was er zoveel gebeurd dat dat hele avontuur me nu onbeduidend leek.

'Ik weet hoe baby's worden geboren,' zei ik, een beetje voorzichtig.

'O ja?'

'Ja, moeder.'

'Hoe dan?'

'Kun jij ook een geheim bewaren?'

'Jazeker.'

Ik begon aan het verhaal. Ik gaf Tally grotendeels de schuld van alles waardoor ik in de problemen zou kunnen komen. Het was haar idee geweest. Zij had me gesmeekt om mee te gaan. Zij had me uitgedaagd. Zij had dit gedaan en zij had dat gedaan. Zodra mijn moeder

besefte waar het verhaal heen ging, begonnen haar ogen te schitteren, en van tijd tot tijd zei ze: 'Luke, nee toch?'
Ik had haar aandacht. Ik verfraaide hier en daar iets om het verhaal te verbeteren en om de spanning op te bouwen, maar voor het grootste deel hield ik me aan de feiten. Ze luisterde gefascineerd.
'Je zag me achter het raam?' vroeg ze ongelovig.
'Ja, mam. En oma ook, en mevrouw Latcher.'
'Zag je Libby?'
'Nee, maar we hoorden haar wel. Doet het altijd zoveel pijn?'
'Nou, niet altijd. Ga verder.'
Ik bespaarde haar geen enkel detail. Toen ik vertelde hoe Tally en ik naar de boerderij terug waren gerend, achtervolgd door de koplampen, greep mijn moeder mijn elleboog bijna zo hard vast dat hij brak.
'We hadden geen idee!' zei ze.
'Natuurlijk niet. Ik was amper eerder thuis dan jullie. Pappy lag nog te snurken en ik was bang dat jullie bij me zouden kijken en zouden zien dat ik onder het zweet en vuil zat.'
'We waren te moe.'
'Dat kwam goed uit. Ik sliep ongeveer twee uur, en toen maakte Pappy me wakker om naar de velden te gaan. Ik heb me mijn hele leven nog nooit zo slaperig gevoeld.'
'Luke, ik kan niet geloven dat je dat hebt gedaan.' Ze wilde me de les lezen, maar ze vond het verhaal te boeiend.
'Het was leuk.'
'Je had het niet moeten doen.'
'Tally heeft me overgehaald.'
'Je moet Tally niet de schuld geven.'
'Zonder haar zou ik het niet hebben gedaan.'
'Ik kan niet geloven dat jullie het hebben gedaan,' zei ze, maar ik kon merken dat ze onder de indruk was van het verhaal. Ze grijnsde en schudde verbaasd haar hoofd. 'Hoe vaak hebben jullie 's avonds rondgezworven?'
'Alleen die ene keer.'
'Je mocht Tally graag, hè?'
'Ja, mam. We waren vrienden.'
'Ik hoop dat ze gelukkig is.'
'Ik ook.'
Ik miste haar, maar dat wilde ik niet aan mezelf toegeven. 'Mam, denk je dat we Tally in het noorden tegenkomen?'

Ze glimlachte en zei: 'Nee, dat denk ik niet. In die steden daar – St. Louis, Chicago, Cleveland, Cincinnati – wonen miljoenen mensen. We zien haar nooit meer terug.'
Ik dacht aan de Cardinals, de Cubs en de Reds. Ik dacht aan Stan Musial die in Sportman's Park in het bijzijn van dertigduizend supporters langs de honken rende. De teams zaten allemaal in het noorden, dus daar zou ik uiteindelijk toch terechtkomen. Waarom zou ik niet een paar jaar eerder vertrekken?
'Nou, dan ga ik maar mee,' zei ik.
'Het wordt leuk, Luke,' zei ze opnieuw.

Toen Pappy en mijn vader uit het dorp terugkwamen, keken ze alsof ze waren afgeranseld. En in feite was dat ook zo. Hun werk was voor niets geweest. De katoen was doorweekt. Als de zon doorbrak en het water zich terugtrok, zouden ze niet genoeg mensen hebben om de velden te bewerken. En het stond niet vast dat de katoen zou opdrogen. Voorlopig was de zon niet te zien en kwam het water nog steeds hoger.
Toen Pappy naar binnen was gegaan, pakte mijn vader twee blikken verf van de wagen en zette ze op de voorveranda. Hij deed dat zonder een woord te zeggen, al volgde ik al zijn bewegingen. Toen hij klaar was, ging hij naar de schuur.
Met twee van die blikken kon je de voorkant van het huis niet verven. Ik ergerde me daaraan, maar toen besefte ik waarom mijn vader niet meer had gekocht. Hij had het geld niet. Hij en Pappy hadden de Mexicanen betaald en er was niets meer over.
Plotseling voelde ik me beroerd omdat ik met het schilderwerk was doorgegaan toen Trot vertrokken was. Ik had het project doorgezet, en daarmee had ik mijn vader gedwongen zijn weinige geld uit te geven.
Ik keek naar de twee blikken die naast elkaar stonden en de tranen sprongen me in de ogen. Ik had niet beseft hoe blut we waren.
Mijn vader had zes maanden lang al zijn energie in de grond gestoken, en nu had dat helemaal niets opgeleverd. Toen de regen kwam, had ik om de een of andere reden besloten dat het huis geschilderd moest worden.
Mijn bedoelingen waren goed geweest, dacht ik. Waarom voelde ik me dan zo beroerd?
Ik pakte mijn kwast, maakte een blik open en begon aan de laatste

fase van het werk. Terwijl ik langzaam met mijn rechterhand de korte streken maakte, veegde ik met mijn linkerhand de tranen uit mijn ogen.

34

De eerste vorst zou dodelijk zijn voor wat er van onze tuin over was. Meestal kwam die eerste vorst in oktober, al had de *Almanak*, die mijn vader net zo ijverig las als de bijbel, al twee keer een verkeerde datum voorspeld. Toch keek hij elke morgen bij zijn eerste kop koffie in de *Almanak*. Die bood hem eindeloos veel mogelijkheden om zich zorgen te maken.

Omdat we geen katoen konden plukken, kreeg de tuin onze aandacht. Meteen na het ontbijt gingen we er alle vijf naartoe. Mijn moeder was er zeker van dat de vorst die nacht zou komen, of anders de nacht daarna. Enzovoort.

Een ellendig uur lang plukte ik kievitsbonen. Pappy, die een nog grotere hekel aan tuinieren had dan ik, was dichtbij bonen aan het plukken en deed dat met prijzenswaardige ijver. Oma hielp mijn moeder de laatste tomaten te plukken. Mijn vader droeg manden heen en weer, onder toezicht van mijn moeder. Toen hij langs me liep, zei ik: 'Ik wil erg graag verven.'

'Vraag maar aan je moeder,' zei hij.

Dat deed ik, en ze zei dat ik mocht gaan verven als ik nog één mand erwten had geplukt. De tuin werd geoogst als nooit tevoren. Tegen de middag zou nergens meer een boon of erwt te vinden zijn.

Algauw was ik weer in mijn eentje aan het verven. Dat was werk dat ik het allerliefst deed, op het besturen van een bulldozer na dan. Het verschil tussen die twee dingen was dat ik niet echt een bulldozer kon besturen en dat het nog jaren zou duren voordat ik zover was. Maar ik kon wel verven. Door naar de Mexicanen te kijken had ik beter geleerd hoe het moest en had ik mijn techniek verbeterd. Ik bracht de verf zo dun mogelijk op, want ik wilde met die twee blikken een zo groot mogelijk oppervlak bedekken.

Halverwege de ochtend was één blik leeg. Mijn moeder en oma waren nu in de keuken. Ze wasten en weckten de groenten.

Ik hoorde de man achter me niet naderen, maar toen hij kuchte om mijn aandacht te trekken, draaide ik me met een ruk om en liet mijn verfkwast vallen.

Het was meneer Latcher, nat en modderig tot aan zijn middel. Hij was op blote voeten en zijn overhemd was gescheurd. Zo te zien was hij lopend van hun huis naar het onze gekomen.

'Waar is meneer Chandler?' vroeg hij.

Ik wist niet welke meneer Chandler hij zocht. Ik raapte mijn kwast op en rende naar de oostkant van het huis. Ik riep mijn vader, die zijn hoofd tussen de bonenstaken door stak. Toen hij meneer Latcher naast me zag, kwam hij vlug overeind. 'Wat is er?' vroeg hij terwijl hij haastig naar ons toe kwam.

Oma hoorde stemmen en was plotseling op de voorveranda, op de voet gevolgd door mijn moeder. Eén blik op meneer Latcher was voldoende om te weten dat er iets helemaal mis was.

'Het water staat in het huis,' zei hij. Hij kon mijn vader niet in de ogen kijken. 'We moeten eruit.'

Mijn vader keek eerst mij en toen de vrouwen op de veranda aan. Die stonden al startklaar.

'Kunt u ons helpen?' vroeg meneer Latcher. 'We kunnen nergens heen.'

Ik dacht dat hij zou gaan huilen. Ikzelf was ook de tranen nabij.

'Natuurlijk helpen we,' zei oma, die meteen de leiding nam. Vanaf dat moment zou mijn vader precies doen wat zijn moeder zei. En de rest van ons zou dat ook doen.

Ze stuurde me weg om Pappy te zoeken. Hij was in het gereedschapsschuurtje, waar hij zich probeerde bezig te houden door aan een oude tractoraccu te prutsen. We gingen allemaal naar de truck om een plan te maken.

'Kunnen we naar het huis rijden?' vroeg Pappy.

'Nee,' zei meneer Latcher. 'Op onze weg staat het water een meter

hoog. Het is nu op de veranda, vijftien centimeter in het huis.'
Ik kon me al die Latcher-kinderen niet in een huis met vijftien centimeter water voorstellen.
'Hoe is het met Libby en de baby?' vroeg oma, die zich niet kon bedwingen.
'Met Libby gaat het goed. De baby is ziek.'
'We zullen een boot nodig hebben,' zei mijn vader. 'Jeter heeft er een op de Cockleburr Slough.'
'Die mogen we wel van hem lenen,' zei Pappy.
Een poosje bespraken de mannen de reddingsactie: hoe ze bij de boot konden komen, hoe ver over de weg de truck kon komen, hoe vaak ze heen en weer zouden moeten gaan. Waar ze het niet over hadden, was waar de Latchers heen zouden gaan als ze eenmaal uit hun huis gered waren.
Opnieuw nam oma de leiding. 'Jullie kunnen hier blijven,' zei ze tegen meneer Latcher. 'De zolder boven onze schuur is schoon – de Mexicanen zijn net weg. Jullie hebben hier een warm bed en genoeg te eten.'
Ik keek naar haar. Pappy keek naar haar. Mijn vader keek ook even naar haar, maar sloeg meteen zijn ogen neer. Een horde hongerige Latchers in onze schuur! Een zieke baby die de hele nacht door huilde. Ons eten dat werd weggegeven. Ik vond het een verschrikkelijk idee en ik was woedend op oma omdat ze zo'n aanbod deed zonder het eerst met ons te bespreken.
Toen keek ik meneer Latcher aan. Zijn lippen trilden en zijn ogen waren vochtig. Hij hield zijn oude strohoed met beide handen omklemd ter hoogte van zijn middel en hij schaamde zich zo dat hij alleen maar naar de grond kon kijken. Ik had nog nooit een man gezien die zo arm, vuil en gebroken was.
Ik keek naar mijn moeder. Zij had ook vochtige ogen. Ik keek naar mijn vader. Ik had hem nooit zien huilen, en dat zou hij op dat moment ook niet doen, maar het was duidelijk dat het leed van meneer Latcher hem diep trof. Mijn hart van steen smolt in een ommezien.
'Laten we opschieten,' zei oma met gezag. 'We moeten de schuur klaarmaken.'
We kwamen meteen in actie. De mannen sprongen in de truck en de vrouwen liepen naar de schuur. Vlak voordat ze wegliep, trok oma haar man aan zijn elleboog mee en fluisterde ze: 'Breng Libby en die

baby eerst.' Het was een bevel, en Pappy knikte.

Ik sprong achter in de truck met meneer Latcher, die neerhurkte en niets tegen mij zei. We stopten bij de brug, waar mijn vader uitstapte en langs de rivier begon te lopen. Hij had de taak om de boot van meneer Jeter in de Cockleburr Slough te vinden en daarmee stroomafwaarts naar de brug af te zakken, waar wij op hem zouden blijven wachten. We staken over, draaiden de weg van de Latchers op en hadden nog geen dertig meter gereden of we stuitten op een moeras. Voor ons lag niets dan water.

'Ik ga zeggen dat u eraan komt,' zei meneer Latcher, en hij sprong in de modder en in het water. Even later stond het al tot zijn knieën. 'Kijk uit voor slangen!' riep hij over zijn schouder. 'Ze zijn overal.' Hij waadde door een meer, met overstroomde katoenvelden aan weerskanten.

We keken naar hem tot hij verdwenen was en keerden toen terug naar de rivier om op mijn vader te wachten.

We zaten op een boomstam bij de brug, met het snelstromende water onder ons. Omdat we niets te zeggen wisten, vond ik het tijd worden om Pappy een verhaal te vertellen. Eerst liet ik hem geheimhouding zweren.

Ik begon bij het begin, met stemmen die ik laat op een avond in onze voortuin had gehoord. De Spruills hadden ruzie. Hank ging weg. Ik volgde hem in de schaduw, en voordat ik wist wat er gebeurde, volgde ik niet alleen Hank maar ook Cowboy. 'Daar hebben ze gevochten,' zei ik, wijzend naar het midden van de brug.

Pappy dacht niet meer aan overstromingen of de boerderij, of zelfs maar aan de redding van de Latchers. Hij keek me geboeid aan. Hij geloofde elk woord, maar was stomverbaasd. Ik vertelde in geuren en kleuren over het gevecht en wees toen opnieuw. 'Hank kwam daar terecht, precies in het midden van de rivier. Hij kwam niet meer boven.'

Pappy gromde, maar zei niets. Ik stond tegenover hem en praatte snel en nerveus. Toen ik mijn ontmoeting met Cowboy beschreef, even later op de weg bij ons huis, vloekte Pappy binnensmonds. 'Je had het me toen moeten vertellen,' zei hij.

'Dat kon ik niet. Ik was te bang.'

Hij stond op en liep een paar keer om de boomstam. 'Hij heeft hun zoon vermoord en hun dochter gestolen,' zei hij in zichzelf. 'Allemachtig.'

'Wat gaan we doen, Pappy?'
'Laat me erover nadenken.'
'Denkt u dat Hank ergens komt bovendrijven?'
'Nee. Die Mexicaan heeft hem lekgestoken. Zijn lichaam is gezonken als een baksteen en is waarschijnlijk opgevreten door die katvissen daar. Er is niets meer te vinden.'
Hoe gruwelijk dat ook was, ik vond het toch een opluchting. Ik wilde Hank nooit meer zien. Elke keer dat ik de brug overstak, had ik aan hem gedacht. Ik had gedroomd dat zijn opgezwollen lijk uit de diepten van de rivier naar boven kwam. Het had me doodsbang gemaakt.
'Heb ik iets verkeerds gedaan?' vroeg ik.
'Nee.'
'Gaat u het iemand vertellen?'
'Nee, ik denk van niet. Laten we het stilhouden. We praten er later wel over.'
We gingen weer op de boomstam zitten en keken naar het water. Pappy was diep in gedachten verzonken. Ik probeerde mezelf ervan te overtuigen dat ik me beter voelde nu ik eindelijk een van de volwassenen over Hanks dood had verteld.
Na een tijdje zei Pappy: 'Hank heeft zijn verdiende loon gekregen. We vertellen het niemand. Jij bent de enige getuige, en het heeft geen zin dat je erover piekert. Het blijft ons geheim en we nemen het mee ons graf in.'
'En meneer en mevrouw Spruill?'
'Wat niet weet, wat niet deert.'
'Gaat u het oma vertellen?'
'Nee. Niemand. Alleen jij en ik.'
Het was een bondgenootschap waarin ik vertrouwen kon hebben. Ik voelde me inderdaad beter. Ik had mijn geheim verteld aan een vriend die zijn portie ervan kon dragen. En we hadden besloten Hank en Cowboy voorgoed achter ons te laten.

Na een hele tijd kwam mijn vader terug met de platbodem van meneer Jeter. De buitenboordmotor ontbrak, maar vanwege de sterke stroming was het niet moeilijk navigeren. Hij gebruikte een peddel als roer en kwam onder de brug aan land, recht onder ons. Hij en Pappy tilden de boot uit de rivier en manoeuvreerden hem de oever op naar de truck. Toen reden we naar de weg van de Latchers, waar we de boot uitlaadden en naar de rand van het water duwden. We sprongen er

alle drie in, onze voeten bedekt met modder. De volwassenen peddelden, en zo voeren we over de smalle weg, een halve meter boven de grond, langs rijen verwoeste katoen.
Hoe verder we gingen, des te dieper het water werd. De wind stak op en blies ons de katoen in. Pappy en mijn vader keken naar de lucht en schudden hun hoofd.
Alle Latchers stonden op hun voorveranda. Ze wachtten angstig af en keken naar alles wat we deden. De boot doorkliefde het meer dat hun huis omgaf. We manoeuvreerden de boot naar de voorkant van het huis, waar meneer Latcher hem vastpakte en naar zich toe trok. Hij stond tot aan zijn borst in het water.
Ik keek naar al die angstige, verdrietige gezichten op de veranda. Hun kleren waren nog havelozer dan de vorige keer dat ik er was geweest. Ze waren mager en hadden ingevallen wangen. Waarschijnlijk waren ze uitgehongerd. Ik zag een paar lachjes bij de kleinsten, en plotseling voelde ik me erg belangrijk. Libby Latcher stapte uit de groep naar voren. Ze droeg de baby, die in een oude deken was gewikkeld. Ik had Libby nooit eerder gezien, en ik kon bijna niet geloven hoe mooi ze was. Haar lichtbruine haar was lang en zat in een paardenstaart. Haar ogen waren lichtblauw en schitterden. Ze was lang en net zo mager als de rest. Toen ze in de boot stapte, hielden Pappy en mijn vader haar in evenwicht. Ze kwam met haar baby naast mij zitten, en plotseling zat ik oog in oog met mijn nieuwe neef.
'Ik ben Luke,' zei ik, al was het een vreemd moment om kennis met iemand te maken.
'Ik ben Libby,' zei ze met een glimlach die mijn hart sneller deed kloppen. Haar baby sliep. Hij was niet veel gegroeid sinds ik hem in de nacht van zijn geboorte voor het raam had gezien. Hij was klein en rimpelig, en had waarschijnlijk ook honger, maar oma wachtte op hem.
Rayford Latcher kwam aan boord en ging zo ver mogelijk van me vandaan zitten. Hij was een van de drie jongens die me hadden geslagen toen ik de vorige keer op hun terrein was. Percy, de oudste en de voormalige aanvoerder, zat ergens verscholen op de veranda. Twee andere kinderen werden in de boot gezet, en toen sprong meneer Latcher erin. 'We zijn over een paar minuten terug,' zei hij tegen mevrouw Latcher en de anderen die nog op de veranda waren. Ze keken alsof ze aan hun lot werden overgelaten.
De regen kwam met bakken uit de lucht en de wind veranderde van

richting. Pappy en mijn vader peddelden zo hard ze konden, maar de boot kwam nauwelijks vooruit. Meneer Latcher sprong in het water, en heel even was hij helemaal verdwenen. Toen vond hij grond onder zijn voeten en richtte hij zich op. Hij stond nu tot aan zijn borst in het water. Hij pakte een touw dat aan de boeg was vastgemaakt en begon ons over de weg te trekken.

Omdat de wind ons telkens weer de katoen in blies, klom mijn vader uit de boot en begon hij hem te duwen. 'Kijk uit voor slangen,' waarschuwde meneer Latcher weer. Beide mannen waren drijfnat.

'Percy is bijna door een slang gebeten,' zei Libby tegen mij. 'Hij kwam naar de veranda zwemmen.' Ze boog zich over de baby om hem een beetje droog te houden.

'Hoe heet hij?' vroeg ik.

'Hij heeft nog geen naam.'

Ik had nog nooit zo'n onzin gehoord. Een baby zonder naam! De meeste baby's die in de baptistenkerk werden geboren, hadden al twee of drie namen voordat ze geboren werden.

'Wanneer komt Ricky thuis?' fluisterde ze.

'Weet ik niet.'

'Gaat het goed met hem?'

'Ja.'

Ze wilde blijkbaar erg graag nieuws over hem horen, en dat gaf me een onbehaaglijk gevoel. Aan de andere kant was het niet onprettig om naast zo'n mooi meisje te zitten, terwijl ze ook nog tegen me fluisterde. Haar jongere broertjes en zusjes hadden grote ogen opgezet omdat ze het allemaal zo spannend vonden.

Toen we de weg naderden, werd het water ondiep en kwam de boot eindelijk op modder. We klauterden er allemaal uit en de Latchers werden in onze truck geladen. Pappy ging achter het stuur zitten.

'Luke, jij blijft bij mij,' zei mijn vader. Terwijl de truck achteruitreed, keerden meneer Latcher en mijn vader de boot en duwden en trokken ze om hem bij het huis te krijgen. Er stond zoveel wind dat ze zich ver voorover moesten buigen. Ik zat in mijn eentje in de boot, ook voorovergebogen, om enigszins droog te blijven. De regendruppels waren koud en werden met de minuut harder.

Toen we dichter bij het huis kwamen, kolkte het water eromheen. Meneer Latcher trok de boot weer en riep instructies naar zijn vrouw. Vanaf de veranda werd een kleine Latcher aangegeven en hij viel bijna in het water toen er een windvlaag tegen de boot sloeg. Percy stak een

bezemsteel naar voren, die ik vastgreep om te helpen de boot weer naar de veranda te trekken. Mijn vader schreeuwde van alles, en meneer Latcher deed hetzelfde. Er waren nog vier kinderen op de veranda, en die wilden allemaal tegelijk in de boot komen. Ik hielp ze er een voor een in. 'Voorzichtig, Luke!' zei mijn vader wel tien keer.
Toen de kinderen aan boord waren, gooide mevrouw Latcher een jutezak, vermoedelijk met kleren, aan boord. Ik ging ervan uit dat het hun enige bezittingen waren. De zak kwam bij mijn voeten terecht en ik greep hem vast alsof hij heel waardevol was. Naast me zat een Latcher-meisje zonder schoenen – niet één van hen had schoenen – en met een bloes zonder mouwen. Ze had het ijskoud en klampte zich aan mijn been vast alsof ze bang was te worden weggeblazen. Ze had tranen in haar ogen, maar toen ik haar aankeek, zei ze: 'Dank je wel.'
Mevrouw Latcher klom in de boot, stapte tussen haar kinderen en schreeuwde tegen haar man omdat hij tegen haar schreeuwde. Nu de boot vol was en er geen enkele Latcher meer in het huis was, keerden we en gingen we terug naar de weg. Degenen die aan boord waren, zaten ineengedoken om zich tegen de regen te beschermen.
Mijn vader en meneer Latcher zetten alles op alles om de boot tegen de wind in te duwen. Hier en daar stonden ze maar tot aan hun knieën in het water, maar na een paar stappen kwam het dan ineens tot aan hun borst, en dan kostte het hun moeite om kracht te zetten. Ze deden hun uiterste best om ons op het midden van de weg en uit de katoen te houden. De terugreis verliep veel langzamer dan de heenreis.
Pappy stond niet te wachten. Hij had niet genoeg tijd gehad om de eerste lading af te zetten en terug te komen voor de tweede. Toen we bij de modder waren, maakte mijn vader het bootje van meneer Jeter aan een paal vast en zei: 'Het heeft geen zin om hier te wachten.' We sjokten door nog meer modder en vochten tegen de wind en de regen tot we bij de rivier kwamen. De Latcher-kinderen waren doodsbang voor de brug en ik had nog nooit zo'n gebrul gehoord als toen we naar de overkant gingen. Ze klampten zich aan hun ouders vast. Meneer Latcher droeg nu de jutezak. Toen we halverwege over de St. Francis waren, keek ik omlaag naar de planken voor me en zag ik dat mevrouw Latcher, net als haar kinderen, geen schoenen droeg.
Toen we veilig aan onze kant van de rivier waren, kwam Pappy aanrijden om ons op te halen.

Oma en mijn moeder stonden op de achterveranda te wachten, waar ze een soort geïmproviseerde assemblagelijn hadden gemaakt. Ze verwelkomden de tweede golf Latchers en leidden hen naar het eind van de veranda, waar een stapel kleren lag. De Latchers trokken hun kleren uit, waarbij sommige zich enigszins geneerden en andere niet, en trokken de Chandler-afdankertjes aan die al tientallen jaren in de familie waren. Toen ze eenmaal droge, warme kleren aanhadden, werden ze naar de keuken gedirigeerd, waar een heleboel voedsel aanwezig was. Oma had worst en ham. Ze had twee schalen met eigengebakken koeken. Op de tafel stonden allemaal grote kommen met alle groenten die mijn moeder in de afgelopen zes maanden had verbouwd.

De Latchers zaten met z'n tienen om de tafel – de baby lag ergens te slapen. Het grootste deel van de tijd zwegen ze, en ik wist niet of dat uit schaamte was, of dat ze opgelucht waren of gewoon honger hadden. Ze gaven de kommen aan elkaar door en bedankten elkaar soms. Mijn moeder en oma schonken thee in en maakten zich erg druk om hen. Ik keek vanuit de deuropening toe. Pappy en mijn vader waren op de voorveranda. Ze dronken koffie en keken naar de regen, die nu niet meer zo hard was.

Toen ze al een hele tijd hadden zitten eten, gingen we naar de huiskamer, waar oma een vuur in de haard had gemaakt. We zaten met z'n vijven dicht bij de haard en luisterden naar de Latchers in de keuken. Hun stemmen waren gedempt, maar hun messen en vorken kletterden. Ze hadden het warm, waren in veiligheid en hadden geen honger meer. Hoe konden mensen zo arm zijn?

Ik vond het onmogelijk om nu nog een hekel aan de Latchers te hebben. Ze waren mensen net als wij, alleen hadden ze de pech gehad om als deelpachters geboren te worden. Het was verkeerd van me om op hen neer te kijken. Trouwens, ik was een beetje verliefd op Libby. Ik hoopte al dat ze mij misschien aardig zou vinden.

Terwijl we ons tevreden voelden over onze eigen goedheid, zette de baby ergens in huis een keel op. Oma sprong overeind en ging er meteen naartoe. 'Ik ga wel,' hoorde ik haar vanuit de keuken zeggen. 'Eten jullie maar door.'

Ik hoorde geen enkele Latcher van tafel gaan. De baby had gehuild sinds de nacht waarop hij geboren was. Ze waren het wel gewend.

Wij Chandlers daarentegen waren het niet gewend. Hij huilde de hele tijd tijdens het middageten. Oma liep een uur met hem heen en weer, terwijl mijn ouders en Pappy de Latchers naar hun nieuwe verblijf brachten. Libby kwam met hen terug om bij de baby te kijken, die nog steeds krijste. Omdat het was opgehouden met regenen, liep mijn moeder met de baby om het huis heen, maar de buitenlucht kon hem niet tot rust brengen. Ik had nog nooit iemand zo lang en zo hard horen huilen.

In de loop van de middag konden we er niet meer tegen. Oma had een paar van haar huismiddeltjes geprobeerd, milde drankjes, maar die hadden het alleen maar erger gemaakt. Libby ging met de baby op de schommelbank zitten, maar dat was ook geen succes. Oma zong voor de baby terwijl ze door het huis danste – nog meer gekrijs, nog harder. Mijn moeder liep met hem door het hele huis. Pappy en mijn vader waren allang weg. Ik had zin om me in de silo te verstoppen.

'Het ergste geval van buikkramp dat ik ooit heb meegemaakt,' hoorde ik oma zeggen.

Later, toen Libby weer met de baby op de schommelbank zat, hoorde ik een ander gesprek. Het scheen dat ik als baby ook een erge aanval van buikkramp had gehad. Mijn moeders moeder, mijn grootmoeder, die nu dood was en die in het dorp in een geverfd huis had gewoond, had me een paar happen vanille-ijs gegeven. Ik was meteen opgehouden met huilen en binnen een paar dagen was de buikkramp weg.

Later in mijn babytijd kreeg ik weer buikkramp. Oma had nooit ijs uit de winkel in haar vrieskast. Mijn ouders hadden me in de truck gezet en waren naar het dorp gereden. Onderweg was ik opgehouden met huilen en in slaap gevallen. Ze dachten dat het door de beweging van de rijdende truck kwam.

Mijn moeder vroeg me mijn vader te halen. Ze pakte de baby van Libby aan, die erg graag van hem af wilde, en algauw liepen we samen naar de truck.

'Gaan we naar het dorp?' vroeg ik.

'Ja,' zei mijn moeder.

'En hij?' vroeg mijn vader, wijzend naar de baby. 'Hij moet geheim blijven.'

Dat was mijn moeder vergeten. Als we met een mysterieuze baby in het dorp werden gezien, zouden de roddels niet van de lucht zijn.

'Dat zien we wel als we daar zijn,' zei ze, en ze trok het portier dicht. 'Laten we gaan.'

Mijn vader startte de motor en zette de truck in z'n achteruit. Ik zat in het midden, met de baby dicht bij mijn schouder. Na een korte

onderbreking begon de baby weer te krijsen. Toen we bij de rivier kwamen, had ik zin om dat stomme jong uit het raam te gooien.
Maar eenmaal over de brug, gebeurde er iets vreemds. De baby werd plotseling stil. Hij deed zijn mond en ogen dicht en viel in een diepe slaap. Mijn moeder glimlachte naar mijn vader, alsof ze wilde zeggen: zei ik het niet?
Onderweg fluisterden mijn ouders met elkaar. Ze besloten dat mijn moeder bij onze kerk uit de truck zou stappen en dan vlug naar Pop en Pearl zou gaan om het ijs te kopen. Ze waren bang dat Pearl zich zou afvragen waarom ze ijs kocht, en alleen ijs, want we hadden op dat moment verder niets nodig. En waarom mijn moeder op een woensdagmiddag in het dorp was. Ze waren het erover eens dat Pearls nieuwsgierigheid toch niet te bevredigen was en dat het eigenlijk wel grappig was om haar onder haar eigen bemoeizucht te laten lijden. Hoe slim Pearl ook was, ze zou nooit vermoeden dat het ijs bestemd was voor een onwettige baby die we in onze truck verstopten.
We stopten bij onze kerk. Er keek niemand naar ons. Mijn moeder gaf de baby aan mij en vertelde me precies hoe je zo'n kindje in je armen moest houden. Toen ze het portier dichtdeed, had hij zijn mond wijdopen. Zijn ogen schitterden en zijn longen vulden zich met woede. Hij brulde twee keer en joeg me daarmee de stuipen op het lijf. Toen liet mijn vader de koppeling opkomen en reden we weer, ditmaal door de straten van Black Oak. De baby keek naar mij en hield op met huilen.
'Blijven rijden,' zei ik tegen mijn vader.
We reden langs de ontkorrelinstallatie, die er troosteloos bij stond, want er was niets te doen. We reden om de methodistenkerk en de school, en sloegen toen Main Street in. Mijn moeder kwam met een kleine papieren zak de winkel van Pop en Pearl uit. Zoals verwacht, kwam Pearl druk pratend achter haar aan. Ze praatten nog steeds toen wij voorbijreden. Mijn vader zwaaide alsof er niets aan de hand was.
Ik wist gewoon dat we met de Latcher-baby betrapt zouden worden. Eén schreeuw uit zijn mond en het hele dorp zou ons geheim kennen. We reden weer om de ontkorrelmachines heen en toen we naar de kerk reden, zagen we dat mijn moeder daar op ons stond te wachten. Zodra we stopten om haar op te pikken, gingen de ogen van de baby open. Zijn onderlip trilde. Hij stond op het punt een keel op te zetten, maar ik duwde hem in mijn moeders armen en zei: 'Hier, neem jij hem.'
Ik klauterde uit de truck voordat zij kon instappen. Mijn snelheid

verraste hen. 'Waar ga je heen, Luke?' wilde mijn vader weten.
'Wacht even. Ik moet wat verf kopen.'
'Stap in de truck!' zei hij.
De baby begon te krijsen en mijn moeder sprong vlug in de truck. Ik dook achter de truck en rende zo hard ik kon naar de weg.
Achter me hoorde ik weer een schreeuw, zij het lang niet zo hard, en toen kwam de truck in beweging.
Ik rende naar de ijzerwinkel, naar de verftoonbank achterin, en vroeg de verkoper om drie blikken witte Pittsburgh Paint.
'Ik heb er maar twee.' Hoe kon zo'n winkel zonder verf komen te zitten? 'Maandag verwacht ik nieuwe,' zei hij.
'Geef me er maar twee,' zei ik.
Ik wist zeker dat twee blikken niet genoeg waren voor de voorkant van het huis, maar ik gaf hem zes briefjes van een dollar en hij gaf me het wisselgeld. 'Ik zal ze voor je in de auto zetten,' zei hij.
'Nee, dat lukt wel,' zei ik, en ik pakte de twee blikken. Ik tilde ze met moeite op en waggelde ermee door het gangpad. Het scheelde niet veel of ik viel. Ik zeulde ze de winkel uit het trottoir op. Ik keek of er geen verkeer aankwam en luisterde of ik het gekrijs van een zieke baby hoorde. Gelukkig was het stil in het dorp.
Pearl kwam haar winkel uit en keek onderzoekend om zich heen. Ik verstopte me achter een geparkeerde auto. Toen zag ik onze truck aankomen. Hij kwam nauwelijks vooruit en maakte een verdachte indruk. Mijn vader zag me en stopte midden op straat. Ik trok de twee blikken uit alle macht omhoog en rende naar de truck. Hij sprong eruit om me te helpen. Ik sprong achterin en hij gaf me de verf. Ik bleef liever achterin zitten, ver bij de kleinste Latcher uit de buurt. Net toen mijn vader weer achter het stuur ging zitten, liet de baby een schreeuw horen.
De truck ging met een schok naar voren en de baby was stil. In het voorbijgaan riep ik: 'Howdy, Pearl.'

Libby zat met oma op het trapje aan de voorkant op ons te wachten. Toen de truck stopte, zette de baby het op een krijsen. De vrouwen gingen met hem naar de keuken, waar ze hem ijs begonnen te voeren.
'Er is in het hele district niet genoeg benzine om dat kind stil te houden,' zei mijn vader.
Gelukkig bracht het ijs hem tot bedaren. De kleine Latcher viel in de armen van zijn moeder in slaap.

Omdat vanille-ijs had geholpen toen ik buikkramp had, voelde iedereen zich na het succes van deze remedie gesterkt in de overtuiging dat de baby voor een deel een Chandler was. Ik vond dat helemaal geen prettig idee.

35

We hadden er geen moment op gerekend nog eens een schuur vol Latchers te hebben. En terwijl we in het begin voldaan waren over onze eigen christelijke barmhartigheid, vroegen we ons algauw af hoelang ze bij ons zouden blijven. Ik begon er voor het eerst over onder het avondeten. Na een lang gesprek over de gebeurtenissen van die dag zei ik: 'Hoelang zouden ze blijven?'

Pappy dacht dat ze weggingen zodra het water zich terugtrok. In noodsituaties kon je wel in de schuur van een andere boer bivakkeren, maar niemand met ook maar een greintje zelfrespect zou een dag langer blijven dan nodig was.

'Wat gaan ze eten als ze teruggaan?' vroeg oma. 'Er is geen kruimel meer over in dat huis.' Ze voorspelde dat de Latchers tot het voorjaar bij ons zouden blijven.

Mijn vader vermoedde dat hun vervallen huis de overstroming niet zou overleven en dat ze nergens heen zouden kunnen. Daar kwam nog bij dat ze geen truck, geen vervoermiddel hadden. Ze waren al tien jaar lang bijna verhongerd op hun land. Waar konden ze anders heen? Pappy vond dat een nogal deprimerende visie.

Mijn moeder luisterde vooral, maar op een gegeven moment zei ze dat de Latchers geen mensen waren die zich zouden schamen omdat ze in de schuur van iemand anders woonden. En ze maakte zich zorgen over de kinderen, niet alleen over voor de hand liggende dingen als hun gezondheid en voeding, maar ook over hun schoolopleiding en algemene ontwikkeling.

Pappy's voorspelling van een snel vertrek ging de tafel rond en werd uiteindelijk weggestemd. Drie tegen één. Vier, als je mijn stem meerekende.

'We komen er wel overheen,' zei oma. 'We hebben genoeg eten om hen en ons de hele winter door te laten komen. Ze zijn hier, ze kunnen nergens anders heen, en we zullen voor ze zorgen.' Niemand sprak haar tegen.

'God heeft ons niet zonder reden een grote, vruchtbare tuin gegeven,' voegde ze eraan toe, en ze knikte even naar mijn moeder. 'In het evangelie van Lucas zegt Jezus: "Laat de armen, de kreupelen, de lammen, de blinden in uw huis en gij zult gezegend zijn".'

'We zullen twee varkens slachten in plaats van één,' zei Pappy. 'Dan hebben we genoeg vlees voor de winter.'

De varkensslacht zou begin december plaatsvinden, als het koud was en de bacteriën geen kwaad meer konden. Elk jaar werd er een varken in de kop geschoten, in kokend water gedompeld en aan een boom naast het gereedschapsschuurtje gehangen, om vervolgens van zijn ingewanden te worden ontdaan en in duizend stukken te worden gesneden. Dat varken leverde ons spek, ham, lendevlees, worst en karbonade op. Alles werd gebruikt: tong, hersenen, poten. 'Alles behalve de knor,' had ik mijn hele leven al gehoord. Meneer Jeter van de overkant was een vrij goede slager. Hij hield toezicht op het verwijderen van de ingewanden en deed zelf de meest delicate organen. Voor de tijd die hij eraan besteedde kreeg hij een kwart van de beste stukken.

Het eerste wat ik me van een varkensslacht herinnerde, was dat ik naar de achterkant van het huis was gerend en had overgegeven. Maar in de loop der jaren was ik me erop gaan verheugen. Als je ham en spek wilde, moest er een varken worden geslacht. Maar we zouden meer dan twee varkens nodig hebben om de Latchers tot het voorjaar te eten te geven. Ze waren met z'n elven, inclusief de baby, die voorlopig op vanille-ijs leefde.

Terwijl we over hen praatten, begon ik over onze verhuizing naar het noorden te dromen.

De reis leek me nu aanlokkelijker. Ik had medelijden met de Latchers en was er trots op dat wij hen hadden gered. Ik wist dat van ons als christen werd verwacht dat we de armen hielpen. Ik begreep dat allemaal wel, maar ik kon me niet voorstellen dat we de hele winter al die kleine kinderen op onze boerderij zouden hebben. Binnenkort zou ik weer naar school gaan. Zouden de Latchers meegaan? En zou ik ze moeten rondleiden, omdat ze nieuwe leerlingen waren? Wat zouden mijn vrienden daarvan denken? Ik zag niets dan vernederingen in het verschiet.

En nu ze bij ons woonden, was het alleen maar een kwestie van tijd voordat het grote geheim uitkwam. Ricky zou als de vader worden beschouwd. Pearl zou opeens begrijpen waar al dat vanille-ijs heen ging. Op de een of andere manier zou er iets uitlekken, en dan waren we verloren.

'Luke, ben je klaar?' vroeg mijn vader, en ik kwam met een schok bij mijn positieven.

Mijn bord was leeg. Iedereen keek ernaar. Ze hadden grotemensendingen te bespreken. Mijn vader wilde me laten weten dat ik op zoek moest gaan naar iets om te doen.

'Het was lekker. Mag ik van tafel?' vroeg ik – mijn standaardtekst.

Oma knikte. Ik ging naar de achterveranda en duwde de hordeur zo ver open dat hij met een klap dicht zou vallen. Toen sloop ik de duisternis in, naar een bank bij de keukendeur. Daar kon ik alles horen. Ze maakten zich zorgen over geld. De oogstlening zou worden 'verlengd' tot volgend voorjaar, en dan zouden ze wel zien wat ze ermee deden. De andere rekeningen die met de boerderij te maken hadden, konden ook worden uitgesteld, al vond Pappy het verschrikkelijk dat hij zijn crediteuren aan het lijntje moest houden.

Het was nu vooral zaak dat we de winter doorkwamen. Voedsel was geen probleem, maar we moesten geld hebben voor dingen als elektriciteit, benzine en olie voor de truck, en ook voor bijvoorbeeld koffie, meel en suiker. Als er nu eens iemand ziek werd en een dokter of medicijnen nodig had? Als de truck het nu eens begaf en er onderdelen nodig waren?

'We hebben dit jaar nog niets aan de kerk gegeven,' zei oma.

Pappy schatte dat maar liefst dertig procent van de oogst nog in het water stond. Als het weer omsloeg en het droog werd, zouden we misschien een klein deel daarvan kunnen redden. Dat zou wat geld opleveren, al zou de eigenaar van de ontkorrelmachines het meeste daarvan houden. Noch hij noch mijn vader verwachtte dat ze in 1952 nog veel katoen zouden plukken.

Geld was het probleem. Ze hadden bijna niets meer en er was ook geen hoop dat er iets binnenkwam. Ze hadden amper genoeg om tot

Kerstmis voor elektriciteit en benzine te betalen.
'Jimmy Dale houdt een baan voor me vrij op de Buick-fabriek,' zei mijn vader. 'Maar hij kan niet lang wachten. Er zijn momenteel niet veel banen. We moeten erheen.'
Volgens Jimmy Dale was het loon drie dollar per uur, voor veertig uur per week, maar je kon ook overuren maken. 'Hij zegt dat ik tegen de tweehonderd dollar per week kan verdienen,' zei mijn vader.
'We sturen zoveel mogelijk naar huis,' voegde mijn moeder eraan toe.
Pappy en oma namen nog de moeite om te protesteren, maar iedereen wist dat het besluit al was genomen. Ik hoorde een geluid in de verte, een geluid dat me vaag bekend voorkwam. Toen het dichterbij kwam, kromp ik ineen en wilde ik dat ik me op de voorveranda had verstopt. De baby was wakker. Hij maakte zich weer kwaad en had natuurlijk trek in vanille-ijs. Ik sloop van de veranda af en liep een paar stappen naar de schuur. Vanuit de schaduw zag ik Libby en mevrouw Latcher naar het huis lopen. Ik dook weg naast het kippenhok en luisterde terwijl ze voorbijliepen. Het constante gekrijs galmde om onze boerderij.
Oma en mijn moeder stonden op de achterveranda op ze te wachten. Er werd licht aangedaan en ik zag hoe ze zich over het kleine monster bogen en hem naar binnen droegen. Door het raam zag ik mijn vader en Pappy vlug naar de voorveranda gaan.
Nu er vier vrouwen met hem bezig waren, duurde het maar een paar minuten voordat hij ophield met huilen. Zodra alles stil was, kwam Libby naar buiten. Ze ging op de rand van de veranda zitten, op dezelfde plaats waar Cowboy had gezeten toen hij me zijn stiletto had laten zien. Ik liep naar het huis en toen ik een meter of wat van haar vandaan was, zei ik: 'Hallo, Libby.'
Ze schrok, maar had zichzelf snel weer onder controle. De zenuwen van dat arme meisje waren door de buikkramp van de baby tot het uiterste gespannen. 'Luke,' zei ze. 'Wat ben je aan het doen?'
'Niets.'
'Kom hier zitten.' Ze klopte op de plek naast haar. Ik deed wat ze zei.
'Huilt die baby de hele tijd?' vroeg ik.
'Daar lijkt het wel op. Maar ik vind het niet erg.'
'O nee?'
'Nee. Hij doet me aan Ricky denken.'
'O ja?'
'Ja. Wanneer komt hij thuis? Weet je dat, Luke?'

'Nee. In zijn laatste brief schreef hij dat hij misschien met Kerstmis thuis zou zijn.'
'Dat duurt nog twee maanden.'
'Ja, maar ik weet het nog zo net niet. Volgens oma zeggen alle soldaten dat ze met Kerstmis thuis zijn.'
'Ik kan bijna niet wachten,' zei ze, zichtbaar blij met het vooruitzicht.
'Wat gaat er gebeuren als hij thuiskomt?' vroeg ik. Ik wist niet of ik haar antwoord graag wilde horen.
'Dan gaan we trouwen,' zei ze met een brede, mooie glimlach. Haar ogen waren een en al blijdschap.
'O ja?'
'Ja, dat heeft hij beloofd.'
Ik wilde absoluut niet dat Ricky ging trouwen. Hij hoorde bij mij. We moesten vissen en honkballen, en hij zou oorlogsverhalen vertellen. Hij zou mijn grote broer zijn, niet iemands man.
'Hij is zo lief,' zei ze, opkijkend naar de hemel.
Ricky was een heleboel, maar ik zou hem nooit lief noemen. Aan de andere kant wist ik natuurlijk niet wat hij had gedaan om indruk op haar te maken.
'Je mag het niemand vertellen, Luke,' zei ze, plotseling serieus. 'Het is ons geheim.'
Dat is mijn specialiteit, wilde ik bijna zeggen. 'Maak je geen zorgen,' zei ik. 'Ik kan een geheim bewaren.'
'Kun je lezen en schrijven, Luke?'
'Ja. Jij?'
'Vrij goed.'
'Maar je gaat niet naar school.'
'Ik ben tot de vierde klas gegaan en toen kreeg mijn moeder telkens weer baby's en kon ik niet meer naar school. Ik heb Ricky een brief geschreven om hem over de baby te vertellen. Heb je zijn adres?'
Ik wist niet of Ricky wel zo graag een brief van haar wilde krijgen en speelde heel even met de gedachte om me van de domme te houden. Maar ik vond Libby aardig. Ze was zo gek op Ricky dat het me verkeerd leek om haar het adres niet te geven.
'Ja, ik heb het.'
'Heb je een envelop?'
'Ja.'
'Kun je mijn brief voor me versturen? Alsjeblieft, Luke. Ik geloof dat Ricky niet van onze baby weet.'

Iets zei me dat ik me daar niet in moest mengen. Dit was iets tussen hen. 'Ja, misschien kan ik hem wel versturen,' zei ik.
'O, dank je, Luke,' zei ze, bijna juichend. Ze omhelsde me. 'Ik zal je de brief morgen geven,' zei ze. 'En jij belooft dat je hem voor me verstuurt?'
'Ik beloof het.' Ik dacht aan meneer Thornton op het postkantoor. Die zou natuurlijk nieuwsgierig zijn als hij een brief van Libby Latcher aan Ricky in Korea zag. Ik moest daar iets op vinden. Misschien moest ik mijn moeder ernaar vragen.
De vrouwen brachten baby Latcher naar de achterveranda, waar oma hem wiegde terwijl hij sliep. Mijn moeder en mevrouw Latcher zeiden tegen elkaar dat het kleine kereltje wel moe zou zijn – al dat huilen had hem uitgeput – en dat hij daarom zo diep sliep. Al dat gepraat over die baby begon me flink te vervelen.

Mijn moeder maakte me kort na zonsopgang wakker. In plaats van me uit bed te halen voor weer een dag op de boerderij, kwam ze naast mijn kussen zitten en zei tegen me: 'We gaan morgenvroeg weg, Luke. Ik ga vandaag pakken. Je vader zal je helpen de voorkant van het huis te verven, dus ga maar gauw beginnen.'
'Regent het?' Ik ging rechtop zitten.
'Nee. Het is bewolkt, maar je kunt schilderen.'
'Waarom gaan we morgen weg?'
'Het is tijd om te vertrekken.'
'Wanneer komen we terug?'
'Weet ik niet. Ga nu ontbijten. We hebben een drukke dag voor de boeg.'
Ik begon voor zeven uur te verven, toen de zon nog maar net boven de bomen in het oosten uitkwam. Het gras was nat en het huis ook, maar ik had geen keus. Algauw droogden de planken op en vorderde mijn werk goed. Mijn vader kwam me helpen, en samen verplaatsten we de steiger, zodat hij bij de hoge plaatsen kon komen. Toen zag meneer Latcher ons, en nadat hij een paar minuten naar ons had gekeken, zei hij: 'Ik wil graag helpen.'
'Dat hoeft niet,' zei mijn vader van tweeënhalve meter hoogte.
'Ik wil graag iets terugdoen,' zei hij. Hij had niets anders om handen.
'Goed. Luke, ga die andere kwast halen.'
Ik rende naar het gereedschapsschuurtje, blij dat ik weer over een gratis arbeidskracht beschikte. Meneer Latcher begon ijverig te schilde-

ren. Blijkbaar wilde hij bewijzen dat hij iets kon.
Er verzamelde zich een hele menigte toeschouwers. Ik telde zeven Latchers op de grond achter ons, alle kinderen behalve Libby en de baby. Ze zaten met uitdrukkingsloze gezichten naar ons te kijken.
Ik nam aan dat ze op het ontbijt wachtten. Ik negeerde ze en ging verder met mijn werk.
Maar dat bleek moeilijk te zijn. Eerst kwam Pappy me halen. Hij zei dat hij naar de kreek wilde rijden om te kijken hoe hoog het water stond. Ik zei dat ik echt moest verven. Mijn vader zei: 'Ga maar, Luke', en daarna protesteerde ik niet meer.
We reden met de tractor dwars door de ondergelopen velden, totdat het water bijna over de voorwielen kwam. Toen we niet verder konden, zette Pappy de motor af. We bleven een hele tijd op de tractor zitten, omringd door de natte katoen waaraan we zoveel werk hadden besteed.
'Morgen gaan jullie weg,' zei hij ten slotte.
'Ja.'
'Maar jullie komen gauw terug.'
'Ja.' Mijn moeder, niet Pappy, zou bepalen wanneer we terugkwamen. En als Pappy dacht dat we op een dag naar de familieboerderij zouden terugkeren om aan een volgende oogst te beginnen, had hij het mis. Ik had medelijden met hem en ik miste hem nu al.
'Ik heb nog eens nagedacht over Hank en Cowboy,' zei hij. Al die tijd keek hij strak naar het water voor de tractor. 'We kunnen die zaak beter laten rusten, zoals we al hebben afgesproken. Als we het iemand vertellen, kan daar niets goeds uit voortkomen. Het is een geheim dat we bij ons dragen tot in het graf.' Hij stak me zijn rechterhand toe. 'Afgesproken?' zei hij.
'Afgesproken,' herhaalde ik, en ik kneep in zijn dikke, eeltige hand.
'En je zult je opa hier niet vergeten, begrepen?'
'Nee.'
Hij startte de tractor, zette hem in z'n achteruit en reed door het water terug.
Toen ik bij de voorkant van het huis terugkwam, had Percy Latcher mijn kwast genomen en was hij hard aan het werk. Zonder een woord te zeggen gaf hij de kwast aan mij en ging onder een boom zitten. Ik was misschien een minuut of tien aan het schilderen toen oma de veranda op kwam en zei: 'Luke, kom eens hier. Ik moet je iets laten zien.'

Ze leidde me achterom, in de richting van de silo. Overal lagen modderplassen. Het water was de schuur tot op tien meter genaderd. Ze wilde een eindje wandelen en met me praten, maar overal was niets dan modder en water. We gingen op de rand van de katoenwagen zitten.
'Wat wilt u me laten zien?' vroeg ik na een lange stilte.
'O, niets. Ik wilde alleen eventjes met je alleen zijn. Je gaat morgen weg. Ik probeerde me te herinneren of je ooit een nacht ergens anders hebt geslapen dan hier.'
'Voorzover ik weet niet,' zei ik. Ik wist dat ik in de slaapkamer was geboren waar mijn ouders tegenwoordig sliepen. Ik wist dat oma's handen me het eerst hadden aangeraakt. Zij had me ter wereld geholpen en voor mijn moeder gezorgd. Nee, ik was ons huis nooit uit geweest, zelfs niet voor één nacht.
'Jullie redden je wel in het noorden,' zei ze, maar niet met veel overtuiging. 'Veel mensen gaan daarheen om werk te zoeken. Het gaat hun altijd goed en ze komen altijd naar huis. Je bent weer thuis voor je het weet.'
Ik hield zoveel van mijn oma als een kind maar van zijn grootmoeder kon houden, maar toch wist ik op de een of andere manier dat ik nooit meer in haar huis zou wonen en nooit meer op haar velden zou werken.
We praatten een tijdje over Ricky, en toen over de Latchers. Ze sloeg haar arm om mijn schouders en hield me dicht tegen zich aan, en ze liet me herhaaldelijk beloven dat ik haar zou schrijven. Ik moest ook beloven dat ik mijn best zou doen op school, dat ik mijn ouders zou gehoorzamen, dat ik naar de kerk zou gaan en mijn bijbellessen zou volgen, en dat ik goed op mijn taalgebruik zou letten en niet als een yankee zou gaan praten.
Toen ze me al die dingen had laten beloven, was ik doodmoe. We liepen terug naar het huis, om de waterplassen heen.
De ochtend verstreek. De Latcher-horde ging na het ontbijt uiteen, maar ze waren op tijd terug voor het middageten. Ze keken toe terwijl mijn vader en hun vader elkaar probeerden te overtreffen bij het verven van de voorkant van ons huis.
We gaven hun op de achterveranda te eten. Na het eten nam Libby me apart en gaf ze me haar brief aan Ricky. Het was me gelukt een witte envelop van het stapeltje te pakken dat we aan het eind van de keukentafel bewaarden. Ik had hem aan Ricky geadresseerd, via het

legerpostadres in San Diego, en had er een postzegel op geplakt. Ze was erg onder de indruk. Ze schoof haar brief er voorzichtig in en likte toen twee keer aan de envelop.

'Dank je, Luke,' zei ze, en ze kuste me op mijn voorhoofd.

Ik verstopte de envelop onder mijn overhemd. Ik had besloten het aan mijn moeder te vertellen, maar had daar nog geen geschikt moment voor gevonden.

Het ging allemaal nogal snel. Mijn moeder en oma waren de hele middag bezig de kleren te wassen en te strijken die we zouden meenemen. Mijn vader en meneer Latcher verfden tot de blikken leeg waren. Ik wilde tijd hebben om tot rust te komen, maar om de een of andere reden werd het een drukke dag.

We aten die avond weer in stilte. Iedereen maakte zich zorgen over de reis naar het noorden, maar om verschillende redenen. Ik was zo verdrietig dat ik geen trek had.

'Dit wordt je laatste maaltijd hier in een heel lange tijd,' zei Pappy. Ik weet niet waarom hij dat zei, want het maakte de dingen er bepaald niet beter op.

'Ze zeggen dat het eten in het noorden erg slecht is,' zei oma in een poging de sfeer te verlichten. Ook dat hielp niet.

Het was te kil om op de veranda te zitten. We zaten in de huiskamer bij elkaar en probeerde te praten alsof er niets aan de hand was. Maar geen enkel onderwerp leek geschikt. Kerkzaken waren saai. Het honkbalseizoen was voorbij. Niemand wilde over Ricky praten. Zelfs het weer had niet meer onze aandacht.

Ten slotte gaven we het op en gingen naar bed. Mijn moeder stopte me in en gaf me een nachtzoen. Toen deed oma hetzelfde. Pappy kwam naar me toe om een paar woorden te zeggen, iets wat hij nooit eerder had gedaan.

Toen ik eindelijk alleen was, zei ik mijn gebeden op. Daarna staarde ik naar het donkere plafond en probeerde ik te geloven dat dit mijn laatste nacht op de boerderij was.

36

Mijn vader was in 1944 in Italië gewond geraakt. Hij was daar behandeld en toen met een hospitaalboot naar Boston gebracht, waar hij een tijdje was gebleven om te revalideren. Toen hij op het busstation in Memphis was aangekomen, had hij twee plunjezakken van het leger gehad, met kleren en een paar souvenirs. Twee maanden later was hij met mijn moeder getrouwd. Tien maanden later was ik gekomen.

Ik had die plunjezakken nooit gezien. Voorzover ik wist, waren ze na de oorlog niet meer gebruikt. Toen ik die ochtend in alle vroegte de huiskamer binnenkwam, zaten ze allebei halfvol kleren en was mijn moeder bezig met wat we zouden meenemen. De bank lag vol met haar jurken, quilts en een paar overhemden die ze de vorige dag had gestreken. Ik vroeg haar naar de plunjezakken en ze zei me dat die de afgelopen acht jaar op een zoldertje boven de gereedschapsschuur hadden gelegen.

'Nou, ga maar vlug ontbijten,' zei ze, terwijl ze een handdoek opvouwde.

Oma had veel werk gemaakt van onze laatste maaltijd. Eieren, worst, ham, grutten, gebakken aardappelen, gebakken tomaten en koeken. 'Het is een lange busreis,' zei ze.

'Hoelang?' vroeg ik. Ik zat aan de tafel op mijn eerste kop koffie te wachten. De mannen waren ergens buiten.

'Achttien uur, zei je vader. God mag weten wanneer jullie weer goed te eten krijgen.' Ze zette de koffie voorzichtig voor me neer en kuste me toen op mijn hoofd. Voor oma kon eten niet goed zijn als het niet in haar keuken was klaargemaakt, met ingrediënten van onze eigen boerderij.

De mannen hadden al gegeten. Oma zat met haar koffie naast me en keek toe terwijl ik op het feestmaal aanviel dat ze op de tafel had gezet. We namen de beloften weer door: brieven schrijven, mijn ouders gehoorzamen, de bijbel lezen, mijn gebeden zeggen, oppassen dat ik geen yankee werd. Het leken de Tien Geboden wel. Ik kauwde en knikte op de juiste momenten.

Ze legde uit dat mijn moeder hulp nodig zou hebben als de nieuwe baby kwam. Er zouden daar in Flint nog meer mensen uit Arkansas zijn, goede baptisten op wie je kon rekenen, maar ik moest wel klusjes in huis doen.

'Wat voor klusjes?' vroeg ik met mijn mond vol eten. Ik had gedacht dat je alleen op een boerderij klusjes moest doen. Ik had gedacht dat ik ze achter me zou laten.

'Gewoon dingen in huis,' zei ze, plotseling vaag. Oma had nog nooit een nacht in een stad doorgebracht. Ze had geen idee waar we zouden gaan wonen, en dat hadden wij ook niet. 'Je moet gewoon helpen als de baby er is,' zei ze.

'En als hij net zo erg huilt als die van de Latchers?' vroeg ik.

'Dat doet hij niet. Er is nog nooit een baby geweest die zo erg huilde.'

Mijn moeder kwam met een lading kleren voorbij. Haar stappen waren vlug. Ze had al jaren van deze dag gedroomd. Pappy en oma, en misschien zelfs mijn vader, dachten dat ons vertrek maar tijdelijk was. Voor mijn moeder was het een mijlpaal. Deze dag was een keerpunt, niet alleen in haar leven maar ook en vooral in het mijne. Ze had me er al op jonge leeftijd van overtuigd dat ik geen boer moest worden, en nu we weggingen, sneden we banden door.

Pappy liep de keuken in en schonk zich een kop koffie in. Hij ging in zijn stoel aan het eind van de tafel zitten, naast oma, en keek naar me terwijl ik at. Hij was al niet goed in begroetingen, en een afscheid kon hij helemaal niet aan. Hoe minder er werd gezegd, des te liever het hem was.

Toen ik me tot barstens toe had volgegeten, liepen Pappy en ik naar de voorveranda. Mijn vader was de plunjezakken op de truck aan het laden. Hij droeg een gesteven kaki werkbroek, een gesteven wit overhemd en geen overall. Mijn moeder droeg een mooie zondagse jurk. We wilden er niet uitzien als vluchtelingen uit de katoenvelden van Arkansas.

Pappy ging met me naar de voortuin, naar een plaats waar vroeger het tweede honk was, en daar draaiden we ons om en keken we naar het huis. Het glansde in de heldere ochtendzon. 'Goed werk, Luke,' zei hij. 'Je hebt goed werk geleverd.'

'Alleen jammer dat het niet helemaal af is,' zei ik. Helemaal rechts, bij de hoek waar Trot was begonnen, was nog een stukje niet geverfd. We hadden de laatste vier blikken zo dun mogelijk uitgesmeerd, maar waren net een beetje tekort gekomen.

'Nog een half blik, denk ik,' zei Pappy.

'Ja. Zoveel ongeveer.'

'Ik doe het deze winter,' zei hij.

'Dank je, Pappy.'

'Als jullie thuiskomen, is het klaar.'

'Dat zou ik mooi vinden.'

We verzamelden ons allemaal bij de truck en iedereen omhelsde oma voor het laatst. Een ogenblik dacht ik dat ze de lijst van beloften weer zou afwerken, maar ze was te geëmotioneerd. We stapten in de truck – Pappy achter het stuur, ik in het midden, mijn moeder bij het raam, mijn vader achterin bij de plunjezakken – en reden achteruit de weg op. Toen we wegreden, zat oma op de voortrap haar gezicht af te vegen. Mijn vader had tegen me gezegd dat ik niet moest huilen, maar ik kon het niet helpen. Ik drukte me tegen de arm van mijn moeder om mijn gezicht te verbergen.

We stopten in Black Oak. Mijn vader had nog iets bij de Co-op te regelen. Ik wilde afscheid nemen van Pearl. Mijn moeder had Libby's brief voor Ricky. Ze ging ermee naar het postkantoor en verstuurde hem. Zij en ik hadden er een hele tijd over gesproken, en ook zij had gevonden dat het onze zaken niet waren. Als Libby een brief aan Ricky wilde schrijven om hem over hun baby te vertellen, zouden wij haar niet tegenhouden.

Pearl wist natuurlijk al dat we weggingen. Ze omhelsde me tot ik dacht dat ik zou breken en haalde toen een papieren zak vol snoep tevoorschijn. 'Dit heb je nodig voor onderweg,' zei ze. Ik wist niet wat ik zag: er zat een heleboel chocolade, pepermunt en toverballen in de zak. De reis was nu al een succes. Pop verscheen, schudde mijn hand alsof ik een volwassene was en wenste me succes.

Ik liep weer met mijn zak snoep naar de truck en liet hem aan Pappy zien, die nog achter het stuur zat. Mijn ouders kwamen ook vlug terug. We waren niet in de stemming voor een feestelijk afscheid. Ons vertrek was het gevolg van tegenslag, van een mislukte oogst. Het hele dorp hoefde niet meteen te weten dat we naar het noorden vluchtten. Maar het was midden op de ochtend en het was nog stil.

Ik keek naar de velden langs de weg naar Jonesboro. Die waren net zo nat als de onze. De greppels langs de weg liepen over van het bruine water. De kreken en riviertjes waren buiten hun oevers getreden.

We kwamen langs de grindweg waar Pappy en ik op heuvelmensen hadden gewacht. Daar hadden we de Spruills ontmoet; daar had ik Hank, Tally en Trot voor het eerst gezien. Als een andere boer daar eerder was gaan staan, of als wij later waren aangekomen, zouden de Spruills nu in Eureka Springs zijn en zou hun hele gezin nog compleet zijn.

Tally had, met Cowboy achter het stuur, deze zelfde reis in deze zelfde truck gemaakt, midden in nachtelijk noodweer. Ze was gevlucht naar een beter leven in het noorden, net als wij. Het was nog steeds moeilijk te geloven dat ze er op die manier vandoor was gegaan.

Ik zag niemand katoen plukken, totdat we in Nettleton kwamen, een plaatsje dicht bij Jonesboro. Daar waren de greppels niet zo vol en was de grond niet zo nat. Een stel Mexicanen waren hard aan het werk.

Aan de rand van de stad werden we opgehouden door het drukke verkeer. Ik ging rechtop zitten om het allemaal in me op te nemen: de winkels, mooie huizen, schone auto's en rondlopende mensen. Ik kon me niet herinneren wanneer ik voor het laatst in Jonesboro was geweest. Als een boerenjongen in de stad was geweest, praatte hij daar een week over. Als hij in Memphis was geweest, had hij genoeg verhalen voor een maand.

Pappy voelde zich niet op zijn gemak in het drukke verkeer. Hij hield het stuur stijf vast, trapte telkens op de rem en mompelde onverstaanbare dingen. We reden een straat in, en daar was het Greyhound-busstation. Drie glanzende bussen stonden links van ons op een rij, en er heerste daar grote drukte. We stopten bij een bord met VERTREK en stapten vlug uit. Pappy hield niet van omhelzingen en dus duurde het afscheid niet lang. Maar toen hij een kneepje in mijn wang gaf, zag ik tranen in zijn ogen. Daarom stapte hij vlug weer in de truck en maakte dat hij weg kwam. We zwaaiden tot hij uit het zicht verdwenen was. Ik kreeg een brok in mijn keel toen ik zijn oude truck om de hoek zag verdwijnen. Hij ging terug naar de boerderij, terug naar de overstroming, terug naar de Latchers, terug naar een lange winter. Maar tegelijkertijd was ik blij dat ík niet terugging.

We draaiden ons om en liepen het station in. Ons avontuur begon. Mijn vader zette de plunjezakken bij een paar banken en hij en ik gingen naar het kaartjesloket.

'Drie kaartjes naar St. Louis graag,' zei hij.

Mijn mond viel open en ik keek hem verbaasd aan. 'St. Louis?' zei ik. Hij grijnsde, maar zei niets.

'De bus vertrekt om twaalf uur,' zei de lokettist.

Mijn vader betaalde en we gingen naast mijn moeder zitten. 'Mam, we gaan naar St. Louis!' zei ik.

'Het is maar een tussenstop, Luke,' zei mijn vader. 'Vandaar nemen we de bus naar Chicago, en vandaar naar Flint.'

'Denk je dat we Stan Musial zullen zien?'

'Ik betwijfel het.'

'Kunnen we Sportman's Park zien?'

'Nu niet. Misschien de volgende keer.'

Even later dwaalde ik op mijn gemak over het busstation rond en keek naar wat er allemaal te zien was. Er was een kleine cafetaria waar twee soldaten koffiedronken. Ik dacht aan Ricky en besefte dat ik er niet zou zijn als hij thuiskwam. Ik zag een negergezin, wat nogal zeldzaam was in ons deel van Arkansas. Ze hielden hun bagage tegen zich aan gedrukt en maakten net zo'n ontheemde indruk als wij. Ik zag twee andere boerengezinnen. Die waren natuurlijk ook weggevlucht voor de overstromingen.

Toen ik terugging naar mijn ouders, hielden ze elkaars hand vast en waren ze diep in gesprek. Het leek wel of we een eeuwigheid moesten wachten, maar toen werd er eindelijk omgeroepen dat we konden instappen. De plunjezakken werden in de bagageruimte onder de bus gezet en wij stapten ook in.

Mijn moeder en ik zaten bij elkaar, met mijn vader recht achter ons. Ik mocht bij het raam zitten en ik keek naar buiten, naar alles wat aan ons voorbijtrok toen we ons een weg zochten door Jonesboro en op de snelweg kwamen. Met grote snelheid reden we naar het noorden, nog steeds omringd door niets dan natte katoenvelden.

Toen ik mijn blik eindelijk van het raam kon losmaken, keek ik mijn moeder aan. Haar hoofd rustte tegen de rugleuning van haar stoel. Haar ogen waren dicht en er vormde zich langzaam een glimlach rond haar mondhoeken.

Bestsellers van A.W. Bruna Uitgevers B.V.

Jeroen Teelen

Internet voor senioren

Dit boek is geschreven voor mensen die op latere leeftijd het internet op willen. U leert in uw eigen tempo stap voor stap wat internet u te bieden heeft. Elk hoofdstuk bevat praktische oefeningen en een handige samenvatting. Surfen op het internet, e-mailen en chatten behoren binnenkort tot uw computervaardigheden.
Met behulp van dit boek leert u de mogelijkheden van internet ten volle te benutten en kunt u er daadwerkelijk plezier van hebben, omdat u de basisprincipes beheerst.

ISBN 90 229 4395 X

Bestsellers van A.W. Bruna Uitgevers B.V.

John Grisham

Het testament

Troy Phelan is een oude, excentrieke man, wiens vermogen wordt geschat op elf miljard dollar. Volgens zijn nazaten heeft Troy niet lang meer te leven, want in zijn hoofd zit een kwaadaardige tumor die elke dag groeit. Vol ongeduld wachten zij – in gezelschap van hun gretige advocaten – op zijn dood en op de opening van zijn testament, dat van hen allen multimiljonairs zal maken.

Troy verafschuwt hen, stuk voor stuk. Hij heeft een hekel aan zijn drie ex-vrouwen en een zo mogelijk nog grotere afkeer van zijn zes kinderen, die geen van allen een knip voor de neus waard zijn. Daarom heeft hij een duivels plan bedacht.

Maar om dit plan te doen slagen zal advocaat Nate O'Riley een haast onmogelijke opdracht moeten vervullen. Hij zal diep moeten doordringen in de immense jungle in het hart van Zuid-Amerika, op zoek naar een vrouw die niet gevonden wil worden...

ISBN 90 229 8433 8

Bestsellers van A.W. Bruna Uitgevers B.V.

John Grisham

De Broederschap

In Trumble, een lichtbeveiligde strafinstelling, zit de gebruikelijke verzameling criminelen: drugsdealers, bankrovers, oplichters, belastingontduikers, twee beursfraudeurs, één arts en ten minste vier advocaten.

En drie ex-rechters die samen De Broederschap vormen: een uit Texas, een uit Californië en een uit Mississippi. Ze ontmoeten elkaar dagelijks in de gevangenisbibliotheek, die ze tot hun eigen territorium gemaakt hebben. Hier bestuderen ze hun dossiers, behandelen ze de zaken van hun medegevangenen en leggen ze soms zelfs straffen op. Ze hebben het recht in eigen hand genomen en zitten urenlang te broeden hoe ze zich nog meer kunnen verrijken.

Maar dan gaat het mis met een van hun onfrisse zaakjes. Ze laten de verkeerde in de val lopen: een onschuldige 'van buiten', een man met gevaarlijke vrienden...

ISBN 90 229 8477 X

Bestsellers van A.W. Bruna Uitgevers B.V.

David Baldacci

In het hart

Dit is het aangrijpende verhaal van de twaalfjarige Louisa Mae Cardinal, die in New York woont met haar verlegen broertje Oz. Het is 1940 en ze hebben het niet gemakkelijk, want het inkomen van hun vader, die schrijver is, is niet hoog. Maar dat kan Lou niet zoveel schelen, want ze aanbidt haar vader en is gek op zijn verhalen.

Maar dan, in één verschrikkelijk moment, verandert Lou's leven voorgoed. Een auto-ongeluk maakt een einde aan hun vaders leven, waardoor zij en Oz moeten verhuizen naar het verre Virginia. Daar, in het isolement van de desolate bergen, komen ze te wonen bij hun excentrieke overgrootmoeder Louisa, Lou's naamgenote.

Geplaatst tegenover nieuwe verantwoordelijkheden ziet Lou zich gedwongen snel volwassen te worden. Daar, op haar overgrootmoeders eenvoudige boerderij, op het land waarvan haar vader zo hield en waarover hij steeds weer schreef, ontdekt zij wie zij werkelijk is en wat zij kan betekenen voor deze wereld. En wanneer een vernietigend noodlot hun nieuwe huis treft kan zij de strijd die volgt het hoofd bieden; een strijd die gaat om recht en overleving en die gestreden wordt in een overvolle rechtszaal in Virginia…

ISBN 90 229 8520 2

Bestsellers van A.W. Bruna Uitgevers B.V.

Gabrielle Lord

Bloedspoor

Dertig jaar lang hebben de zusters Kit en Gemma Lincoln in de overtuiging geleefd dat hun moeder op gruwelijke wijze om het leven werd gebracht... door hun eigen vader. Hoewel het politie-ondezoek nooit een keihard bewijs aan het licht bracht, was de indirecte bewijsvoeirng tegen hem zo sterk dat hij tot een lange gevangenisstraf werd veroordeeld. En nu komt hij vrij en daarmee opnieuw in het leven van zijn dochters, die daarop met zeer gemengde gevoelens reageren...

Kit, inmiddels tweeënveertig, wil niets met hem te maken hebben. Maar de vijfendertigjarige Gemma, die een eigen detective- en beveiligingsbureau heeft, is geneigd aan zijn schuld te twijfelen. Ze start een onderzoek en stuit daarbij al snel op verbijsterende gegevens.

ISBN 90 229 8472 9

Bestsellers van A.W. Bruna Uitgevers B.V.

John Farrow

IJstijd

Inspecteur Emile Cinq-Mars is een *outsider* in de politiemacht van Montreal. Hij wordt weliswaar bewonderd vanwege zijn eruditie en scherpzinnigheid, maar hij is vooral gehaat om zijn eigenzinnigheid en arrogantie. In de loop van zijn lange carrière heeft Cinq-Mars een uitgebreid netwerk van informanten opgebouwd dat hem in staat stelt gecompliceerde zaken op te lossen.

Op kerstavond treft Cinq-Mars het lijk aan van een van zijn tipgevers. Op het gruwelijk mishandelde lichaam hebben de moordenaars voor Cinq-Mars een macabere boodschap achtergelaten die zich als volgt laat lezen: we hebben je infiltrant ontmaskerd en geëlimineerd...

Gedreven door verontwaardiging en schuldgevoel opent Cinq-Mars de jacht op de daders, die hem naar het hart van de Canadese onderwereld voert. En naar een schemerwereld waarin niemand te vertrouwen is en waar de grenzen tussen goed en kwaad volledig zijn vervaagd...

ISBN 90 229 8466 4